DUMONT NOIR

Die Originalausgabe erschien unter dem Titel
Blood and Thunder *bei* Dutton, New York

Die Deutsche Bibliothek – CIP-Einheitsaufnahme
Max Allan Collins:
Blut und Donner / Max Allan Collins.
Ronald M. Hahn (Übers.). – Köln : DuMont, 1999
(DuMont Noir; Bd. 17) Einheitssacht.:
Blut und Donner <dt.>
ISBN 3-7701-4979-3

Erste Auflage 1999

Umschlag- und Reihengestaltung: Groothuis & Consorten
Gesetzt aus der Elzevir und der Antique Olive
Gedruckt auf säurefreiem und chlorfrei gebleichtem Papier
Satz: Greiner & Reichel, Köln
Druck und Verarbeitung: Clausen & Bosse, Leck

Printed in Germany
ISBN 3-7701-4979-3

Max Allan Collins

Blut und Donner

DuMont Noir 17

Mit einem Nachwort und einer Bibliographie von Martin Compart

Aus dem Amerikanischen übersetzt von Ronald M. Hahn

In Gedenken an Keith Larsen,
der mir beigebracht hat,
die Musik in den Worten zu hören

Obwohl dieser Roman, sofern der Lauf der Zeit und das sich widersprechende Quellenmaterial es erlaubten, die historischen Ereignisse mehr oder weniger exakt wiedergibt, sind Fakten, Spekulationen und Erfindungen frei miteinander verwoben. Historische Persönlichkeiten existieren neben zusammengesetzten und gänzlich fiktiven Charakteren, die ausnahmslos so reden und handeln, wie es dem Autor gefällt.

12/00

Ich habe weder die Gabe des zweiten Gesichts, noch habe ich gestern abend einen Blutfleck auf dem Mond gesehen. Aber ich sehe Blut auf dem gebohnerten Parkett dieses Parlaments. Wenn es so weitergeht, sind wir bald in Teufels Küche.

Mason Spencer

Abgeordneter des Staates Louisiana, 1935

Erstes Buch
Eine Weste für den Kingfish

30. August bis 12. September 1935

1

An diesem sonnigen Labor-Day-Nachmittag mußten sämtliche Attraktionen der Oklahoma-Staatsmesse neben dieser einen verblassen. Kewpie-Püppchen und Limonade waren angesichts des über die flaggengeschmückte Bühne schreitenden Redners uninteressant. Weder die preisgekrönte Sau noch die herausgeputzte örtliche Schönheitskönigin oder der Meister im Hufeisenwerfen waren für ihn eine angemessene Konkurrenz. Das gleiche galt auch für das zweiköpfige Kalb, die leibhaftige Meerjungfrau oder das Mädchen, das sich in einen Gorilla verwandeln konnte.

Keine dieser Attraktionen war mit dem überraschend hageren, eins fünfundsiebzig großen Energiebündel zu vergleichen, dessen Arme wie Windmühlenflügel in der Luft herumruderten, wobei es schimpfte, schnauzte, fluchte und wetterte. Die Farmer (sie trugen ihren besten Strohhut, schweißfleckige weiße Hemden und Hosenträger) und ihre Gattinnen (in Sonntagsausgehhäubchen, Kleid und Schuhen mit hohem Absatz) rissen verdutzt die Augen auf und waren vor Erstaunen sprachlos – falls sie nicht gar Bewunderung zeigten. Sogar die Zuckerwatte leckenden und Würstchen futternden Halbwüchsigen waren wie vom Donner gerührt. Männer, Frauen, Kinder: alle hatten schon von diesem Phänomen gehört. Die Zeitungen hatten über diesen Mann berichtet. Unter Umständen hatte man ihn schon im Rundfunk reden hören oder in der Wochenschau gesehen.

Aber leibhaftig, als heutiger Gastredner, bot er ihnen etwas, was man einfach gesehen haben mußte. Und so zog er auch die Trunkenbolde an.

Er marschierte feingemacht in einem flotten grauen Anzug, eine riesige weiße Gladiole am gewaltigen Revers, über die Bühne, als suche er ein Opfer. Sein Schlips war feuerwehrrot, seine Schuhe waren schwarzweiß und todschick. Er zog das Mikrofon samt Ständer hinter sich her und nahm hin und wieder den Strohhut ab, um sich den Schweiß von der Stirn zu wischen. Irgendwann warf er ihn mit einer lässigen Geste, die die Menge noch mehr begeisterte, einfach weg. Immerhin war Mittagszeit. Die Sonne stand im Zenit und strahlte heiß herunter.

Auf einen kultivierten und des Lesens und Schreibens kundigen Menschen wie mich wirkte er wie eine Figur aus »Li'l Abner«. Er war die Karikatur eines Politikers. Sein rötlich-gewelltes Haar (es hatte zufällig den gleichen Farbton wie meins) zeigte Naturlokken. Sein rötlicher Teint wies Sommersprossen auf. Seine Nase wirkte frech und anmaßend. Sein Bulldoggenkinn war mit einem tiefen Grübchen verziert. Aus der Ferne wirkte er, als hätte er ein Doppelkinn, aber ich kannte ihn aus der Nähe. Es war kein Doppelkinn: Die Form seines Gesichts täuschte.

Eigentlich war er hager, konzentriert und in Form. Aber seine ovale Visage und sein flottes Grinsen – er war stets bereit, seine Tiraden mit einem schlitzohrigen Witz und einem kurzen, ansteckenden Lächeln zu unterbrechen – ließen ihn auf trügerische Weise milde wirken. Auch sein gewöhnlicher Tonfall und seine umgangssprachlichen Redewendungen erweckten den falschen Eindruck, er sei ein »Mensch wie du und ich«.

»Hoover und Roosevelt«, sagte der Redner und nahm in einem Satz den ehemaligen und jetzigen Präsidenten aufs Korn, »erinnern mich immer an einen Arznei-Marktschreier, der früher immer ins Winn-Parish kam.«

Landkreise hießen in Louisiana »Parish«. Ich kam zwar nicht aus dieser Gegend, aber ich hatte den Ausdruck aufgeschnappt.

»Er pries zwei Medizinsorten an«, sagte der Redner in einem grollenden Bariton, dem es gelang, sowohl beiläufig als auch großtuerisch zu klingen. »Er spielte Banjo und schrie seine Medizin aus. Die eine Sorte nannte er Dideldum, die andere Dideldei.«

Sein schnelles Grinsen sagte der Menge, daß sie nun lachen durfte, was sie auch tat.

»Irgendwann sagte einer, der ihm zuhörte: ›Gibt's denn irgend 'n Unterschied zwischen den Sorten?‹ Und der Marktschreier sagte: ›Ja, 'n beträchtlichen. – Beide sind gut, aber eben verschieden.‹«

Er wippte auf und ab, fast wie ein Kindermützchen. Es verlieh seiner Rede Rhythmus und zog das Auge wie magisch an.

»›Dideldum‹, sagte er, ›wird hergestellt, indem man die Rinde eines Baums vom Wipfel zur Mitte hin abzieht. Dideldei wird hergestellt, indem man die Rinde von der Wurzel an zur Mitte nach oben abzieht.‹«

Er hob mit teuflischem Nachdruck die Brauen und erzeugte leises Gelächter.

Seine Stimme wurde lauter. »Heutzutage gibt's nur noch einen Unterschied zwischen den beiden Kongreßparteien: Die Republikaner ziehen euch die Haut von den Zehen an *aufwärts* ab, und die Demokraten vom Kopf an *abwärts*!«

Die Menge brüllte vor Lachen.

Dann beendete der Redner die Anekdote mit einem Wutanfall. In seiner donnernden Stimme war kein Humor mehr, als er rief: »Zieht ihnen die Haut von oben oder von unten ab – aber *zieht* sie ihnen ab!«

Das Gelächter verwandelte sich in Applaus, und mehrere Stimmen übertönten den Lärm mit Rufen wie »Gib's ihnen, Huey!« – »Mach sie fertig, alter Junge!« – »Mach sie naß, Kingfish!«

Der Redner war in der Tat Huey P. Long, der »Kingfish« von eigenen Gnaden, benannt nach der berühmten Hörspielreihe »Amos 'n' Andy«, die von Weißen gespielt wurde, die sich bemühten, wie Schwarze zu sprechen; der ehemalige Gouverneur des Staates Louisiana. Er war zwar momentan Senator der Vereinigten Staaten, aber trotzdem Diktator des Pelikan-Staates, den er von einem Jasager regieren ließ, der (wie passend) O.K. Allen hieß. Allen wurde nachgesagt, er sei dermaßen daran gewöhnt, Hueys Edikte abzusegnen, daß er auch die Blätter der Bäume signierte, die der Wind in sein Büro wehte.

Long war ein populistischer Führer, der die Südstaaten mit einem »Teilt den Reichtum«-Plan verlockte und allen amerikanischen Familien ein Jahreseinkommen von mindestens fünftausend Dollar versprach – dazu monatliche Renten von dreißig, ein Eigenheim, ein Auto, einen Kühlschrank und ein Radio. Diesen Plan wollte er verwirklichen, indem er den Reichen alles abnahm, was sie über drei Millionen Dollar hinaus besaßen. Die Einzelheiten änderten sich zwar schon mal (je nachdem, vor welchem Publikum er sprach und in welcher Laune er war), aber das Kingfish-Evangelium sprach die Menschen in diesen schweren Zeiten an und breitete sich immer weiter aus.

In der aus Landbewohnern bestehenden Menge gab es mindestens einen Scheißyankee – mich, Nathan Heller, den Geschäftsführer (und alles andere) der A-1-Detektivagentur aus Chicago, Illinois. Momentan war ich ein Drittel eines Leibwächterkommandos, das mit dem Kingfish auf Reisen war, denn er war, nachdem er gerade seine letzte Senatsdauerrede in Washington, D.C. gehalten hatte, mit der Eisenbahn und dem Auto auf dem Rückweg nach Louisiana.

Der Besuch der Staatsmesse in Oklahoma City war nur einer von mehreren inoffiziellen Wahlkampfterminen, die Huey unterwegs abhielt. Fast jeder im Land, auch apolitische Einfaltspinsel wie ich, wußte, daß er auf Stimmenfang war, denn er wollte 1936 als Präsidentschaftskandidat antreten. Deswegen brachte er auch an diesem Tag soviel Energie auf, um Franklin D. Roosevelt zu schmähen.

Ich paßte eigentlich gar nicht da rein, aber es fiel wohl niemandem auf. Oder es war den Leuten egal. Ich nippte an einer Orangeade, da sie zu meiner Garderobe paßte – dem leichten weißen Anzug und dem breitkrempigen Panamahut, den ich Jahre zuvor von einem Auftrag in Florida mitgebracht hatte. Mein Teint war im Vergleich mit dem der indianerhaft dunkelhäutigen, ledergesichtigen Farmer stadtgrau, und bei einem Meter achtzig und etwa 83 Kilo Gewicht war ich nicht gerade eine unauffällige Erscheinung.

Doch das störte Huey nicht. Er hatte es gern, wenn seine Leibwächter auffielen. Er gehörte schließlich zu den Typen, die das Thema Paranoia erst verbreitet hatten. Sein Verhalten war zwar geradezu klassisch paranoid, aber man durfte nicht vergessen, daß es *wirklich* eine Menge Leute gab, die darauf aus waren, ihn alle zu machen.

Obwohl die meisten in der Menge den Kingfish mochten oder sich wenigstens an seinem Unterhaltungswert erfreuten, gab es auch andere Elemente, die seine Angriffe auf den Präsidenten der Vereinigten Staaten auf der mit Sternen und Streifen dekorierten Bühne eindeutig nicht ausstehen konnten.

»Sie sind ja 'n halber Hitler!« schrie jemand und unterbrach so die nächste Anekdote.

Huey ignorierte den Zwischenrufer einfach und fuhr mit der Attacke auf seine Kollegen im Kongreß fort.

»Also, Leute, ich erzähl euch mal 'n Schwank über die pasteten-mampfende und aus Trögen futternde alte Garde bei uns in *Luhsiana.* Bei den Wiedererweckungsversammlungen … wir hamse früher Lagerversammlungen genannt … wurd den ganzen Tag nur gepredigt; 's war natürlich heiß, *noch* heißer als heute. Um den Prediger nicht zu stören, ham die Mamas immer 'n bißchen Trockenkeks, Butter und Zucker gemischt. Tja, und das hamse dann in 'n Lumpen gepackt, mit 'm Faden zugebunden und Zuckerzitze genannt.«

Die unverschämte Wendung erzeugte eine Woge von Gekicher (ja, wirklich), aber die Pointe ging in die Hose, als der Zwischenrufer, dessen gerötetes Gesicht sowohl von Wut als auch von zuviel Alkoholgenuß kündete, schrie: »Geh zurück in die Sümpfe, Kingfish!«

Der Typ stand am Rand der Menge, von mir aus links. In der Menge bewegte sich etwas – jemand – mit der Entschlossenheit eines Hais, was zu einer Wellenbewegung im Meer der Strohhüte und Sears & Roebuck-Chapeaus führte.

Ich wußte, es bedeutete Ärger. Obwohl Huey weitersprach, setzte ich mich ebenfalls durch die Menge in Bewegung.

»Meine Damen und Herren, ich bin hier, um Ihnen zu sagen, daß Prinz Franklin Roosevelt, der *Nourmahal*-Ritter, sich mit den Astors und dem Adel auf einer Millionen-Dollar-Jacht vergnügt, während die Farmer verhungern … Ja, Prinz Franklin wurde tatsächlich mit 'ner Zuckerzitze im Mund *geboren.* Seither lutscht er ständig an ihr, 'n Dutzend hat er schon ausgesaugt … Und jetzt steckt er seine Pfoten nach 'ner neuen aus.«

»Faschist!« krakeelte der Typ.

Ich sah ihn nun besser. Und auch noch etwas anderes. Jemand anderen.

Eine vierschrötige, dunkelhäutige Gestalt in einem ausgebeulten dunklen Gangsteranzug walzte dem Zwischenrufer entgegen, fegte die ihr im Weg stehenden Menschen wie Kegel beiseite und ignorierte ihre Rufe. »He!« – »Paß auf, Mann!« und dergleichen.

Ich ging schneller und handelte mir selbst diverse »Paß-doch-aufs« ein.

Doch Joe Messina, ein dickhalsiger Hydrant von einem Mann, mit einem runden Gesicht, so frei von Gedanken und Moral wie ein neugeborenes Kind, hatte den Zwischenrufer schon erreicht: einen dürren Redneck mit weißem Hemd und roten Hosenträgern. Er rief gerade »Sie sind ja 'n Hinterhof-Hit…«, aber das »ler« bekam er nicht mehr heraus, da Messinas Totschläger ihn mitten im Satz unterbrach.

Der Mann heulte kurz und laut auf, als der Totschläger seinen Kopf traf, doch als die Menge in seine Richtung schaute, schleifte Messina ihn schon vom Schlachtfeld, hinter das Zelt nebenan.

Huey erklärte den Leuten derweil über den Lautsprecher den Unterschied zwischen einer Schrei- und einer Schleimeule.

Ich fand Messina hinter der Leinwand. Er stand, ohne daß Hueys Zuschauer ihn sahen, zwischen zwei Zelten über dem Zwischenrufer, der zwischen den Pfosten auf dem Boden lag, und beugte sich über ihn, als wolle er ihm die Hand reichen.

Das Problem bestand freilich darin, daß er den Totschläger noch in der Hand hielt und auf die Arme und die Rippen des Typen eindrosch. Der Zwischenrufer rief nun nicht mehr dazwischen: Er wimmerte, winselte und bat mit kaum hörbarer Stimme um Gnade.

Gnade war ein Wort, das – wie viele andere – in Messinas Wortschatz nicht vorkam.

Als Messina den Arm zurückzog, um fester zuzuschlagen, glitt sein Jackett zur Seite und enthüllte an seiner Hüfte eine mit einem

Perlmuttgriff versehene Achtunddreißiger. Als ich sein bulliges Handgelenk packte, war sein Arm so stählern wie seine Waffe.

»Das reicht«, sagte ich.

Irgendwie gelang es seinem Stiernacken, den bulligen Kopf zu mir herumzuschwenken. Messinas leeres rundes Gesicht nahm einen knurrigen Ausdruck an.

»Halt dich da raus«, sagte er. Seine Stimme klang eigenartig schrill und atemlos.

Er riß seine Hand los und drosch mit dem Totschläger auf die Schulter des Zwischenrufers ein. Ich riß Messina herum und packte die Aufschläge seines Jacketts.

»Ich hab gesagt, es reicht!«

Er schubste mich weg, aber mein Eingreifen hatte dem Zwischenrufer Gelegenheit gegeben, seine letzten Kräfte zu sammeln und sich wankend zwischen die Zelte zu verziehen. Messina lief hinter ihm her. Ich folgte ihm. Dann sahen wir den Mann irgendwo abtauchen und in der Menge verschwinden. Nicht alle waren gekommen, um sich Hueys Rede anzuhören.

»'ne Schreieule«, informierte uns Hueys verstärkte Stimme, »fegt auf geradem Weg in den Hühnerstall rein, wirft die Henne sauber von der Stange und schnappt sie sich, wenn sie fällt ...«

Messina drehte sich langsam zu mir um. Er fletschte die Zähne. Es war wirklich kein Lächeln.

Seine Hand schien auf die perlmuttverzierte Achtunddreißiger an seiner Hüfte zuzuschweben. Er sah aus wie Spanky, wenn er in »Die kleinen Strolche« einen Revolvermann im Wilden Westen spielt. Nur einschüchternder ...

»Aber 'ne Schleimeule«, fuhr Huey fort, »schleicht sich in den Hühnerstall. Sie schleimt einfach auf die Henne zu und sülzt sie voll. Wenn sie sich in sie verknallt, ist sie, ehe sie sich's versieht, nicht mehr da!«

Die Menge hinter dem Zelt lachte. Auf unserer Seite schauten sich zwei von Hueys Leuten kalt an. Ich hatte auch eine Kanone im Schulterhalfter – eine Browning, Kaliber 9 Millimeter. Es wäre das erste Mal gewesen, daß ich mich mit jemandem schoß, mit dem ich zusammen Leibwächter spielte.

»Na, Hoover war ganz bestimmt 'ne Schreieule«, fuhr Hueys dröhnende Stimme fort. »Aber Roosevelt – der ist 'ne Schleimeule!«

Gelächter und Beifall. »Mach keinen Scheiß, Joe«, sagte ich.

Messinas kleine Augen, die wie die schwarzen Knopfaugen einer Stoffpuppe aussahen, verengten sich, als dächte er nach. Und mir fiel ein, daß alles, was dieser massige kleine Schweinehund dachte, nur Scheiße sein konnte.

Huey sagte nun irgend etwas anderes, aber ich hörte nicht mehr zu. »Joe«, sagte ich, »du hast deinem Chef geschadet. Ich wollte doch nur helfen.«

»Heller hat recht«, sagte eine gebieterische Männerstimme. Wir drehten uns um und sahen Big George McCracken, den dritten Mann unserer Truppe. Er kam näher. Er war stämmig und hatte die verschwollenen, teigigen Gesichtszüge eines Mopses. Sein dunkler, ausgebeulter Anzug stammte aus dem gleichen Hehlerladen wie der Messinas. Aber McCracken war kein Blödmann.

Jedenfalls nicht im Vergleich mit Messina.

»Die Leute ham gesehen, daß du dem Heini eins übergebraten hast«, sagte McCracken zu Messina.

Messina senkte den Kopf wie ein Kind, das von seinem Lehrer gescholten wird.

»Willst du vielleicht, daß die Revolverblätter sich auf so was stürzen?« fragte McCracken. »Den nächsten schleifste einfach weg. Und hau ihm erst auf die Birne, wenn du hinter 'nem Scheißzelt bist.«

»Okay«, sagte Messina zurückhaltend.

»Und paß auf, daß du keinen kaltmachst. Sorg nur dafür, daß sie die Schnauze halten. Erteil ihnen 'ne Lehre und sag ihnen, sie sollen 'ne Mücke machen. Verstanden?«

Messina nickte.

»Geh jetzt wieder rüber und behalt die Leute im Auge. – Scheiiiße ... 's gibt jede Menge Typen, die Huey umlegen wollen, aber ihr steht hier rum und amüsiert euch. Schiebt ab, bewacht den Boss.«

Messina nickte erneut, warf mir einen funkelnden Blick zu und schlurfte um das Zelt herum, zurück zur Menge.

McCrackens verbeulte Visage verzog sich zu einem Lächeln. Dann legte er eine Hand von der Größe eines Außenfeldspieler-Handschuhs auf meine Schulter.

»Mach dir keine Sorgen um Joe«, sagte er. »Wenn's um den Kingfish geht, ist der alte Messina treu wie 'n Köter.«

»Und auch fast so intelligent«, sagte ich. Mir schlug das Herz bis zum Hals. Ich fragte mich, wie knapp ich einer Schießerei mit dem geistigen Schrebergärtner entgangen war.

McCracken und ich kehrten zu den Leuten zurück. Offenbar hatte niemand etwas von dem kleinen Melodram hinter dem Zelt mitgekriegt. McCracken baute sich in der Nähe der Bühne auf. Ich verzog mich in den Hintergrund.

»Tja, und Jim Farley, Roosevelts Laufbursche«, sagte Huey gerade, »ist so schräg, daß er die Leute in den Sack steckt und wieder rausholt, ohne daß sie merken, daß sie überhaupt drin gewesen sind.«

Ich musterte das Publikum. In Situationen, in denen ein Prominenter sich zur öffentlichen Zielscheibe macht, studieren Leibwächter Gesichter und Reaktionen. Bei Politikern, die so geliebt und gehaßt werden wie Huey Long, ist der verdächtigste Gesichtsausdruck ein nichtssagender.

Eine hübsches Frauengesicht zog meine Beachtung auf sich. Das ist bei mir nichts Ungewöhnliches. Aber einen nichtssagenden Gesichtsausdruck hatte sie nicht. Sie lächelte, ihre Augen blitzten. Sie wirkte recht aufgedreht.

Die Blondine hatte einen Shirley-Temple-Lockenkopf und die Figur Jean Harlows. Sie trug ein dünnes weißes Sommerkleid mit roten Tupfern und unter dem blassen Arm eine pralle Handtasche.

Irgend etwas an ihrem hübschen, rundherum amerikanischen Gesicht war härter als gewöhnlich. Es war das Gesicht, das man zu sehen kriegte, wenn man bei einer Puffmutter nach einer Jungfrau nachfragte. Aber sie sah gut aus. Ihre Kleidung war zwar gerade so sexy, um Beachtung auf sich zu ziehen, aber nicht so, um den Zorn alter Spießerinnen zu erregen.

Sie schob sich durch die Menge und blieb hin und wieder stehen, um einen Blick auf die Bühne zu werfen, wo Huey sich bemühte, noch mehr unschmeichelhafte Dinge über den Präsidenten der Vereinigten Staaten zu sagen. Wenn sie weiterging, fädelte sie sich wie eine eingeölte Schlange durch die Umstehenden.

Ich wußte zwar ziemlich genau, was sie vorhatte, aber ich rührte mich noch nicht. Ich wartete darauf, daß sie etwas länger als üblich stehenblieb. Was sie schließlich auch tat.

Sie hielt neben einem stämmigen, gut gekleideten, offenkundig wohlhabenden Farmer mit kahlköpfigem Quadratschädel und kurzgeschorenem weißem Haar an, der mit seinen in die Hosenträger verhakten Daumen wie Clarence Darrow bei einer Gerichtsverhandlung wirkte.

Er war allein. Seine Frau war entweder zu Hause geblieben oder nahm in einem Pavillon auf dem Ausstellungsgelände an einem Backwettbewerb teil.

Während die nervöse Schönheit so tat, als mustere sie Huey, war sie mit etwas anderem beschäftigt: Hauptsächlich schaute sie nach prallen Brieftaschen. Schon ließ sie ihr Handtäschchen fallen, und ihr hübsches Köpfchen und der Quadratschädel des Farmers tauchten im Meer der Zuschauer unter. Er hob zweifellos ihre Handtasche auf, wofür sie ihm ein strahlendes Lächeln und einen Blick aus babyblauen Augen schenkte.

Schäkern ist das beste Ablenkungsmanöver, wenn man jemanden beklauen will.

Die beiden Köpfe tauchten wieder auf. Der Farmer lächelte sie errötend an und reichte ihr die Handtasche. Seine Hände waren beschäftigt – so mußte es sein. Das Dämchen agierte ebenso kokett. Ein blonder, gutaussehender Bursche von etwa zwanzig Jahren, der ihr Bruder hätte sein können (vielleicht war er es sogar), bewegte sich hinter den beiden durch die Umstehenden und berührte sie ganz kurz. Er trug einen weißen Seersuckeranzug, der dem meinen recht ähnlich war.

Inzwischen hatte ich mich zu Joe Messina durchgefädelt. Er musterte mich wie der Schläger aus der fünften Klasse, der vorhat, mich nach Schulschluß zusammenzuhauen.

»Willste zur Abwechslung mal was Nützliches tun?« fragte ich leise.

»Häh?«

»Siehste das Dämchen da? Mit den Locken und den Kurven?«

»Yeah. Und?«

»Siehste den Typ da drüben, der sich durch die Menge schiebt?«

»Yeah. Und?«

»Es sind Taschenkrebse. Sie klauen.«

Er stürzte vor, aber ich packte seinen Arm. Sein Bizeps war wie eine Kanonenkugel.

»Warte, bis sie aus der Menge raus sind«, sagte ich. Ich wartete ein paar Sekunden. »Komm mit«, sagte ich dann.

Wir bahnten uns langsam einen Weg. Huey erklärte seinen Zuhörern derweil, daß er keine Angst vor FDR hatte (»Faß nie 'n Stachelschwein an, es sei denn, du bist drauf aus, 'n paar Stacheln in die Seite zu kriegen«). Wir entschuldigten uns. Wir bewegten uns nicht schnell. Wir hatten unsere Beute im Visier.

Im Mittelgang erklang aus offenen Zelten zu beiden Seiten der Lockgesang der Marktschreier. Die Ringwurfbuden mit ihren Terrassentischen waren mit Schätzen wie Stofftieren, Parfümflaschen sowie Füller-und-Kugelschreiber-Garnituren beladen. Wir schlichen hinter dem hübschen Mädchen und dem blonden Burschen her. Wir schlenderten an einem Ziegelsteinpavillon vorbei, in dessen Umgebung sich Popcornduft mit dem Geruch von Desinfektionsmitteln und Natur vermischten. Wir schlängelten uns an Halbwüchsigen mit Zuckerwatte und Luftballons vorbei und wichen Burschen aus, die Arm in Arm mit ihrer Liebsten auf der Suche nach einer Schießbude waren, wo ihr Adlerauge vielleicht einen Preis errang, damit sie ihn anschließend noch weitreichender belohnte.

Wir schauten zu, als der blonde Bursche in Seersuckerweiß sich zu dem hübschen Mädchen in dem Kleid mit den roten Tupfern gesellte. Wir sahen, daß er ihr eine dicke Brieftasche überreichte und sie ihm dafür ein Lächeln schenkte.

Er schlang den Arm um ihren Hintern, und ihr Lächeln wurde vulgär. Vielleicht waren sie gar keine Geschwister. In diesem Teil des Landes konnten sie auch Vetter und Kusine sein.

»Du nimmst den Jungen«, sagte ich.

»Dann nimmst du das Mädchen«, sagte Messina scharfsinnig.

»Dir entgeht aber auch nichts, was, Joe?«

Wir glitten neben die beiden. Ich packte den weichen Arm des Dämchens und sagte: »Hm, dein Woolworth-Parfüm duftet aber gut!«

Sie schaute mich stirnrunzelnd an und wollte sich losreißen. »Die Ware ist nicht zum Anfassen da, Freundchen!«

Neben ihr hielt Messina ihren Kumpan fest und packte grob seinen Arm.

»Laß die Ware einfach aufs Sägemehl fallen, Schwesterchen«, sagte ich leise. »Dann lassen wir die Polypen aus'm Spiel.«

Ihr Lächeln war zwar nur halbherzig, aber bei ihrem Mund und ihrem Lippenstift hätte auch 'n Erzbischof 'n Steifen gekriegt.

Aber die Stimme der Mieze war einfach unschlagbar. »Können wir uns nicht irgendwie *anders* einigen?«

Ich grinste. Dann seufzte ich. »Tja, wenn ich's zu bestimmen hätte ...«

Sie versetzte mir plötzlich einen festen Schubs, und der Junge tat das gleiche bei Messina. Dann rannten sie los, durch den Mittelgang. Sie schoben die ihnen im Weg stehenden Leute (»He!«) einfach beiseite, bogen um eine Ecke und verschwanden auf einem anderen mit Sägemehl bestreuten Pfad.

Ich saß auf dem Arsch. Messina war nicht zu Boden gegangen – Gebäude stürzen nicht um, wenn man ihnen nur einen Schubs versetzt.

Er half mir auf. Er war offenbar nicht sauer.

»Was jetzt?« nuschelte er.

»Hinterher, du Pfeife!«

Schon rannte ich los. Messina, der wie eine Dampflokomotive ächzte und schnaufte, bildete die Nachhut.

»Ich nehm das Mädchen!« rief ich.

»Dann nehm ich den Jungen!«

Gott, was für ein Schwachkopf!

Sie war zwar schneller als ihr Freund, aber ich war schneller als beide, und so schnappte ich sie mir und ging mit ihr zu Boden – im Gras, genau im Schatten eines Riesenrades. Eine Weile machte es Spaß. Sie war ein süß duftendes Bündel aus blondem Haar, weichen Kurven und seidenbestrumpften Beinen, aber als ihre kleine, harte Faust auf meine Nüsse zuflog, hielt ich ihr die Seite meines Beins hin und haute ihr fest eine rein.

Der Junge lief noch immer.

Messina war stehengeblieben und stand vornübergebeugt da. Er stützte die Hände auf seine Schenkel und rang nach Atem. So muskulös er auch war, sein Bierbauch war ihm zum Verhängnis geworden.

»Halt ihn auf!« schrie ich.

Daraufhin tat Messina etwas, was mich beinahe dazu gebracht hätte, meine Unterwäsche zu beschmutzen.

Er zog den Revolver mit dem Perlmuttgriff aus dem Halfter.

Ich hievte das hübsche Taschendiebbündel auf die Beine, auf die ich selbst gerade erst gekommen war, und schrie: »Nein …«

Aber es war zu spät. Messina schoß.

Das Krachen seiner Kanone ließ den Nachmittag in eine Million Teile zerspringen.

Überraschte und ängstliche Schreie kamen aus dem Mittelgang, und Hueys verstärkte Stimme sagte: »Scheiße!« So wie ich ihn kannte (denn er gehörte nicht zu den mutigsten Menschen, die mir je begegnet waren), lag er inzwischen auf dem Bühnenboden.

Messina hatte erstaunlicherweise die Geistesgegenwart (oder das, was er dafür hielt) besessen, in die Luft zu schießen.

Der blonde Bursche stand da, auf dem Gras, neben einem Karussell, erstarrt, und hob langsam die Hände.

Messina ging so schwerfällig wie eine zermatschte Version des Frankenstein-Ungeheuers zu ihm rüber und hielt den Revolver zitternd vor sich. Er holte Luft wie ein Asthmatiker. Seine Froschaugen standen weit vor. Auf seiner Stirn traten die Venen so dick hervor wie Ausrufezeichen.

»Joe ...«, sagte ich.

Er ging auf den blonden Burschen zu, der sich umgedreht hatte, die Hände noch immer in der Luft, und nun in den Lauf einer Achtunddreißiger schaute.

»Erschieß ihn nicht, Joe«, sagte ich.

»Erschieß ihn nicht, Joe«, rief das Mädchen hysterisch, als würde es Messina kennen. Ich hielt die Brieftasche mit der einen und ihren Arm mit der anderen Hand fest und zerrte sie hinter Messina her, der seinem schlotternden Gefangenen nun gegenüberstand. Er wirkte tatsächlich so, als wolle er ihn von diesem Planeten fegen.

»Joe«, sagte ich, als ich in seiner Nähe war. »Nein ... *nein.* Es würde sich übel für den Kingfish auszahlen.«

»Was ist hier los, verdammt?« rief eine respekteinflößende Männerstimme.

»Laß die Kanone fallen!« rief eine zweite.

Wir drehten uns um und erblickten zwei uniformierte Polypen. Sie hatten die Waffen gezogen und kamen langsam näher.

Messina senkte seinen Revolver.

»Wir sind Senator Longs Leibwächter«, erklärte ich.

»Das gibt euch noch lange nicht das Recht, hier den strammen Max zu spielen und in der Luft rumzuballern wie bei 'ner Scheißwildwestshow«, sagte der ältere Polyp. Wie die meisten seiner Art konnte er reden, ohne den Mund aufzumachen. Er bewegte nur die Lippen. Es ist 'ne Kunst.

Ich zog das Mädchen an mich und lieferte es dem zweiten Polypen aus. Messina schubste den blonden Burschen, der sowohl verängstigt als auch erleichtert wirkte, nach vorn. Ich konnte es ihm nicht verübeln.

»Das ist 'n Taschendiebpärchen«, sagte ich.

Messina und ich traten zur Seite, und die Polypen filzten das Paar. Der Typ hatte mehrere Armbanduhren und diverse Schmuckstücke in der Jackentasche, und als sie den Handtascheninhalt seiner Begleiterin auf die Wiese kippten, kollerten diverse Brieftaschen und Uhren heraus.

»Woran haben Sie's bemerkt?« fragte der ältere Polyp.

»Ich war mal beim Raubdezernat«, erklärte ich. »In Chicago.«

Er setzte eine angeekelte Miene auf. »Und was machen Sie *hier*, verdammt noch mal?«

'ne gute Frage.

2

Am Freitag davor, einem erfreulich warmen Nachmittag, hatte mich ein Taxi vom Flughafen Newark auf der Eighth Avenue zwischen der 34. und 35. Straße in Manhattan abgeliefert – genau hinter dem Pennsylvania-Bahnhof, am Textilviertel. Ich bezahlte den Fahrer und gab ihm ein gutes Trinkgeld, denn er hatte es mir freundlicherweise erspart, mich auf der Fahrt in die Stadt an irgendwelchen Sehenswürdigkeiten vorbeizukutschieren.

Ich stieg mit der Reisetasche in der Hand aus und hatte ein schwammiges, doch schweres, in Packpapier eingeschlagenes Paket unter dem Arm. Ohne die vorbeieilenden gelangweilten und geschäftigen New Yorker wahrzunehmen – vermutlich Einkäufer, Stenotypistinnen, Geschäftsleute und Büroangestellte –, stand ich da und glotzte wie jeder andere verblödete Fremde zum zweithöchsten Hotel der Stadt auf. Bei uns in Chicago warb das vierzigstökkige Morrison Hotel damit, das höchste Gebäude der Stadt zu sein, in der man den Wolkenkratzer erfunden hatte. Aber das Hotel New Yorker wäre mit seiner breiten, stumpfen, irgendwie ägyptischen Bauweise und seinem verschlungenen Art-Deco-Schnickschnack auch beeindruckend gewesen, hätte es das Morrison nicht um drei Etagen überragt.

Die klimatisierte Eingangshalle hatte eine niedrige Decke, der es gelang, gleichzeitig majestätisch und modern zu wirken. Ich schlenderte am Café, am Zeitungsstand und einer Reihe von Aufzügen vorbei und begab mich an den marmornen Empfang, wo ich schon erwartet wurde.

»Ihr Zimmer ist fertig, Mr. Heller«, sprudelte ein dunkelhaariger, vergnügt-eifriger Angestellter mit wachem Blick. »Ich gebe Mr. Weiss Bescheid, daß Sie hier sind …«

In meiner Branche wird man nur selten so großzügig empfangen, aber ich wußte, daß ich mich in geborgtem Ruhm sonnte, und nahm ihn nicht sonderlich ernst. Ich trug die Reisetasche, das Packpapierpaket und meinen reisemüden Hintern zu einem weichen Sofa und leistete irgendeinem Topffarn eine Weile Gesellschaft.

Die Weile dauerte freilich nicht lange.

Ich hatte meinen Blick gerade durch die Lobby schweifen lassen und hübsche Mädchen katalogisiert, als er plötzlich wie aus dem Nichts materialisiert vor mir stand: eine kahlköpfige, flaschenförmige, sehr gut gekleidete Erscheinung. Sein flotter dunkelbrauner Westenanzug paßte vollkommen zu seiner grün-braun gestreiften Krawatte und der Diamantnadel. Meine zerknitterten Maxwell-Straßenklamotten waren keine Konkurrenz für ihn.

Die Erscheinung war ein irgendwie schlichter, leicht übergewichtiger Mann, der körperliche Unzulänglichkeiten durch Eleganz auszugleichen versuchte.

Seymour Weiss, Huey Longs rechte Hand, hatte freilich eine Menge Schlichtheit zu überspielen: Büschel braunen Haars auf einem eiförmigen Schädel, das wie absterbendes Wüstengras aussah, eine Knollennase, ein Knubbelkinn und dunkle, leblose Augen.

»Freut mich, Sie wiederzusehen, Mr. Heller«, sagte er. Die schmale Linie seines Mundes verzog sich zum Anflug eines Lächelns.

»Ist mir 'ne Freude, Mr. Weiss«, sagte ich. »Elliot Wisbrod hat mich gebeten, Ihnen das Paket persönlich zu übergeben.«

»Ausgezeichnet!«

Ich reichte ihm das Packpapierpaket, und er hielt es in den Händen, wie einen dankbar entgegengenommenen Preis.

»Wie ich höre, ist es das neueste Modell der Wisbrod Company«, sagte er.

»Das hat Mr. Wisbrod jedenfalls gesagt.«

Seymour strahlte mich an, dann deutete er mit einem Knubbelfinger auf meinen Brustkorb. »Es wäre mir lieb, wenn Sie es Senator Long persönlich übergeben.«

Hatte man mich deswegen gebeten, Kurier für ein Paket zu spielen, das auch die Post hätte zustellen können?

Ich glaubte die Antwort zwar zu kennen, aber ich stellte die Frage trotzdem. »Warum, Mr. Weiss?«

»Huey kann Sie gut leiden«, sagte Seymour leise. »Wenn Sie es ihm bringen, wehrt er meine Bemühung eventuell nicht so schnell ab …«

»Wenn Sie meinen«, sagte ich achselzuckend.

Na ja, immerhin war ich auf seine Kosten geflogen, und ich konnte ohnehin erst am nächsten Tag zurück. Außerdem hatte eine Begegnung mit dem Kingfish sicher großen Erinnerungswert.

»Gut«, sagte er und lächelte kurz. Dann gab er mir das Paket zurück, und ich hielt es in den Armen, wo es sich wie Weihnachtspapier wellte.

Daß der Kingfish mich mochte, kam mir übertrieben vor. Ich kannte ihn. Das heißt, wir waren uns schon mal begegnet, mehr nicht, denn Huey Long gehörte nicht gerade zu denen, die man leicht »kennenlernt«.

Damals, im Juni 1932, ich war noch bei der Kripo in Chicago, hatte ich als »Verbindungsmann« zu Long und seinen vier Leibwächtern Dienst geschoben. Er war in der Stadt, um den Parteitag der Demokraten zu besuchen, denn er hatte sich für die Nominierung Franklin Delano Roosevelts engagiert. Er und seine Leute waren eine Woche zu früh aufgekreuzt, damit Huey Politik machen, in die Presse kommen und das örtliche Nachtleben begutachten konnte – wenigstens so lange, bis *Mrs.* Long zum Parteitag anreiste.

Sergeant Sapperstein, mein Vorgesetzter im Raubdezernat, hatte gesagt, ganz oben wolle irgend jemand, daß man Huey und seine Jungs im Auge behielt. Offenbar waren seine Leibwächter in Chicago als Polizisten vereidigt worden, damit sie das Recht hatten, Feuerwaffen zu tragen. Allem Anschein nach hatte der Kingfish Angst vor Mordversuchen.

Huey war aber nicht als einziger nervös gewesen: Dies galt auch für jene, die er dafür geschmiert hatte, es seiner Rabaukentruppe aus Louisiana zu gestatten, mit der Kanone in der Tasche durch die Stadt zu laufen – sonst hätte ich dem Gouverneur von Louisiana nicht zu zeigen brauchen, wo man bei uns den 18. Verfassungszusatz brechen konnte, ganz zu schweigen von zweien oder dreien der Zehn Gebote.

»Ich weiß noch, daß Huey bestens mit Ihnen klargekommen ist«, sagte Seymour, als wir in den ansonsten leeren Aufzug traten. Er gehörte zu den modernen Dingern, die man selbst bedienen konnte. Er drückte einen Knopf an einem Schild, auf dem mehr Zahlen waren als auf einer Wählscheibe.

»Yeah, Huey war in Ordnung«, sagte ich. »Hat mir sogar 'ne Stelle angeboten. Hätte sie lieber nehmen sollen.« Ich schüttelte den Kopf. »Aber ich dachte, ich könnte bei der Polizei was werden.«

»Was ist denn passiert?«

»Hab gegen 'n paar korrupte Polypen ausgesagt.«

»Klingt doch edel.«

»War's aber nicht. Ich hab's getan, um Frank Nitti daran zu hindern, mich umlegen zu lassen.«

»Ach«, sagte er. Er räusperte sich. »Und wie war der Flug?«

»Schön.«

»Sie haben keine Angst vorm Fliegen?«

»Nee. Nicht, seit ich mit Lindy oben war.«

Seymour blinzelte erstaunt. Sein Gesichtsausdruck glich dem eines Iguans, der eine Fliege mustert. »Sie sind mit Lindbergh geflogen?«

»Yeah, während der Entführung war ich der Verbindungsmann in Chicago. Ganz am Anfang hat man geglaubt, Capone sei dafür verantwortlich.«

»Jetzt fällt's mir wieder ein«, sagte Seymour nickend.

»Slim ist jedenfalls 'n Scherzkeks. Ich hab vorher noch nie 'n Flugzeug von innen gesehen. Er hat eins seiner Tiefflugkunststücke gemacht, um mich in die Materie einzuführen. Seither hab ich keine Angst mehr vor dem, was Piloten so machen.«

Andererseits verstopfte der Aufzug meine Ohren. Auf dem Knopf, den Seymour gedrückt hatte, stand 32.

Er wirkte leicht amüsiert. »Frank Nitti. Colonel Lindbergh. Sie sind wohl 'ne Art Wichtigtuer geworden, Mr. Heller.«

Ich hatte nicht so klingen wollen. Vielleicht hatte mein Unterbewußtsein Huey Longs Majordomus aber auch wissen lassen wollen, daß ich kein Landei war.

»Ich hätte es mir jedenfalls gewünscht, wenn Sie die Stelle angenommen hätten, die Huey Ihnen angeboten hat«, sagte Seymour verdrießlich.

»Wirklich?«

»Er könnte Sie auch jetzt in seinem Stab gebrauchen.«

»Nach dem, was so in der Zeitung steht, geht Huey heutzutage nicht mehr ohne ein Leibwächter-*Bataillon* auf die Straße.«

»Die meisten sind schießwütige Halunken«, sagte Seymour. »Huey kann sich glücklich schätzen, wenn er nicht in ihr Kreuzfeuer gerät.«

»Und deswegen haben Sie das hier bestellt.« Ich hob das Packpapierpaket hoch.

Seymour nickte. Seine harten, leblosen Augen wurden sehr nachdenklich. »Huey erzeugt starke Gefühle in der Bevölkerung«, sagte er. »Viele Menschen beten ihn regelrecht an …«

»Yeah«, sagte ich, »aber in den Straßen von New Orleans gab es auch bewaffnete Tumulte.«

»In Baton Rouge auch.« Seymour schüttelte den Kopf. Er setzte eine ernste Miene auf. »Er braucht eindeutig Schutz.«

Der Aufzug hielt an. Die Tür ging auf. Ich trat ins Freie und schluckte, damit meine Ohren wieder funktionierten. Ich folgte Seymour, und das war das Schlimmste: er machte kurze, abgehackte Schritte, Schritte eines vorsichtigen Menschen, bewegte sich aber trotzdem schnell. Ich hatte beinahe Schwierigkeiten, mit ihm Schritt zu halten …

Am Ende des Korridors zückte er einen Schlüssel (mit einem goldenen Schildchen, auf dem 3200 stand). Ich wurde in einen Vorraum gebeten, in dem an einem Tisch, der wohl zum Essen oder für Geschäftskonferenzen diente, zwei Typen aus einer Geschichte von Damon Runyon saßen. Sie spielten Karten und verschwanden fast im Rauch ihrer Zigarren.

Ich kannte die beiden – sie hatten am Parteitag der Demokraten teilgenommen und gehörten zu Hueys Viermannleibwache.

»He, kuck mal, der rothaarige Ire aus Chicago!« sagte Big George McCracken. Sein klumpiges Streithahngesicht versuchte ein Lächeln zustande zu bringen.

Eigentlich ist mir noch nie ein Ire namens Heller über den Weg gelaufen, aber meine katholische irische Mutter hatte mir das rote Haar vererbt. Den Familiennamen und das schlechte Benehmen hatte ich hingegen von meinem atheistischen jüdischen Vater.

»Wie läuft's, George?« fragte ich.

»Kann nich klagen.« McCracken war in Hemdsärmeln und Hosenträgern, trug aber seinen zerknitterten Filzhut. In seinem Mundwinkel klemmte ein schwelender Zigarrenstummel, und er schaute von einem Glas Gin auf. Er hatte gute Karten.

Was mich nicht überraschte, denn sein Gegner war Joe Messina, der über die geistigen Fähigkeiten eines Baumstumpfs und ungefähr ebensoviel Persönlichkeit verfügte. Messina warf mir einen Blick zu und grunzte einen Gruß, als sei mein Auftauchen nach drei Jahren völlig uninteressant. Er stierte seine Karten mit aller Intensität an, die er aufbringen konnte.

»Freut mich *auch*, dich zu sehen, Joe«, sagte ich.

»Kommste, um bei uns zu arbeiten?« fragte McCracken. Neben ihm, an einen Stuhl gelehnt, fiel mir eine große Papiertüte auf, wie man sie in Lebensmittelgeschäften kriegt. In ihr befand sich eine Thompson-MP.

Ein Loch an der Seite der Tüte gab ihm Zugriff zum Abzug.

»Nee«, sagte ich und folgte Seymour, der sich gar nicht erst die Mühe machte, sich mit Hueys Redneck-Pöbel zu unterhalten. Er eilte an einigen Beratern oder Sekretären vorbei, die an einem anderen Tisch saßen und irgendwelche Papiere durchgingen. Er ignorierte sie ebenso wie sie ihn und blieb vor einer geschlossenen Tür stehen, hinter der man die gedämpfte Stimme einer enthusiastisch singenden Frau vernahm.

»Ich spiel nur den Laufjungen«, sagte ich zu McCracken und hob das Packpapierpaket hoch. Seymour öffnete die Tür.

»...mann ein König«, sang die Frauenstimme angenehm zwitschernd wie Betty Boop. »Jedermann ein König, denn du kannst Millionär sein ...«

Ich folgte Seymour in ein riesiges, verschwenderisch eingerichtetes, von einer Wand zur anderen mit einem Teppich ausgelegtes Schlafzimmer. Neben dem Fenster, die Sonne fiel durch hauchdünne Vorhänge herein, stand ein kleines Piano, und davor wiederum eine hübsche kleine Blonde in hautengen weißgepunkteten blauen Taftklamotten. Wenn sie eine Textstelle betonte, schwang sie ein zierliches Fäustchen.

»Aber etwas gehört auch den anderen«, trällerte sie, »denn es ist genug für *a-halle* da ...«

Am Piano saß noch ein Schnuckelchen. Keine der beiden war über fünfundzwanzig. Die zweite war brünett und trug ebenfalls Taft; weiß mit blauen Tupfern. Wie das Negativ des Kleides der anderen.

»Im sonnigen Juni und im Dezember«, sang die Blonde, »im Winter oder Frühling ...«

Der Dirigent – er trug einen grünen Schlafanzug und war barfuß – fiel hin und wieder schräg in den Gesang ein und dirigierte das musikalische Ensemble, als wiese er ein Flugzeug auf eine Landebahn ein. Einer seiner Arme wedelte auf eine Weise, die mit dem Takt nichts zu tun hatte. Es war der Kingfish. Er hatte, wie üblich, alles im Griff.

Dann sang der Senator aus Louisiana mit einem krächzenden

Bariton zusammen mit der Blonden die muntere Melodie: »Frieden sein wird ohne Ende, jeder Nachbar ist dein Freund – und jedermann ein Kööönig!«

Ein kleiner Mann am anderen Ende des Zimmers fing begeistert an zu klatschen. Eine Nickelbrille saß auf seiner spitzen Nase, und eine rote Fliege verlieh seinem gelbbraunen Anzug etwas Farbe.

»Wunderschön, Lila«, sagte Huey und umschloß die kleine Hand der Blonden mit seinen großen Pranken, als wolle er ein Blatt zwischen Buchseiten klemmen. Die Blonde strahlte. Dann ließ er sie los und legte die Hand auf die Schulter der Brünetten am Piano, die sich umgedreht hatte und ihm ein ehrfürchtiges Lächeln schenkte. Schließlich war er prominent.

»Das gefällt mir am besten«, sagte er. »Ihnen nicht auch, meine Damen?«

Die beiden Damen nickten.

Der Kleine mit der Nickelbrille erhob sich von seinem Stuhl. Er klatschte noch immer, was mir allmählich auf den Senkel ging, und sagte mit einem angestrengten Lächeln: »Sehr schön, Kingfish, wirklich sehr schön.«

»Na ja, danke, Lou.«

Lou trat ans Piano und tippte auf die Notenblätter. »Aber vielleicht möchtest du eins von den *neuen* Liedern, die wir haben schreiben lassen. Immerhin geht's doch um deinen Präsidentschaftswahlkampf … und die Leute sind es vielleicht leid, immer nur ›Jedermann …‹«

»Lou«, sagte Huey mit einem so ruhigen Lächeln, daß es schon gönnerhaft war, »als Theateragent biste 'n wahrer Knaller. Aber wenn du 'ne Komposition beurteilen sollst, biste das Pulver nicht wert, das es kostet, dich umzulegen.«

Der Agent runzelte frustriert die Stirn, nahm die handgeschriebenen Notenblätter an sich und schwenkte sie flatternd durch die Luft. »Wir haben Kompositionen der größten Talente aus der Tin Pan Alley ...«

»Mir gefällt das Lied, das *ich* geschrieben habe. Wenn's für die Marschkapelle der LSU gut genug ist, ist es auch gut genug für die amerikanische Öffentlichkeit.«

»Aber du wolltest doch ein *Wahlkampflied* haben ...«

Huey legte eine Hand auf die Schulter des Kleinen. »Hör zu, Mann, wir stimmen ab.« Er zwinkerte der Blonden zu. Sie errötete oder tat wenigstens so. »Ich bin der Vorsitzende, ich stimme dafür, daß wir *mein* Lied nehmen. Und damit ist die Sache geritzt.«

Seymour und ich hatten während der ganzen Szene dicht an der Tür gestanden und mußten erst noch in Empfang genommen werden. Ich stand mit meinem Filzhut in der Hand da und fragte mich, wie die Chancen standen, daß der Kingfish mich überhaupt noch kannte.

Plötzlich, als hätte er meine Gedanken gehört, wandte er sich zu uns um. Sein fröhliches Bauerntölpelgesicht wurde zu einer finsteren Miene.

»Wo *warst* du, Seymour?« fragte er gereizt. »Ich war grad bei 'ner wichtigen Sache!«

»Aber du hast doch mit Mr. Irwin etwas Wichtiges zu besprechen«, sagte Seymour und deutete auf den Agenten mit der Fliege.

»Das liegt *hinter uns*«, sagte Huey. »Lou, wir sehen uns heute abend beim Essen.«

»Freu mich schon drauf, Kingfish.«

Huey schlang einen Arm um die Blonde, den anderen um die

Brünette und brachte die beiden zur Tür. »Es war wirklich nett von euch Süßen, dem alten Kingfish heute auszuhelfen«, sagte er.

»Es war uns eine Ehre, Senator«, sagte die Blonde und klimperte mit ihren falschen Wimpern.

»Richten Sie Nick meinen Dank aus, klar?«

»Aber allemal«, sagte die Brünette.

Der Kingfish schloß die Tür hinter ihnen. Seine Freundlichkeit verflüchtigte sich, als er zu dem großen Doppelbett ging und sich auf den Rücken fallen ließ. Kissen waren keine da; er hatte es wohl am liebsten, wenn er sich flach ausstrecken konnte. Außerdem schien ich irgendwann in den letzten zehn Minuten unsichtbar geworden zu sein.

Seymour schlenderte zu ihm hinüber und baute sich wie ein Butler neben dem Bett auf, der darauf wartet, die Schrullen seines Herrn zu erledigen. Huey ignorierte ihn, nahm eine Zigarre aus einem Kistchen auf dem Nachtschränkchen, biß die Spitze ab, spuckte sie irgendwohin und steckte sie mit einer Riesenflamme aus einem silbernen Zippo an. Er nuckelte, brachte sie zum Glimmen und griff nach einer neben ihm auf dem Bett liegenden Zeitung. Es war die *Washington Post.* Er las und rauchte. Irgendwann ergriff er dann das Wort.

»Wie ich schon gesagt hab, Seymour, bevor du einfach abgehauen bist ... Du *weißt,* daß ich nichts gegen 'n paar triefnasige Randalierer hab ... Schließlich haben sogar Flöhe ihren Nutzen – sie halten den Hund wach.« Er blätterte die Zeitung um. Sie fiel zusammen. Er schüttelte sie aufrecht und erzeugte das Geräusch eines Peitschenknalls. »Außerdem kann ich keine Rede halten, ohne über das die Sau rauszulassen, was meine Gegner alles planen.«

Seymour wechselte das Standbein. »Ich hoffe, es bedeutet, daß du im Fall Richter Pavy zu Sinnen gekommen bist ...«

Huey warf die Zeitung wütend beiseite und ballte die Faust. Das Knistern des Papiers war wie ferner Donner. Seine Augen und Nasenlöcher loderten auf. Er war ein wütender Stier in einem grünen Seidenschlafanzug.

»Zu Sinnen gekommen ist genau richtig! Die sturen Bauerntölpel im St.-Landry-Parish müssen endlich mal lernen, was *Respekt* ist!« Er lächelte, doch sein Lächeln wurde schnell zu blankem Hohn. »Sonntag verlegen wir Richter Pavy in einen Wahlkreis, der ihn ruck, zuck in die Hölle befördert.«

Seymour tätschelte vorsichtig die Luft. »Richter Pavy ist aber in der Gegend von Opelousas sehr beliebt ...«

»Ich werde diese Holzhacker lehren, daß sie vom Bürgersteig runtergehen und sich verdammt tief verbeugen, wenn der Kingfish in die Stadt kommt.« Hueys Zigarre war ausgegangen. Er setzte sich aufs Bett und griff nach dem Zippo auf dem Nachtschränkchen. »Wer ist das? 'n neuer Leibwächter?«

Er hatte mich endlich bemerkt.

Seymour lächelte. »'n alter Freund von dir. Aus Chicago.«

Hueys Gesicht erhellte sich allmählich – wie das eines Kindes, dem man einen Dauerlutscher reicht.

Er sprang vom Bett und kam mit ausgestreckter Hand auf mich zu, als wolle er mich erdolchen. Aber wir begrüßten uns nur herzlich. Um die Wahrheit zu sagen, der Kingfish hatte eine seltsam kalte und feuchte Hand.

Es war, als würde man 'ner Leiche die Hand geben.

»Na, so was, wenn das nicht der Klugscheißer aus Chicago höchstpersönlich ist! Nat Heller!«

Ich versuchte ein Lächeln. »Nate. Es überrascht mich, daß Sie sich an mich erinnern, Senator.«

Seine Brauen zuckten kurz hoch. »Wieso? Weil wir die Flüsterkneipen, in denen wir waren, fast leer gesoffen haben?«

»Ein Mensch wie Sie begegnet vielen Menschen, Senator.«

Er schüttelte den Kopf. »Aber keine, die für mich Partei ergreifen. Neunundneunzig von hundert haben Angst vor mir. Ich schätze, Sie sind vermutlich der *hundertste*.«

»Ich weiß nicht. Wenn Sie genug blechen, bin ich auch gern zum Katzbuckeln bereit.«

Er lachte brüllend, aber ob er es ernst meinte oder das Gebrüll nur Teil seiner rüden Charaktermaske war, weiß ich nicht. Er legte einen Arm um meine Schulter.

»Wenn Sie nicht die gleiche Haarfarbe hätten wie ich«, sagte er, »würde ich Ihnen vielleicht nicht so verdammt viele Freiheiten zugestehen ...«

Ich fuhr grinsend mit der Hand über meine rötlichbraunen Locken. »Vielleicht war 'n Long unter meinen Ahnen.«

Diesmal fiel sein Gelächter noch lauter aus, und er gab mir mit einem Wink zu verstehen, ich solle ihm zu einem Sofa folgen, auf dem wir beide Platz nahmen. Seymour nahm sich einen Stuhl und setzte sich still hin.

»Übersehen Sie den Schlafanzug, Nate ... Ist so was wie mein Markenzeichen. Die Leute erwarten es sozusagen.«

»Wenn er für den deutschen Konsul gut genug ist«, sagte ich, »ist er auch gut genug für mich.«

»Er *war* aber nicht gut genug für den Heini«, sagte Huey gutmütig. »Deswegen muß er zu meinem Markenzeichen *werden*.«

Wir bezogen uns auf den berüchtigten internationalen Zwischenfall, der Huey groß in die Zeitungen gebracht hatte. Vor einigen Jahren hatten der Kommandant eines deutschen Kreuzers und der deutsche Konsul den Gouverneur des großartigen Staates Louisiana in New Orleans beim Mardi Gras in einer Hotelsuite besucht. Huey hatte die Würdenträger in einer blauen Robe, einem grünen Schlafanzug und roten Halbschuhen empfangen (er hatte später zugegeben, er habe wie eine »Explosion in einer Farbenfabrik« ausgesehen), ohne zu ahnen, daß er sie damit beleidigte. Die Presse hatte Wind von der Sache gekriegt und sie groß rausgebracht. Seither spielte er den Trottel vom Lande, wahrscheinlich deswegen, weil es sein Image des »amerikanischen Hitler« beschönigte.

»Was also führt die Chicagoer Polente nach New York?« fragte Huey. »'n besseres Gehalt und weniger Arbeit?«

»Würde mir schon gefallen«, sagte ich. »Aber ich hab mich 1932 selbständig gemacht.«

»Gottverdammich.« Er schlug sich auf die Schenkel. »Heißt das etwa, Sie sind endlich aufgekreuzt, um die Stelle anzunehmen, die ich Ihnen angeboten habe?« Er schüttelte den Kopf. »Die armseligen und jämmerlichen Kosaken, die ich befehlige … Ich brauche *wirklich* jemanden, der nicht mit den Fäusten denkt.«

»Ist Murphy Roden nicht mehr bei Ihnen? Er ist 'n guter Mann.«

Seine Lippen zuckten. »Die Ausnahme von der Regel. Er fährt meinen Caddy von D. C. nach Baton Rouge runter. Er würde sich freuen, Sie zu sehen. Er kann Sie wirklich gut leiden.«

»Huey«, warf Seymour ein. »Mr. Heller ist aufgrund meiner Einladung hier.«

»Wirklich? Da hast du ja auch mal 'ne gute Idee gehabt.«

Seymour kniff die Augen zusammen. »Ich wollte dir etwas … Besonderes schenken. Zum Geburtstag.«

Huey grinste mich an und rollte mit den Augen. »Was für 'n toller Tag! Wirklich grandios. Der alte Kingfish wird wieder älter. Na schön, Seymour. Ist unser Mann aus Chicago mein Geschenk? Warum haben Sie dann keine rote Schleife um den Hals, Heller?«

»Der Kuchen, aus dem ich springen sollte, ist leider zusammengefallen«, sagte ich.

Seymour deutete mit dem Kopf auf das Packpapierpaket, das neben mir auf dem Sofa lag. »Ich hab ihn gebeten, dir das Geschenk aus Chicago mitzubringen …«

Ich reichte Huey das zerknitterte Paket, und er nahm es eifrig an sich. Ein Lächeln blies seine Wangen auf. Seine Augen waren die eines gierigen Kindes. Er zerriß die Verpackung, aber als er den Inhalt erblickte, wurde sein Strahlen zu einem finsteren Starren.

In Hueys Händen lag ein dickes, massiges, gelbbraunes, ärmelloses Kleidungsstück aus Leinwand; eine Art Weste, die ihren Träger vom Hals bis zur Taille bedeckte.

Er warf Seymour das Geschenk angewidert zu. Seymour fing es auf, ohne mit der Wimper zu zucken.

»Seymour, ich brauch keine kugelsichere Weste, verdammt noch mal! Herr im Himmel! In dem Scheißding fühl ich mich wie 'n Blödmann. Und ich seh auch so aus! Schick's zurück!«

Seymours warmherziges Gesicht war vor Besorgnis angespannt. »Huey … Bitte … Denk an die Morddrohungen … Du mußt dich doch irgendwie schützen.«

»Der Schutz den ich brauche, kann man nicht *anziehen.*«

»Ich habe einfach nur gedacht …«

»Das ist seit einiger Zeit dein Problem: *einfaches* Denken.«

Huey schüttelte den Kopf. Seine Locken flogen. »Na, eins haste jedenfalls richtig gemacht – du hast meinen alten Kumpel Heller zu meiner Geburtstagsfeier eingeladen.«

Seymour brachte ein Lächeln zustande, das deutlich zeigte, wie mies er sich fühlte.

Huey wedelte abweisend mit der Hand, als wolle er eine Fliege verscheuchen. »Prüf mal die Zugreservierungen nach, Seymour.«

»Die hab ich schon ...«

»Dann prüf sie noch mal nach. Verstehst du nicht? Ich brauch 'n bißchen Intimsphäre. Ich möcht mich mit meinem Sicherheitsberater aus Chicago unterhalten.«

Seymour nickte wie betäubt, stand auf und trug die gelbbraune kugelsichere Weste in den Händen, als wolle er sie begraben. Er ging hinaus und machte die Tür hinter sich zu.

Der Kingfish haute mir auf die Schulter. Sein Grinsen war verkniffen und leicht starr. Irgendwie hatte er sie doch nicht alle. »Na also, jetzt sind wir allein, mein Sohn. Mal ehrlich, mein Angebot wegen der Stelle gilt noch immer.«

»Das ist sehr schmeichelhaft, Senator.«

»Huey. Nenn mich Huey oder Kingfish. Senator nennt man nur die Hohlköpfe in Washington.«

»Na schön ... Huey. Aber ich hab zu Hause 'n hübsches kleines Unternehmen.«

Er zuckte zusammen, als hätte ich ihm eine reingehauen. »In dieser miesen Zeit? Unter Prinz Franklin? Soll das 'n Witz sein?«

Ich war eigentlich der Meinung, daß die miesen Zeiten sich irgendwie dem Ende zuneigten. Ich hatte FDR sogar meine Stimme gegeben. Aber das wollte ich Huey natürlich nicht auf die Nase binden.

»Na ja, ich muß auch an meine Klienten denken. Banken, Versicherungen … Die kann ich nicht so einfach hängenlassen.«

Außerdem hatte ich kein Verlangen danach, ins Land der Bayous zu ziehen, nicht mal zeitweise. Aber das erzählte ich ihm natürlich auch nicht. Sümpfe und Alligatoren waren nicht mein Fall.

»Kannste mir nich mal 'n popeligen Monat deiner Zeit widmen, mein Sohn?« Seine Stimme war überraschend freundlich geworden, als hätte ein alter Wolf Seife gefressen. »Nich mal zwei popelige Wochen?«

»Na ja, ich könnte vielleicht …«

Er beugte sich vor. Seine dunkelbraunen Augen fixierten mich auf eine Weise, die verlockend und verunsichernd zugleich war. »Ich brauche *jemanden* … Einen Mann, dem ich vertrauen kann.«

»Was ist mit Seymour Weiss?«

»Ich vertraue ihm wie einem Bruder«, sagte er knapp. Dann lehnte er sich zurück und legte den Arm auf die Rückenlehne des Sofas. »Aber andererseits vertraue ich meinen Brüdern nicht sehr.«

»Du hast selbst gesagt, daß Murphy Roden 'n guter Mann ist, Huey.«

»Ist er auch. Aber das ist Joe Messina auf seine unnachahmliche Art auch. Er würde sich für mich in Stücke reißen lassen.«

»Er braucht aber auch jemanden, der ihm die Schuhe zubindet.«

»Darauf kannste einen lassen«, sagte Huey grinsend. »Also … Ich brauch einen Mann, dem ich trauen kann, der Köpfchen hat …« Er zwinkerte mir zu. »Jemanden, der von *draußen* kommt und überall *rein*kann. Was nimmste zur Zeit, Heller?«

»Fünfundzwanzig am Tag.« Jedenfalls bei den Klienten, von denen ich den Eindruck hatte, daß sie es sich leisten konnten.

Er hob die Brauen und schaute mich über die Doppelläufe seiner Schießeisennase an. »Ich zahl dir das Zehnfache, mein Sohn. Und du kriegst 'n Minimalvorschuß für 'ne volle Woche Arbeit – bar auf die Kralle.«

Ich schaute auf. Trotz seines schleppenden Akzents sprach er nun meine Sprache.

»Und«, fügte er mit einer flotten Handbewegung hinzu, »ich werf noch 'ne Prämie von zehntausend hinterher ... wenn du das Ding für mich schaukelst.«

»*Was* für'n Ding?«

Er nahm das Feuerzeug und steckte sich die Zigarre wieder an. Dem Duft nach hätte ich einen Hunderter gewettet, daß sie aus Havanna kam. Komisch, ich dachte daran, wie schwer er 1932 in Chicago gesoffen hatte; doch in der Suite gab es kein Anzeichen für eine Bar, einen Getränkewagen oder auch nur eine Flasche.

Dann sagte er so beiläufig, als bäte er jemanden, ihm den Salzstreuer zu reichen: »Irgendwann in der nächsten Woche ... vielleicht auch 'n paar Tage früher oder später ... will jemand den ollen Kingfish umlegen.«

Doch bevor mein neuer Arbeitgeber sich näher über die Sache auslassen konnte, flog die Tür auf und die knackige Blonde, die am Piano gesungen hatte, war wieder da. Diesmal trug sie ein schwarzes, perlenverziertes kurzes Kleid, das 'ne Menge sahnigweißes Menschenfleisch zeigte. Außerdem hatte sie einen großen sahnigweiß glasierten Kuchen dabei, der fast so gut aussah wie sie. Er war kunstvoll mit Geburtstagsgrüßen und Zuckergußblumen verziert – alle in einem Grünton, der dem von Hueys Schlafanzug glich. Obendrauf brannte ein kleines grünes Kerzenwäldchen.

»Zum Geburtstag viel Freud, zum Geburtstag viel Freud«, sang die atemberaubende Frau, während Joe Messina, Big George McCracken, der Agent Lou Irwin und andere aus Longs Gefolge, Sekretäre und sonstwas, sich um sie drängten und ihr ins Schlafzimmer folgten. Alle fielen fröhlich in den Gesang ein, nur nicht der mißgelaunte Seymour, der hinter ihnen herschlich.

»Alles Gute zum Geburtstag, Huey«, sangen sie – und endlich fiel auch Seymour mit ein –, als der Kingfish mit feuchten Augen und offenbar wirklich gerührt auf sie zuging.

Er blies die Kerzen aus.

Huey P. Long war zweiundvierzig Jahre alt.

3

Der Stork Club, der legendäre Lebensraum der Kaffeehausgesellschaft und Zeitungskolumnisten, kam mir zwar mit seinem mit weißen Buchstaben versehenen blauen Baldachin und den Korridorwandgemälden von Zylinderhüte tragenden Störchen für die Geburtstagsfeier eines Louisiana-Kingfish unpassend vor, aber der Theateragent Lou Irwin, der das Orchester im Hauptsaal gebucht hatte, gab bekannt, Sherman Billingsley, der Inhaber, habe einen neuen französischen Koch eingestellt, der die beste Zwiebelsuppe der Welt machte.

Huey, den Mund voller Zuckergußkuchen, sagte, seiner Meinung nach klinge dies »wirklich bombig«.

Bevor wir ausgingen, mußte ich mich noch im Hotel anmelden. Mehrere andere wollten sich noch feinmachen, deswegen war die Dunkelheit schon hereingebrochen, als sich unsere Gruppe – inklusive Leibwächter, aber leider ohne die Blonde, die in Nick Lucas' Band im Speisesaal des New Yorker sang – in zwei Taxen quetschte und nach Norden fuhr. Ich saß mit zwei Beratern und Seymour

Weiss zusammen, der in seinem Smoking wie ein Oberkellner aussah.

»Huey sagt, Sie haben angenommen«, sagte er und wirkte nun besser gelaunt.

»Jedenfalls für ein, zwei Wochen«, erwiderte ich. Ich bemühte mich, mein Unbehagen nicht zu zeigen: Aufgrund der Unterbrechung durch den Geburtstagschor hatte ich von Huey noch keine Einzelheiten über den geplanten Mordversuch erhalten.

Ich wußte, wie der Rest des Landes, aus der Zeitung, daß Huey FDR im Senat bezichtigt hatte, ein Mordkomplott gegen ihn angezettelt zu haben. Es ging um irgendwelche Verschwörer, die sich irgendwo in einem Hotel getroffen hatten. Aber ich hatte die Schlagzeilen eigentlich nur überflogen und die Meldungen quergelesen. Niemand nahm die Sache richtig ernst. Schließlich war Huey für Vorwürfe dieser Art bekannt. Er war ein Wolf, der laufend »Ein kleiner Junge!« schrie.

Der Stork Club war, man sah es deutlich, etwas für die höheren Kreise – die im Überfluß Lebenden und Prominenten. Seymour kam als einziger im Smoking. Huey hatte den grünen Seidenschlafanzug gegen einen leichten gelbbraunen Popelineanzug, einen langen Schlips, der so aussah, als habe man ihn mit grünroter Farbe bespritzt, und ein lavendelfarbenes Hemd mit Karomuster ausgetauscht. Explosion in einer Farbenfabrik, ganz recht.

Messina und McCracken traten in ihren üblichen ausgebeulten Gangsteranzügen auf (McCracken hatte die Tommy Gun in der Tüte zu Hause gelassen), während ich in meinem zerknitterten dunklen Anzug wahrscheinlich auch ein bißchen gangsterhaft aussah. Ich hatte leider keine Zeit gehabt, ihn oder meinen leichten hellen Ersatzanzug im Hotel aufbügeln zu lassen.

Aber wir gehörten zu Senator Longs Gruppe, und so wagte es keiner der hochnäsigen Angestellten des Stork Club, ein Wort zu sagen oder eine abfällige Miene aufzusetzen. Das Mädchen an der Hutgarderobe, eine kleine Rothaarige, zwinkerte mir sogar zu. Ich bekam für meinen Filzhut ein Lächeln und eine Kunststoffmarke.

Ließ man die wirkliche Welt hinter sich und trat in das phantastische Reich der Reichen ein, hielt einen nichts so Gewöhnliches wie ein Tau aus Samt auf: Im Stork Club blieb man vor einer Kette aus achtzehn Karat Gold stehen. Die glitzernde Barrikade wurde von einem Captain im Dinnerjackett angehoben, der uns nach links geleitete, vorbei an einer langen ovalen Theke, an der Männer vor Cocktails saßen, Ärsche begutachteten und Bräute in Gewändern anmurmelten, die so teuer waren wie ein durchschnittlicher Buick. 'ne herrliche Schickimicki-Gesellschaft für 'n gewöhnlichen Proleten wie mich.

Hinter einer Ansammlung von Tischen lag der Hauptsaal, in dem Frank Shields Orchester auf einer mehrstöckigen Bühne ziemlich lustlos »Begin the Beguine« spielte. Ich hoffte, daß die Zwiebelsuppe besser war.

Unser Grüppchen bestand aus acht Personen. Alle waren männlichen Geschlechts, und wir saßen wie eine Insel des Abschaums in einem Meer der Kultiviertheit an einem langen Tisch mitten im Raum. Die uns umgebenden Leute waren Männer mit weißen Schlipsen und Damen in dunklen Kleidern. Beide Geschlechter pafften mit der beiläufigen Eleganz, die nur Reiche (und natürlich in Slums aufgewachsene Filmstars) zur Schau stellen. Sie waren teilweise so jung, daß sie einen, wenn man sie anfaßte, in den Knast bringen konnten. Andere waren kurz vor dem Abschmieren. Man sah auch sämtliche dazwischenliegenden Altersgruppen, und alle waren piekfein angezogen.

Ob sie zur Manhattaner Gesellschaft gehörten oder Touristen aus Peoria waren, die den Maitre d' mit zehn Kröten bestochen hatten – sie waren gekommen, um sich an der Spezialität des Stork Club zu laben: der Prominenz. Hier konnte man H. L. Mencken, Eddie Cantor, Ernest Hemingway oder Claudette Colbert sehen. Heute abend war der Kingfish der Hauptgang.

Es war nun nicht so, daß die Leute – vielleicht abgesehen von ein, zwei Touristen – einen mit offenem Mund angafften oder so was. Erlauchte Typen sind diskreter. Aber aus den Augenwinkeln ihrer Eleganz beobachteten sie Hueys Kapriolen natürlich doch und merkten sie sich. Was glaubten diese reichen Leute eigentlich, wessen Geld er für die Armen (und sich) lockermachen wollte?

Als ein vornehm aussehendes älteres Ehepaar auf dem Weg zur Tanzfläche einen kurzen Augenblick stehenblieb, um dem Senator die Ehre zu erweisen, machte er auf bescheiden. »Ach, ich bin doch nix Besonderes – nur 'n kleiner Kingfish aus'm Süden.«

Als der Kellner kam, um die Bestellungen entgegenzunehmen, sagte Huey: »Ich will nur 'ne Tasse von der Zwiebelsuppe, über die ich so viel gehört hab. Aber wennse nich Spitze is, sagen Sie dem französischen Koch, ich zieh meine Jacke aus und zeig ihm, wie die Cajuns kochen.«

Als der Oberkeeper kam, um ihm einen Gratis-Gin-Fizz zu bringen, da die Presse weithin kolportierte, er sei Hueys Lieblingsgetränk, lehnte er zuerst ab, ließ sich dann erweichen und meinte: »Weißte, mein Sohn, ich hab seit achtzehn Monaten keinen Alkohol mehr getrunken, aber den hier nehm ich, um zu prüfen, ob er echt is.« Er trank einen Schluck. »Ich glaub, er is in Ordnung«, sagte er. »Er is in Ordnung ... Aber genau weiß ich es noch nich.«

Dann trank er einen großen Schluck und grinste schurkisch in die Runde und in Richtung aller Lauscher.

Es war allerdings das letzte Mal, daß ich ihn an diesem Abend und überhaupt Alkohol trinken sah.

Die Zwiebelsuppe kam. Es war eine verdammt gute, leckere Brühe unter einer Kruste aus gebräuntem Schweizer Käse, und Huey hatte nichts an ihr zu mäkeln. Doch als das Essen der anderen serviert war, fing er – der sich nichts bestellt hatte – an, sich dieses oder jenes vom Teller seiner Nachbarn zu stibitzen. Hier eine Salzkartoffel, da ein Möhrchen, und ein, zwei Häppchen Fisch.

Niemand am Tisch beschwerte sich darüber oder reagierte auch nur. Ich war auch nicht überrascht – mir war dieses Verhalten schon 1932 in Chicago aufgefallen. Huey war beim Essen immer so verfahren. Der einzige Unterschied zu heute bestand darin, daß er damals auch etwas für sich bestellt hatte.

Doch nun wollte er abnehmen. Er bereitete sich auf den Kampf gegen »Prinz Franklin« vor.

Ich hatte jedenfalls so weit wie möglich von Huey entfernt Platz genommen. Niemand außer Nate Heller stach seine Gabel in das butterweiche halbgare New Yorker Streifensteak.

Während Huey sich an den Bissen gütlich tat, die er von den Tellern der anderen mopste, schwadronierte er über seine Gegner: Roosevelts Postminister und Vertrauter Jim Farley war der »Nabob von New York«, Landwirtschaftsminister Henry Wallace »die Schlafmütze aus Iowa«, Innenminister Harold Ickes »die Getreidewanze aus Chicago«.

Am meisten jedoch zog er über FDR her.

»Er ist im Moment ziemlich beliebt, Huey«, sagte Seymour Weiss leise und verspeiste die wenigen Bröckchen des Hummers, die Huey im Teller seines Majordomus übriggelassen hatte.

»Den mach ich fertig«, sagte Huey rauflustig. »Der blufft doch nur. Ich mach Roosevelt mit *links* fertig. Er hat Angst vor mir, Seymour.« Er stieß ein prustendes Lachen aus. »Ich kann viel mehr versprechen als dieser Schweinehund, und zwar wann immer ich will, und das *weiß* er.«

»Verzeihung, Senator«, sagte jemand. Es war eine männliche, sanfte und leicht nasale Stimme.

Zuerst dachte ich, es sei Jack Benny, dem er auch tatsächlich ähnlich sah, aber dann erkannte ich, es war ein anderer, wenn auch weniger bekannter Rundfunkstar: Phil Baker. Ich hatte ihn in Chicago im Vaudeville gesehen. Seine Ähnlichkeit mit Benny ging so weit, daß auch er – statt Bennys Violine – ein Musikinstrument einsetzte: ein Akkordeon. Baker war zwar ein besserer Musiker und ausgezeichneter Sänger, aber meiner Meinung nach nicht besonders komisch.

»Der *Armour-Witzbold*!« sagte Huey, stand auf und strahlte vor Begeisterung. »Na, so was, Mann! Sie sind das Beste, was der Rundfunk zu bieten hat!«

Als sie sich die Hände schüttelten, sagte der lächelnde Baker, das Haar glatt nach hinten geklatscht, in einem dunkelblauen Anzug mit dunkelblauer Fliege: »Ich arbeite nicht mehr für Armour, Senator. Ich gehe für Gulf Oil zu CBS.«

»Solange es nicht Esso ist ...«

Sie lachten beide; jeder wußte, daß Huey Long und Standard Oil erbitterte Gegner waren.

»Ich habe den Vertrag erst heute unterschrieben«, sagte Baker. »Hab echt Glück gehabt.«

»Wieso, mein Sohn?«

»Weil ich Will Rogers' Sonntagssendeplatz kriege.«

Will Rogers und Riley Post waren vor zwei Wochen in Alaska mit dem Flugzeug abgestürzt. Er hatte wirklich großes Glück gehabt.

Das Glück ließ Baker sprudeln. »Ich möchte Ihnen die beiden hübschesten Frauen von New York vorstellen, Senator – meine Gattin Peggy und ihre Nichte, Cleanthe Carr.«

Baker, den mein ausgebildetes Argusauge als etwa Vierzigjährigen einschätzte, hatte eine jüngere, ziemlich attraktive Frau mit dunkelblondem Haar dabei. Sie war schick und wohlgeformt und trug ein schwarzweißes Satinabendkleid mit passenden Handschuhen.

Neben ihr stand eine honigblonde Klassefrau von schätzungsweise achtzehn Jahren mit blauen Augen und strahlendem Lächeln. Ihre schlanken Kurven füllten das rosafarbene, ihre Arme freilassende Brokattaftkleid gut aus. Ihre Schultern wurden von Puffärmeln bedeckt, ihr herzförmiger Halsausschnitt war dezent, aber verlockend.

»Tja, hallöchen, meine Damen«, sagte Huey elegant.

»Ist uns eine Ehre, Senator«, sagte Mrs. Baker.

»Cleanthe ist Gene Carrs Tochter, Senator«, sagte Baker, als sich der Kingfish dem Mädchen mit dem Blick näherte, mit dem er normalerweise den Teller seines Nachbarn musterte.

»Was für'n entzückendes Kind«, sagte Huey und nahm ihre Hände in die seinen. »Cleanthe – das ist aber 'n südlich klingender Name für'n Ostküstenmädel wie Sie, Schätzchen.«

Ihre Lachgrübchen schienen ihr hübsches Gesicht sprengen zu wollen. Selbst für einen Menschen, dessen Onkel ein Star im Rundfunk war, war eine Begegnung mit Huey eine große Sache. Und einen Prominenten, der ihnen Komplimente macht, können auch Achtzehnjährige nicht so einfach übersehen.

»Ihr Vater ist Gene Carr«, sagte Baker noch mal, als wäre es wichtig.

»Gene Carr?« fragte Huey geistesabwesend, während ihm die Augen beim Anblick des Mädchens beinahe aus dem Kopfe sprangen.

»Der Karikaturist«, sagte Baker, als müsse Huey ihn kennen. »Seine Serie ›Metropolitan Movies‹ ist sehr beliebt.«

»Ach, *der* Gene Carr«, sagte Huey. Er hielt die Hände des Mädchens noch immer fest. Er starrte sie an. »Ich kann mir nich vorstellen, daß es auf Gottes Erde und unter seiner Sonne 'n Karikaturisten gibt, der mehr draufhat als er.«

Ich hatte zwar noch nie von Carr gehört, aber Huey vielleicht doch. Natürlich las ich keine Comics. Wenn ich an dem Gespräch teilgenommen hätte, hätte ich wahrscheinlich »Und was ist mit Walt Disney?« gesagt, aber ich nahm ja nun nicht teil.

Das Mädchen jedoch strahlte, als es hörte, wie sein Vater mit Lob überschüttet wurde.

»Zieht euch 'n paar Stühle ran und setzt euch zu uns«, sagte Huey aufgekratzt und stieß Seymour an, damit er für die Honigblonde Platz machte. Lou Irwin, der an Hueys anderer Seite saß, machte Platz für Baker und Frau. Ich saß neben Seymour und rutschte natürlich ebenfalls weiter.

»Haha! Jungejunge«, sagte Baker und probierte einen seiner Rundfunksprüche an uns aus. »Das muß man sich mal vorstellen: Da stößt man in einem Storch auf einen Kingfish.«

Aber Huey lachte nicht, er schien Baker nicht mal Beachtung zu zollen. Er massierte die Honigblonde mit den Augäpfeln.

»Das da ist übrigens mein Orchester«, sagte Baker und deutete mit dem Kopf auf die Bühne. »Frank Shields und seine Jungs, meine ich. Sie spielen auch in meiner Sendung.«

»Möchten Sie ein Gläschen Champagner, junge Dame?« fragte Huey Cleanthe. »Seymour, schieb doch mal das Prickelwasser hier runter!«

»Cleanthe will auch Künstlerin werden«, sagte Baker und erwischte damit das einzige Thema, das Huey im Augenblick interessierte. »Sie wird in Frankreich studieren.«

»Warum denn gerade bei *diesen* aufgeblasenen Deppen?« fragte Huey in allem Ernst. »An der LSU wird doch auch Kunst unterrichtet.«

Das Orchester legte dezent mit »I'm in the Mood for Love« los. Wahrscheinlich hatten die Musiker Hueys Gedanken gelesen.

»Wie gut ist die Kleine denn als Künstlerin?« fragte Huey Baker und beäugte sie auf eine Weise, die kaum dazu dienen konnte, ihr künstlerisches Geschick zu bewerten.

»Als Zeichnerin ist sie so gut wie ihr Vater«, sagte Baker.

Huey schnappte sich eine Serviette mit aufgedruckten Zylinderhut-Störchen. Er griff in seine Jackentasche und entnahm ihr einen Füllfederhalter. Dann breitete er die Serviette vor Cleanthe aus und hielt ihr den Füller hin, als erwarte er eine Mutprobe von ihr.

»Dann skizzieren Sie *mich* doch mal, junge Dame!«

Die junge Frau, die bis jetzt noch nichts gesagt hatte, zeichnete mit dem Füller eine schnelle, sichere und geschickte Karikatur Hueys. Sie erwischte ihn mit festen Strichen, ohne ihm zu schmeicheln oder ihn zu beleidigen, was halt das Talent aller Karikaturisten ist. Sie skizzierte ihn mitten in der Rede erstarrt: mit ausgestreckten Armen, wehendem Haar und offenem Mund. Es kam mir absolut normal vor, ihn so zu zeichnen.

Huey hielt die Serviette vor sich hin, als blicke er mit großen Augen in einen Taschenspiegel. Sein Gesicht war eine leere Kittmaske. Dann lächelte er, als gefiele ihm der Anblick.

»Normalerweise«, sagte Cleanthe in einem abgemessenen Tonfall, der im Gegensatz zu ihrem jungmädchenhaften Äußeren stand, »arbeite ich mit Wasserfarben oder Holzkohle.«

»Suchen Sie 'ne Stellung?« fragte Huey. Er musterte sie nun nicht mehr mit der Geilheit eines Hinterwäldlers, sondern taxierte sie als die begabte junge Frau, die sie war.

»Meinen Sie auf dem Gebiet der Kunst, Senator?«

»Na, jedenfalls nich auf'm Baumwollfeld, Kleine. Ich hab nämlich gerade mein neuestes Meisterwerk beendet ... 'n kleinen Wälzer mit dem Titel *Meine ersten Tage im Weißen Haus.* Ich hab gedacht, ich faß meine Präsidentenmemoiren ab, bevor ich wirklich Präsident bin, denn wenn ich's bin, bin ich zu beschäftigt, um sie zu schreiben, und hinterher ist's viel zu spät.«

Ich aß gerade meinen Nachtisch, irgendeinen Kirschkäsekuchen, aber so süß er auch war, die neueste Explosion von Hueys Charme ließ mich noch mehr grinsen. Der Typ war unglaublich, das mußte man ihm lassen.

»Miss Carr«, sagte er fast amtlich, »ich habe darüber nachgedacht, ob sich ein paar Karikaturen eventuell gut in meinem Buch machen würden. Karikaturen von mir und den anderen allseits bekannten Figuren, die in ihm beschrieben werden. Und ich glaube, Sie sind der perfekte *Mann* für diese Aufgabe. Sozusagen.«

Cleanthes Augen waren nun so groß, wie sie blau waren. Sie schien nicht zu wissen, was sie sagen sollte, aber sie war geistesgegenwärtig genug, um zu erwidern: »Aber ja, Senator, es wäre mir eine Ehre.«

»Meint er die Sache mit dem Buch ernst?« fragte ich Seymour leise.

Seymour, der sich gerade ein Glas Champagner einschenkte, nickte und erwiderte ebenso leise: »Er hat es letzte Woche zu Ende diktiert. Er will es zu einem wichtigen Hilfsmittel für seine Präsidentschaftskandidatur machen. Deswegen sind wir in New York.«

»Warum genau?«

»Um das Buch bei einem Verlag unterzubringen.«

»Wissen Sie, was ich mir zum Geburtstag wünsche, junge Dame?« sagte Huey. »Ich möchte Ihnen zeigen, wie wir in *Luhsiana* einen aufs Parkett legen.«

Er nahm ihre Hand und schleifte sie zur Tanzfläche. Sie ging bereitwillig mit. Als sie über den Tanzboden glitten, brachte er sie zum Lachen. Allem Anschein nach wickelte er sie ein, aber der Mangel an Lebhaftigkeit in seinem Gesicht deutete an, daß er die Gangart gewechselt hatte. Er befand sich in seinem typischen eins-zu-eins-Modus, in dem er eine andere Art Magnetismus ausstrahlte. In einem Modus, in dem er den Stier in sich zügelte und verführerische Zahmheit ausstrahlte … Ich hatte es heute nachmittag erlebt, als er geäußert hatte, er brauche einen *Mann* … einen Mann, dem er *vertrauen* konnte.

»Hallo, Seymour«, sagte eine Frauenstimme mit melodischem Sopran.

Als ich den Kopf hob und hinschaute, glaubte ich für einen Moment, Claudette Colbert sei *doch* hier.

»Oh … Alice Jean«, sagte Weiss, den die Anwesenheit der Frau sichtlich aus dem Gleichgewicht brachte. »Hallo.«

Die Leibwächter und Sekretäre murmelten ebenfalls hallo. Ich nahm an, ihr Nachname war Crosley.

Sie war Mitte Zwanzig, schlank, vollbusig und trug ein schwarzes Satinkleid mit Rüschen am Hals und an den Manschetten. Hier und da blinkten Pailletten. Ihr Hut war ein schwarzes Barett. Eine schwarze Straußenfeder lag in einem schnittigen Winkel.

Die feinen Züge ihres herzförmigen Gesichts wurden von haselnußbraunen Augen betont und von perfekten dunklen Lokken umrahmt. Ihr Mund war schmal und setzte zu einem Lächeln an.

Das Lächeln dauerte freilich nicht lange. Es verflachte zu einem harten Strich, als sie Huey und Miss Carr beim Tanzen und Schäkern auf der Tanzfläche erblickte.

Als Seymour dies bemerkte, wurde er plötzlich redselig und drehte sich halb auf seinem Stuhl um. »Was führt dich nach New York, Alice Jean?«

»Was glaubst du wohl, du elender Heuchler?«

Alice Jean fegte auf dem geradesten Weg von unserem Tisch zur Tanzfläche hin, wo Huey und seine neue Illustratorin die Aufforderung des Orchesters, »Cheek to Cheek« zu tanzen, allzu wörtlich nahmen. Sie zupfte Cleanthe Carr an den Puffärmeln.

Huey runzelte in überraschtem Unmut die Stirn. Sogar aus dieser Entfernung wirkte sein gerötetes Gesicht furchtbar, als er der hübschen Störerin ein paar harte Worte sagte.

Ich konnte zwar nicht hören, was er zum besten gab, aber seine junge Tanzpartnerin wirkte nun ebenso schockiert wie Alice Jean verletzt.

Alice Jean rannte fast von der Tanzfläche. Sie war so schnell, wie das enge Kleid es ihr erlaubte. Ihre perfekten weißen Zähne bissen in ihre Unterlippe, und in ihren großen braunen Augen standen Tränen, als sie aus dem Raum eilte. Dutzende von Blicken der Kaffeehausgesellschaft folgten ihr.

»Damen mit diesem Körperbau«, sagte ich zu Seymour, »wird für gewöhnlich ein herzlicherer Empfang zuteil.«

»Sie kann sich freuen, daß Huey ihr keine gescheuert hat«, sagte Seymour. »Er hat ihr nämlich gesagt, sie soll sich nicht blicken lassen.«

»Warum denn? Wer ist sie?«

»Alice Jean Crosley.«

»Hab ich mir schon gedacht. Und was *macht* sie?«

Seymour schenkte sich noch ein Glas Champagner ein. »Sie war mal seine Privatsekretärin.«

»War mal?«

Er nickte. »Sie wollte mit ihm nach Washington ziehen, aber er hat gesagt, es geht nicht.« Seymours Stimme enthielt nur einen Anflug von Ironie, als er fortfuhr: »Wie sähe es denn aus ... ein attraktives Mädchen wie Alice Jean ... und der Senator, ein glücklicher Ehemann und Vater ...«

»Ein glücklicher Ehemann, der einen Blick aufs Weiße Haus geworfen hat, meinen Sie wohl.«

Seymour nickte.

»Also hat er sie rausgeworfen«, sagte ich. »Und jetzt ist sie stinksauer.«

Seymour lachte lautlos. »So ist's nun auch wieder nicht. Er hat Sie in Louisiana sitzenlassen, na schön ... aber er hat sie zur Staatsministerin gemacht.«

Bevor ich anfragen konnte, wie es selbst einem Burschen wie Huey Long unbeschadet gelungen war, seine Geliebte in ein so hohes Amt zu setzen, war der Kingfish wieder am Tisch und zog für Miss Carr den Stuhl zurück. Er war schon wieder bester Laune.

»Mein Sohn«, sagte er zu Baker, obwohl sie ungefähr im gleichen Alter waren, »Ihre Nichte ist so leicht auf den Beinen, wie sie mit der Feder in der Hand talentiert ist.«

Cleanthe wirkte leicht daneben, was Hueys Aufmerksamkeit nicht entging.

»Das fiese kleine Spektakel eben tut mir leid, Leute«, sagte er. »Ich fürchte, mir sind bei der Kleinen die Nerven durchgegangen.« Er zuckte die Achseln. »Aber wer mich mit Steinen bewirft, kriegt Ziegelsteine zurück.«

»Entschuldigung«, sagte eine Frauenstimme.

Alle drehten den Kopf und sahen Alice Jean Crosley. Sie stand da, die Hände schützend vor der Brust, mit hängendem Kopf, wie ein reuiges kleines Mädchen.

»Darf ich bei der Feier mitmachen?«

Sie sprach Huey zwar nicht direkt an, aber ihre Worte waren an ihn gerichtet.

Huey funkelte sie an, doch als er sie musterte, ließ so etwas wie echte Zuneigung seinen ernsten Ausdruck schmelzen. Er nickte und deutete dorthin, wo ich saß. Alice Jean zog sich einen Stuhl heran und nahm neben mir Platz.

Sie neigte den Kopf, um zu Huey hinüberzuschauen. »Es sollte doch nur eine Geburtstagsüberraschung sein«, sagte sie sanftmütig.

Der Kingfish nickte. »Ich weiß, daß du es nur gut gemeint hast, Schätzchen. Trink einen und entspann dich.«

»Trinken Sie denn nichts, Senator?« fragte Baker.

»Nee. Aber auch wenn ich vom Alk weg bin – es bedeutet nicht, daß auch die anderen leiden müssen.« Er zog eine Havanna aus der

Innentasche seiner Anzugjacke. »Dann rauch ich eben 'ne Geburtstagszigarre ... die letzte, die ich rauche, bis der Präsidentschaftswahlkampf vorbei ist. Damit ich zu dem neuen positiven Bild passe, das die Öffentlichkeit von mir hat.«

Er zwinkerte der Honigblonden zu.

Alice Jean schenkte sich stirnrunzelnd ein Glas Champagner ein. Sie trank schnell und ohne Schadenfreude.

»Ich heiße Heller, Nate Heller.« Ich streckte die Hand aus. »Freut mich, Sie kennenzulernen, Miss Crosley.«

Sie grinste mich an, ignorierte meine dargebotene Hand und schenkte sich noch ein Glas ein. Sie schenkte sich pausenlos ein und trank fortwährend. Irgendwann zählte ich nicht mehr mit. Sie saß nur da und schüttete sich schnell, leise und verdrossen zu, während Huey am anderen Tischende Hof hielt und mit dem langweiligen Rundfunkkomiker Gelächter austauschte.

»Haha! Jungejunge«, sagte Baker ohne irgendeinen Grund. »Wenn Sie wirklich sehen wollen, was Cleanthe alles kann, sollten Sie mal in mein Penthouse kommen.«

Das ließ fast alle am Tisch Versammelten aufschauen. Alice Jean verschüttete etwas von ihrem neuesten Glas Prickelwasser.

»Sie hat ihre ganzen Unterlagen da«, sagte Baker, »und an der Wand hängen einige ihrer Aquarelle und ernsteren Sachen. Wollen wir nicht auf einen Absacker hingehen?«

»Das ist aber großzügig von Ihnen«, sagte Huey.

»Wir könnten über die Illustrationen für Ihr Buch reden«, sagte Cleanthe.

Sie war nicht blöd; sie wollte irgendwas Schriftliches von ihm haben.

»Kommen Sie *alle* mit«, sagte Baker und warf einen Blick über den Tisch. »Sie sind alle willkommen … Und wenn Sie genug vom Weingeist haben, macht Peggy Ihnen einen herrlichen schwarzen Kaffee …«

Sich das Penthouse eines New Yorker Rundfunkstars anzusehen klang in aller Ohren gut – mit Ausnahme der Ohren Alice Jeans, die seit geraumer Zeit kein Wort mehr gesagt hatte, deren Miene jedoch immer saurer wurde.

Dann ragte die Karikatur, die Hueys wahres Gesicht war, plötzlich neben mir auf und beugte sich vor, um mir etwas ins Ohr zu flüstern.

»Kannste dem Kingfish 'n kleinen Gefallen tun, mein Sohn? Begleite Miss Crosley doch bitte zum Hotel, ja? Bist 'n braver Junge …«

Er klopfte mir auf die Schulter. Er und die anderen schlenderten von dannen, und ich saß mit »Miss Crosley« allein am Tisch. Sie schaute mit finsterer Miene hinter ihm her, dann blickte sie mich an.

Sie wollte garantiert irgend etwas Gemeines sagen, da gehe ich jede Wette ein, aber dann kotzte sie mir auf den Schoß.

Haha.

Jungejunge.

4

Den Arm um ihre Taille gelegt, führte ich die noch immer sehr beschwipste Alice Jean Crosley über den Korridorteppich im 35. Stock des Hotel New Yorker. Sie war mir bei meinem Bemühen freilich keine Hilfe, da sie regelmäßig stolperte. Aber sie hatte keine Schwierigkeiten, sich zu artikulieren.

»Elender Schweinepriester«, sagte sie, womit sie Huey meinte, nicht mich. (Ich existierte gar nicht.) »*Ich* bin schlecht für sein Ansehen … *Ich! Schlecht!* Gottverdammter elender Schweinepriester …«

Ich hatte die genuschelten, mit Südstaatenakzent hervorgestoßenen Varianten dieses Themas schon auf dem ganzen Rückweg vom Stork Club gehört, wo man uns generös geholfen hatte, uns zu reinigen. So schnieke der Stork Club auch war, er war eine Kneipe, und dort hatte schon mehr als einer zu heftig aufgestoßen.

Es war Alice Jean gelungen, sich selbst ziemlich sauber zu halten. Außerdem hatte sie hauptsächlich Flüssigkeit gekippt: Champagner. Deswegen war ich jetzt, nachdem ich mir auf der Herrentoilette des Stork Club alles abgewaschen hatte, nur vorn feucht. Kein Gestank oder so was. Tja, hätte mich jemand angeschaut, ihm wäre nie aufgefallen, daß man mich vollgegöbelt hatte. Man hätte höchstens geglaubt, daß ich an einer schwachen Blase litt.

Es war kein Problem gewesen, ein Zimmer für sie zu besorgen. Offenbar hatte die Geschäftsführung auf Hueys Etage einige Zimmer für diskrete Zwecke zu seiner Verfügung freigehalten – ob in Erwartung von Geschäften, Gelüsten oder beidem, hat der Mann am Empfang nicht gesagt.

»Hier entlang«, sagte ich, als sie in die falsche Richtung marschieren wollte.

»Sagen Sie mir eins«, sagte sie. »Sagen Sie's mir? Nur dieses eine!«

Ich ging neben ihr her.

»Sagen Sie mir, warum *ich* für sein öffentliches Ansehen schlecht sein soll«, sagte sie, »während er seine Klauen in diese kleine blonde Schnepfe schlägt und Gott, die Astors und alle Welt ihm dabei zuschauen! Können Sie mir *das* sagen?«

Sie lehnte sich an mich. Ich stützte sie, indem ich einen Arm um ihre Taille legte, und versuchte den Schlüssel ins Schloß zu schieben. Die Straußenfeder an ihrem Hut kitzelte meine Nase, und ich blies dagegen, damit sie aus meinem Blickfeld verschwand. Obwohl sie sich an mich lehnte, torkelte sie. Daß sie den Champagner auf meinen armen Anzug gespuckt hatte, schien sie nicht nüchterner zu machen.

Das Zimmer war ziemlich klein, aber, für dieses Hotel typisch, gut eingerichtet. Dunkle, moderne Möbel. Ein blaßgrüner Teppich dämpfte die Elefantenschritte unseres gemeinsamen Eintretens.

Ich ging das Risiko ein, sie aus eigener Kraft stehen zu lassen. Sie wankte, fiel aber nicht um. Sie schaute mit stirnrunzelnder Faszination den Teppich an. Was sie in ihm zu sehen glaubte, wagte ich nicht mal zu ahnen.

»Geht's Ihnen wieder besser?« fragte ich. Ich stand an der noch offenen Tür.

»Machen Sie die Tür zu«, sagte sie. Sie warf ihr Barett auf einen Sessel zu und verfehlte ihn um einen Kilometer. »Wie heißen Sie noch mal?«

»Nate Heller.«

Sie schaute mich an, als wolle sie weinen. »Sie war'n unheimlich lieb. *Wie* heißen Sie?«

»Gute Nacht, Alice Jean.«

Bevor ich gehen konnte, stolperte sie auf mich zu und fiel in meine Arme. Es war aber keine Umarmung. Mehr ein Zusammenbruch.

Sie klammerte sich an mich, um nicht umzufallen. »Gottverdammter Schweinehund«, sagte sie. »Gottverdammter Schweinehund. Zieh mich aus.«

»Was?«

Sie löste sich wankend von mir, blieb aber mehr oder weniger auf den Beinen. Sie winkte mit dem Finger.

»Bananen.«

»Was?«

»Ich hab keine Finger. Es sind Bananen. Ich kann nicht das geringste mit ihnen anfangen. Zieh mich aus.« Und mit einer beträchtlichen Anstrengung, als wolle sie ein riesiges Automobil in eine winzige Parklücke bugsieren, manövrierte sie ihren Körper herum. Ich verstand. Sie brauchte Hilfe beim Reißverschluß.

Ich machte das schwarze Kleid auf, und ein wunderbar geformter hellhäutiger Rücken enthüllte sich mir, bis runter an die Grübchen über ihrem kleinen drallen Arsch. Sie trug unter dem Kleid ein knappes Höschen, kein Mieder. Ihren Bananenfingern gelang es, das Kleid über ihre Schultern zu schieben, so daß es in einer perligen schwarzen Pfütze auf ihre Füße fiel.

Irgendwie stieg sie, ohne hinzufallen, aus der Pfütze heraus, aber als sie den rechten Schuh ausziehen wollte, mußte ich sie auffangen. Ein Bündel trunkenen, doch festen, wunderhübsch gerundeten Fleisches lag in meinen Händen. Als ich sie stützte, zog sie die Schuhe aus, dann stolperte sie ein paar Schritte in ihrem cremefarbenen Spitzenhöschen, dem dazu passenden Strumpfhalter und den dunklen Seidenstrümpfen mit Naht.

Ein Mann von echt sittlicher Gesinnung wäre von dieser Zurschaustellung der Trunkenheit natürlich abgestoßen gewesen. Ich hingegen kriegte einen Steifen.

Sie taumelte dem Einzelbett entgegen, fiel mit dem Gesicht nach unten hin und fing sofort an zu schnarchen. Ich musterte sie eine Weile. Eine ihrer nackten Brüste, die linke, lag prall, rund und interessant auf dem Bett, und sie preßte ihr schlummerndes Gewicht auf sie. Was hätte ein Mann von echt sittlicher Gesinnung getan? Weder ich noch mein Steifer hatten die geringste Ahnung.

Sie war winzig, und so war es kein Problem, sie hochzuheben. Aber es war nicht einfach, sie zu halten und gleichzeitig die Bettdecke zurückzuziehen. Ich legte mein hübsches, besinnungsloses Bündel zwischen Laken und Decke, sorgte dafür, daß ihr Kopf bequem auf einem flauschigen Kissen ruhte, und deckte sie zu.

Und das – ob Sie's glauben oder nicht, um Mr. Ripley zu zitieren – war alles.

Als ich wieder in meinem Zimmer war – es lag auf der gleichen Etage –, brauchte ich eine Ewigkeit, um einzuschlafen. Ich lag im Dunkeln auf dem Rücken, starrte zur Decke hinauf und dachte an den vollkommenen kleinen Körper der kleinen vulgären, besoffenen Dame. Ich malte mir aus, sie nackt in den Armen zu halten. Dachte daran, daß ich sie zugedeckt hatte und gegangen war. Und daran, was für ein Blödmann ich war.

Mir fiel erst auf, daß ich eingeschlafen war, als das Telefon auf dem Nachtschränkchen klingelte und mich hochzucken ließ.

»J-ja?«

»Kingfish hier. Bin bei Phil Baker drüben.«

Meine tastenden Finger fanden den Schalter der Lampe neben dem Bett. Zwar konnte ich meine Armbanduhr sehen, aber mein Blick war noch zu verschleiert.

»Ja?« sagte ich erneut. Es war das Beste, was ich tun konnte, denn mein Verstand war so pelzig wie meine Zunge.

Huey hingegen war natürlich in Form. »Wir treffen uns inner Lobby, so in 'ner Viertelstunde. Damit wir zu Ende bereden können, worüber wir heute nachmittag gesprochen haben.«

Jetzt sahen meine Augen, wie spät es war. »Herrgott, Huey, es ist drei Uhr durch!«

»Also in 'ner Viertelstunde, mein Sohn.«

Ich taumelte zum Waschbecken und spritzte mir etwas Wasser ins Gesicht. Dann lud ich die Zahnbürste und schrubbte mir den sauren Geschmack aus dem Mund. Schlief der Kingfish eigentlich nie? Mein Anzug war noch feucht, aber ich hatte den leichten weißen Seersucker auf einen Bügel getan; die Falten hatten sich ordentlich ausgehängt.

In der Lobby war es still. Das Café war geschlossen; eine Notmannschaft bemannte die marmorne Rezeption. Ein einsamer Page hatte noch Dienst, aber der Zeitungsstand war wohl die ganze Nacht geöffnet. Ich kaufte mir die *Racing News,* für den Fall, daß ich Zeit hatte, nach Saratoga rauszufahren, solange ich in der Gegend war.

Ich setzte mich also hin, um die Zeitung zu lesen, scherte mich um nichts, beaufsichtigte eine Topfpflanze und beneidete gerade die Einsamkeit der fast leeren Lobby, als mir ein Typ auffiel.

Er sah zwar respektabel aus, aber ... er war es nicht. Er war klein, blaß, hatte braunes Haar, war etwa Mitte Vierzig und sah ziemlich durchschnittlich aus. Aber ... hinter seiner dicken, gelehrtenhaft wirkenden Brille blitzte ein wilder Blick, und seine hohe, intelligent wirkende Stirn war trotz der klimaanlagengekühlten Lobby so naß, daß er sie hin und wieder mit einem Taschentuch abwischen mußte. Sein Schnauzbart war zwar bestens gepflegt, aber seine Wangen stoppelig – er mußte sich dringend rasieren. Sein dunkler Anzug sah zwar teuer aus, wirkte aber zerknittert, und seine geschmackvoll gestreifte Seidenkrawatte war lose. Er trug einen Hut in der Hand; an der anderen baumelte eine Aktentasche. Er schlich wie ein nervöser Kater durch die Lobby.

Einige Jahre zuvor war ich dabei gewesen, als ein Meuchelmörder namens Zangara Anton Czermak erschossen hatte, den Bürgermeister von Chicago, und zwar in Miami, Florida. Czermak hatte sich im Schein der Pressefotografen mit dem wahrscheinlich gemeinten Opfer gesonnt: Franklin Delano Roosevelt.

Vielleicht hatte mich dies argwöhnischer gemacht als die meisten. Möglicherweise hatte es mich sogar einer ausgemachten Paranoia in die Arme getrieben. Aber als ich den hektischen schrägen Charakter in der Lobby sah, wußte ich sofort, daß Senator Huey P. Long, der Kingfish höchstpersönlich, nicht nur in diesem Hotel wohnte, sondern auch gerade auf dem Weg hierher war, und so fragte ich mich, ob ich etwa ein Exemplar dieser ach so besonderen Zunft im Auge hatte: den potentiellen politischen Attentäter.

Ich versuchte, zu entscheiden, ob ich den Burschen durchlöchern sollte, wenn der Kingfish mit seinem Gefolge wie ein lauter Eisenbahnzug durch den Haupteingang dampfte. McCracken würde vorneweg gehen, dann kamen Huey, Seymour und die Berater (Irwin, der Theateragent, war gegangen). Die Bulldogge Messina sorgte für die Rückendeckung.

Als der nervöse kleine Typ mit der Aktentasche den Kingfish eintreten sah, wurde er munter. Huey bewegte sich schnell. Seine Stimme warf Echos, als er dem müde wirkenden, doch geduldigen Seymour aufgedreht irgendeine Ansicht zum besten gab.

Dann blieb Huey am Kiosk stehen und überflog die ersten Seiten einiger Morgenzeitungen.

Der nervöse Typ fegte auf Huey zu. Dabei kam er natürlich an mir vorbei.

Ich hob ein Bein, als wäre vor ihm eine Mautschranke hochgegangen, senkte die *Racing News* und sagte milde: »Kann ich Ihnen irgendwie helfen, Kumpel?«

»Gehören Sie zum Hotel?« fragte er verärgert, weil man ihn auf diese Weise aufhielt, und kniff hinter den colaflaschendicken Brillengläsern die Augen zusammen.

Ich faltete die Zeitung zusammen, warf sie auf den Stuhl neben mir und stand auf.

»Nein«, sagte ich.

Furcht blitzte in ihm auf, dann wurde seine Miene emsig. »Sie gehören wohl nicht zufällig zu Senator Longs Stab, oder?«

Hatte er eine Bombe in der Aktentasche?

»Falls ja, was dann?« fragte ich.

Er runzelte die Stirn. »Gehören Sie nun dazu oder nicht?«

Meine 9-Millimeter war in der Reisetasche, in meinem Zimmer. Ich hatte keine Lizenz für den Staat New York und keinen Sinn darin gesehen, sie mitzunehmen.

»Ich gehöre zu seinem Stab«, sagte ich.

Ein großer Seufzer der Erleichterung kräuselte seinen Schnauzbart. »Gott sei Dank. Könnten Sie mich zu ihm bringen und mich vorstellen?«

»Kommt darauf an, wer Sie sind … und was Sie in der Aktentasche haben.«

Er blinzelte. »Ach, das? Geschäftspapiere. Verträge! Ich vertrete den *Telegraph* in Harrisburg, Pennsylvania …«

»Sie wollen ein Interview?«

»Nein! Wir möchten Senator Longs neues Buch verlegen.«

Der kleine Typ weihte mich ein, dann ließ ich ihn dort Platz nehmen, wo ich zuvor gesessen hatte – neben der Topfpflanze – und ging zu Huey hinüber, der abwartete, bis Seymour für einen Stapel Zeitungen bezahlt hatte.

»Danke, daß du dich um Alice Jean gekümmert hast, mein Sohn«, sagte Huey anstelle eines Grußes.

»Sie hat mir in den Schoß gekotzt. Ich hoffe, du blechst für die Reinigung.«

Er stieß ein prustendes Lachen aus. »Ich wär ja 'n echter Schundnickel, wenn ich's nich täte.«

Ich deutete zu dem Stuhl rüber, auf dem der Verlagsfritze saß. »Siehste den Knirps mit der Brille und der Aktentasche? Er kommt aus Harrisburg vom *Telegraph.*«

Huey dachte darüber nach. »Hör mal, wir gehen jetzt in die Falle. Ist 'n bißchen früh für'n Empfangskomitee.«

»Ist 'n bißchen früh für alles. Seine Bosse haben von deinem neuen Buch gehört. Und sie haben auch gehört, daß du in New York bist, um einen Verleger zu suchen. Sie wollen dir ein ernsthaftes Angebot machen. Heute abend.«

Sein Lächeln blies seine Wangen auf; sein Blick tanzte. »Seymour! Geh, sag dem kleinen Typ mit der Raupe auf der Oberlippe, er kann in zehn Minuten in unsere Suite raufkommen. Ich muß erst noch was mit Heller bereden.«

Seymour hatte mitgehört, was ich Huey erzählt hatte. Er runzelte die Stirn und sagte: »Wir haben für heute morgen mehrere Termine mit prominenten New Yorker Verlegern ...«

»Hab ich nicht gesagt, daß die wenigstens 'n halbes Jahr brauchen, um das Buch in den Handel zu bringen?«

»Ja ...«

»Nun, 'n Zeitungsverleger kennt die Wichtigkeit des Rechtzeitigen. Wir werden mit ihm reden.«

»Aber die New Yorker Verleger ...«

»Die können zur Hölle fahren. – Nate! Komm jetzt mit ...«

Seymour und die Sekretäre gingen los, um mit dem kleinen Mann zu reden, während Huey mich – den Arm um meine Schulter gelegt – zum Aufzug rüberbrachte. Messina und McCracken folgten uns.

Auf der Fahrt nach oben erzählte Huey, wie herrlich die Zeichnungen der kleinen Carr gewesen waren; daß er in der Tat die Absicht hatte, seine *Ersten hundert Tage im Weißen Haus* von ihr illustrieren zu lassen. Phil Baker hatte ihn offenbar ebenso gut unterhalten. Er hatte Akkordeon gespielt und ein paar Lieder gesungen.

»Tut mir leid, daß du von dem Spaß nichts abgekriegt hast, mein Sohn«, sagte Huey mitfühlend, ohne zu ahnen, daß ich statt dessen das Vergnügen gehabt hatte, seine nackte (und volle) Geliebte ins Bettchen zu bringen.

Im Schlafzimmer seiner Suite glitt er aus der Jacke und löste seinen grellen rot-grünen Schlips. Messina brachte jedem von uns aus eigenem Antrieb eine warme Flasche Coca-Cola und ein kaltes Glas voll Eis.

»Jetzt ist genau der richtige Zeitpunkt«, sagte Huey, als wir auf dem Sofa saßen, an dem wir schon am Nachmittag miteinander geredet hatten, »für'n richtjen Absacker. Was trinkst du, Heller?«

Ich hob mein Colaglas. »Das hier, mit Rum drin. Wenn ich zwischen beidem wählen müßte, tut's Rum aber auch allein.«

Seine Miene wurde wehmütig. »Mir kannste jeden Tag 'n sechzehn Jahre alten Schmugglerwhiskey und 'n Ginger Ale geben.« Er schüttelte die Nostalgie mit einem Achselzucken ab, dann hob er das Glas und prostete mir zu. »Auf den gewöhnlichen Mann von der Straße … und seinen ungewöhnlichen Führer.«

Ich hob mein Glas und stieß mit ihm an. »Auf dich, Kingfish.«

Er lächelte, trank ein Schlückchen und sagte dann so beiläufig, als kommentiere er das Wetter: »'n ehemaliger Sozius hat mir gestern ’n Tip gegeben. Er sagt, es steht ’ne Verschwörung an, mich zu ermorden.«

Ich richtete mich auf. »Von wem kommt der Tip?«

Huey zuckte die Achseln. »Da mein Freund Anwalt und an ’nen festen Ehrenkodex gebunden ist, konnte er mir nur eins sagen: Der Tip kommt von ’nem Feind, den das Gewissen plagt.«

»Klingt ’n bißchen vage.«

Huey ließ seine vorstehenden braunen Augen rollen. »Ach, ’n paar Einzelheiten waren schon noch dabei. Der Mord soll angeblich vor der Sondersitzung des Parlaments von Louisiana stattfinden.«

»Und wann ist die?«

»Die Sitzung fängt am 7. September an. Sie dauert nicht lange … einen Tag, vielleicht zwei. Länger wird’s nicht dauern, meine Gesetze durchzubringen.«

Ich runzelte die Stirn. »Das ist ja schon in einer Woche.«

Hueys Beiläufigkeit, wurde mir endlich klar, war nur seine Version vorgetäuschten Mutes. Als ich sein Gesicht musterte und seine hervorstehenden Augen, das schwache Zittern seiner Hände sah, erkannte ich, daß er in Wirklichkeit mordsmäßige Angst hatte.

»Stimmt«, sagte er. »Der vom Gewissen geplagte Feind ist zwar offenbar gewillt, sich politisch mit mir zu streiten … doch so gern er mich auch zum Schweigen bringen möchte – er hat was dagegen, wenn’s darum geht, mir für ewig und alle Zeiten das Maul zu stopfen.«

»Mehr weißt du nicht über diese *Verschwörung*?«

Huey schüttelte den Kopf, nippte an seiner Cola und hob die Brauen. »Das ist absolut alles.«

Wir schwiegen eine ganze Weile – ein ungewöhnliches Ereignis, wenn man allein mit Huey Long in einem Hotelzimmer sitzt.

»Man braucht nicht aus Louisiana zu stammen, um zu wissen, daß Huey Long keinen Mangel an Feinden hat«, sagte ich, schüttelte den Kopf und seufzte schwer. »Eine Woche ist nicht viel Zeit, um alle zu überprüfen.«

»Nein, da hast du recht.«

»Wer steckt *deiner* Meinung nach hinter der Verschwörung?«

Er zeigte ein humorloses, angewidertes Grinsen. »Wenn's irgend 'n einzelner wär«, sagte er, »irgend 'n armseliges unbeholfenes Stinktier, das meine Regierungsmethode der Verantwortungsübernahme nicht kapiert ... könnten Tausende auf der Liste stehen.« Er schaute mich durchdringend an. »Aber 'ne Verschwörung, die irgend jemand organisiert – ein Mordkomplott? Da bleiben schon nicht mehr so viele übrig.«

»Wie viele?«

Er hob drei Finger hoch und zählte sie ab. »Es ist einer von diesen dreien, da kannste verdammt sicher sein ... Es sind entweder meine Freunde von Standard Oil, denen meine Besteuerungspläne nicht gefallen ...«

Darauf wäre sogar ich gekommen.

»... oder gewisse Glücksspielunternehmer hier in New York, die sich nicht darüber freuen, daß ich die Bedingungen für sie geändert habe. Die Bedingungen für Geschäfte, die wir früher mal betrieben haben ...«

Ich wußte, daß Huey Verbindungen zum Mob gehabt hatte – ich hatte es 1932 in Chicago selbst gesehen.

»... oder die Square Deal Association – eine Bande armseliger, nichtsnutziger politischer Querulanten ...«

Ich hatte freilich nicht die geringste Ahnung, wer die Square Deal Association war.

So gern ich Hueys 250 $ pro Tag genommen hätte (von der Prämie ganz zu schweigen), mir schwante allmählich, daß die Sache ein paar Nummern zu groß für mich war.

Ich breitete die Hände aus. »Was erwartest du von mir? Ich kenn mich in Louisiana nicht aus. Ich bin völlig fremd dort ...«

Sein Grinsen war schmutzig. »Das mag ich ja eben an dir. *Dir* kann ich vertrauen. Die beste Möglichkeit, jemanden wie mich kaltzumachen, besteht darin, jemanden bei mir einzuschleusen. Jemanden, der mein Vertrauen genießt. Irgendeinen rattengesichtigen Judas, der mich in die Pfanne haut.«

»Okay. Okay. Es gibt also drei Hauptmöglichkeiten. Aber wie komm ich bei denen rein?«

»*Du* bist der Detektiv. Ich möcht's von dir hören.«

»Nein«, sagte ich. »Sag *du* mir, wo ich suchen soll. Mit wem ich reden soll.«

Er deutete mit einem manikürten Finger auf mich. »Paß auf. Ich geb dir drei Namen aus meinem privaten Schweinehund-Notizbuch. Jeder Name steht für eine der drei Gruppierungen, die ich erwähnt habe. Dann denkst du dir 'ne Möglichkeit aus, die drei Typen zu überprüfen. Dann haben wir im Nu 'ne *verdammt* gute Vorstellung davon, ob es das Mordkomplott überhaupt gibt.«

Der Kingfish schaute auf seine Uhr und stand auf. Ich hatte den Eindruck, damit war ich für heute entlassen.

»Der Typ aus Harrisburg ist gleich hier; er ist schon überfällig. Mach dich jetzt auf die Socken.«

Ich stand auf. »Huey, wenn ich den Auftrag übernehme, muß ich über alle Einzelheiten informiert sein ...«

Er schüttelte den Kopf. »Nein, kann ich nicht machen. Was die anderen Jungs und Seymour Weiss angeht, bist du nur ’n zusätzlicher Leibwächter, klar?«

Ich nickte.

»Aber ich brauche …«

Er nahm meinen Arm und führte mich zur Tür. »Du fährst mit meinen Leuten in der Eisenbahn zurück. Ich nehm auch Alice Jean mit nach Hause, weil sie mir da keinen Ärger machen kann. Du kannst dich mit *ihr* unterhalten. Sie kann dich über alles ins Bild setzen, was du wissen mußt.«

Ich glaubte meinen Ohren nicht zu trauen. Seine abgelegte Geliebte sollte mein Hintergrundkontakt sein?

Er beantwortete meine ungestellte Frage.

»Schätz die Kleine nich falsch ein. Alice Jean sieht vielleicht aus wie Clara Bow, aber weil sie ’ne tolle Figur hat, ist sie noch lange kein Scheißflittchen. Sie hat das Köpfchen eines Professors.«

Wo, in einem Einmachglas?

»Ich muß dich aber noch über die FDR-Hotelkonferenz befragen, Huey … Wie paßt *die* da rein?«

»Frag Alice Jean.«

Dann machte er die Tür auf, und als ich ging, huschte der kleine bebrillte Mann eilig an mir vorbei. Der Verlagsvertreter hatte sein 4-Uhr-Morgen-Treffen mit dem Kingfish, und ihm wurde eine herzliche, typisch irre Huey-Long-Begrüßung zuteil.

»Hallöchen, Mr. *Telegraph.* Lassen wir die Honorarfrage mal außen vor. Darüber können wir unter Punkt zwei sprechen. Meine erste Frage lautet: Kann Ihre Truppe mein Buch schon nächsten Monat auf den Markt bringen? Das Ding muß so schnell wie möglich raus, weil …«

Und hinter mir schloß sich die Tür.

Auf dem Rückweg zu meinem Zimmer konnte ich nur noch an zwei Dinge denken: an Alice Jeans hellhäutigen, nackten, kurvenreichen Körper …

… und daran, daß sie besser zur Verdächtigen als zur Informationsquelle taugte.

5

Das Telefon weckte mich in einem noch dunklen Zimmer, und ich tastete erneut nach Hörer und Lichtschalter. Ich ignorierte das zweite Klingeln und nahm meine Armbanduhr vom Nachtschränkchen.

Es war fünf Minuten nach fünf. Ich hatte etwa eine Stunde geschlafen.

»Ja?« sagte ich in die Sprechmuschel hinein und unterbrach das dritte Klingeln mittendrin.

»Packen Sie Ihre Sachen.«

Die Stimme gehörte Seymour Weiss.

Meine Antwort fiel typisch aus. »Häh?«

»Wir fahren in zehn Minuten ab. Wir haben gerade noch Zeit, den Broadway Limited nach Harrisburg zu kriegen. Alle Termine sind abgesagt … Huey macht das Geschäft mit dem *Telegraph.* Sie werden sein Buch veröffentlichen.«

»Schläft der verfluchte Hundesohn eigentlich nie?«

»Er macht dann und wann ein Nickerchen. Mehr aber nicht. Machen Sie sich auf die Socken, Heller … Ach ja, sammeln Sie bitte auch Miss Crosley ein? Ihr Hörer liegt neben dem Telefon.«

Ich hatte keine Zeit für ein Bad. Ich spritzte mir etwas kaltes Wasser ins Gesicht, rasierte mich schnell, schnitt mich ein paarmal, warf meine Klamotten in die Reisetasche, mich selbst in den weißen Anzug und setzte den Panamahut auf. Drei Minuten nach Seymours Anruf stand ich vor Alice Jeans Tür und klopfte.

Ich klopfte eine ganze Weile.

Schließlich knallte auf der anderen Seite etwas gegen die Tür und ließ mich zusammenzucken. Wahrscheinlich hatte sie einen Schuh geworfen.

»Miss Crosley!« rief ich mit lauter Stimme. »Der Kingfish reist ab! Wollen Sie mit?«

Ich schaute die Tür an. Die Tür erwiderte meinen Blick. Dann hörte ich das Quietschen von Sprungfedern. Irgend jemand raschelte im Zimmer herum. Schließlich wurde die Tür einen Spaltbreit geöffnet, und ein großes, ziemlich blutunterlaufenes haselnußbraunes Auge mit langen Wimpern schaute mich an.

»Der Kingfish muß den Zug erreichen«, sagte ich. »Können Sie sich in rasender Eile fertig machen?«

Das Auge musterte mich. Dann verengte es sich unsicher. Das Stück, das ich von Alice Jean sah, war in einen rosafarbenen Morgenmantel verpackt.

»Hab ich Sie letzte Nacht vollgekotzt?« fragte sie.

Ihre Stimme enthielt weder Verlegenheit noch Bedauern – nur Neugier.

»Yeah.«

»Sieht man dem Anzug gar nicht an.«

»Ist 'n anderer.«

»Ach.«

Sie schloß die Tür.

Dann ging sie wieder auf, diesmal etwas weiter, so daß ich beide Augen und die üppige Krümmung einer Brust sah, die aus dem hervorlugte, was ich nun tatsächlich als rosafarbenen Morgenmantel identifizieren konnte. Er war mit rosafarbenen Straußenfedern gesäumt.

»Können Sie auf mich warten?« fragte sie. »Ich hab zwei Taschen und könnte etwas Hilfe brauchen …«

»Auf keinen Fall.«

»Wie hießen Sie noch mal?«

»Nate Heller.« Ich riskierte den Anflug eines Lächelns. »Eigentlich heiß ich noch immer so.«

Ihr Kater war zu groß, als daß sie sich darüber hätte amüsieren können. Die Tür ging wieder zu, und ich wartete etwa drei Minuten. Dann stand sie plötzlich abmarschbereit neben mir auf dem Gang.

Wenn man bedachte, daß es erst kurz nach fünf war und Alice Jean wahrscheinlich nicht genug Zeit gehabt hatte, ihren Rausch auszuschlafen, sah sie gar nicht übel aus. Eigentlich sah sie überhaupt nicht übel aus.

Sie trug ein von Blumen umsäumtes blaues Hütchen mit gebogener Krempe, und ein kurzer Bubikopf umrahmte ihr rundes, schnukkeliges Gesicht. Ihre vollbusige Gestalt steckte in einer leichten, maskulinen Jacke – gelbbraune Weste mit blauen Knöpfen, ein blaues Hemd. Ein blauweißer Seidenschal schlang sich um ihren Hals.

Ich nahm ihre Reisetasche und marschierte durch den Korridor.

»Wie haben Sie das geschafft?« fragte ich.

»Was denn?«

Ich hob anerkennend eine Augenbraue und spuckte es aus. »Die meisten Frauen hätten Stunden gebraucht, um sich so aufzukratzen. Sie sehen aus wie aus'm Ei gepellt.«

Ihr harter kleiner Mund setzte zu einem vagen Lächeln an, aber nur kurz.

»Ich kenne Huey schon recht lange«, sagte sie. »Ich mußte lernen, wie man ein Zeltlager schnell abbricht. Sie bluten ja.«

»Was? Ach, hab mich beim Rasieren geschnitten.«

»Sie hätten 'n Stück Toilettenpapier draufkleben sollen. Warten Sie mal.«

Sie blieb stehen. Ich auch. Sie stellte die Tasche auf den Boden, leckte die Spitze ihres rechten Mittelfingers an, zielte auf die Stelle neben meinem Mund, drückte fest zu und ließ los. Die haselnußbraunen Augen unter den langen natürlichen Wimpern schauten sich die Stelle an, und sie bewegte den Kopf von rechts nach links. Sie war ein hübscher Käfer.

»Na, bitte. Ist schon besser.«

Dann nahm sie die Tasche und ging auf hohen Absätzen schnell durch den Korridor. Ich folgte dem frechen Wippen ihres drallen Hinterteils und hatte Schwierigkeiten, mit ihr Schritt zu halten. Dabei trug ich weder hohe Hacken, noch hatte ich einen Kater.

Huey und sein Gefolge verließen die Suite 3200 leise und mit Taschen an der Hand. Niemand sagte etwas, als wir uns ihnen anschlossen. Niemand machte sich die Mühe, uns abzumelden – wir marschierten einfach durch die Lobby und über eine breite Treppe in den unterirdischen Tunnel, der das Hotel mit dem Pennsylvania-Bahnhof verband.

Während Seymour sich in der riesigen, Echos erzeugenden Haupthalle um die Fahrkarten kümmerte, schlenderte Huey, durch die Geräusche unserer Schritte, das allgemeine Gemurmel und die Lautsprecherdurchsagen abgeschirmt, zu Alice Jean hinüber und sagte ihr was ins Ohr. Sie schenkte ihm einen leeren Blick und nickte. Er lächelte, klopfte ihr auf die Schulter und tat wieder so, als gäbe es sie gar nicht.

Kurz darauf tauchte er im Gewimmel der Reisenden, der uniformierten Eisenbahner und im Schutz des Dampfes, der scheppernden Glocken und der heiseren Zugpfeifen auf dem Bahnsteig neben mir auf, legte eine Hand auf meinen Arm und sagte mir was ins Ohr.

»Du hast den Auftrag, auf Alice Jean aufzupassen«, sagte er leise. »Damit sie Zeit hat, dich über alles zu informieren, ohne daß jemand etwas mitkriegt.«

Wir bestiegen den schnittigen modernen Zug, dessen schwarze, stromlinienförmige Lok wie ein Fahrzeug aus *Buck Rogers* wirkte, und begaben uns in einen Waggon, in dem Huey über ein Privatabteil verfügte. Er, Seymour und der kleine Verlagsvertreter igelten sich dort ein; wahrscheinlich, um über das Buch zu reden. Messina und McCracken bauten sich abwechselnd in dem schmalen Gang vor der Abteiltür auf.

Im nächsten Waggon nahm ich eine ähnliche Position vor Alice Jeans Abteil ein. Für einen Stuhl war kein Platz. Ich lehnte mich hundemüde an die Wand und ließ mich vom Rattern der Räder auf den Schienenfugen einlullen. Die Fahrt würde mindestens drei Stunden dauern.

Andererseits konnte ich bei 250 $ pro Tag auch lernen, wie man im Stehen schläft.

Nach etwa einer Viertelstunde ging die Tür auf. Alice Jean tat so, als erstaune es sie, mich zu sehen.

»Was machen *Sie* denn hier?« fragte sie.

»Ich soll auf Sie aufpassen.«

»Sie hätten anklopfen sollen. Huey hat gesagt, ich soll Sie über einige Dinge in Kenntnis setzen.«

»Stimmt. Aber ich muß auch den Leibwächter mimen.«

Sie nickte verständnisvoll und quetschte sich in den Gang hinaus. Für uns vier – sie, mich und ihre Brüste – war eigentlich nicht genug Platz da. Ich fühlte mich aber nicht gestört.

»Ich wollte gerade frühstücken gehen«, sagte sie. »Haben Sie Lust mitzukommen?«

»Klar.«

Ich folgte ihrem wippenden Hintern in den Speisewagen, wo sie für ein Mädchen, das sich am Abend zuvor ordentlich hatte volllaufen lassen, ein Riesenfrühstück verdrückte: Rühreier, Speck, Orangensaft, Bratkartoffeln. Wenn sie *das* wieder ausspuckte, sah ich aber alt aus.

Mir war nur nach einem Doughnut mit Kaffee.

Wir saßen in einem schnieken Waggon mit Leinentischdecken, tadellosem Porzellan und schwarzen Kellnern in makellosem Weiß rum, speisten schweigend und genossen die Aura des Überflusses. Da Alice Jean wie die Selbstsicherheit in Person wirkte, überraschte es mich, als sie plötzlich damit herausplatzte, der vorige Abend täte ihr sehr leid.

»Wie bitte?« fragte ich.

»Es gibt wirklich keine Entschuldigung für mein betrunkenes Verhalten gestern abend.« Sie war immer noch genug Südstaatenschönheit, um ihre Worte wie Poesie klingen zu lassen.

»Ist kein Problem. Wirklich nicht.«

Sie hob ihre Kaffeetasse, um daran zu nippen, und sagte, ohne mich dabei anzuschauen, über den Rand hinweg: »Als ich aufwachte, war ich … ausgezogen.«

Ich nickte und trank selbst ein Schlückchen.

»Haben *Sie* … mich entkleidet?«

»Sie haben mich drum gebeten.« Ich schenkte ihr ein kurzes

Grinsen. »Wir von der A-1-Detektivagentur sind immer hilfsbereit.«

Es schien ihr peinlich zu sein, jedenfalls ein bißchen, und so stellte sie die Kaffeetasse ab und faltete die Hände. Sie hatte kleine Hände, Kinderhände. »Sie haben nicht …«

»Nein. Ich habe die Gelegenheit nicht ausgenutzt. Ich müßte aber lügen, wenn ich sagen würde, daß ich nicht dazu verlockt war. Sie sind eine ansehnliche Frau, Miss Crosley. Falls Sie mir gestatten, es so auszudrücken.«

»Danke. Dafür, daß Sie … die Gelegenheit nicht ausgenutzt haben, meine ich. Es war nett von Ihnen, Mr. Heller.«

»Hätten Sie was dagegen, mich Nate zu nennen?«

Ihr Lächeln war zaghaft, aber lieblich. »Es wäre mir sogar sehr recht … Nate. Und wenn niemand dabei ist, kannst du mich Alice Jean nennen.«

»Das würde mir gefallen«, sagte ich.

»Ich glaube, mir auch.«

Im Augenblick hielt sich niemand aus Hueys Gefolge im Speisewagen auf, also erschien es mir als passend, damit anzufangen, einiges an Hintergrundwissen aus ihr rauszuholen. Sie informierte mich etwa eine Stunde lang über die Fehde, die Huey mit den sogenannten Square Dealers hatte, und gab mir Namen und Adresse des Mannes, den ich aufsuchen sollte: Edward Hamilton. Rechtsanwalt.

»Hamilton und seine argusäugige Ehefrau Mildred wollen Huey schon seit Jahren fertig machen«, sagte Alice Jean.

Später, als wir wieder in dem Waggon waren, in dem ihr Abteil auf sie wartete, bezog ich wieder Position im Gang. Ich lehnte mich an die Wand, verschränkte die Arme vor der Brust und kam mir vor wie ein Holzindianer vor einem Tabakladen.

»Du siehst fertig aus«, sagte sie.

»Huey hat mich die ganze Nacht rumgehetzt.«

»Ich auch.« Sie stand in der offenen Tür des Abteils und deutete mit dem Kopf hinein. »Es hat 'ne Doppelkoje. Willst du bis Harrisburg 'ne Runde schlafen?«

Ich grinste. »Sind eigentlich alle Frauen aus dem Süden so gastfreundlich?«

Ihr Lächeln war vielleicht nicht sehr breit, aber unheimlich gewinnend. »Meine Gastfreundschaft geht nur so weit, daß du auf der oberen Koje ein Nickerchen machen darfst. Punkt.«

»Das ist schon sehr viel. Wahrscheinlich habe ich ohnehin nur dafür Energie ...«

Also klappten wir die obere Koje runter. Ich kletterte hinauf und streckte mich aus. Wegen der Tasse Kaffee brauchte ich eine Weile, um einzuschlafen, doch ein paar Minuten später wiegten mich das Rumpeln des Zuges und das rhythmische Lied der singenden Schienen in den Schlaf.

Als sie mich sanft weckte, hielt der Zug gerade mit kreischenden Bremsen an.

»Harrisburg«, sagte sie. Sie war so klein, daß sie sich auf die Zehenspitzen stellen mußte, um mich zu sehen.

»So 'n hübschen Zugschaffner wie dich hab ich noch nie gesehen«, sagte ich und schwang mich von der Koje.

»Weißt du eigentlich, was wir hier machen?« fragte sie. »Kein Mensch hat sich die Mühe gemacht, es mir zu sagen.«

»Tja, wir steigen hier um«, sagte ich. »Aber bis zum Anschluß haben wir noch ein paar Stunden Zeit, die Huey nutzen möchte, um mit den Leuten vom *Telegraph* zu reden, die sein Buch rausbringen wollen.«

Sie lächelte und zeigte ein Grübchen. »Ich nehme an, *mich* will er nicht gerade dabeihaben.«

»Ich leiste dir Gesellschaft«, sagte ich.

Wir gesellten uns zu Hueys Gefolge auf dem Bahnhof von Harrisburg. Auf dem überdachten Bahnsteig war es dunkel wie in der Nacht. Huey, Seymour, die Leibwächter und Sekretäre umringten den kleinen Verlagsvertreter wie eine Bande von Verschwörern.

Alice Jean und ich hielten uns im Hintergrund, und nach einer Weile löste sich Seymour von der kleinen Gruppe und kam zu uns.

Er deutete nach links. »Der *Telegraph*-Verlag ist nur ein paar Häuserblocks von hier entfernt. Wir gehen mal rüber und machen 'ne Besprechung ... Ihr beide wartet im Bahnhof.«

Ich nickte und begleitete Alice Jean hinein. Ein Kiosk trennte uns von der höhlenartigen Wartehalle. Die Gepäckaufnahme befand sich ganz rechts. An der linken Seite entdeckten wir eine Imbißstube, also schoben wir uns in eine Nische und tranken Kaffee.

»Du schnarchst«, sagte Alice Jean.

»Erzähl's bloß nicht weiter«, sagte ich. »Sonst zieht man möglicherweise falsche Schlüsse, wie du an diese Information rangekommen bist.«

»Du schäkerst wohl gern, was?«

»Hast du was dagegen?«

Sie zuckte die Achseln. »Eigentlich nicht. Sollen wir die Gelegenheit nutzen?«

Ich nickte, und sie fuhr fort, mich über Hueys Feinde zu informieren. Diesmal ging es nicht um die Square Dealers, sondern um Standard Oil. Sie brauchte etwa eine Dreiviertelstunde, in der ich hin und wieder Zwischenfragen stellte und ein paar Fakten in mein Notizbuch schrieb.

»Der Mann, mit dem du dich unterhalten solltest«, sagte sie, »der Lobbyist, von dem ich gesprochen habe … er heißt Louis LeSage. Du kannst ihn in der Raffinerie anrufen.«

Dann ratterte sie seine Telefonnummer herunter.

Ich schrieb sie in mein Notizbuch.

Eine bemerkenswerte Frau, diese Alice Jean. Auch wenn sie Hueys Geliebte gewesen war, sie war keine Schlampe, oder zumindest keine dumme. Sie hatte, wie Huey angedeutet hatte, schwer was auf dem Kasten.

»Darf ich Ihnen eine Frage stellen, Miss Crosley? Alice Jean, meine ich?«

»Aber sicher.«

»Bist du wirklich Staatsministerin in Louisiana?«

Sie spitzte die Lippen so, daß es aussah wie ein Kuß, aber es war eigentlich nur ein Lächeln. »Das können Sie wohl nur schwer glauben, Mr. Heller? Nate, meine ich?«

»Eigentlich nicht. Mit deinem Köpfchen könntest du auch Gouverneur sein. Ich frage mich nur, wie du es geschafft hast.«

»Du meinst, wie Huey es geschafft hat. Haste was dagegen, wenn ich rauche?«

»Überhaupt nicht.«

Sie nahm eine Packung Chesterfield aus ihrer Handtasche, zog eine Zigarette hervor und steckte sie mit einem Zippo-Feuerzeug an, das genauso aussah wie das, das ich in Hueys Schlafzimmer im New Yorker gesehen hatte.

»Eigentlich bin ich keine Ministerin mehr … Ich bin's seit 1932 nicht mehr. Wer hat es dir erzählt? Seymour?«

Ich nickte.

»Er ist 'n neidischer Hund, wirklich. Er konnte mich noch nie leiden. Die Sache war so: Ich hab die Legislaturperiode eines Herrn zu Ende gemacht, dessen Herz nicht mehr mitmachen wollte.«

»Ach. Dann bist du jetzt arbeitslos?«

»Aber nein. Huey hat mich zur Leiterin für Öffentliche Ausgaben und obersten Steuereinnehmerin gemacht.«

Was bedeutete, daß Hueys Geliebte den ganzen Staatssäckel kontrollierte.

»Sollen wir ein Sandwich essen, Nate? Wer weiß, wann unser Zug abfährt.«

Und so speiste ich mit der Leiterin für Öffentliche Ausgaben des Staates Louisiana. Sie verzehrte ein Sandwich mit Speck, Feldsalat und Tomaten, und ich eins mit Ei. Kurz darauf nahmen wir uns den dritten Verdächtigen des gegen Huey gerichteten Mordkomplotts vor: das Syndikat, speziell Frank Costello, mit dem Huey kürzlich ins Spielautomatengeschäft eingestiegen war.

»Du willst sicher mit Costellos Vertreter in New Orleans reden«, sagte Alice Jean freundlich, als spreche sie über einen Herrenschneider. »Er heißt ›Dandy Jim‹ Kastel ... Er hat 'ne Suite im Roosevelt. Schreib es dir nicht auf; merk es dir nur.«

»In Ordnung«, sagte ich und schaute auf die Uhr. »Wir sitzen jetzt schon mindestens zwei Stunden hier. Hast du Lust auf'n Spaziergang oder so was? Ich krieg allmählich 'n wunden Hintern.«

»Ich hab nichts gegen Bewegung.«

»Vielleicht finden wir eine nette, ruhige Kneipe. Ich könnte etwas Stärkeres brauchen als Kaffee. Wie ist's mit dir? Bereit für'n Umtrunk?«

Sie nickte grinsend. »Aber klar. Was ist, wenn Huey zurückkommt?«

»Ich geh mal an den Fahrkartenschalter und schau nach, wann

der nächste Zug nach St. Louis abfährt. Das ist unser nächster Halt.«

Komisch, wie sich ihr kleiner harter Mund zu einem weichen, lieben Lächeln verziehen konnte. »Du bist *wirklich* Detektiv, was?«

Da der nächste Zug nach St. Louis erst um 18 Uhr 30 abfuhr, fragte ich den »Schuhputzerjungen« (er war über sechzig) nach der nächsten Bar. Er zeigte mir die Richtung. Wir gingen in Richtung Fluß und durchquerten ein lebhaftes Geschäftsviertel – es war Samstag, die Läden und Warenhäuser machten glänzende Umsätze –, bis wir eine ruhige kleine Tränke fanden. Der Laden war fast leer. Wir bestellten an der Theke und setzten uns in eine Nische im Hintergrund.

»Jetzt sitzen wir ja schon wieder«, sagte sie.

Ich nippte an meinem Rum mit Cola. »Yeah, aber mein Hintern tut nicht mehr weh. Darf ich dich mal was Persönliches fragen?«

»Frag nur.«

»Wie wird eine Frau ... Wie alt bist du eigentlich? Fünfundzwanzig?«

»Mehr oder weniger.«

»Wie wird eine Frau von mehr oder weniger fünfundzwanzig Jahren Staatsministerin und Leiterin von Sonstwas?«

»Meinst du, abgesehen davon, daß ich Hueys Freundin bin?«

»Bist du es denn?«

Sie warf einen säuerlichen Blick in ihr Bier. »Nicht mehr, nehme ich an.« Dann sagte sie es noch einmal: »Nicht mehr.«

Ich musterte sie aus leicht zusammengekniffenen Augen. »Alice Jean, ich hoffe, es macht dir nichts aus, wenn ich es sage ... Du bist kein Dummkopf.«

»Sehr schmeichelhaft.«

»Ich will damit sagen, ein Gespräch mit dir genügt, um zu wissen, daß du jeden Regierungsposten ausfüllen könntest, den man dir nachwirft. Ich frage mich nur, wie es dazu kam. Warst du auf dem College?«

Sie lachte. »Kaum. Bin nach der zehnten Klasse abgegangen.«

»Schwer zu glauben.«

Sie zuckte die Achseln. »Ich hab mir beigebracht, was 'ne Sekretärin können muß. Mein Papa hat in Louisiana früher 'ne ziemlich bekannte Zeitung herausgegeben: den *Shreveport Caucasian.*«

Das letzte äußerte sie so, als hätte ich möglicherweise schon davon gehört, aber so war es nicht. Es hätte sich auch um den *Natchitoches Negro* handeln können.

»Stimmt das wirklich?« sagte ich dennoch. »Das ist ja wirklich beeindruckend.«

»Papa hat mir geholfen, einen netten Job als Sekretärin in Baton Rouge zu kriegen ... Als ich achtzehn war, habe ich für Longs Gouverneurswahlkampf gearbeitet. Bald war ich dann seine Privatsekretärin. Irgendwie hat eins zum anderen geführt.«

Und auch ein Bier führte zum anderen. Beim dritten wurde Alice Jeans Verbitterung allmählich sichtbar.

»Hast du schon deine Kündigung unterschrieben?« fragte sie plötzlich.

»Was meinst du damit?«

Sie zuckte erneut die Achseln, zog eine Schnute und schüttelte das Bier in ihrem Glas. »Normalerweise muß jeder, der bei Huey anfängt, nach dem Arbeitsvertrag sofort eine undatierte Kündigung unterschreiben. Das macht er mit allen Angestellten.«

»Im Ernst?«

»Klar. Weißt du, was alle Staatsangestellten in Louisiana frühmorgens als erstes tun?«

»Nein. Was denn?«

»Sie lesen die Morgenzeitung, um rauszukriegen, ob sie am Tag zuvor gekündigt haben.« Sie grinste schief, aber ihr Grinsen war ätzend. »Hat er dir schon was bezahlt?«

»Yeah. Er hat mir einen Honorarvorschuß gegeben.«

»Ich wette, er hat bar gezahlt. So macht Huey all seine Geschäfte.«

Als Leiterin für Öffentliche Ausgaben mußte sie so was natürlich wissen.

»Läßt er dich auch fünf Prozent abdrücken? Weil er das nämlich mit *allen* Staatsangestellten macht. Er zieht allen fünf Prozent netto vom Gehalt ab. Und weißt du, wohin sie gehen?«

»Wohin?«

»In die sogenannte Abzugkiste.«

Ich schaute auf meine Armbanduhr. Der Nachmittag neigte sich dem Abend entgegen. Ich war der Meinung, daß Alice Jean nun genug getrunken hatte. Ich wollte nicht, daß sie ihr Frühstück und das Speck-Feldsalat-Tomaten-Sandwich, das sie in meinem Beisein verzehrt hatte, auf meinen letzten Anzug spuckte.

Also fragte ich den Barmann, ob es in der Nähe einen Stadtpark gab, wo wir vielleicht einen kleinen Spaziergang machen konnten. Er beschrieb uns den Weg zum nahe gelegenen Harris Park. Er lag am Fluß. Der Tag war warm, aber nicht heiß. Eine leichte Brise kräuselte die Blätter der Ulmen, Eichen, Sykomoren und Ahornbäume, die die stillen Wege des Parks beschatteten. Nach einer Weile kauften wir uns an einem Stand Popcorn, suchten uns eine Bank, aßen und fütterten die Tauben.

»Er hat gesagt, er würde mich mitnehmen«, sagte sie.

»Was?«

»Nach Washington. In den Senat. Ich sollte seine Sekretärin sein. Aber dann hat er einen *Mann* eingestellt. Ich bin nämlich schlecht für sein ›öffentliches Ansehen‹. Verdammt noch mal, in Louisiana war ich immer in seinem Scheißgouverneurspalast, wenn seine Frau zu Hause war! Manchmal sogar monatelang! Aber *jetzt* bin ich schlecht für sein öffentliches Ansehen ...«

»Alice Jean«, sagte ich und warf den Vögeln ein Stück Popcorn hin, »ich hab den Eindruck, daß er vorhat, für die Menschen was Gutes zu tun. Sein Stil ist zwar vielleicht etwas unorthodox, aber er hat wenigstens keine Angst, sich mit den reichen Schweinehunden anzulegen, die ...«

»Reiche Schweinehunde«, schnaubte sie. »Ausgenommen Standard Oil ... Huey legt sich aus rein persönlichen Gründen mit ihnen an ... Es gibt im ganzen Land keinen Politiker, der mehr Geschäfte mit den Reichen macht als Huey Long. Er ist weder ein Freund der Arbeiter, noch einer der Farbigen ...«

Vielleicht hatte ich ihr ein Bier zuviel zugestanden.

»Weißt du, was? In der Kiste taugt er auch nicht viel.«

»Alice ...«

»Du hast ihn doch essen sehen! Schnell, schluderig und ziellos ... Ganz zu schweigen davon, daß er sich immer vom Teller der anderen bedient. Das ist seine *wahre* Vorstellung vom ›Verteilen des Reichtums‹! Im Bett ist er genauso ... schnell, schluderig und ichbezogen. Nichts erregt diesen Mann mehr als Macht, Macht und *noch mehr* Macht.«

»Und was, verdammt, siehst du dann in ihm, Alice Jean?«

Sie wirkte so, als mustere sie die Tauben, aber sie tat es nicht.

»Ich weiß nicht. Ich weiß es wirklich nicht. Vielleicht ... Vielleicht sehe ich in ihm den Bauernjungen, der Medizinmarktschreier wurde und so klug und fleißig war, daß es ihm gelang, sechs Semester Jura in sieben Monaten abzureißen.«

Sie sprach zwar mit mir, aber ich hatte den Eindruck, sie hatte meine Anwesenheit vergessen. Sie sprach mit sich selbst.

»Vielleicht sehe ich in ihm einen Anwalt, der sich aus eigener Kraft hochgearbeitet hat und vor Gericht für die kleinen Leute einsteht; der früher selbst zu denen gehörte, die von der Großindustrie herumgeschubst werden; der in die Politik gegangen ist, um daran etwas zu ändern – für sich und all die kleinen Leute.«

Sie blieb eine Weile still sitzen. Ich sagte nichts – ich schaute ihr nur zu. Plötzlich verhärtete sich der dünne Strich ihrer Lippen.

»Vielleicht bin ich aber auch nur eine Frau, die gern einem mächtigen Mann auf den Schlips tritt.«

Wir blieben noch etwa eine halbe Stunde schweigend sitzen, dann gingen wir zum Bahnhof zurück. Kurz darauf tauchte Huey mit seinem Gefolge auf, und wir stiegen in den Zug nach St. Louis. Huey brachte noch einen Redakteur des *Telegraph* und zwei hübsche Stenographinnen mit, die Alice Jean noch mehr ärgerten.

Im Nu stand ich vor einem neuen Zugabteil und bewachte die Frau, die Huey Longs Geliebte gewesen war. Der Nachmittag hatte die Abenddämmerung wohl übersprungen und wurde sofort zur Nacht. Die Zugfenster zeigten draußen nichts als Dunkelheit.

Seymour Weiss kam auf mich zu. »Wird 'ne lange Nacht.«

»Yeah?«

»Yeah. Huey und der Verleger haben beschlossen, das Buch so schnell auf den Markt zu bringen, wie er es möchte. Die zweihundert Seiten, die er schon diktiert hat, werden weggelassen. Wir werden bis zum Morgengrauen – und noch etwas länger – daran arbeiten.«

»Steigen wir in St. Louis aus?«

»Nur, um in den Zug nach Oklahoma City umzusteigen. Huey hält dort morgen nachmittag eine Rede. Labor Day, auf der Staatsmesse. Wenn wir umsteigen, will er mit dem Buch fertig sein, also morgen früh. Wie sieht's bei Ihnen aus? Soll ich Sie irgendwann von Messina oder McCracken ablösen lassen?«

»Nein. Mir geht's gut.«

Seymour nickte, rollte mit den Augen, schüttelte den Kopf und marschierte in den nächsten Waggon zu Hueys Abteil zurück.

Einige Sekunden später öffnete sich Alice Jeans Abteiltür. Sie trug wieder den gefiederten Morgenmantel. Die dunklen Locken umrahmten ihr rundes Gesicht auf vollkommene Weise. Ihr Lippenstift war frisch und kirschrot, ihre haselnußbraunen Augen waren kein bißchen mehr gerötet. Sie roch nach Chanel Nr. 5.

»Ich hab dich mit Seymour reden hören«, sagte sie.

»Ach ja?«

»Du glaubst also nicht, daß du 'ne Ablösung brauchst, hm?«

»Nein.«

»Ich glaube, du irrst dich.«

Sie packte mein Handgelenk und zog mich ins Abteil. Es war kein schnittiger moderner Zug wie der Broadway Limited, sondern ein altmodischer – und besserer – Pullmanwagen. Holzgetäfelt, dunkles Mobiliar. Keine Klappbetten, sondern ein schon aufgeschlagenes Einzelbett.

Ich hörte das Klicken der Tür hinter uns, und als ich mich umdrehte, nahm sie mich in die Arme. Ich umarmte sie ebenfalls und senkte meinen Mund zu ihr hinab.

An ihrem Mund war nun nichts mehr hart. Es war ein zarter Kuß; zumindest der erste. Dann wurde er verlangend, und schließlich schob sie mir die Zungenspitze zwischen die Lippen.

Ich wich zurück, schnappte nach Luft und schaute sie an. Sie betrachtete mich mit einem heißen Blick, der jedem Vamp der Stummfilmära zur Ehre gereicht hätte. Sie ließ das rosafarbene Gewand zu Boden sinken und enthüllte erneut den wunderschönen kleinen Körper, der mich an einen Teenager erinnerte – Wespentaille, buschiges Schamdreieck, schlanke Beine und den vollen Busen einer Frau, deren Aureolen so blaß waren, daß sie fast verschwanden. Die Warzen waren erigiert und vorwurfsvoll zu mir aufgerichtet, als wollten sie mich für das schelten, was mir in den Sinn kam.

Dann lagen wir auf dem Bett, und ich küßte sie von oben bis unten ab, während sie meinen Schlips löste, an meiner Hose fummelte und mich durch den Stoff anfaßte. Meine Hände fanden die unglaublich festen Kugeln ihrer Brüste. Ihre Warzen waren hart wie Diamanten und der Rest so üppig, daß meine Hände ihn kaum umfassen konnten. Das Bett wippte schon in seinem eigenen Rhythmus, was an den verfluchten Eisenbahnschienen lag. Und dann klopfte jemand an die Tür.

Wir zuckten zusammen.

Sie versteckte sich fast sittsam unter der Bettdecke. Ich stand auf, reckte mich, zog meinen Schlips fest, machte meine Hose zu, verschob meine Erektion, fand ein Taschentuch, um mir den Lippenstift abzuwischen, und musterte mich im Spiegel über dem Waschbecken, um nachzuschauen, ob alles in Ordnung war.

Dann öffnete ich die Tür, aber nur ein Stück.

Hueys Gesicht glotzte mich an. Es wirkte überlebensgroß, und seine Augen traten hervor.

»Heller«, sagte er, »ich konnte einfach nicht früher weg.«

»Macht nichts. Wie geht die Arbeit voran?«

»Bestens. Wollte nur mal nach dir sehen, mein Sohn. Die letzte Nacht mit Alice Jean war wohl 'n bißchen hart. Sie kann einen schon strapazieren.«

»Weiß ich.«

»Wie kommt ihr miteinander aus?«

»Besser«, sagte ich.

Huey nickte lächelnd. »Tja, ich hab noch zu tun. Die Schweinebacken sagen, mein Buch ist zu lang. Ich muß es kürzen, sonst gibt es keine Möglichkeit, es so pünktlich auf den Markt zu bringen, daß es mir nützt. Sei ab jetzt vorsichtig.«

Dann war er weg.

Ich machte die Tür zu und holte mehrmals tief Luft.

Dann schloß ich das Abteil ab, schaltete das Licht aus und entkleidete mich.

6

Für eine amerikanische Hauptstadt des 20. Jahrhunderts wimmelte die Innenstadt von Baton Rouge überraschend von uralten Holzhäusern. Das Reymond Building gehörte jedoch nicht dazu. Mit seinen feingemeißelten Adlerverzierungen und modernen, schnittigen, doch schlichten Linien hätte das graue Granitbürohaus auch ein Postamt oder ein Regierungsgebäude sein können.

Es war aber eindeutig kein Bestandteil von Huey Longs Regierungsbauten: Auch wenn ein paar Kingfish-Anhänger im Reymond Büros unterhielten, das Haus war in der Stadt allgemein als führende Anti-Long-Enklave bekannt.

Die Square Deal Association (die Vereinigung fairer Unternehmer) unterhielt hier zwar keine Geschäftsstelle, aber ihr Gründer, der Anwalt Edward Hamilton, residierte im sechsten Stock.

Es war Dienstag nachmittag.

Wir waren am Sonntag morgen in St. Louis eingetroffen, und eine große Menschenmenge hatte Huey am Bahnhof begrüßt. Wir hatten nur fünf Minuten Zeit gehabt, um den Zug nach Oklahoma City zu kriegen. Schlafmangel und ein Heuschnupfenanfall hatten den Kingfish endlich verlangsamt, und unser Aufenthalt im Black Hotel in Oklahoma City war in dieser Nacht ereignislos verlaufen – wenn auch meine Leibwächterpflichten dank der bemerkenswerten Frau, deren Körper ich beschützte, interessant und lohnenswert blieben.

Nach Hueys Labor-Day-Rede auf der Staatsmesse nahmen wir den einzigen verfügbaren Zug nach Osten. Alice Jean und ich hatten in ihrem Abteil weiterkonferiert.

Heute abend war ich endlich in Louisiana: In Dallas hatten uns zwei weitere Leibwächters Hueys (sie hießen Two-Gun Thompson und Sqinch McGee – was wohl alles sagt) in einem neutralen Wagen der State Police abgeholt. Wir waren nach Shreveport eskortiert worden, wo der Kingfish mich im Washington-Youree Hotel in sein Zimmer beordert hatte.

Wie üblich fläzte er sich in seinem legendären grünseidenen Schlafanzug wie eine Leiche auf der Totenbank auf dem Doppelbett seiner Suite.

Wir waren allein.

»Ich werd mich für die nächsten zwei, drei Tage in Baton Rouge mit meinen Anwälten und Beratern eingraben«, sagte Huey.

»Okay«, sagte ich, da er mich auch mal zu Wort kommen ließ.

»Die Jungs und ich müssen für die Parlamentssondersitzung am

Sonntag einunddreißig Gesetze klarmachen. Biste bereit, dich jetzt für mich umzusehen, mein Sohn?«

»Klar.«

»Hat Alice Jean dir alles gesagt, was du wissen mußt?«

»Aber ja.«

»Na fein. Sie ist ein braves Mädchen. Vielleicht 'n bißchen zu ehrgeizig. Ehrgeiz kann verdammt destruktiv sein.«

Hätte ich seine Freundin nicht genagelt und für dieses Vergnügen keine 250 $ am Tag kassiert, wäre dies der Zeitpunkt für eine freche Bemerkung gewesen.

»Dann mach dich also auf die Socken. Bitte Seymour beim Rausgehen um 'ne Kripomarke und den Wagenschlüssel.«

»Was denn für'n Wagenschlüssel?«

»Ich hab dir für die Zeit, in der du für mich arbeitest, 'ne neue BCI-Karre besorgt.«

Und so hatte ich Shreveport an diesem Morgen in einem großen schwarzen Buick verlassen, in dem ich mir wie ein Gangster vorkam (was für Huey Longs Leibwächter nicht ungewöhnlich war). Ich fuhr über den Highway 20, am Red River entlang. Daß ich mich im Pelikan-Staat aufhielt, wußte ich, weil die Schilder am Rand des Highways eine ungelenke Karikatur dieses Vogels zeigten. Die Straße führte mich an üppigem Farmland und gespenstischer Wildnis vorbei, und ich hatte Gelegenheit, mir wuchernde Baumwollplantagen aus der Zeit vor dem Bürgerkrieg und sumpfige Flächen voller Weiden, Pappeln und Zypressen anzusehen. Bei Alexandria wechselte ich auf den US Highway 71 und fuhr nach Süden, fort vom Red River, rein ins bewaldete Tiefland, wo Gemüsefarmen, Baumwoll-, Zuckerrohrfelder und unkultiviertes Land in den Farben der Wildblumen lebendig waren.

Nach zweihundert Meilen Louisiana erreichte ich Baton Rouge – gebildeter und mit dem sicheren Gefühl, hier nur ein großer Fisch auf dem Trockenen zu sein.

Man weiß ja, was Pelikane mit Fischen machen.

Der sechste Stock des Reymond Building glich nicht im geringsten einem Feindeslager: grauschwarz gefleckte Marmorböden, dunkel getäfelte, gemaserte Glasbüros, Namen von Anwälten, Ärzten und Versicherungsvertretern in respektabler Blockschrift auf Milchglasscheiben. Stacheldraht oder bewaffnete Wächter waren nicht zu erblicken.

Über Edward Hamiltons Vorzimmer wachte eine gouvernantenhafte Matrone, die ihr Getippe unterbrach, meine Ankunft registrierte und mich um meine Geschäftskarte bat, um mein Hiersein anschließend durch eine Gegensprechanlage anzukündigen.

Auf meiner Karte stand »Hal Davis – *Chicago Daily News*«. Ich hatte vor ein paar Monaten, als er nach allzu heftigem Alkoholgenuß neben mir an der Theke in der Kneipe meines Freundes Barney Ross eingeschlafen war, ein halbes Dutzend aus seiner Brieftasche geklaut.

»Mr. Hamilton erwartet Sie«, sagte die Sekretärin. Sie schenkte mir ein Lächeln und widmete sich wieder ihrer Arbeit.

Er erwartete mich *wirklich*: Heute morgen, vor der Abreise aus Shreveport, hatte ich vom Hotel aus angerufen. Es war unproblematisch gewesen, einen Termin bei ihm zu kriegen. Ich hatte ihm erzählt, daß ich den Süden bereiste, um für meine Zeitung »die Wahrheit über Diktator« Long in Erfahrung zu bringen.

Zwar hatte ich Hamilton nicht persönlich gesprochen, sondern nur seine matronenhafte Sekretärin, doch sie hatte ihm meine Botschaft übermittelt, und er hatte mich auf der Stelle für heute nachmittag zu einem Gespräch eingeladen.

Nun erhob er sich hinter seinem Schreibtisch und streckte mir die Hand entgegen – ein mittelgroßer, weißhaariger Mann mit dunklen Brauen und Schnauzbart. Er trug einen schick geschnittenen Anzug mit Weste und einen blauen Schlips, der Würde und Wohlstand ausstrahlte. Sein stattliches Gesicht wirkte energisch. Die Leichtigkeit seines Lächelns wurde von tief in den Höhlen liegenden, sorgenvoll blickenden grauen Augen ausgeglichen, die wohl in einem halben Lebensjahrhundert zuviel gesehen hatten.

»Freut mich, Sie kennenzulernen, Mr. Davis«, sagte Hamilton mit einem sanften, einschmeichelnden Südstaatenbariton, der ihm im Gerichtssaal bestimmt gute Dienste leistete.

»Ganz meinerseits, Mr. Hamilton«, sagte ich. Wir gaben uns die Hand. »Freut mich, daß Sie so schnell zu einem Gespräch bereit waren.«

Ihm gegenüber stand ein Stuhl, auf den ich mich setzte.

Ich hatte neben dem Empfangsbereich eine ausgedehnte juristische Bibliothek erspäht, aber Hamiltons Büro war bescheiden, auch wenn der Mahagonischreibtisch sicher ein kleines Vermögen gekostet hatte. Drucke altmodischer Flußboote, ein signiertes Foto von FDR und mehrere Diplome waren die gesamte Dekoration. Einige Aktenschränke standen seitlich an der Wand. Auf der Schreibtischplatte sah ich von der Seite ein paar eingerahmte Fotos, die ich jedoch nicht erkennen konnte. Es waren zweifellos Familienfotos. Eins davon zeigte gewiß seine Gattin Mildred – die Organisatorin des Frauenvereins von Louisiana, einer Anti-Long-Bewegung.

Nach dem, was ich von Alice Jean erfahren hatte, war Hamilton für zwei Staatsregierungen als Sonderberater tätig gewesen. Die vorherige Administration hatte ihm die Pöstchen zugeschoben. Seit der Kingfish ihn gefeuert hatte, herrschte zwischen ihnen ständiger Krieg.

Ich brauchte nicht mal eine Frage zu stellen. Hamilton war sofort bereit, sich wortreich über seine Anti-Long-Einstellung auszulassen.

»Wenn der Norden Huey Long für ein spezielles Südstaatenphänomen hält, Mr. Davis, wird er bald erfahren, wie sehr er sich irrt.« Er saß auf einem Drehstuhl und wippte beim Sprechen sanft hin und her. Sein Lächeln war zwar freundlich, aber sein Blick hart. »Erstens ist der Kingfish nämlich kein Clown ... Die Zeitungen im Norden nehmen seine auf rustikal getrimmte Spaßvogel-Fassade einfach zu leicht, zu wörtlich.«

Ich zuckte die Achseln. »Aber sie sorgt für gute Schlagzeilen.«

»All das dient doch nur dazu, Hueys Tyrannei mit Zuckerguß zu übertünchen.«

»Tyrannei ist ein ziemlich hartes Wort, Mr. Hamilton.«

Hamiltons Lächeln blieb freundlich und amüsiert, seine Rede sanft und im Rhythmus südstaatenhaft. Aber seine Worte waren scharf.

»Machen Sie keinen Fehler, Mr. Davis«, sagte er. »Der Kingfish ist ein amerikanischer Mussolini, ein Hitler Marke Eigenbau ... Eine schräge Mischung aus Faschismus, Unfug und altmodischer Großkotzigkeit à la Tammany Hall.«

Es kam mir zwar leicht übertrieben vor, aber ich nickte nur und machte mir ein paar Notizen.

»Unter Huey P. Long«, fuhr der Rechtsanwalt fort, »ist Louisiana eine Bananenrepublik mit einem besonders widerwärtigen und megalomanischen Diktator. Er beherrscht die Staatsregierung, den Gouverneur, die Staatsuniversität, das Schatzamt, die staatlichen

Einrichtungen und alle in ihnen beschäftigten Louisianer. Es gibt nur wenige Ausnahmen – zum Beispiel meinen Freund, den Richter Pavy. Aber Long beherrscht auch die Gerichtshöfe. Seine Geheimpolizei hat ein Terrorregime errichtet; sie greift sich, wen sie will …«

Ich hob den Bleistift und unterbrach ihn. »Soweit ich weiß, hat Huey die letzten Wahlen mit links gewonnen. Und auch seine Kandidaten in den anderen Ämtern …«

Hamiltons besorgte Augen blitzten verärgert auf. »*Er* organisiert die Wahlen und zählt die Stimmen aus! Durch seine Bankenkontrolleure, Landvermesser, Kommissionen und Ausschüsse hat er Macht über Leben und Tod der privaten Unternehmen …«

»Haben gesetzestreue Bürger wie Sie deswegen die Waffen gezückt und sich gegen ihn erhoben?«

Ich spielte auf die Tumulte in New Orleans und Baton Rouge an.

Im vergangenen Jahr hatte Huey in New Orleans gegen den Widerstand der Lokalpolitik Gesetze verabschiedet, die dem Staat Louisiana (d.h. ihm selbst) Kontrolle über die Polizei und Feuerwehr der Hauptstadt gaben. Außerdem hatte er die städtischen Rechte in Sachen Wählerregistrierung und Stimmenauszählung an sich gerissen. Er und Gouverneur O.K. Allen hatten das Kriegsrecht verhängt, und kurz darauf hatten die städtische Polizei und eine aus Einheimischen bestehende »Armee« der Nationalgarde gegenübergestanden. Die einer komischen Oper nicht unähnliche Situation hatte die überregionale Presse und das Weiße Haus geweckt, und irgendwann war es städtischen Führern schließlich gelungen, die beiden Konfliktparteien zu einem Waffenstillstand zu überreden.

Doch war der Aufstand in Baton Rouge am Anfang dieses Jahres auf die Tätigkeit der Hamiltonschen Square Dealers zurückgegangen. Die Vereinigung bestand im wesentlichen aus verbitterten Standard-Oil-Angestellten, die befürchteten, Hueys Privatkrieg gegen ihre Firma werde das Unternehmen, das die Gemeinde finanziell über Wasser hielt, aus der Stadt vertreiben.

»Ein bewaffneter Aufstand war nicht unser Ziel«, sagte Hamilton schnell und stellte sein Drehstuhlgewippe ein. »Wir wollten den Staat nur von widerlichen und diktatorischen Gesetzen befreien.«

Ich grinste ihn an. »Also wirklich, Mr. Hamilton. Ihre Leute haben blaue Uniformen getragen. Sie haben ›Bataillone‹ aufgestellt. Die Leute sind marschiert und wurden ausgebildet ...«

Hamiltons Stirnrunzeln machte aus seinen dunklen Augenbrauen eine pelzige gerade Linie. »Wir waren eine paramilitärische Organisation. Das sind auch die Pfadfinder. Keine der beiden Gruppierungen ist von Natur aus gewalttätig.«

»Ihr Wahlspruch lautete ›Direkte Aktion‹. Eins Ihrer Mitglieder hat öffentlich gesagt, man solle Huey, seinen Marionettengouverneur und all seine Amtsärsche aufhängen ...«

Hamilton unterbrach mich. »Es war nicht unsere Absicht, jemanden umzubringen. Um Himmels Willen, Mann, zu unseren Mitgliedern gehörten zwei Exgouverneure und der Bürgermeister von New Orleans.« Er schüttelte den Kopf. »Ich muß sagen, der von Ihnen eingeschlagene Kurs enttäuscht mich, Mr. Davis. Ich weiß nicht, ob ich das Interview noch fort ...«

Ich ersetzte mein Grinsen durch ein ungezwungenes Lächeln. »Verstehen Sie bitte, Mr. Hamilton: Die Dinge, die hier im Süden passieren, sind für die Leute oben im Norden nicht ganz einfach zu verstehen.«

Sein Blick war tadelnd. »Das versuche ich ja gerade zu erklären.

Sie sollten in dieser Angelegenheit weniger selbstgefällig sein. Huey sitzt schon in Washington; er klopft schon an Ihre Tür. Er wird sich grinsend und lächelnd Zutritt zum Haus Amerika verschaffen und sich anschließend mit den Grundrechten, der Verfassung und der unsterblichen Seele jedes Mannes, jeder Frau und jedes Kindes davonstehlen.«

Es erschien mir alles recht kokett, und vielleicht erkannte er es an meinem Gesichtsausdruck. Hamilton beugte sich vor, stützte die Ellbogen auf den Tisch und schaute mich müde an.

»Wissen Sie, Mr. Davis, nach dem Scheitern unserer Bemühungen, Long abzusetzen, und seit er 1934 anfing, seine ›Sondergesetzgebungssitzungen‹ abzuhalten – in den letzten dreizehn Monaten gab es *sechs* dieser Art –, hängt so etwas wie ständiger *Irrwitz* in der Luft.«

»Sie meinen, der Spruch ›Jemand sollte diesen Typen endlich umlegen‹ wird nun ernster gemeint?«

Hamilton lehnte sich zurück und nickte ernst.

»War *Irrwitz* der Grund, weswegen dreihundert bewaffnete Square Dealers im letzten Januar das Gerichtsgebäude von Baton Rouge stürmten und besetzten?«

Er zuckte bei der Erinnerung zusammen. »Verstehen Sie bitte, Mr. Davis ... Long hat ein Gesetz durchgebracht, das es seiner Marionette O. K. Allen gestattete, neue Abgeordnete in den Stadtrat unserer Gemeinde zu *berufen*! Er hat uns das letzte Fünkchen einer Abgeordnetenkammer gestohlen.«

»Ich dachte, der Sturm aufs Gerichtsgebäude hatte mit der Verhaftung eines Ihrer Mitglieder zu tun.«

Hamilton nickte langsam. »Ja, das war der Auslöser dieser mißratenen Episode.«

»Dann hat Huey die Miliz geschickt und die Square Dealers aufgelöst.«

Er schüttelte schnell den Kopf. »Nein. Uns wurde zugetragen, der Verhaftete sei freigelassen worden. Deshalb sind wir nach Hause gegangen. Das Ironische an der Sache ist, daß unser angebliches Mitglied in Wahrheit ein Spitzel Hueys war. Der Mann hat während seiner ›Verhaftung‹ wahrscheinlich alles über uns ausgeplaudert und Namen und Telefonnummern weitergegeben. Dies könnte natürlich auch das Flughafen-Debakel erklären.«

An dem Morgen nach der Gerichtsbesetzung hatten sich hundert bewaffnete Square Dealers zum Flughafen von Baton Rouge begeben. Dort hatten fünfhundert Angehörige der Nationalgarde mit Maschinengewehren und Tränengas sie in Empfang genommen.

Hamiltons besorgte Augen nahmen einen geplagten Ausdruck an. »Die meisten Square Dealers rannten ins Gas, und einer wurde verwundet. Ein halbes Dutzend mußten ins Krankenhaus. Gott sei Dank gab es keine Toten. Bevor etwas Ernstes passierte, flohen einige von uns zu ihren Autos oder in den Wald ... Die meisten wurden aber zusammengeschlagen.«

»Was war in Sie gefahren? Warum haben Sie die Leute überhaupt zum Flughafen geschickt?«

Sein Lachen war kurz, tief und humorlos. »Das ist der demütigendste Teil der Sache. Nicht mal jene von uns, die zur Leitung gehörten, wußten, *was* wir da sollten! Wir haben dringende anonyme Anrufe erhalten, die uns drängten, zum Flughafen zu kommen.«

»Über Anschlüsse, die Hueys Spitzel der Gegenseite verraten hatte?«

Hamilton seufzte. »Ich kann es nur vermuten. Jedenfalls war es das Ende der Square Dealers und all ihrer Ziele. Huey hat die Organisation kurz darauf offiziell verboten. Erst vor einem Monat wurde das Kriegsrecht über Baton Rouge wieder aufgehoben.«

»Wenn Sie sagen, daß die Square Dealers ›offiziell‹ tot sind, meinen Sie damit …?«

Ein mutiges Lächeln bildete sich auf seinem energischen Gesicht. »Daß die Anti-Long-Bewegung inoffiziell sehr lebendig ist? Aber gewiß, Mr. Davis. Und wie.«

»So lebendig wie bei der DeSoto-Hotelkonferenz?«

Sein Lächeln verschwand, und er zuckte erneut zusammen. Dann beugte er sich vor. »Die Sache wurde ziemlich übertrieben, Mr. Davis. Das meiste von dem, was die Presse über die Konferenz geschrieben hat, basierte auf Hueys persönlicher und unverantwortlicher Tirade im Senat der Vereinigten Staaten.«

»Er nannte FDR einen Verschwörer in einem gegen ihn gerichteten Mordkomplott«, sagte ich und hob eine Braue. »Das ist entweder unverantwortlich oder verdammt beunruhigend. Die Vorstellung, daß der Präsident der Vereinigten Staaten eine Verschwörung anzettelt, um einen Gegenkandidaten umbringen zu lassen …«

Hamiltons Stirnrunzeln war abweisend. »Es ist absurd! Die Konferenz im Hotel DeSoto verlief einwandfrei und anständig. Herrgott – vier der fünf Kongreßabgeordneten aus Louisiana, die für Roosevelt sind, waren anwesend, ebenso die Exgouverneure Sanders und Parker und Bürgermeister Walmsley …«

»Sie hatten sich getroffen, um das Huey-Long-Problem zu besprechen?«

»Es war ein politisches Gremium, Sir, ganz einfach. Die Sache, die es zu klären galt, war die Wahl der Anti-Long-Kandidaten, die bei den bevorstehenden Vorwahlen aufgestellt werden sollten.«

»Was ist mit Hueys Behauptung, er besäße die Abschrift der Diskussion, die von einem Diktaphon stammt, das seine Leute auf der Konferenz versteckt haben?«

»Sie ist lachhaft.«

»Mag sein, aber ein gefundenes Fressen für die Presse.« Ich überprüfte die Notizen, die ich bei meinem Gespräch mit Alice Jean gemacht hatte. »Zu den Neuigkeiten, die Huey dem Senat meldete, gehörte auch der Vorschlag eines namentlich nicht genannten Redners, Strohhalme zu ziehen, um Long umzubringen. Er soll gesagt haben, die Sache erfordere nur einen Mann, ein Schießeisen und eine Kugel.«

»Bitte, Sir, entwürdigen Sie nicht ...«

»Ein anderer nicht genannter Redner hat angeblich später gesagt: ›Zweifelt jemand daran, daß Präsident Roosevelt den Mann begnadigt, der Long umlegt?‹.«

Hamilton schüttelte langsam den Kopf. Sein Lächeln wirkte frustriert. »Mr. Davis ... Wie oft, glauben Sie, sagt in Louisiana jemand: ›Man sollte Huey Long umbringen.‹?«

»Ungefähr alle dreißig Sekunden?«

»Genau. Es bedeutet aber nicht, daß es jemand tut oder ernsthaft ins Auge faßt. Es ist nur ... so was wie ein Wunsch. Eine Wunschvorstellung.«

Aus seinem Mund klang es wehmütig.

»Mr. Hamilton«, sagte ich, »ich muß Ihnen ein Geständnis machen.«

Er schaute mich scharf an.

»Mein Name ist nicht Davis«, sagte ich. »Ich bin auch kein Journalist. Ich heiße Nate Heller und gehöre zu Senator Longs Leibwächtern.«

Hamilton verlor auf dem Drehstuhl fast das Gleichgewicht. Er bemühte sich zwar, entrüstet zu wirken, aber seine Furcht war unübersehbar. »Das ist ja unerhört!« sagte er. »Ich muß Sie bitten, zu …«

Meine Hand durchschnitt die Luft. »Moment«, sagte ich. »Regen Sie sich ab. Ich habe gesagt, daß ich Leibwächter bin, kein Spion …«

Hamilton stand auf und deutete auf die Tür. »Gehen Sie. Sofort.«

»Ich komme in Wirklichkeit aus Chicago«, sagte ich freundlich, schlug die Beine übereinander, lächelte ihn an und ignorierte seinen Befehl. »1932, auf dem Parteitag der Demokraten, hat der Kingfish einen Narren an mir gefressen. Ich war damals Polizist und sollte ihn beschützen. Ich habe ihn aufgesucht, um ihm etwas zu überbringen, und er hat mir eine Stelle angeboten …«

»Was wollen Sie überhaupt, Mr. Heller?«

Ich hob eine Braue und lächelte kurz. »Ich möchte Ihnen verdeutlichen, daß ich aus Chicago komme und mitten in Longs Stab sitze … Hab ich eigentlich schon erwähnt, daß ich für Geld so ziemlich alles tue?«

Er setzte sich langsam hin und musterte mich vorsichtig. »Der Gedanke ist mir gerade auch gekommen.«

Ich zuckte die Achseln. »Tja … Falls es irgendwelche Informationen gibt, die Sie, irgendein Square Dealer oder Ihre Kumpels von der Hotelkonferenz eventuell brauchen … Falls jemand was für Sie *erledigen* soll … Haben Sie's kapiert?«

»Allmählich ja.«

Der Anwalt drehte sich mit seinem Stuhl um und musterte das Fenster hinter dem Schreibtisch. Er blickte ernst auf die Stadt hinunter, die der Kingfish ihm und seinesgleichen weggenommen hatte.

»Vor knapp einem Jahr«, sagte er sehr leise, »hat sich in diesem Büro eine große Anzahl sogenannter gesetzestreuer Bürger versammelt ... Die meisten waren bewaffnet. Wir haben ernsthaft besprochen, Huey Longs Suite im Hotel Heidelberg zu stürmen, das nur ein paar Häuserblocks entfernt ist ... den MG-Nestern zu trotzen und die Welt von einem Tyrannen zu befreien.«

»Und was hat Ihre Ansicht geändert?«

Hamilton zuckte die Achseln. »Vielleicht Feigheit. Möglicherweise aber auch Vernunft. Jedenfalls haben wir damals keinen Meuchelmord begangen, und ich bezweifle ernsthaft, daß wir jetzt einen begehen werden ... so gern wir es auch täten.«

»Verstehe.«

»Wir sind keine Barbaren, Mister ... Heller, nicht wahr? Wir sind zivilisierte Menschen in der Hand eines Barbaren.«

Wäre Hamiltons Ausdruck nicht so tragisch ernst gewesen, wäre mir auch das kokett vorgekommen.

»Tja«, sagte ich und stand auf. »Danke, daß Sie sich Zeit für mich genommen haben.«

Er nickte unverbindlich, wie betäubt.

Ich ging zur Tür. »Und entschuldigen Sie bitte, daß ich Sie getäuscht habe. Aber falls Sie Ihre Meinung ändern oder mit einem Freund reden sollten, der die Dinge ... anders sieht ... Tja, zögern Sie nicht, mit mir Verbindung aufzunehmen.«

»Falls es zu diesem unwahrscheinlichen Fall kommt«, sagte Hamilton, »wo erreicht man Sie?«

»Im Heidelberg«, sagte ich und stand schon an der Tür. »Auf dem gleichen Gang wie das MG-Nest.«

Dann ließ ich ihn sitzen, damit er über die Möglichkeiten nachdenken konnte.

7

Für einen Jungen aus Chicago wie meine Wenigkeit waren Industriekomplexe nichts Neues; die Walzwerke und Fabriken an der South Side, in Gary, Hammond, und East Chicago, Indiana, waren ein übelriechender Wald genau an meinem Hinterhof.

Doch als ich nach Einbruch der Dunkelheit auf dem Weg nach Norden mit dem Wagen von Baton Rouge kam, fühlte ich mich von der gespenstischen und weitverzweigten Raffinerie von Standard Oil überwältigt. Die riesige Anlage, die mir zuerst wie die halb abstrakte geometrische Vision der Großstadt-Skyline eines modernen Künstlers erschien, füllte bald den Horizont aus, verdeckte die Wald- und Steilhangwelt, aus der sie hervortrat, und ließ sogar den Mississippi, auf dessen Ufer ihre Schatten fielen, zwergenhaft wirken. Kontrollscheinwerfer und wogendes Auflodern sorgten für zusätzliches Weichzeichnerleuchten. Überall standen Gerüste wie sich anklammernde Exoskelette. Die Katalysatorentürmchen und Kanonenrohre der weißen Rauch ausstoßenden Schornsteine ragten über einem Paul-Bunyan-Sportplatz aus Baseballkugeln, Rohren und Vorratstanks auf.

Der Wachmann in der Bude am Maschendrahttor schaute sich meine (beziehungsweise Hal Davis') Geschäftskarte an und verglich sie mit irgend etwas auf seinem Klemmbrett. Man erwartete mich. Er legte einen Schalter um, und das Tor glitt mit einem, wie ich fand, metallischen Heulen auf. Ich lenkte den Buick in eine Stadt aus Stahl, Flammen und Rauch hinein.

Louis LeSage, Cheflobbyist von Standard Oil und Vizepräsident der Abteilung Öffentlichkeitsarbeit, wartete vor einem dreistöckigen Ziegelstein-Verwaltungsgebäude. Er wippte auf den Beinen und hatte die Hände hinter dem Rücken verschränkt. Er war ein kleiner, glatzköpfiger Mann mit einem fröhlichen, runden Gesicht und schlanker Figur. Sein gestriegelter dünner Schnauzbart unterstrich wie sein weißer Anzug und seine flotte rote Fliege eine Art Aura der Zuversicht.

Als LeSage mich erblickte, hellte sich seine Miene auf, als wären wir alte Freunde (natürlich hatten wir uns noch nie gesehen), und er kam schnell zu dem Parkplatz, auf dem ich dem Buick entstieg. Sein Arm schoß hervor wie ein Speer, und er bot mir die Hand an.

»Mr. Davis«, sagte er überschwenglich – seine Stimme war schrill und wies kaum Südstaatenakzent auf –, »ich freue mich wirklich sehr, Sie kennenzulernen. Es kommen nicht oft Vertreter der Nordstaatenpresse hierher, um sich unsere kleine Fabrik anzuschauen.«

Ich ließ ihn eine Weile meine Hand schütteln, dann zückte ich mein Notizbuch und schaute zu den in den Himmel ragenden Schornsteinen und säulenartigen Katalysatoren hinauf. »Und wie *klein* ist die Anlage?«

Er winkte ab. »Machen wir einen Rundgang?«

»Warum nicht? Der Abend ist schön. Es wundert mich, daß der Rauch die Luft nicht verpestet.«

LeSage gab ein leichtfüßiges Tempo vor, und wir gingen über einen Schlackeweg. Aber er bezähmte sich – er schonte seine Kräfte.

»Man sieht keinen Qualm, der den Himmel schwärzt, nicht wahr, Mr. Davis?« fragte er. Aber es war keine Frage. »Wir bei Standard Oil machen saubere Geschäfte. Na ja, hier und da riecht man vielleicht mal etwas Mief, aber eigentlich sind wir sehr stolz darauf, daß wir unser Nest nicht beschmutzen. Und was die Frage angeht, wie *klein* wir sind: Dies hier ist die größte Raffinerie der Welt. Ist sogar noch größer als die in Bayonne.«

Ich zweifelte nicht daran. Im Moment marschierten wir an einer Reihe stählerner Destillierapparate vorbei, die Kentucky für Jahrzehnte in einen Rausch versetzen konnten.

»Wir verarbeiten täglich 110.000 Barrel Rohöl ... Rede ich zu schnell für Sie, Mr. Davis?«

»Nein. Aber ehrlich gesagt – hinter diesen Informationen bin ich nicht her ...«

Er lächelte. Die Enden seines Schnauzbartes deuteten nach oben und verliehen seinem selbstgefälligen Lächeln Nachdruck. »Ich weiß. Sie haben schon am Telefon angedeutet, daß Ihr Hauptinteresse Senator Long gilt.«

»Stimmt.« Ich warf einen Blick auf die monumentalen, sich in den Abendhimmel reckenden Industrietürme. Der Rauch war wirklich weiß, wie bei einer Fabrik, die Wolken produziert. »Wenn ich das hier alles sehe, ist es mir, offen gesagt, nur schwer verständlich, warum Senator Long sich diesen Segen für seinen Staat zum Feind machen sollte.«

LeSage blieb stehen. »Haben Sie den Senator schon mal getroffen, Mr. Davis?«

»Nein.«

»Tja, falls es Ihnen gelingen sollte, ein Interview mit ihm zu machen ... was ziemlich wahrscheinlich ist ... Er gibt vor der sogenannten Lügenpresse gern an. Für die Zeitungen aus dem Norden spielt er besonders gern den Witzbold, um sie von anderen Dingen abzulenken ... Aber wenn Sie mit ihm reden, werden Sie feststellen, daß Logik nicht gerade zu seinen Stärken gehört.«

»Soweit ich weiß, soll er ein intelligenter Mensch sein.«

»Er ist ein intelligentes *Kind,* Mr. Davis. Ja, auch ich meine, daß Standard Oil ein Segen für diesen Staat ist. Da haben Sie recht. Allein in diesem Werk beschäftigen wir fünftausend Arbeiter … und mehrere hundert Angestellte.«

Ich hatte eigentlich nur eine Handvoll behelmte und Latzhosen tragende Arbeiter gesehen, aber das täuschte. An einem weitläufigen Ort wie diesem brauchte man nicht lange, um aus einigen Arbeitsgruppen fünftausend Mann zu machen.

LeSage schlenderte weiter. Ich blieb neben ihm. Sein Lächeln wirkte leicht erheitert, als er sagte: »Wissen Sie, warum Huey Long gegen Standard Oil ist?«

»Ich nehme an, aus den gleichen Gründen, aus denen er gegen die Wall Street ist. Er meint, man soll die ›Raubritter‹ aufhalten und ihren Reichtum an den kleinen Mann verteilen.«

LeSage lachte leise. Seine Fliege wippte. »Hueys Fehde mit Standard Oil hat nicht das geringste damit zu tun, daß er dem kleinen Mann helfen und es den bösen Reichen zeigen will.«

»Hat es nicht?«

»Nein. Nicht im geringsten.« Er legte eine Pause ein, wegen der Dramatik. »Es liegt daran, daß Huey Long selbst *nicht* reich geworden ist.«

LeSage blieb erneut stehen. Er gestikulierte mit einem oberlehrerhaften Zeigefinger und schwenkte ihn wie die trägste Flagge der Welt. »Als Huey noch ein junger Anwalt in Shreveport war, hat er sich für Rechtsberatungen mit Tantiemenanteilen und Anbauflächenzuteilungen honorieren lassen.«

»Ich verstehe nicht …«

»In der Gegend von Pine Island hatte man Öl gefunden, und

dann kam es zu einem Boom. Huey glaubte, wenn er dreißig sei, werde er in die Reihen der Ölmillionäre aufsteigen.«

»Es hat aber nicht geklappt?«

LeSage schüttelte den Kopf und lächelte wissend und verschmitzt unter seinem winzigen zuckenden Schnauzbart. »Weil die einzige existierende Pipeline nämlich der Standard Oil Company gehörte.«

»Und da die Pipeline der Standard gehörte, hat sie auch die erste Geige in der Stadt gespielt?«

»Eine scharfsinnige Beobachtung, Mr. Davis.«

»Außerdem hat die Firma natürlich keine Spitzenpreise gezahlt.«

Sein Lächeln war noch immer da. »Falls Sie nichts dagegen haben ... Sie machen sich ja *wirklich* Notizen und haben wahrscheinlich vor, mich zu zitieren ... empfehle ich Ihnen, Ihre eigenen Schlüsse zu ziehen. Aber es wäre sicher gerecht, wenn ich sage, daß die Tantiemen und Landzuteilungen, von denen Huey annahm, sie würden ihn steinreich machen, in Wahrheit fast wertlos waren.«

All dies war mir neu. Alice Jean hatte mir rein gar nichts über die Fakten erzählt, die der Grund für Hueys Fehde mit Standard Oil waren.

Trotz ihrer verbitterten Ausbrüche empfand Alice Jean noch immer einige Bewunderung für Hueys Eintreten für den kleinen Mann und dessen Interessen. Als ich mit dem hauseigenen Lobbyisten des Unternehmens durch die Eingeweide des feuerspeienden Drachen schlenderte, gegen den Huey ständig zu Felde zog, verstand ich endlich, was seinen Kreuzzug motivierte.

»Rachedurst, Mr. Davis«, sagte LeSage gerade. »Rachedurst,

nicht etwa öffentliches Interesse, ist das Motiv für Huey Longs Heiligen Krieg gegen die Firma Standard Oil.«

»Wäre es Ihnen 1929 nicht beinahe gelungen, ihn aus dem Amt zu jagen?«

»Ja, aber knapp daneben ist auch vorbei, Mr. Davis.« LeSage zuckte die Achseln. »Huey hat sich alle Stimmen gekauft, die er brauchte, um die Abwahl zu verhindern, und das hat er fast ständig getan. Haben Sie schon mal vom Round Robin gehört? Wurde *diese* Geschichte in den Zeitungen im Norden nicht verbreitet?«

»Nicht, daß ich wüßte.«

Wir gingen weiter.

»Er hat fünfzehn Senatoren ein Dokument unterzeichnen lassen«, sagte LeSage. »Darin stand, daß sie nie für seine Amtsenthebung stimmen, was er auch tut. Damit hatte er genügend Stimmen – und sogar eine überzählige –, um jede Abwahl zu verhindern. Der Preis war ihm egal. Er hat all diese Leute mit hübschen Positionen und Ämtern belohnt. Huey sagt immer, daß er mit Abgeordneten umgeht wie mit einem Kartenspiel.«

»Jetzt klingen Sie tatsächlich so wie er.«

LeSages Lachen war kaum wahrnehmbar. »Natürlich klinge ich so. Ich bin Lobbyist, Mr. Davis. Ich verbringe den größten Teil meiner Zeit im Parlament und schwimme in diesem ganz speziellen Sumpf mit. Ich kenne Huey gut. Wir kommen ganz gut miteinander aus.« Er grinste; sein Schnauzbart ebenfalls. »Kennen Sie die Legende, wo Huey das gewisse Dokument aus Sicherheitsgründen angeblich versteckt?«

»Wo denn?«

»Im Büstenhalter seiner Freundin Alice Jean.«

Nun ja, jetzt war es jedenfalls nicht mehr da.

»Was waren die Gründe für das Mißtrauensvotum?« fragte ich.

»Huey wollte pro Barrel die exorbitante Ölsteuer von fünf Cent einführen. Er hat es auf einer parlamentarischen ›Sondersitzung‹ beschlossen. Es ist uns zwar nicht gelungen, seinen Hintern aus seinem Amt zu entfernen, aber unser Geschrei war immerhin laut genug, um die Steuer für eine Weile zu verschieben. Und dann, Weihnachten letztes Jahr, flutschte das Gesetz dann durch.«

»Deswegen waren die Square Dealers auch so sauer, nicht wahr?«

LeSage nickte. Er deutete auf die uns umgebende Industrielandschaft. »Baton Rouge lebt von einem einzigen Unternehmen, Mr. Davis. In unserer schönen Hauptstadt leben dreißigtausend Menschen – und ungefähr fünfundzwanzigtausend stehen auf unserer Lohnliste. Es geht nicht nur um unsere Mitarbeiter, sondern auch um die der Banken und Kaufhäuser …«

»Wegen Hueys Steuer hat Ihre Firma gedroht, aus Baton Rouge fortzuziehen …«

»Genau.«

»Was dann zu einem bewaffneten Aufstand in den Straßen zweier amerikanischer Städte führte.« Ich schüttelte den Kopf. »Schwer vorzustellen, in diesen modernen Zeiten.«

Nun enthüllte der aufgekratzte kleine Mann einen Anflug von Zynismus. »An Huey Longs Methoden ist nichts modern, Mr. Davis«, sagte er. »Sie gehen auf Dschingis-Khan und Julius Cäsar zurück. Tyrannen sind so alt wie die Zivilisation.«

»Wie das, was man gegen Tyrannen unternimmt.«

Er blieb stehen und schaute mich stirnrunzelnd an. »Unternimmt?«

»Jeder Cäsar hat seinen Brutus.«

Sein Mund zuckte irritiert. »Sind Sie auf irgendeinen provokativen Kommentar für Ihre Leser aus, Mr. Davis? Als Vertreter von Standard Oil muß ich Ihnen leider sagen, daß ich eventuelle ungesetzliche Vorgehensweisen nur verabscheuen kann, wenn sie ...«

»Ich habe den Eindruck, daß es in Louisiana nur ein Gesetz gibt: Huey Long.«

Nur die Geräusche von Flüssigpumpen und rotierenden Eisenrädern erfüllten die Stille. Schwefeldunst wehte vorbei. Stand der Pakt mit dem Teufel kurz bevor?

»Es gibt bestimmt Menschen«, sagte er, »die Ihnen zustimmen würden.«

»Ich nehme an, Ihre Firma würde für eine ›Aufhebung‹ dieses Gesetzes stimmen.«

»Mr. Davis ...«

»Ich heiße gar nicht Davis.«

LeSages Freundlichkeit und Zuversicht verblaßte. Er stand inmitten von fauchenden Röhren, Tanks und Schläuchen, in einer Dunkelheit, die nur hin und wieder vom Licht eines Scheinwerfers oder über uns von lodernden Flammen erhellt wurde, an einem Ort in einem der chaotischsten Staaten der Union, in Gegenwart eines Menschen, der sich unter falschem Namen vorgestellt hatte und von Mord sprach.

»Ich fürchte, ich verstehe lei ...«

»Mein Name ist Heller. Nate Heller. Ich gehöre zu Huey Longs Leibwächtern.«

Er legte plötzlich auf mehrerlei Weise den Rückwärtsgang ein. »Ich habe nie ein Wort gegen Huey gesagt! Falls überhaupt, haben Sie es mir in den Mund gelegt.«

Ich packte seinen Arm. Er zitterte. Ich hatte den Eindruck, daß in Louisiana die Furcht für eine Menge Leute ein ständiger Begleiter war.

»Nun machen Sie mal halblang«, sagte ich. »Ich bin zwar kein Journalist, aber ich komme aus Chicago.«

Ich seifte ihn ebenso ein wie Hamilton. Ich erzählte ihm, ich hätte Huey in Chicago kennengelernt, sei kürzlich auf seiner Lohnliste gelandet, und so weiter.

Er verstand allmählich, was ich meinte. Und er regte sich ab. »Soll das heißen«, sagte er mit listiger Miene, »daß Sie für Geld zu allem bereit sind?«

»Jetzt haben Sie's kapiert.«

Seine Augen wurden zu argwöhnischen Schlitzen. »Woher soll ich wissen, daß Sie sich nicht in Hueys Auftrag an mich ranmachen? Man weiß schließlich, wie er arbeitet ...«

Ich zeigte ihm meine Handflächen. »He, ich werde mich immer nur an Orten wie diesem mit Ihnen treffen. Unter vier Augen. Da kann man mit 'nem Diktaphon nichts aufnehmen.«

Er schien darüber nachzudenken.

Ich zuckte die Achseln. »Versuchen Sie's mit mir. Sie sind doch Lobbyist. Dann handeln Sie doch auch mit Informationen, oder?«

Er nickte langsam.

»Tja, wenn's irgendwelche Informationen gibt, die Sie brauchen, sagen Sie's mir. Oder falls jemand was erledigen soll. *Was* es auch ist.«

Er sagte nichts.

»Sie kriegen den Gegenwert für jeden Dollar«, versicherte ich ihm.

Er drehte sich um und kehrte ohne besondere Eile zu dem Verwaltungsgebäude zurück, vor dem mein Wagen stand. Ich ging neben ihm her. Unsere Schuhe streiften die Schlacke. Er schwieg etwa eine Minute, als sinniere er über meinen Vorschlag.

Dann blieb er plötzlich stehen und schaute mich an. »Ist 'n interessantes Angebot, Mister … Heller, nicht wahr?«

Ich nickte.

Er nickte ebenfalls. »Aber ich kann es leider nicht annehmen.«

»Okay«, sagte ich. »Aber geben Sie's wenigstens *weiter*.«

Er sagte nichts, er musterte mich nur.

»Falls Sie oder ihre Bosse irgend etwas erledigt haben müssen – *was es auch ist* –, können Sie im Heidelberg mit mir Kontakt aufnehmen.«

»Wirklich? Na, wenn das nicht günstig ist.«

»Meinen Sie, weil der Kingfish dort absteigt, wenn er in der Stadt ist?«

Das Lächeln unter dem winzigen Schnauzbart wurde geheimnisvoll. »Nein. Weil auch *ich* dort wohne … Guten Abend, Mr. Davis … ähm, Heller.«

Er verschwand in dem Ziegelsteinhaus, und ich kehrte zu meinem Buick zurück und fragte mich, wer hier wen verarscht hatte.

8

Die sechsundachtzig gepflasterten Meilen über den Air-Line Highway von Baton Rouge nach New Orleans hätten ein schnurgerades Stück Straße ergeben. Leider enthielt sie auch eine Kurve: Hueys Strafe für einen sturen, gierigen Grundbesitzer, dem sein großzügiger Preis zu gering gewesen war. Die Monotonie wurde, zumindest für einen Nordstaatler wie mich, durch eine vielfältige Wildnis unterbrochen: Gespenstisch stille Bayous und üppig wuchernde Sumpfgebiete, die schon vor der Zivilisation existiert hatten, waren mit altmodischen Zuckerrohrplantagen und Industriegebieten durchsetzt und kündeten von zwei unterschiedlichen Epochen menschlichen Vordringens.

Hueys Straßen waren ein konkreter Beweis für die gute Arbeit, die er für den Pelikan-Staat leistete. Laut Alice Jean war er für zweitausend Meilen Straße verantwortlich: die etwa viertausend Meilen Asphalt- und Kiesstraßen waren da noch nicht mal mitgezählt. Trotz des ganzen Geredes über seine Diktatur, das mir zu Ohren gekommen war, gab es massenhaft Andersdenkende, die gern in Hueys Reich lebten und keine Gelegenheit ausließen, in Gegenwart durchreisender Yankees wie mir damit anzugeben.

Zum Beispiel der Tankwart, der den Buick auftankte: Er rühmte Hueys Straßen, Brücken, Schulen und Krankenhäuser. Oder die Rothaarige mit dem ansehnlichen Busen hinter dem Tresen der Imbißstube, die mich fragte, ob es auch im Norden Gratisschulbücher gab. Hier gab es sie sogar in katholischen Schulen!

Den möglicherweise größten Befürworter von Hueys jovialer Diktatur traf ich an einem unwahrscheinlichen Ort.

Der Ort selbst, die von Marmorsäulen umgebene Eingangshalle des sechzehn Etagen hohen Roosevelt Hotels an der Canal und Bayonne Street in der Innenstadt von New Orleans, war weniger unwahrscheinlich. Schließlich unterhielt Huey hier im zwölften Stock eine Suite. Aber auch der Gangster »Dandy Phil« Kastel, der dritte des Namenstrios, der in Hueys »Schweinehund-Notizbuch« stand.

Als ich Kastel besuchte, hätte ich nie im Leben damit gerechnet, einen so großen Long-Zujubler kennenzulernen.

Ich meine allerdings nicht Kastel selbst, sondern seine rechte Hand, einen gewissen »Diamond Jim« Moran.

Untersetzt, mit buschigen Augenbrauen, einem Schnauzbart und der leicht zerknautschten Visage eines Mopses walzte Moran durch die Lobby wie ein Panzer auf mich zu. Im Vergleich mit seiner Garderobe wirkte der Kingfish wie ein Mann von erlesenem Geschmack. Moran trug einen himmelblauen Zweireiher, ein rosafarbenes Seidenhemd und eine breite rote Krawatte. Ein weißes Ziertüchlein ragte aus seiner Brusttasche hervor. Sein kecker Homburghut paßte zum Hellblau seines Anzugs, und das gleiche galt für die runden, getönten Gläser seiner in Gold gefaßten Brille.

Ich war dem Mann zwar noch nie begegnet, aber ich erkannte ihn sofort. Warum? Erstens bin ich gelernter Polizist. Und zweitens standen die Worte »Jim Moran« in Glitzersteinchen – möglicherweise Diamanten – auf seiner Krawattennadel.

Er bestätigte, was auf der Nadel stand, indem er sich vorstellte. Als wir uns die Hand schüttelten, nannte ich meinen Namen – den richtigen. »Wollt dich nich warten lassen, Nate«, sagte er, »aber dann hat mein Telefon wieder geklingelt. Hast doch nix dagegen, wenn ich Nate sag? Nenn mich Jim. *Mister* Moran war mein Alter. Möge er in Frieden ruhn.«

Er sprach 'ne eigenartige Mischung aus italienischem Einwanderer- (Moran war wohl nur ein Deckname) und Südstaaten-Gentleman-Englisch.

Zehn Minuten zuvor hatte ich Kastels Bürosuite im Roosevelt angerufen. Moran hatte mich gebeten, in der Lobby zu warten. Vielleicht hatte sein Telefon wirklich geklingelt, aber ich nahm an, er hatte anderswo rumgefragt, um sich zu erkundigen, wer ich wirklich war.

Er setzte sich in Bewegung und gab mir mit einem Wink zu verstehen, daß ich mitkommen solle. »Dandy Phil is in unserm Lagerhaus, drüben auf der französischen Seite. Er erwartet uns.«

Er führte mich auf die Canal Street. Als wir die breite Durchgangsstraße überquerten, wichen wir einem Omnibus aus.

»Warste schon mal im Vieux Carré?« fragte Moran.

»Ist das erste Mal.«

»Bin sozusagen hier aufgewachsen. Mein erster Job war in 'nem Friseurladen drüben auf der Chartres.«

»Haste auch mal geboxt?«

Der ohnehin schon joviale Typ wurde noch zutraulicher. »He, haste mich etwa mal gesehn?«

»Nein. Ich seh nur deine Nase.«

Sein Lachen war spontan und ansteckend. Er war ein Irrer nach meinem Geschmack.

»Du bist also 'n Kumpel von Frank Nitti, was?« fragte er, als wir die Dauphine runter ins Französische Viertel gingen. Wir hatten eine Straße in ein anderes Land überquert. Hohe Ziegelhäuser mit gußeisernen Balkonen schmiegten sich an die Gehsteige der schmalen Straße. Ich sah nicht nur schäbige, verwahrloste Hütten mit durchhängenden Türen und rostigem Gitterwerk, die oft leer standen und wie Ruinen wirkten, sondern auch Gebäude, die mühevoll als Wohnhäuser restauriert worden waren. Andere, von Ladenbesitzern übernommen, lagen irgendwie dazwischen.

»Hin und wieder arbeite ich für Frank«, gab ich zu.

»Aber jetzt biste für den Kingfish tätig?«

»Stimmt.«

Da ich im Begriff war, mich in eine Gangsterhöhle zu wagen, hatte ich die Journalistenmaske abgelegt. Ich mußte so dicht wie möglich an der Wahrheit bleiben. Ich hatte Moran am Telefon erzählt, ich sei ein Privatdetektiv aus Chicago, der gerade erst in Hueys Leibwächtertruppe eingetreten war, und daß Frank Nitti mich gebeten hatte, mich bei Phil Kastel vorzustellen.

Das letztere stimmte natürlich nicht. Meine angeblichen Verbindungen zum Mob waren übertrieben. Aber ich unterhielt wirklich freundliche Beziehungen zu Capones Nachfolger Frank Nitti. Er glaubte sogar, in gewisser Weise in meiner Schuld zu stehen.

Falls Moran also seine Kontakte in Chicago hatte spielen lassen, mußte meine Geschichte bestätigt wirken.

»Ich hab selbst mal für ihn gearbeitet«, sagte Moran.

»Du hast für Nitti gearbeitet?«

»Nein! Hat dir jemand auf die Nuß gehauen, Junge? Ich mein den Kingfish! Ich hab früher zu seinen Leibwächtern gehört. Wirklich, Mann.«

Wir schlenderten an einer unkonventionellen Ansammlung von Läden und Wohnhäusern vorbei: einer Teestube neben einer Absteige, einer Kunsthandlung neben einem Gemüseladen; einem Nachtlokal neben einem Kuriositätengeschäft. Wie Greenwich Village in New York und Tower Town in Chicago zog das Französische Viertel einheimische Exzentriker und gaffende Touristen an.

Und ich schlenderte mit der 1-Mann-Touristenattraktion Diamond Jim Moran in seinem hellblauen Anzug und seiner passend getönten Brille umher. Die Einheimischen, ob Bohemiens (Dichter, Maler, Modelle), Straßenbewohner (Spieler, Wermutbrüder, Bettler) oder normales arbeitendes Volk (Eismänner, Ladenbesitzer, Nutten), beachteten die mobile Technicolor-Werbefläche so gut wie gar nicht. Aber die Fremden – Debütantinnen und Bankdirektoren, Matrosen und Nonnen – gafften Diamond Jim an wie das achte Weltwunder.

Er machte auch mich sprachlos – was aber nicht an seiner Kleidung lag. Es lag daran, daß ich mir vorstellte, einer der Mobster-Verschwörer, über die ich in dem Mordkomplott gegen Huey Long ermittelte, könne möglicherweise früher zu seinen Leibwächtern gehört haben.

Und war ihm allem Anschein nach treu ergeben.

»Yeah, ich mag den Kingfish, und der Kingfish mag mich«, prahlte Moran gutmütig.

»Wann war das?« fragte ich.

»Wann war was?«

»Als du für ihn gearbeitet hast.«

»Vor sechs, sieben Jahren … Ich hab meist am Wochenende für ihn gearbeitet … weil ich noch andere geschäftliche Interessen hab.« Er deutete mit einem beringten Finger auf seine rosafarbene Hemdbrust. »*Ich* hab dem Kingfish die Bourbon Street erst mal gezeigt! Damals war'n wir noch singende, tanzende, saufende Deppen.«

»Und jetzt ist er 'ne große Nummer.«

»Yeah. Ich hab auch gehört, er hat abgenommen. Man muß ja auch fit sein, wenn man's mit dem Präsidenten aufnehmen will.« Er lachte einmal laut. »Der Boss freut sich bestimmt, daß ich nich mehr bei ihm bin!«

»Häh?«

Morans Lächeln täuschte Bescheidenheit vor. »Ich hab für ihn gekocht. Auf meine Spaghetti mit Fleischklößchen war er ganz wild.«

Ich hatte doch gewußt, daß er Italiener war.

»Warum haste bei ihm aufgehört, Jim?«

»Na ja, Onkel Sam hat mich gekascht. 1930 hamse mich für'n Jahr wegen Schwarzbrennerei eingeknastet. War 'n Jahr im Bau.«

Für den Fall, daß sich jemand fragt, worin seine »anderen Geschäftsinteressen« bestehen …

»Und jetzt arbeitest du für Kastel.«

Seine buschigen Brauen furchten sich. Es war fast ein Stirnrunzeln. »Ich arbeite nich für ihn, Nate. Ich arbeite *mit* ihm zusammen.«

»Verstehe.«

Wir kamen an einem Restaurant vorbei, aus dem der Duft von Tomatensoße herauswehte. Auch die Umgebung war italienisch, ob wir nun im Französischen Viertel waren oder nicht.

»Phil ist 'n guter Typ. Ist viel rumgekommen. Hat was auf'm Kasten. War früher mal bei Arnold Rothsteins blonden Typen.«

»Beeindruckende Gesellschaft.«

»Kann man wohl sagen! Ist unheimlich auf Zack. Phil war nur einmal im Knast. Da ging's um 'ne Wertpapiersache.«

Erste Klasse.

»Mit Kastel zusammenzuarbeiten«, sagte ich, »ist sicher anders als mit dem Kingfish, nehm ich an.«

»Nee, kaum.« Moran deutete auf die Umgebung. »Also wirklich, der Kingfish ist das Beste, was diesem Scheißstaat je passieren konnte.«

Egal, daß wir in eine schäbige Seitenstraße eingebogen waren, in der ungekämmte Kinder in finstere Gassen flitzten oder aus ihnen hervorschossen und überfüllte Mülltonnen den Gehsteig verunzierten und Fliegen und Ungeziefer anzogen. Hübsche gußeiserne Balkons auf schlanken Eisensäulen, die Gebäude zierten, die nur noch ein schäbiger Abglanz ihrer einstigen Pracht waren, glotzten wie eine höhnische Mahnung auf die vergammelten Gassenkinder des Wohlstandes hinab, den Huey Long der Welt versprochen hatte.

»Zum Beispiel für die Brangsche, in der wir arbeiten«, sagte Moran gerade.

»Was ist das für 'ne Branche?«

»Die Spielautomatenbrangsche! Weißte, warum der Kingfish das Geschäft mit dem Politiker gemacht hat, um die Automaten aus New York ranzuschaffen?«

Der »Politiker« war Frank Costello, den man auch unter der Bezeichnung »Premierminister« kannte. Er war die größte Nummer des New Yorker Mobs.

»Weil Fiorello LaGuardia Costellos Automaten in den East River geworfen hat?«

Moran grinste angewidert. »Ich red nich davon, warum der *Politiker* das Geschäft gemacht hat. Ich mein, warum *Huey* es gemacht hat.«

»Ach so. Wegen des Geldes?«

Er schüttelte den Kopf, als sei er von mir enttäuscht. Wir hatten an einer bescheiden aussehenden Kirche namens St. Mary's angehalten. Ein abgerissener Einbeiniger saß auf der Steintreppe und verteilte gegen Spenden Bleistifte. Moran warf einen Dollar in seinen Hut und nahm sich einen Bleistift.

Das Grinsen des Bettlers war gelbgrün. »Danke, Jim!«

»Danke für den Bleistift«, sagte Moran freundlich und steckte ihn in eine Innentasche. Wir gingen an entschieden untouristischen Unternehmen vorbei: einem Lebensmittellädchen, einer Reinigung, dem Vorgarten eines heruntergekommenen Privathauses mit einem handgeschriebenen Schild, das über dem steinernen Durchgang hing und auf dem HOHLSAUMNAHEREI stand.

»Ihr armen törichten Yankees«, sagte er. »Glaubt ihr denn wirklich, Huey macht das alles nur für die Kohle?«

Geld und Macht, dachte ich, aber ich sprach es nicht aus. Ich zuckte nur die Achseln.

»Nee, im Leben nich!« sagte Moran und beantwortete damit seine eigene Frage. »Der Kingfish kämpft für die Armen und Blinden – und spendiert 'n bißchen Fürsorgegeld für die armen Hunde aus seinem Profit aus dem Spielautomatengeschäft.« Er schüttelte bewundernd den Kopf. »Dieser Huey ... Ich denk immer an den kleinen Kerl ... Tja, wir sind da.«

Wir befanden uns vor einem kleinen Lagerhaus. Über einem einzelnen Garagentor hing ein Holzschild, auf dem in Großbuchstaben BAYOU NOVELTY COMPANY stand. Wir gingen durch die Tür neben dem Garagentor rein, aber sie führte nicht ins Büro, sondern gleich ins Lagerhaus – ein zwei Stockwerke umfassendes Ziegelsteingebäude mit einem kleinen Kabuff aus Glas und Holz, das eine Ecke einnahm.

Der größte Teil des Raums wurde von einem neutralen Lieferwagen eingenommen, dessen Hecktür offenstand. Auf einer Rampe im Hintergrund standen zwei Fernfahrer mit Mützen und Arbeitsklamotten und schoben wuchtige Holzkisten vor sich her, die etwa die Größe von Zwergensärgen hatten. Sie mußten jede Kiste zu zweit tragen.

Zwei dunkelhaarige Arbeiter, die keinen Blaumann trugen, sondern dunkle Anzüge mit Schlips, öffneten die schon abgeladenen Kisten mit Brechstangen und hoben ihren Inhalt heraus. An der Wand standen, wie silberne Totems, die schon ausgeladenen Spielautomaten mit dem deutlich sichtbaren Emblem eines bronzehäutigen Indianerhäuptlings auf der Frontscheibe.

Der Lieferwagen hatte ein Nummernschild aus dem Cook County, was mich nicht überraschte: Spielautomaten der Marke

»Häuptling« waren ein Produkt der Jennings Company, einer Firma auf der Westseite von Chicago.

Mob-Gebiet.

Beaufsichtigt wurde all dies von einem stattlichen, adretten Mann von etwa fünfundvierzig Jahren. Er trug einen grauen Seidenanzug und stützte sich mit beiden Händen auf einen Spazierstock mit Goldknauf. Er verbreitete eine unbeschwert-verbindliche schikke Aura und war der Inbegriff jener Eleganz und Klasse, die zu erringen Diamond Jim sich schwer bemühte, ohne sie freilich zu erreichen.

Moran stellte uns einander vor. Kastel nahm sein Gewicht vom Spazierstock, schüttelte mir die Hand und bedachte mich mit einem freundlichen, wenn auch vorsichtigen Lächeln.

»Nett von Ihnen, bei uns reinzuschauen, Mr. Heller«, sagte er. »Frank Nitti ist für mich ein wahrer Gentleman. Einer der schlauesten und scharfsinnigsten Geschäftsmänner unserer Branche.«

»Er spricht auch nur gut über Sie.« Natürlich hatte ich Frank Nitti noch nie ein Wort über Dandy Phil Kastel äußern hören, aber Typen mit Goldknauf-Spazierstöcken sind eindeutig für jeden Schmus zu haben, der ihre Wichtigkeit herausstreicht. Also nutzte ich die Gelegenheit.

»Was führt Sie zu uns, Mr. Heller? Ich meine, abgesehen davon, daß Sie mir Ihren Respekt erweisen.«

»Tja, ähm … Mehr eigentlich nicht. Ich wollte nur höflich sein.« Ich schenkte ihm einen festen Blick, der ihm signalisieren sollte, daß ich Unbehagen empfand, in Morans Anwesenheit zu reden. Seine Augen verengten sich leicht – es war kaum wahrnehmbar –, denn er hatte mich verstanden.

Kastel schenkte Moran einen Blick, der wohl auch eine Art Signal war.

Moran räusperte sich. »Yeah, also ... Falls du mich hier nicht mehr brauchst, Phil, geh ich mal wieder ins Büro und kümmre mich ums Telefon.«

Kastel nickte billigend, und der redselige und übergewichtige Mobster ließ mich bei seinem Boss stehen. Beziehungsweise bei dem Mann, mit dem er »zusammenarbeitete«.

Ich deutete auf die Spielautomaten, die wie bei dem Massaker am Valentinstag an einer Wand aufgereiht standen. Je mehr Kisten mit Brechstangen geöffnet wurden, desto mehr kamen hinzu. »Wie ich sehe, haben Sie Freunde in Chicago.«

Sein Lächeln war oberflächlich und listig. »Frank Costello hat überall Freunde, Mr. Heller.«

»Sagen Sie ruhig Nate«, sagte ich.

Er bat mich freilich nicht, ihn Phil zu nennen.

»Was ist mit Moran?« fragte ich. »Gehört er zu Hueys Jungs?«

»Nur im Geiste.«

»Er sagt, er arbeitet nicht für Sie.«

»Diamond Jim vertritt örtliche Interessen. Er ist eine Art ... Verbindungsmann.«

»Womit? Mit Sam Carollas Lager?«

Carolla war in New Orleans das, was Frank Nitti in Chicago war.

Kastels Blick wirkte zwar gütig, aber er schätzte mich ab. »Wenn Sie irgendwas über Frank Costello wissen«, sagte er, »dann wissen Sie auch, daß es sein Stil ist, zu kooperieren und mit der einheimischen Geschäftswelt zusammenzuarbeiten.«

Mit der »einheimischen Geschäftswelt« meinte er natürlich den einheimischen Mob.

»Nun, Mr. Heller ... Nate. Was machen Sie hier? Ich meine, warum sind Sie *wirklich* hier?«

Ich zuckte leicht die Achseln. »Ich hab in Chicago gehört, daß ihr hier irgendwelche Schwierigkeiten mit dem Kingfish habt.«

Er lachte lautlos. »Interessant, wie schnell die Buschtrommeln sind. Und wie kommt es, daß Sie zufällig als Leibwächter für Long arbeiten?«

Ich erklärte ihm, daß ich Huey 1932 auf dem Parteitag in Chicago kennengelernt und er mir, als ich ihm kürzlich ein Paket überbrachte, einen Job angetragen hatte.

»Ich dachte nur«, sagte ich, »wenn *Sie* 'n Paket irgendwo hingebracht haben möchten, sollten Sie wissen, daß Sie im Feindeslager 'n Freund sitzen haben.«

Er lächelte kurz. Seine Augen blickten fast schläfrig. Sein Gesicht sah so gut aus wie das eines Filmstars. »Ach so. Nett von Ihnen.«

»Ich wollte Ihnen nur sagen, wo meine Loyalität liegt. Daß Sie, wenn Sie je irgendwelche Hilfe brauchen, nur darum zu bitten brauchen.«

»Das ist großzügig. Aber ich hoffe, es wird nicht nötig sein.«

»Und *falls* doch?«

Er schien das Lächeln nicht aufgeben zu wollen. Er zuckte die Achseln wie Cagney und stützte sich auf seinen Spazierstock. »Ich gebe zu, daß wir ... Probleme mit dem vorherigen Gouverneur hatten. Als er uns hierher einlud, hatte ich damit gerechnet, daß seine Gastfreundschaft etwas länger dauert.«

»Aber so war's nicht?«

Er schüttelte den Kopf. »Aufgrund mangelnder Kontrolle Senator Longs über den örtlichen Stadtrat haben sich Probleme ergeben. Wir haben zu spät erfahren, daß Sam Carolla in dieser Hinsicht mehr Einfluß auf den Senator hatte.«

»Sie meinen, Huey hat etwas versprochen, was er dann nicht gehalten hat.«

»Es war aber nicht sehr schlimm. Mit Diamond Jims Hilfe konnten wir die Sache ausbügeln. Senator Long hat zugestimmt, im gesamten Staat für politischen Schutz zu sorgen, sofern es Mr. Carollas verschiedene ... geschäftliche Aktivitäten angeht. Davor war New Orleans Sams alleiniges Reich.«

»Tja, und was ist nun das Problem?«

Kastel hob die Brauen. »Das Problem ist, daß der gewaltige Kingfish, der für einen beträchtlichen Teil des Kuchens ... zehn Prozent ... zugestimmt hat, jetzt plötzlich den Einsatz erhöht.«

»Wie hoch? Fünfzehn? Zwanzig?«

Er spitzte erheitert die Lippen. »Er möchte ein Pauschalhonorar, Mr. Heller ... Nate. Er will drei Millionen pro Jahr.«

»Das ist 'ne Menge Holz.«

Kastel deutete in den Raum hinein. Der Laster war fast entladen. »Dies ist kein Großunternehmen, Nate. Am Jahresende werden wir sechshundert Automaten in der Stadt aufgestellt haben – in Drugstores, Kneipen und Tabakläden.«

»Lukrativ ... aber nicht lukrativ genug für ein Jahresgehalt von drei Millionen.«

»Genau. Moment mal. – Carlos!«

Einer der gut angezogenen Arbeiter, die die Spielautomaten aus den Kisten holten, drehte sich um und schaute in unsere Richtung. Er war dunkelhaarig, hatte eine Hakennase und einen Kopf wie ein Eimer. Er war zäh, untersetzt und stämmig und hatte eine permanent finster wirkende Visage. Jung Carlos latschte mürrisch zu uns herüber, aber seine Stimme war respektvoll.

»Ja, Mr. Kastel?«

»Ich weiß es sehr zu schätzen, daß du und dein Bruder uns bei dieser Schwerarbeit aushelft.«

»Is sich doch nix Besonderes, Mr. Kastel.«

»Kannst du die Fahrer entlohnen und dich darum kümmern, daß unsere kleinen Indianer dorthin kommen, wo sie hinsollen?«

»Um Mitternacht sindse alle da, Mr. Kastel.«

Ich hatte Morans italienisch-louisianischen Akzent schon für was Besonderes gehalten, aber dieser Bursche schlug alles.

Carlos schlenderte zurück, zog einen Geldscheinstapel aus der Hosentasche, zählte etwas ab und reichte es den grinsenden Fahrern, die mit dem Entladen fertig waren.

»Tja, Sie haben offenbar noch viel zu tun«, sagte ich und brach in Richtung Tür auf. Aber ich machte meine Sache noch einmal klar. »Falls etwas *erledigt* werden soll, ob's nun um interne Informationen geht oder *sonstwas* ... Ich bin der Mann dafür.«

»Wenn Frank Nitti Ihnen vertraut«, sagte er leise, »ist das die einzige Referenz, die ich brauche.«

Er schüttelte mir noch mal die Hand. »Wo wohnen Sie?«

»Heute nacht im Roosevelt, hier in der Stadt. Danach bin ich wieder im Heidelberg in Baton Rouge.«

Er brachte mich zur Tür. Er setzte zwar den Spazierstock ein, schien aber nicht zu hinken. »Tja, wir melden uns, falls irgendwas anstehen sollte.«

»War nett, Sie kennenzulernen, Mr. Kastel.«

»Nenn mich Phil.«

Ich stand wieder auf der Straße. Er füllte den Eingang aus. Sein Lächeln war ebenso entzückend wie bedeutungslos.

»Und, ähm … Nate … Du hast doch Diamond Jim gegenüber nicht zufällig was erwähnt, oder? Von deiner Bereitschaft … beim Kingfish-Problem zu helfen, meine ich.«

»Aber nein.«

»Gut.«

»Wieso?«

»Ach, weil er dich sonst wahrscheinlich umbringen würde. Unser Mr. Moran ist nämlich ein sehr loyales Jungchen.«

Und er schloß die Tür.

9

Normalerweise spiele ich nicht gern Spielchen mit dem Mob. Ich habe zu viele Figuren gekannt, die Typen wie Diamond Jim und Dandy Phil unterschätzten und dann mausetot waren.

Trotzdem, nach meiner Ansicht war meine Masche gut angekommen, und ich fühlte mich nicht im geringsten eingeschüchtert. Vielleicht hatte auch Hueys 10-Riesen-Prämie, die ich ständig vor Augen hatte, aber auch mein normalerweise konservatives (sofern es meine Haut betraf) Urteilsvermögen vernebelt.

Ich ging, »Anything Goes« pfeifend, in die schicke, eineinhalb Etagen umfassende Lobby des Roosevelt und fand es ganz ausgezeichnet, wie ich die Sache auf die Reihe gekriegt hatte. In diesem Moment erspähte ich ein Gesicht, das mir aus Chicago vertraut war. Zwischen einer Topfpalme und einer Marmorsäule saß Frank Wilson – dunkelhaarig, henkelohrig, mit rundem Kinn. Der finstere Wilson sah mit der schwarzen Hornbrille und dem ausgebeulten Anzug aus wie ein Lehrer.

Er war aber keiner. Er arbeitete für die Regierung und gehörte zu den Schatzamt-Typen, die mit Eliot Ness und dessen Capone-

Schwadron zusammengearbeitet hatten. Sie hatten den großen Al fertig gemacht.

Da ich ziemlich guten Mutes war, trat ich vor ihn hin und sagte: »Hallöchen, Frank – was machst *du* denn in New Orleans? Spürste Huey Longs Steuererklärung nach?«

Sein langes Gesicht wurde noch länger, und seine Augen hinter den runden Brillengläsern funkelten.

Hoppla ...

Wilson war im Bruchteil einer Sekunde auf den Beinen. Seine Hand umklammerte meinen Unterarm. »Halt die Klappe, Heller«, zischte er mir grob ins Ohr. »Wir machen mal 'ne kleine Spazierfahrt.«

Das war mir neu: von einem G-man zu 'ner Spazierfahrt eingeladen zu werden.

Aber ich befand mich nicht in der Position, mit ihm zu streiten. Er führte mich rasch an den Ecktüren vorbei und auf die Straße hinaus, wo wir ein paar Schritte weiter einen am Randstein parkenden Ford erreichten, der, wie seine Geste mir zeigte, ihm gehörte. Er schob mich zur Beifahrertür und stieg ein. Ich auch.

Wie ein Bankräuber auf der Flucht warf er einen Blick hinter sich und brauste dann mit dem Ford auf die Canal Street.

»Um deine Frage zu beantworten«, sagte er knapp. »Ja. Ich bin hier, um Hueys Steuern zu prüfen.«

»He, Frank ... Es sollte nur 'ne hämische Bemerkung sein.«

»Egal, jedenfalls hast du ins Schwarze getroffen.« Er hielt vor einer Ampel an und musterte mich. »Tut mir leid, daß ich dich einfach verschleppen mußte. Aber sonst wäre meine Tarnung aufgeflogen.«

Auch wenn er sich bemüht hätte, hätte der Typ nicht wie ein G-man ausgesehen.

»Was für 'ne geniale Tarnung!« sagte ich.

Sein Grinsen war kurz und sauer. »Ich gebe mich als Geschäftsführer eines Rundfunksenders aus.«

»Als Geschäftsführer eines Rundfunksenders? Warum denn?«

Er bog nach rechts ab, auf die St. Charles. »Im Roosevelt gibt es einen Sender, in dem Longs rechte Hand Seymour Weiss die Finger hat. So hab ich 'n natürlichen Grund, bei den Longsters reinzuschauen.«

Bei den Longsters? Den Ausdruck hatte ich noch nie gehört. Aber er war durchaus passend.

»Ich hab nämlich Schwierigkeiten, eine Sendelizenz zu kriegen«, sagte Wilson.

»Ah! Du willst dich bei Seymour einschleimen, damit der Kingfish dir bei den Bürokraten hilft.«

Er ließ ein Lächeln aufblitzen. »Zehn Punkte. Ich geb 'ne Menge Geld dafür aus. Ich hab sogar schon mit dem Kingfish Poker gespielt. Er ist übrigens 'n ziemlich schlechter Verlierer.«

»Klingt so, als wärst du in den inneren Zirkel vorgedrungen.«

Er grinste erneut. »Und ich bin noch drin, falls niemand in der Lobby gehört hat, daß du mich Frank genannt hast.«

»Es war dumm von mir. Tut mir leid ...«

»Na, war ja nicht so schlimm. Aber ich mußte dich aus dem Laden rauslotsen. Am besten unterhältst du dich mit dem Chef ...«

»Ist *Irey* hier?«

Er nickte. Wir fuhren gerade an dem großen alten, von vielen Säulen getragenen St. Charles Hotel vorbei. Elmer Irey war der Häuptling der Schatzamt-Truppe, die Capone eingebuchtet hatte.

»Irey macht Außendienst?« Ich schüttelte den Kopf. »Ich dachte immer, er sitzt inzwischen in Washington D. C.«

»Es ist 'ne große Sache, Nate. In Louisiana wimmelt es von Gaunern. Der Präsident hat den Boss persönlich hergeschickt. Long und seine Bande klauen alles, was nicht niet- und nagelfest ist, und sie setzen das Greifende des Hammers dazu ein, um auch noch den Rest zu knacken.«

»Möge der Himmel verhüten, daß sie für ihre schrägen Geschäfte Steuern abführen.«

Das brachte ihn zum Lächeln. »Und was machst du in diesem Teil der Welt?«

Wir kamen gerade an der Whitney Bank vorbei. Ich stellte meine Armbanduhr nach den beiden riesigen Bronzeuhren. »Ich arbeite für Huey Long.«

Wilson hätte den Wagen beinahe über den Randstein gefahren. »Was?«

»Yeah, ich gehöre zu seinen Leibwächtern. Wir haben uns 1932 beim Parteitag kennengelernt – ich war der polizeiliche Verbindungsmann zu ihm und seinen Rabauken.«

»Warum hast du mir das nicht erzählt, verdammt?«

»Warum? Glaubst du, es ist relevant?«

Er setzte eine finstere Miene auf und stellte den Wagen vor dem Gebäude der United Fruit ab, einem kunstvoll verzierten Granithaus mit Obst-Basreliefs über den Fenstern.

»Sag bloß, ihr tarnt euch als Bananenträger?« fragte ich freundlich.

»Hör auf«, stöhnte er und führte mich über die Straße zum achtzehnstöckigen Steingebäude des Freimaurertempels. Wir gingen durch ein hochgewölbtes Eingangstrio und fuhren mit dem Aufzug in eine der zahlreichen über der Eingangshalle liegenden Büroetagen.

Zwei uniformierte Wachleute erwarteten uns, als wir aus dem Aufzug stiegen. Wilson nickte ihnen zu.

»Ihr habt *bewaffnete Wächter* aufgestellt?« fragte ich ungläubig.

»Rund um die Uhr«, sagte Wilson, als wir in den großen offenen Raum hineinschlenderten, in dem Agenten an Schreibtischen vor Schreib- und Rechenmaschinen saßen und mechanische Musik erzeugten. Surrende Ventilatoren drehten sich über uns. Straßenlärm drang durch die offenen Fenster. Gelegentlich klingelte ein Telefon. Keine Raumteiler trennten die umherwieselnden Agenten, die gelegentlich von ihrem Schreibtisch zu irgendwelchen Kollegen gingen, um ihnen Informationen zu geben. Rechts ragte eine Reihe kleiner verglaster Büros auf. Nur eins war besetzt. Von Elmer Irey.

Auch Irey war ein dunkelhaariger, henkelohriger Intellektueller mit rundem Kinn und einer schwarzen Hornbrille. Er und Wilson waren die Goldstaub-Zwillinge des Schatzamtes. Der einzige Unterschied zwischen ihnen bestand darin, daß Ireys Haaransatz langsamer auf dem Rückzug war.

Er schaute von einem Schreibtisch auf, der voller Papiere, Berichte und Rechenmaschinenstreifen war, und erblickte mich durch die Glasscheibe. Seine Miene war zuerst verwirrt, dann ärgerlich. Als wir das Kabuff betraten, stand er auf. Wilson machte die Tür hinter uns zu und dämpfte so die Geräusche des Großraumbüros nebenan.

Ziemlich zögerlich, fand ich, streckte Irey über den Schreibtisch hinweg die Hand aus. Ich schüttelte sie. »Was, zum Henker«, sagte er, »machst du in New Orleans, Heller?«

»Freut mich *auch*, dich zu sehen, Elmer. Ich gehöre zu Huey Longs Leibwächtern. Welches Interesse könnte eine Bande von Steuerfahndern wohl an mir haben?«

Seine Verärgerung wich der Entrüstung, und ich ließ mich auf einen Stuhl fallen. Wilson, Ireys kahles Spiegelbild, stand neben mir und berichtete im nasalen Winseln eines genervten Grundschülers, daß ich ihm in der Lobby des Roosevelt über den Weg gelaufen war.

Ich zuckte die Achseln. »Es war ziemlich gedankenlos von mir. Ich hab mich schon ein dutzendmal entschuldigt, und ... Verdammt noch mal, es war niemand in der Nähe, der es gehört haben könnte.«

Irey schaute Wilson scharf an. »Stimmt das?«

Wilson nickte seufzend. »Ich glaube nicht, daß jemand was gehört hat.«

Irey setzte sich hin und winkte Wilson, auf daß er das gleiche tat. Die wie Schießeisenmündungen wirkenden Augen des Schatzamt-Häuptlings musterten mich. Dem verfluchten Hund entging nichts: Er hatte schon Männer eingesperrt, weil sie versehentlich einen Dezimalpunkt verschoben hatten.

»Wie geht's deinem Freund Ness?« fragte er.

»Bewahrt die Welt noch immer vor schwarzgebranntem Fusel.«

»Wo ist er? Ohio? Kentucky?«

»Yeah. In die Wüste geschickt.«

Ireys Lippen zuckten. »Er hat was Besseres verdient. Hoover ist 'ne Sau.«

Obwohl zwischen Irey und Eliot Ness ein gewisses Maß an Spannung existierte – beide waren von verschiedenen Journalisten »der Mann, der Capone schnappte« genannt worden (Wilson übrigens auch) –, wußte Irey, daß Ness' Versetzung in die Wildnis etwas mit dem FBI-Chef J. Edgar Hoover zu tun hatte, der auf jeden neidisch war, der mehr Schlagzeilen bekam als er selbst. Da brauchte man nur Melvin Purvis zu fragen.

»Nate ...«

Nicht »Heller«. Nate. Jetzt wurde er kumpelhaft.

»Nate, ich kann mir nicht vorstellen, daß du ausgewandert bist und deine Agentur aufgegeben hast ... Wie man hört, sollst du gerade sehr erfolgreich sein ...«

Ich zuckte die Achseln. »Kann nicht klagen. Bin aber noch immer 'n 1-Mann-Unternehmen. Wenn man die Zeiten bedenkt, läuft's ganz gut.«

»Gut. Das freut mich.« Er lehnte sich in den Stuhl zurück und drückte die Fingerspitzen aneinander. Sein Lächeln war ein an beiden Enden hochgezogener Strich – wie ein Skalpellschnitt. »Warum läßt du deine Geschäfte sausen, um für ein Ungeheuer wie Huey Long Leibwächter zu spielen?«

»Ist das Treffen hier vertraulich?«

Er nickte. Sein Lächeln enthüllte ein paar Zähne. »Traust du Onkel Sam etwa nicht, Nate?«

»Um der Wahrheit die Ehre zu geben: Natürlich traue ich Onkel Sam. – Von Vetter Frank ganz zu schweigen.«

»*Ich* hab hier 'ne Tarnexistenz, Heller«, sagte Wilson.

»Ja«, sagte ich, schaute Irey an und deutete mit dem Daumen auf Frank. »Ich hab's Frank schon gesagt: Ihr entwickelt neuerdings unglaubliche Tarnmethoden. Seine jetzige Verkleidung könnte nicht mal Sherlock Holmes übertreffen.«

»Leck mich doch am Arsch«, sagte Wilson.

Irey wedelte mit der Hand in der Luft herum. »Daß mir keiner böse Wörter sagt. Nate ... woran, in aller Welt, arbeitest du gerade?«

Und so packte ich aus. Ich berichtete von meinen Ermittlungen bezüglich des neuesten Mordkomplotts gegen Huey Long. Ich erzählte ihnen, daß ich gerade unter falschem Namen aktiv gewesen war; daß ich alle aufgesucht hatte, denen man einen Mord zutrauen konnte, um herauszukriegen, ob man mich als Gehilfen einstellen oder möglicherweise gar mit dem Mord selbst beauftragen würde.

Während ich erzählte, nickte Irey langsam. »Das klingt schon eher nach dir. Ich hätte mir auch nicht vorstellen können, daß du bei Hueys Kosaken mitmachst, so gut er vielleicht auch zahlt.«

»Ich weiß deine hohe Meinung von mir zwar sehr zu schätzen«, sagte ich, »aber auch ich hab das Recht, mich für den richtigen Preis zu prostituieren.«

»Ich wünsche dir bei dieser Sache Glück«, sagte Irey. »Ich bin nämlich grundsätzlich gegen Mord. Auch dann, wenn das potentielle Opfer ein korrupter und absahnender Schweinehund wie Huey Long ist.«

»Viele Menschen in diesem Staat mögen ihn.«

»Und mindestens ebenso viele können ihn nicht riechen. Er kann nicht mal seinen eigenen Leuten trauen. Deswegen hat er dich doch angeheuert. Aber wenn du versprichst, Frank nicht in die Pfanne zu hauen, flick ich auch dir nichts am Zeug.«

»Natürlich laß ich ihn nicht auffliegen. Du hast mein Wort, daß meine Hände nicht mal in die Nähe seines Hosenstalls kommen.«

»Leck mich am Arsch, Heller«, sagte Wilson.

Ich legte die Stirn in nachdenkliche Falten. »Gibt's nicht irgendeine Dienstvorschrift, die verbietet, daß Agenten böse Wörter sagen?«

»Nate«, sagte Irey, ohne auf unser kleines Scharmützel einzugehen, »unsere Ermittlungen in Sachen Long und Longsters sind inzwischen an einem Punkt angelangt, an dem eine Anklageerhebung bevorsteht.«

»Wirklich?«

»Wirklich«, sagte Irey. »Obwohl wir uns, offen gesagt, ebenso auf Seymour Weiss konzentrieren wie auf den Kingfish selbst.«

»Seymour? Für mich ist er nur 'n mit Ruhm bedeckter Laufjunge.«

»Ist er nur in Huey Longs Umgebung«, sagte Wilson.

»Für jeden anderen in Louisiana«, sagte Irey, »ist Weiss der große Macher. Weißt du, daß das Hotel, in dem du wohnst – das Roosevelt –, ihm gehört?«

Na, das war wirklich ein schöner Grundbesitz.

»Das ist mir neu«, sagte ich. Und es stimmte. Alice Jean hatte mir so gut wie gar nichts über Seymour erzählt.

»Früher hat er den Friseurladen im Roosevelt geführt«, sagte Wilson. »Dann hat er sich mit dem Kingfish zusammengetan. Und 'n paar Jahre später hat er den ganzen Laden gekauft.«

»Ihm gehört auch das New-Orleans-Pelican-Baseballteam«, sagte Irey. »Und 'ne Limonadenfabrik, und ... Nun ja. Sagen wir mal, er ist 'n fixer Junge.«

»Zahlt er auch seine Steuern?«

Irey grinste wie ein Totenschädel. Ich wußte wirklich, wie man die Typen vom Schatzamt zum Lächeln brachte, was?

»In Louisiana werden dicke Fischzüge gemacht«, sagte Irey und labte sich an seinen eigenen Worten. »Der Staat ist die Abzockerhauptstadt Amerikas. Chicago ist daneben ein armes Würstchen. Allein ein Auftragnehmer hat der Long-Organisation Schmiergelder in einer Höhe von einer halben Million gezahlt.«

»Aber könnt ihr das Geld auch bis zu Huey zurückverfolgen?« fragte ich. »Huey ist wie Capone – er hat unheimlich viele Strohmänner ...«

»Er ist *wirklich* wie Capone«, sagte Irey und grinste unheimlich. »Aber wo ist Capone jetzt?«

Eins zu null für ihn.

»Glaub mir«, sagte Irey. »Weiss und alle anderen werden gewaltig auf die Schnauze fallen ... der Kingfish inklusive. Wir haben eine Menge Arbeitsstunden da reingesteckt.«

»Wir haben 1930 angefangen«, sagte Wilson müde. »Als die Briefkampagne anfing.«

»Briefkampagne?« fragte ich.

Irey nickte. »Tausende und Abertausende von Briefen sind bei uns eingegangen – von respektierten Bürgern dieses Staates, die wollen, daß wir etwas gegen Longs schamlose Dieberei unternehmen.«

»Glaubst du, die Kampagne war organisiert?«

»Schon möglich. Aber spielt es eine Rolle? Die Briefe sind echt und wurden von echten Bürgern geschrieben, die sich wirklich Sorgen machen.«

»Wenn ihr seit 1930 an der Sache dran seid«, sagte ich, »und Long so ein ›schamloser‹ Gauner ist, warum habt ihr ihn dann noch nicht hochgehen lassen?«

Ireys Miene verdunkelte sich. Wilson seufzte schwer.

»Die Ermittlungen wurden hin und wieder unterbrochen«, sagte Irey leise.

Ich grinste. »Ich verstehe! Ihr habt angefangen, euch Hueys Finanzen anzusehen, als die Republikaner an der Macht waren. Und als FDR dann rankam, habt ihr aufgehört! Immerhin hat Huey Roosevelt geholfen, nominiert zu werden – es war Schmiergeldzeit.«

Ireys Achselzucken war kaum wahrnehmbar. Wilson schaute zu Boden.

»Aber jetzt blökt Huey überall rum, daß er selbst Präsident werden will«, sagte ich, »und da er FDR bei jeder öffentlichen Rede durch den Dreck zieht, seid ihr wieder im Geschäft!«

Keiner der beiden sagte etwas. Sie stritten allerdings auch nichts ab.

Ich stand auf. Mein Stuhl scharrte über den Boden. »He, ihr wollt Huey ebenso kaltstellen wie damals Capone, das ist euer Beruf. Aber ich glaube, er ist 'n zäher Knochen.«

»Ach ja?« sagte Irey.

»Er hat gesagt, er macht am liebsten Geschäfte, wenn das Geld bar auf die Kralle gezahlt wird.«

»Das stimmt«, gab Irey zu. »Huey und seine Jungs haben Millionen an Schmiergeldern eingesammelt ... Aber das Auffinden einer Quittung oder eines stornierten Schecks ist in diesem Fall so einfach wie das Aufstöbern einer ehrlichen Haut in Longs Verwaltungsapparat.«

»He, ich gehöre auch zu Longs Verwaltungsapparat.«

»Dann bist du wahrscheinlich die einzige ehrliche Haut, die da arbeitet ... Hat das nicht eine Bedeutung?«

Zwei zu null.

»Dann kann ich also annehmen, daß ihr was gefunden habt?« fragte ich und schlenderte zur Tür.

»Sagen wir's mal so«, sagte Irey mit einem winzigen geheimnisvollen Lächeln. »Große Gauner sollten keine kleinen Verbrechen begehen.«

»Dann seid ihr also bereit, ihn anzuklagen?«

»Sind wir«, sagte Irey, »aber du verstehst sicher, daß ich leider keine Einzelheiten an jemanden weitergeben kann, der zu Huey Longs privaten Leibwächtern gehört.«

»Zugegeben«, sagte ich. »Aber wie schon gesagt: Ich bin mit

Sonderermittlungen beschäftigt. Ich verstehe nicht, wie das, was ihr macht, irgendwas mit dem zu tun haben könnte, was ich für Huey mache. Ich kann durchaus den Mund halten.«

»Gut«, sagte Wilson.

Irey hob einen warnenden Zeigefinger. Tonfall und Gesichtsausdruck des Professors waren tadelnd. »Wenn du uns verscheißerst«, sagte er, »garantiere ich dir und der A-1-Detektivagentur persönlich 'ne jährliche Steuerprüfung.«

»Heilige Mutter Gottes«, sagte ich, schon halb zu der Kabufftür hinaus. »Wie wär's mit 'ner Rückfahrt zum Roosevelt, Frank?«

»Mach's per pedes«, sagte er. »So weit ist es nicht, und ich möchte nicht mit dir gesehen werden.«

»Ach, Heller?« rief Irey hinter mir her.

Nicht »Nate«. *Heller.*

»Wenn Huey dich bar bezahlt«, sagte Irey und drohte mir väterlich mit dem Zeigefinger, »vergiß bloß nicht, diese Einnahmen bei der Einkommensteuer anzugeben ...«

10

Ich verbrachte mehrere ereignislose Tage in meinem Zimmer im Heidelberg in Baton Rouge und wartete darauf, daß das Telefon klingelte. Keiner der Köder, die ich bei den Square Dealers, der Standard Oil und dem Syndikat ausgelegt hatte, hatte bisher jemanden anbeißen lassen. Also verlegte ich meine verdeckte Tätigkeit in Alice Jeans Bett. Ihre Suite war nur ein paar Türen von der meinen entfernt. Es war 'ne harte Methode, sich 250 $ am Tag zu verdienen.

Freitag nachmittag, Alice Jean war in Baton Rouge geblieben, hielt ich mich wieder im Roosevelt Hotel in New Orleans auf – diesmal in der Kingfish-Suite im zwölften Stock, wo der Mann in der grünen Schlafanzuguniform höchstpersönlich einen ständigen Strom von Beratern, Wahlbezirksvertretern und einflußreiche Bürger empfing. Sein Laden wimmelte außerdem von Leibwächtern. Die Szenerie war noch chaotischer als die, deren Zeuge ich an Hueys Geburtstag im New Yorker gewesen war.

Einmal wollte Seymour Weiss Huey mit einem dicken Papierstapel in die Ecke drängen. »Huey«, sagte er, »wir haben nur noch sieben Tage, um die Einkommenssteuererklärung abzugeben.«

Huey ging gerade auf und ab. Er runzelte die Stirn, als nerve irgendeine Scheißstechmücke sein Ohr. »Haste alle notwendigen Unterlagen – Rechnungen, stornierte Schecks und so weiter?«

»Ja, natürlich.«

»Tja, dann kümmer dich drum. Füll alles aus, ich unterschreib's dann, wenn ich Montag oder Dienstag aus Baton Rouge zurückkomm.« Hueys Gesichtsausdruck wurde sanft. Er legte Seymour eine Hand auf die Schulter. »Weißt du, was wir anschließend machen? Wir machen zusammen Urlaub. Nur du und ich. Ohne Leibwächter und so. Wie in den alten Zeiten.«

»Das wäre schön.«

»Wir steigen in den Wagen und fahren irgendwohin. Es wird einfach 'ne Fahrt ins Blaue.«

Dieser Augenblick deutete die Tiefe einer Freundschaft zwischen zwei Männern an, von der ich zuvor nichts bemerkt hatte. Ich fand es zwar irgendwie rührend, aber ich war natürlich nicht *so* gerührt, daß ich den beiden Freunden mitten in der Einkommensteuerdiskussion von den »Urlaubsplänen« erzählte, die Elmer Irey für sie gemacht hatte. Ich hätte mir lieber 'ne Wurzelbehandlung angetan als 'ne Steuerprüfung.

Inmitten dieses Durcheinanders ging Huey seine Notizen für

die Rede durch, die er halten wollte – diesmal über den von Weiss kontrollierten Rundfunksender im Roosevelt, den Frank Wilson erwähnt hatte.

Deswegen hatte ich keine Gelegenheit gehabt, Huey lange genug allein zu erwischen, und ihn über meine Pläne in Kenntnis zu setzen.

Der in seinen grünen Schlafanzug gekleidete Südstaatenpotentat lag bäuchlings auf dem Bett und korrigierte sein Manuskript mit einem Bleistift, als er mich plötzlich zu sich reinrief. Ich hing hin.

»Spielste gern Golf?« fragte er.

»Ich weiß nicht genau. Ich hab aber gelernt, mich damit abzugeben – ich arbeite nämlich oft für Bankiers und Versicherungsleute.«

»Na ja, mitzuspielen brauchste nicht. Kannst 'n Caddy machen.«

»Caddy?«

»Ich setze meine Leibwächter immer als Caddies ein«, sagte der Kingfish und schaute mit einem listigen Lächeln von seinen Notizen auf. »Ich möchte nämlich verhindern, daß *mir* jemand ein Loch verpaßt.«

Da wir gerade von Caddies sprechen: Wenige Minuten später wurde ich runtergeschickt, um Murphy Roden in Empfang zu nehmen, jenen Long-Leibwächter, der den Auftrag gehabt hatte, Hueys Cadillac vom letzten Jahr gegen einen neuen einzutauschen. Ich stand draußen, am Eingang des Roosevelt, der sich an der Ecke der Canal und Bayonne Street befand. Ein New-Orleans-Polizeisägebock reservierte den Parkplatz, und als der nagelneue mitternachtsblaue Wagen anrollte, machte ich ihm den Weg frei.

Der lange, schnittige Caddy schnurrte wie tausend Kätzchen. Als Roden mich erblickte, erhellte sich hinter dem Lenker seine blonde, braunäugige, recht ansehnliche Miene zu einem Grinsen.

Wir hatten uns 1932 in Chicago kennengelernt, was ich von

Hueys sonstigen Kosaken eigentlich nicht behaupten konnte. Murphy war ein Kleinstadtjunge. Er hatte es zu was bringen wollen, aber man hatte ihn auflaufen lassen, und so war er bei der Louisiana State Police gelandet, um zahllose Scharfschützenrekorde zu brechen. Ich hatte einen anderen Leibwächter sagen hören, Murphy könne aus einer Entfernung von fünfzig Fuß eine Achtunddreißiger in ein vierzölliges Rohr entleeren.

Er war beauftragt worden, dem Kingfish als Fahrer bei einer Rundreise durch den Staat zu dienen, und Huey war so begeistert von ihm gewesen, daß er ihn als persönlichen Chauffeur eingestellt hatte. Er war ganz schnell sein vertrautester Leibwächter geworden.

»Nate Heller!« sagte er, stieg aus dem Caddy und ließ den silbernen Wagenschlüssel in eine Tasche seines gelbbraunen Anzugs fallen. »Ich hab schon *gehört*, daß du dich dem Zirkus angeschlossen hast!«

Murphy war um die Dreißig. Er war ziemlich muskulös, aber nicht groß. Ich schätze eins fünfundsiebzig.

»Aber nur mit 'nem Zeitvertrag«, sagte ich, als wir uns die Hand schüttelten. »Dein Boss hat 'n paar Morddrohungen am Hals. Da konnte er noch einen Mann brauchen.«

»Er konnte dich immer gut leiden, Nate.« Er legte den Kopf schief und hob eine Braue. »Morddrohungen sind zwar hier nichts Besonderes, aber diese nimmt der Boss ziemlich ernst. Er hat jeden verfügbaren Mann von der Highway Patrol und jeden BCI-Agenten in die Hauptstadt beordert. – Was hältst du von meinem neuen Untersatz?«

»Deinem?«

»Na ja, der Boss fährt ja nie. Vielleicht können wir irgendwann mal 'ne Tour machen. Ich muß dir das Französische Viertel zeigen.«

»Hab ich schon gesehen.«

»Tagsüber oder abends?«

»Tagsüber.«

»Dann haste's noch nich gesehen.«

Ich marschierte über den Gehsteig, an der endlosen Länge des neuen Cadillacs vorbei. Die Sonne funkelte auf der Karosserie. »Jetzt versteh ich, was Huey meint, wenn er sagt, der Reichtum muß verteilt werden. Stößt so was den armen Hunden unter seinen Wählern nicht sauer auf?«

»Aber nein! Lahme Karren und Postkutschen überläßt er den Kandidaten unter ›ferner liefen‹. Er möchte, daß die Leute ihn für was Besonderes halten – und genau das tun sie auch.«

»Wie fährt sich das Ding?«

Murphy stützte die Hände in die Hüften und begutachtete das Fahrzeug. »Tja, ich hab's nur ungefähr 'ne Meile weit gefahren – vom Händler hierher. Aber diese Kisten fahren astrein ... jedenfalls, seit Huey die Straßen hat pflastern lassen. Früher, als ich ihn noch mit achtzig Meilen in der Stunde über *Schotter*straßen hab navigieren müssen, sind wir zweimal im Monat durch die Windschutzscheibe geflogen. Von den geplatzten Reifen ganz zu schweigen.«

Ich zuckte zusammen. »Auf Schotterstraßen?«

Er nickte, und sein sonniges Lächeln war verführerisch. »Ehrlich, ich hatte 'n Platten auf 'ner abschüssigen Strecke und kämpfte darum, die Kontrolle übers Steuer zu behalten. Da sind die Leute auf dem Rücksitz richtig lebendig geworden. Ich will tot umfallen, wenn ich lüge.«

»Ich glaube dir.«

Wir schlenderten in die lange, von einem Kronleuchter verzierte Lobby des Roosevelt zurück, und Murphy fragte mich, wie ich mit Messina auskam.

Ich zuckte die Achseln. »Seit Oklahoma City hatten wir keine echten Probleme mehr.«

»Er liebt den Boss nämlich. Er schläft zu seinen Füßen und macht ihm den Leibdiener. Er würde alles für Huey tun.«

»Du meinst, er legt die Leute um.«

Murphy schüttelte den Kopf und lachte leise. »Du hast dich nicht sehr verändert, Nate.«

An diesem Abend, gegen 19 Uhr, saß ich auf dem Fahrersitz des großen blauen Caddy, und Murphy Roden schaltete das Radio ein. Eine Direktübertragung von »Jedermann ein König« wurde gesendet, geradewegs aus der Fountain Lounge des Roosevelt.

»Der Boss hat Seymour gebeten, ihm drei Stunden im Programm freizuhalten«, sagte Murphy und grinste mich an. Sein Ellbogen lag im Seitenfenster, sein blondes Haar wurde vom Fahrtwind zerzaust, den der Karren an diesem heißfeuchten Abend erzeugte.

»Hier spricht Senator Huey P. Long«, begann der Kingfish. »Da die Lügenpresse Ihnen nichts davon erzählen wird, lasse ich die Jungs 'n bißchen Musik machen, damit Sie Ihre Freunde und Nachbarn anrufen, um ihnen zu sagen, daß ich auf Sendung bin ...«

Murphy schaltete das Radio aus, schüttelte den Kopf und grinste mich erneut an. »Der Boss hat wirklich was drauf, was? Weißte eigentlich, warum man New Orleans die Stadt nennt, die die Sorgen vergessen hat?«

»Bestimmt.«

»Ganz bestimmt?«

»Wenn ich lüge, will ich tot umfallen«, sagte ich.

Am nächsten Morgen – auf den üppigen grünen Bahnen des Golfclubs im Audubon Park – folgten zwei triefäugige Caddies, die beide zu verkatert waren, um unter den Jacken ihrer weißen Leinenanzüge Handfeuerwaffen im Halfter zu tragen (was sie aber nicht daran hinderte), zwei Golfspielern einen Abhang hinauf. Die Golfspieler waren Huey Long – er trug ein kurzärmeliges weißes Hemd, einen grellen rot-grünen Schlips, gelbbraune Hosen und weiße Golfschuhe – und Seymour Weiss, der ganz untypisch keck mit einer grünen Mütze, einem weißen Sporthemd und braunen Hosen mit dazu passenden Socken gekleidet war.

Der dritte Angehörige der Gruppe, der seine eigene bewaffnete (doch allem Anschein nach unverkaterte) Leibwache mit sich führte, befand sich irgendwo links und jagte einen Ball ins Rough.

Als wir den Abhang hinaufgingen, erzeugte der über meiner Schulter hängende Riemen des Schlägerköchers einen Schmerz, der dem in meinen Beinen fast ebenbürtig war.

»Hast wohl gestern abend 'n bißchen zu lang auf die Pauke gehauen, Alter?« fragte Murphy Roden. Er grinste zwar, aber eigentlich konnte es ihm kaum besser gehen als mir. Seine Augen waren rot geädert.

»Was nach dem Tequila war, weiß ich nicht mehr.«

»La Lune! Also, das ist 'n Laden! Sag bloß, du könntest die *Hundehütte* je vergessen.«

Bei dem Versuch, darüber nachzudenken, tat mir alles weh. »War das der Laden mit den Farbigen?«

»Jawohl, Sir, aber das war Popeye's auch. Und Mamas Pinte.«

Aus irgendeinem Grund erinnerten mich seine Worte an flakkernde Lichter und Tanzeinlagen kaum bekleideter wasserstoffblonder Miezen, die geistesabwesend im Rhythmus des heißen Jazz gestampft hatten. Ich trottete den Hang hinauf und folgte Hueys gelbbraun behostem Hinterteil.

»Murph ... Haben wir irgendwelche Mädchen abgeschleppt?«

»Na, und ob. Studentinnen aus Philadelphia.«

»Volljährig?«

»Ich glaub, danach haben wir nicht gefragt.«

Huey hatte seinen Ball erreicht. Er ruhte auf dem Gipfel des Hügels wie eine Kirsche auf einem Eisbecher. Er briet ihm kräftig eins über, und er flog zweihundertfünfzig Yards weit den Fairway hinab.

Huey stieß ein Freudengeheul aus.

»Schön«, sagte Seymour.

»Das mußte erst mal übertreffen, du Nase!« schrie Huey.

Eigentlich war Seymour auf der Siegerstraße. Huey hatte zwar Kraft, aber keine Finesse. Es schien ihm jedoch egal zu sein, wenn er einen Schlag versiebte. Die Freude, die ihn überkam, wenn er traf, machte alles wieder wett.

Wir latschten den Abhang wieder runter, wo Seymours Ball auf uns wartete.

»Die Studentinnen«, sagte ich zu Murphy. In meinem Kopf tanzte ein Amboßballett. »Kann's sein, daß wir mit ihnen in ihr Hotelzimmer gegangen sind?«

Er zuckte die Achseln. »Weiß ich nicht mehr. Du?«

»Hatte ich 'ne Rothaarige?«

»Ich glaube schon.«

»Ich bin doch nicht etwa *verheiratet* oder so was?«

»Woher soll ich das wissen?«

Seymour traf den Ball gerade und fest. Er prallte auf den Rasen; ein gesunder, aber möglicher Putt vom Flaggenstock.

Der Kingfish hob ihn aufs Grün, mußte aber dreimal schlagen. Dann machte Seymour einen Schuß mit Eleganz und scheinbarer Mühelosigkeit. Ich zählte Hueys Spielstand, und als er die Nummer seiner Stöße meldete – zwei hatte er vergessen –, schrieb ich sie pflichtbewußt auf. Das Zittern meines Bleistiftstrichs hätte jedoch von einem gerade genesenden Schlaganfallpatienten kommen können.

Als wir zum nächsten Tee gingen, sagte Seymour: »Sollen wir nicht lieber auf Dr. Smith warten?«

»Nee, zum Teufel«, stieß Huey hervor. »Soll der vertrödelte Arsch doch seine Zeit selbst aufholen. Ich warte auf niemanden.«

»Eigentlich«, sagte Seymour verschwörerhaft, »bin ich ganz froh, daß er nicht bei uns ist.«

»Ach?«

»Hab da 'n paar Sachen auf Lager, die ich nicht erwähnen möchte, wenn der Onkel Doktor in der Nähe ist.«

»Na, dann los, Mann – spuck's aus.«

Seymour schmeckte den Satz ab, bevor er ihn ausspuckte; er war bitter. »Ich kann dir jetzt bestätigen, daß Elmer Irey in der Stadt ist.«

Als ich meinen armen Arsch und die tonnenschweren Schläger hinter ihnen herschleppte, durchdrang diese Bemerkung den geschwollenen Klumpen aus Schmerzen, der mein Kopf war.

Huey wirkte unbeeindruckt. »Stimmt das?«

»Es besteht keine Frage, daß da 'ne sehr große Ermittlungskiste läuft.«

»Über mich kriegen die nix raus. Haste dir den Rücken freigehalten, Seymour?«

»Ich glaube ja.«

»Manchmal weiß ich nicht, was ich von euch halten soll«, sagte der Kingfish kopfschüttelnd und nahm Ziel. »Wenn ihr mich nicht hättet, damit ich euch im Zaum halte, würdet ihr noch alle im Knast enden.«

Er schlug zu, verfehlte den Ball, sagte »Scheiße!« und grinste Seymour wie ein albernes Kind an. »Abschlag üben«, sagte er dann.

Dann haute er ihn den Fairway runter.

Seymour nahm Ziel. »Der Knatsch zwischen dir und dem Weißen Haus kann uns ruinieren, Huey. Vergiß mal die Bedrohung durch das Schatzamt – schau dir mal an, wie sie mit der Ämterpatronage gegen uns arbeiten! Sie schotten uns ab und verteilen nach und nach alle WPA-Jobs an unsere politischen Gegner! Es ist 'ne gottverdammte Erpressung.«

Hueys Grinsen war schräg, als er auf den Fersen wippte, aber er hielt den Golfschläger mit beiden Händen vor sich, wie eine Reitgerte. »Haste schon mal vom zehnten Verfassungsartikel gehört, Seymour?«

Seymour blieb am Tee stehen und hielt inne. »Gewiß. Er liegt mir sozusagen auf der Zunge ...«

Huey kannte ihn natürlich. »Alles, was der Bundesregierung nicht ausdrücklich gestattet oder den Staaten untersagt ist, ist ausschließlich dem Volk vorbehalten.« Er kam rüber und reichte mir den Schläger, damit ich ihn in den Köcher steckte.

Dann drehte er sich zu Seymour um und schlug sich auf den Brustkorb.

»Und natürlich«, sagte er, »bin *ich* das Volk, wie wir alle wissen.«

Seymour hatte sich gerade um den Ball kümmern wollen, aber dies hielt ihn auf. Er runzelte besorgt die Stirn.

»Was hast du vor, Huey?«

Hueys höhnisches Lächeln ließ mich an ein verschlagenes Bürschlein denken, das seiner Bande gerade die Einzelheiten eines besonders schmutzigen Plans darlegt.

»Ein Gesetz, das ich auf der Sondersitzung durchboxen werde«, sagte er, »verbietet sämtlichen Bundesbeamten und Bundesangestellten, öffentliche Gelder auszugeben, die der Kongreß beschlagnahmt oder zur Verfügung gestellt hat ... falls die Ausgabe nach Ansicht der Regierung des Staates Louisiana dessen Rechte beeinträchtigt.«

»Das ist ein *Gesetz,* über das ihr redet?«

»'ne Bitte ist es jedenfalls nicht, verdammt. Wer dagegen verstößt, wandert ein Jahr in den Knast! Wir füllen den Knast dermaßen mit Roosevelts Handlangern, daß die ehrlichen Gauner keinen Platz mehr haben.«

Seymour schien den anvisierten Ball vergessen zu haben. Er ging zu einer Bank und setzte sich wie benommen hin. Huey gesellte sich zu ihm.

»Kingfish«, sagte Seymour leise und bedächtig, »dein juristischer Verstand gehört zu den besten im Land ...«

»Ah, danke, Seymour. Der Oberste Gerichtshof der Vereinigten Staaten, vor dem ich so manchen Fall für den Staat *Luhsiana* zur Sprache gebracht habe, ist mit dir einer Meinung.«

»... aber du weißt ebenso gut wie ich, daß ein solches Gesetz gegen die Verfassung verstößt ...«

»Ich scheiß drauf. Wie es auch ausgeht, die Bundesgelder werden bis nach den Wahlen eingefroren. Bis zum nächsten Januar.«

Seymour seufzte. Seine Miene war finster. »Damit spielst du FDR in die Hände, Huey – bei der Sonde, die er und das Repräsentantenhaus auf uns loslassen wollen ...«

Huey stand auf und stampfte wie ein trotziges Kind, das einen Wutanfall hat, mit dem Fuß auf. »Sie können mein *Arsch*quartier so lange *sondieren,* bis die Kühe von der Alm getrieben werden! Sie behaupten, in Louisiana gäbe es keine parlamentarische Demokratie mehr? Verdammt noch mal – das geht mir doch am Arsch vorbei! Jeder weiß doch, daß der Krüppelarsch im Weißen Haus vor mir zittert!«

»Dann hast du es dir nicht noch mal überlegt?«

Huey sprach mit zusammengebissenen Zähnen. Welches Thema Seymour gerade auch angesprochen hatte, es machte ihn wütend. »Was soll ich mir noch mal überlegt haben, Seymour?«

Seymour sagte nichts.

Huey stützte die Hände in die Hüften und beugte sich spöttisch vor. Er war nur Zentimeter von Seymours düsterem Gesicht entfernt und betonte jedes Wort mit großer Deutlichkeit.

»Ja, ich lasse mich zur Präsidentschaftswahl aufstellen«, sagte er. »Und nein – ich rechne nicht unbedingt damit, daß ich gewinne ... Nicht 1936. Aber bei Gott, ab 1940 gehört die Bühne mir!«

Er trat zurück, verschränkte die Arme und hob das Kinn.

»Kingfish«, sagte Seymour, »wir haben nicht mal die Scheißsüdstaaten eingesackt. Fällt dir bei dem Wort Mississippi nicht irgendwas ein? Bilbos Mann hat dort sogar den Arsch deines Kandidaten geschlagen!«

Senator Bilbo, ein anderer populistischer Aufwiegler, hatte Hugh White bei der Gouverneurswahl in Mississippi unterstützt. Hueys Mann, Paul Johnson, war knapp geschlagen worden. Die Zeitungen kochten die Pleite immer wieder auf.

»Das war 'n gottverdammter Glücksfall«, sagte Huey abfällig.

»Und nicht *ich* wurde geschlagen, sondern der unfähige Blödmann Johnson ... Er hätte eben *mehr* Hilfe von mir annehmen sollen! Schau dir an, was mein Getrommel Hattie Carraway eingebracht hat! Nicht mal Jesus Christus hätte erreicht, daß jemand diese vertrocknete alte Schachtel wählt. Aber *ich*!«

Seymour schüttelte den Kopf. »Ich habe doch gesagt, wie teuer ein Wahlkampf dieser Größenordnung wird ...«

»Scheiß drauf! Unsere Kriegskasse ist so voll, daß wir das Scheißding nicht mal mehr zumachen können!«

»Aber dann sind wir blank, Kingfish.«

Huey nickte fortwährend. »Dann bleiben uns noch mal vier Jahre bis 1940, um die olle Abzugkiste wieder zu füllen, oder? Heb jetzt deinen Scheißarsch, und verpaß dem verdammten Ball endlich einen, Seymour. Ich hab nich 'n ganzen Tag Zeit.«

Seymour stand müde auf. Seine Haltung war ein völliger Widerspruch zu seinen sportlichen Golfklamotten. Er nahm sich den Ball vor und versetzte ihm einen harten und festen Schlag, der aber nicht so kräftig ausfiel wie der Hueys, der schon den Hang hinabeilte, als Seymours Ball noch durch die Luft flog.

»Scheißrepräsentantenhaus«, murmelte Huey. »Vierhundertfünfunddreißig verblödete Klotzköpfe ...«

Als ich hinter ihnen herzockelte, wobei mein pulsierender Schädel kaum funktionierte, erfuhr ich, daß Huey und Seymour dazu übergegangen waren, über die möglichen Kandidaten der nächsten Gouverneursmarionettenwahl zu reden. O.K. Allens »Herrschaft« näherte sich dem Ende. Huey sagte unentwegt, er habe den Posten diesem und jenem versprochen.

»Gott im Himmel, Huey – wem hast du ihn eigentlich *nicht* versprochen?«

»So bleiben sie doch alle auf meiner Seite, Mann. Und wenn die Zeit reif ist, finde ich schon 'ne Entschuldigung und 'n fetten Posten für alle, um sie bei der Stange zu halten. Du machst dir zu viele Sorgen, Seymour!«

»Achtung!« schrie jemand, und ein Ball zischte über unsere Köpfe hinweg.

»Herr im Himmel!« rief der erschreckte Huey.

Er stand da und schnaubte wie ein Stier vor dem Angriff, denn nun kam die für das Geschoß verantwortliche Partei den Hügel herunter. Vor einem bewaffneten Caddy trottete ein stämmiger blonder Mann mit Adlernase und einem unglaublich blauäugigen Jungengesicht mit gütigem Lächeln. Er trug einen Strohhut, ein kurzärmeliges weißes, krawattenloses Hemd, eine Weste mit Schottenmuster und – wie Seymour – die kindischen Hosen, mit denen sich so viele Golfspieler unbedingt lächerlich machen müssen.

»Hätte nicht erwartet, so 'ne gute Strecke zu machen, Kingfish!« rief er mit dröhnender, kanzelgeschulter Baritonstimme.

»Du blöder Arsch!« schrie Huey. »Willste mich umbringen?«

»Was denn«, sagte Murphy leise zu mir, »und seinen Goldesel verlieren?«

Der »blöde Arsch« war Dr. Gerald L. K. Smith, der Hetzreden schwingende Wiedererweckungsprediger, der Hueys im ganzen Land verbreiteten »Teilt den Reichtum«-Clubs vorsaß.

Smith drosch seinen Ball über den nächsten Hügel, und zur Abwechslung gingen er und sein Caddy nun uns voran.

»Warum duldest du den dämlichen Schwarzkittel eigentlich?« murmelte Seymour Huey beim Weitergehen zu. »Der ist doch nur drauf aus, sein eigenes Nest auszupolstern.«

Huey lachte prustend. »Erzähl mir mal was, was ich *nicht* schon weiß.«

Seymour runzelte die Stirn. Er machte sich nicht mehr die Mühe, leise zu sein. »Der Schweinehund ist ein antisemitischer Faschist, und sein Gesülze und Genöle lenkt Beachtung auf uns, die wir nicht brauchen können.«

»Es gibt keine ›falschen Wähler‹, Seymour.« Huey legte eine Hand auf die Schulter seines Beraters. »Außerdem ist der Pfaffe außer mir der beste Scheißaufwiegler in den Vereinigten *Stuten*.«

»Stimmt das?« fragte ich Murphy leise.

»Ich nehm an, oben im Norden habt ihr noch nicht das Privileg genossen, an Smiths Einsichten teilzuhaben«, erwiderte er trocken. »Hier unten hört man ihn oft im Radio.«

»Wirklich?«

Murphy nickte. »Er ist aus seiner Kirche rausgeflogen, weil er zuviel von seiner Arbeitszeit bei 'ner Bande von Schwarzhemden in North Carolina verbracht hat.«

»*Nazis* aus North Carolina?«

»Will tot umfallen, wenn ich lüge. Sie wollen die Regierung mit 'nem bewaffneten Aufstand stürzen – mit Geballer und so.«

In Chicago gab es so was natürlich auch – der Bund rasselte pausenlos mit imaginären Schwertern –, aber aufgrund meines verkaterten Verstandes konnte ich mir keine Bande von Hillbillies vorstellen, die über paramilitärischem Schwarz Latzhosen trugen.

Dann landete Seymour einen tollen Treffer, der ihn weit über die Meute hinausbrachte. Nun war Reverend Smith an der Reihe, seine Zoten abzulassen.

»Dein hebräischer Freund ist nicht vertrauenswürdig«, sagte er mit hypnotisch sanfter Stimme. Wie bei vielen Predigern verlieh die Resonanz seines Organs seinen Worten unverdientes Gewicht.

»Wenn ich überhaupt jemandem trauen kann«, sagte Huey ruhig, »dann Seymour.«

»Das hat Jesus auch von Judas geglaubt«, sagte Smith stur. »Weiss gehört zu dem Stamm, die sich sowohl des Kapitalismus als auch des Kommunismus bedienen, um die Welt zu beherrschen und die Gottesfürchtigen auszuradieren.«

Als sie einen steilen Hügel hinabgingen, sagte Huey nichts. Sein Ball verhöhnte ihn aus einer vor uns liegenden Sandfalle heraus.

»Und das ist ein *weltweites* Problem, Kingfish«, fuhr Smith fort. »Auf dem ganzen Globus vereinigen sich mutige Männer, um die gottlosen Kräfte zu bekämpfen ...«

Der Typ hatte offenbar vor, neben Hueys Hitler den Goebbels zu spielen, doch dann beging er den Fehler, sich zu direkt zu äußern.

»Amerika braucht einen *eigenen* Führer«, sagte Smith.

Huey drehte sich zu ihm um.

»Vergleich mich bloß nicht mit diesem Schweinehund!« brüllte er. Seine Nase war nur ein paar Zentimeter von der des blinzelnden Smith entfernt, so daß seine Stirn die Krempe von dessen Strohhut hochbog. »Und hör mit dem gottverdammten antisemitischen Scheißdreck auf!«

Als Huey zurücktrat, ließ der Reverend den Kopf hängen. »Entschuldige bitte«, sagte er. »Ich habe mich vergessen. Ich beuge mich deinen christlicheren Instinkten.«

»Und vergiß sie bloß nicht«, murmelte Huey und ging weiter.

Zwei Löcher später waren Smith und Huey wieder allein. Nachdem Huey abgeschlagen hatte – seine Laune wurde durch einen weiteren 200-Yard-Hieb besser –, fragte der arschkriecherische Geistliche, ob sie kurz geschäftlich miteinander reden könnten.

»Um was geht's denn, Rev?«

»Um den ›Teilt den Reichtum‹-Club. Ich möchte vorschlagen, daß die Mitglieder den geringen Betrag von zehn Cents als Beitrag zahlen ...«

»Nein.«

Smith setzte eine Miene auf, als hätte er einen Schlag ins Gesicht gekriegt. »Aber bei acht Millionen Mitgliedern, die zehn Cents im Monat zahlen ... Überleg doch mal, was uns das einbringen kann!«

Huey sah so aus, als wolle er ausspucken. Doch dann spuckte er nur Worte aus. »Wir brauchen Unterstützung, Rev, kein Geld. Das Geld kommt schon noch. Verlaß dich drauf. Und jetzt ... Stimmt's, daß du dagegen bist, unseren Mitgliedern von meinem 30-Dollar-im-Monat-Rentenplan zu erzählen?«

Die Stimme des Geistlichen wurde so leise, als bete er vor sich hin. »Dr. Townsend verspricht seinen Jüngern zweihundert Dollar im Monat ... Deswegen schlage ich vor, daß wir nur von einer ›adäquaten Summe‹ reden und jeden seine eigene Zahl nennen lassen ...«

Huey brüllte vor Lachen. Er klopfte seinem geistlichen Berater auf die Schulter.

»Als der Herr dich gemacht hat, Rev«, sagte er, »ist ihm die Gußform zersprungen.« Ich konnte nicht erkennen, ob er es bewundernd, verachtend oder halb und halb meinte.

Schließlich waren Huey und ich allein, denn Smith und Weiss jagten – sozusagen – hinter ihren Bällen her. Ich erzählte ihm von meinem Besuch bei den drei Figuren, deren Namen aus seinem

»Schweinehund-Notizbuch« stammten. Ich machte es schnell und detailliert, und er saugte alle Informationen mit hartem, konzentrierten Blick in sich auf.

»Ich hab dafür gesorgt, daß ich immer da und leicht zu erreichen war«, sagte ich. »Ich war, wie du weißt, die meiste Zeit im Heidelberg, außer an dem Abend, an dem ich Dandy Phil in New Orleans besucht hab. Aber niemand hat Kontakt mit mir aufgenommen.«

»Glaubst du, du hast ihnen genug Zeit gegeben?«

Ich zuckte die Achseln. »Ich glaube, wenn aus dieser Richtung was im Schwange wäre, müßten wir's wissen. Vergiß nicht, daß ich mich Dienstag mit Hamilton und LeSage und Mittwoch mit Dandy Phil unterhalten habe. Übrigens soll ich dich von deinem alten Kumpel Diamond Jim grüßen.«

Huey schüttelte den Kopf. »Gott, wie mir seine Spaghetti mit Fleischklößchen fehlen.« Wir hatten seinen Ball erreicht, und er nahm ihn sich vor. Dann drehte er sich stirnrunzelnd um. »Also, der Tip, den ich bekommen hab«, sagte er, »daß ich die Sondersitzung nicht überleben werd …«

»Was hast du noch mal gesagt, wie lange die Sitzung dauert?«

»Bis Montag haben wir einunddreißig Gesetze durchgepaukt. Kannste vielleicht bis dahin bleiben? Ich kann einen guten Mann neben mir gebrauchen.«

Als er ausholte und ein klotziges Rasenstück aus dem Boden riß, trat ich zurück.

»Abschlag üben«, sagte ich.

»Ich krieg das schon hin«, sagte Huey und drosch auf das Ding ein. Es flog ebenso über den Hügel wie meine 10-Riesen-Prämie.

Aber noch ein paar Tage à 250 $ waren eigentlich kein schlechter Ersatz.

»Ich bleib«, sagte ich.

»Hab ich mir gedacht«, sagte Huey jovial. »Wenn man bedenkt, wie gut du dich mit Alice verstehst ...«

Er ging den Hügel weiter rauf und drüber weg, und ich blieb mit offenem Mund stehen.

»Stimmt was nicht?« fragte Murph, als er hinter mir den Hügel runterkam.

Ich schluckte mühsam. »Ich glaub, der Kingfish weiß, daß ich sein Herzchen nagle.«

»Also wirklich, Nate«, sagte Murph und marschierte mit einem leisen Kichern an mir vorbei. »Das weiß doch jeder in unserem verfluchten Zirkus.«

11

Der mitternachtsblaue Caddy schoß wie eine wohlgezielte Kugel den Air-Line Highway entlang – doch bei dieser Fahrt gab es weder platte Reifen noch zersprungene Windschutzscheiben. Zu so etwas kam es auf dem harten Band des Kingfish-Betons nicht, das man möglicherweise hergestellt hatte, um die Geschwindigkeitsbegrenzung zu durchbrechen. Welcher Verkehrspolizist aus Louisiana war auch so närrisch, einen Wagen anzuhalten, auf dessen Nummernschild die Zahl 1 stand?

Murphy Roden war ein vorbildlicher Fahrer. Er nahm den Fuß zwar nie vom Gas, aber sein Blick war starr und löste sich nie von der Straße. So freundlich er auch war, wenn er fuhr, nahm er nur selten an Gesprächen teil. Ich saß vorn neben ihm, der Kingfish hinten. Seymour Weiss war in New Orleans geblieben. Es war ein heißer Sommertag, und nur wir erzeugten Wind. Die vorderen Seitenscheiben waren runtergekurbelt.

Ich hatte den Kingfish noch nie so ausgeruht gesehen. Zum ersten Mal bekam ich einen Beweis dafür, daß er wirklich schlief. Er nickte kurz ein, las verschiedene Zeitungen und Briefe und kritzelte den Rest der neunzigminütigen Reise hin und wieder was nieder. Der gesellige, redselige Bär stand kurz vor dem Winterschlaf.

Plötzlich ragte vor meinen erstaunten Augen eine graue Rakete aus Granit über die sumpfigen Flächen auf und zielte gen Himmel: Hueys Wolkenkratzer-Parlamentsgebäude. Der sich verjüngende Turm des vierunddreißig Etagen hohen Parlaments kam mir wie eine Fata Morgana aus der Zukunft vor, wie eine Geistererscheinung der Zivilisation in einer Welt aus Sümpfen und Bayous.

»Das ist 'n Gebäude, was?«

Ich zuckte zusammen. Der Kingfish hatte während der ganzen Fahrt kein Wort gesagt, doch nun, als ich zu ihm hinschaute, war sein glänzendes Mondgesicht neben mir, und er beugte sich vor. Er stützte sich auf meinen Sitz und schaute auf das Art-Deco-Monument von seinen Gnaden.

»Kannste wohl sagen«, sagte ich zustimmend.

»Bruder Earl nennt es mein ›Silo‹. Er ist neidisch, wie üblich. Hat nur fünf Millionen gekostet, aber ich hab den Lutscher noch in dem Jahr fertig gekriegt, in dem wir den Grundstein gelegt haben.« Dann fügte er ironisch und völlig gewissenlos hinzu: »Hätte bei den schrägen Politikern in New York oder Washington fünfzig Millionen gekostet.«

Falls ein aus dem Sumpfland aufsteigendes Empire State Building mißtönend gewirkt hatte, das Parlamentsgelände verdrängte dieses Gefühl. Als der Caddy durch einen sauber gepflegten Park glitt – die Blumenbeete strotzten vor Buntheit; Magnolien und Pappeln mischten sich mit uralten, moosbehangenen, geisterhaften

Eichen –, deutete das in den Himmel ragende Steingebäude eine gespenstische Würde an, wie ein einzelner massiver Grabstein auf einem riesigen und weitläufigen Friedhof.

Murphy fuhr den Capitol Drive hinunter, wo auf Huey und den hinter uns herfahrenden Wagen der Leibwächter Parkplätze warteten. In ihm saßen McCracken, Messina und zwei weitere Kosaken. Es waren reservierte Plätze, und sie waren frei: heute begann die Sondersitzung. Die Pro-Long-Abgeordneten aus Louisiana wußten, daß der Kingfish ihre Anwesenheit voraussetzte, und seine Gegner waren nicht in Stimmung, ihm das befriedigende Gefühl einer nicht anwesenden Opposition zu schenken.

Der Kingfish war zu seinem Privatparkplatz auf der Gebäuderückseite unterwegs, denn von dort aus konnte er das Parlament betreten, ohne belästigt zu werden. In diesem Moment, vor der anstehenden Sitzung, wollte er jedoch gesehen werden. Es war Zeit für einen großen Bahnhof.

Um den Eingang des 450 Fuß hohen umgedrehten Ts zu erreichen, das Hueys Parlament darstellte – Senat und Repräsentantenhaus lagen in Zimmerfluchten im ersten Stock rechts und links –, mußte man 49 Stufen erklimmen, die bis auf die letzte mit dem Namen eines Bundesstaates beschriftet waren. Das Granittreppenhaus wurde von den düsteren, imposanten Statuen Forschungsreisender, Pioniere, Siedler und Indianer flankiert. Die Majestät all dieser Dinge wurde wie das hoch aufragende monolithische Gebäude mit seinen historischen und patriotischen Friesen von der Allgegenwart von Hueys State Police noch unterstrichen.

Mit ihren Helmen, Khakiuniformen, Stiefeln, Kanonen und gespickten Patronengurten waren diese Leute keine Polizei-, sondern eine militärische Einheit. Sie wachten an den Wänden der

Gänge, standen dicht vor den düsteren Statuen und waren auf Treppenabsätzen stationiert. Ihre Anwesenheit ließ Huey nur lächeln, aber unterwegs sagte er ein halbes dutzendmal »Hallo, Jungs«. Ihre disziplinierte Nichtreaktion gefiel ihm noch mehr, als er, gefolgt von Murphy und mir, McCracken (mit der tödlichen Einkaufstüte) und Messina sowie weiteren bunt zusammengewürfelten Rabauken, durch das granitene Treppenhaus schritt.

Wir folgten ihm durch Glastüren in einen klaustrophobisch engen Gang aus Bronze und Marmor und dann in den grandiosen Hauptsalon, den man Memorial Hall nannte. Unsere Schritte warfen Echos auf dem polierten Lavagestein, das bis zu der vier Etagen hohen verzierten Decke hörbar war. Auch Hueys Stimme warf Echos, wenn er aufgekratzt Abgeordnete, Touristen und Fremdenführer begrüßte.

Er hatte mich am Tag zuvor gebeten, in seiner Nähe zu bleiben, weil er »einen zweiten guten Mann« brauchte. Doch im Inneren des Parlamentsgebäudes wimmelte es noch mehr von zackig ausgerichteter State Police und Zivilpolypen. Unter ihren Armbeugen oder an ihren Hüften zeigten sich verdächtige Ausbuchtungen. Die ehrwürdigen Bronzefiguren und patriotischen Wandgemälde, die die Memorial Hall zierten – sie war wohl die Nabe des Parlaments –, standen im Widerspruch zu dieser Polizeistaatatmosphäre.

Wir gingen geradewegs zu den drei Aufzügen, auf deren kunstvoll gearbeiteten Bronzetüren offenbar (ich beurteilte es anhand der Bartkoteletten) Basreliefporträts prominenter Köpfe aus der Vergangenheit zu finden waren. Huey gehörte auch dazu, und zwar rechts oben.

Als Murphy sah, daß ich die Quadrate mit den Gesichtern

begutachtete, raunte er mir zu: »Es ist eine Galerie der Gouverneure dieses Staates, und Huey ist der letzte.«

Mir war irgendwie klar, daß der gegenwärtige Gouverneur nichts dagegen hatte, O. K. Allen auszulassen.

Wir stiegen in den mittleren Aufzug. Auf ihm befand sich ein Schildchen mit der Aufschrift PRIVAT – NUR FÜR STAATSBEAMTE. Huey tratschte mit dem Aufzugführer, einem hageren, freundlichen Mann um die Sechzig. Er erkundigte sich nach seiner Frau und seinen Kindern und kannte sogar ihre Namen.

»Der Boss hat 'n fotografisches Gedächtnis«, sagte Murphy leise.

Das hatte ich auch schon angenommen. Nichts von dem, was ich gesehen hatte, hatte mich zu dem Glauben verführt, Huey könnten Leute wie dieser Bursche wichtig sein. Er machte sich nur über zwei Dinge Gedanken: sich selbst und die Massen. Und zwar in dieser Reihenfolge.

Wir stiegen im 24. Stock auf der gegenüberliegenden Aufzugseite aus und kamen in ein kleines, banales Vestibül. Touristen stiegen von einem Aufzug in einen anderen um und gafften Huey sprachlos an. Er winkte ihnen lächelnd zu und sagte »Hallöchen«. Hier war die Etage, in der das gemeine Volk einen Blick auf zwei Dinge erhaschen konnte: Huey und den Aufzug zum Aussichtsturm.

Die Tür zu Hueys Suite, die den Rest der Etage einnahm, lag rechts herum. Sie war modern eingerichtet – schnittiges Holz und Chrom –, erinnerte mich aber ansonsten an diverse Hotelsuiten der vergangenen Tage. Der einzige größere Unterschied bestand darin, daß der Kingfish, als wir uns im Wohnzimmer niederließen, keinen grünseidenen Schlafanzug anzog.

Huey brachte einen beträchtlichen Teil des Nachmittags damit zu, mit einem kleinen dunkelhaarigen Kerl, den ich für einen Italiener hielt, an einem neuen Lied zu arbeiten, das er sich ausgedacht hatte: eine Siegeshymne für die LSU-Footballmannschaft. Er hatte ein paar Texte mit, die er auf der Fahrt von New Orleans hierher im Wagen niedergeschrieben hatte.

Murphy, McCracken, Squinch McGee und ich spielten an einem Kartentisch in einer Ecke Poker und setzten Streichhölzer als Chips ein. Ich war zwar der einzige, der nicht rauchte, aber es wäre keinem aufgefallen: der blaue Dunst umgab uns wie Bodennebel.

»Buben oder was Besseres«, sagte ich beim Ausgeben der Karten. »Wer ist der Itaker?«

»Eigentlich kommt er aus Costa Rica«, sagte Murphy. »Castro Carazo. Er schreibt die Musik für alle Lieder, die der Boss sich ausdenkt.«

»Früher war er Orchesterleiter im Roosevelt Hotel«, sagte McCracken. »Der Boss kann ihn gut leiden, weil Castro ihn manchmal im Blue Room die Musiker hat dirigieren lassen.«

»Und was macht er jetzt?« fragte ich. »Abgesehen davon, daß er Lieder für Huey komponiert?«

»Er ist musikalischer Leiter bei der LSU«, sagte Murphy. »Ich eröffne.«

Nachdem Huey und sein Musiker ihre Komposition grob entworfen hatten, kam der strahlende Senator des Großen Pelikan-Staates zu uns rüber und holte uns körperlich mitten aus einer Partie Black Mariah (manchmal auch Chicago genannt). Es machte mich unglücklich, weil ich ein Pikas auf dem Tisch und Aussichten auf den halben Pott hatte.

Aber mit dem Boss stritt man nicht.

Ich habe nur schwache Erinnerungen an die Hymne. Ich weiß nur noch, daß die Melodie verdächtig nach »Jedermann ein König« klang.

Trotzdem stimmte ich in den großen Lobesgesang und lauten Applaus der anderen Leibwächter ein. Messina, der während des Kompositionsvorgangs neben den musikalischen Genies gesessen hatte, lächelte wie ein Blödian. Seine Augen funkelten vor Ergriffenheit.

Dann wurde uns gestattet, ans Spiel zurückzukehren, das dann wegen eines gottverdammten Falschgebens für ungültig erklärt wurde. Im Verlauf der nächsten eineinhalb Stunden wurden wir zu drei weiteren Vorstellungen geladen und lauschten den »verbesserten« Fassungen, die für meine Ohren durch die Bank wie die erste klangen.

Auch für 250 $ am Tag war dies kein Leben für mich. Auch wenn Murphy erfreuliche Gesellschaft war – der Rest der Leibwache bestand aus ungebildeten Haudraufs. Frank Nitti hätte sie im Nu auf die Straße gesetzt.

Mit Ausnahme Murphys, der einige Jahre als Polyp gearbeitet hatte, bevor er zu Huey gekommen war, wußten sie nichts über Sicherheitsfragen. Messina war nur ein dämlicher Exfriseur aus dem Roosevelt Hotel.

Allerdings gewann ich beim Poker. Ich gewann ständig. Es überraschte mich zwar nicht unbedingt (was mein Können angeht, lüge ich mir wie jeder beliebige Durchschnittsspieler was vor), aber die Typen – auch Murphy – spielten schlampig. Wenn ich eins genau wußte, dann dies: Wenn Typen dieser Art überhaupt etwas können, dann können sie zocken.

Sie waren nervös. Gereizt.

»Scheißmorddrohungen«, sagte Squinch McGee leise. Seine Äugelchen blinzelten hinter einer dicken Nickelbrille. Er war genau der Typ, den man gern mit Schießeisen rumhantieren sieht. »Ich nehm sie nicht ernst. Ihr etwa?«

»Der Boss nimmt sie jedenfalls ernst«, sagte McCracken kopfschüttelnd. »Seit der Nacht, in der das 24-Stunden-Restaurant zugemacht wurde, hab ich nich mehr so viele Polypen gesehen.«

Auch Messina meldete sich. »Warum sollte jemand den Boss umlegen woll'n?«

»Is bestimmt kein Zuckerlecken, ihn zu bewachen«, sagte McCracken und schüttelte erneut den Kopf. »Er is so verdammt schnell auf'n Beinen.«

»Geht schneller, als die meisten laufen können«, sagte Murphy. »Bleibt stehen, geht los, bleibt stehen, geht los – als wär man ständig hinter 'nem verfluchten Omnibus her.«

»Es is wie 'ne gottverdammte Reise nach Jerusalem!« sagte Squinch McGee und hielt die Karten in seinen bebenden Händen.

Ein paar Stunden später, die Cafeteria im Keller des Parlaments hatte uns das Essen raufgebracht, erkannte ich die Wahrheit in ihren Worten. Wer mit Huey Schritt halten wollte, der ständig zwischen dem Repräsentantenhaus auf der einen und dem Senat auf der anderen Seite des Gebäudes hin- und herflitzte, sollte bei Jesse Owens gelernt haben.

Wenn man sah, wie dieser Gockel grenzenlos Energie versprühte, konnte man sich nur wundern. Wie er sich aufspielte und alles im Auge behielt, was anscheinend bloße Routineangelegenheiten waren! Er ging offenbar keine Risiken ein, wenn es darum ging, seine Gesetze durchzupeitschen.

Bei einer seltenen Gelegenheit, bei der ich mit ihm Schritt halten konnte, sagte ich: »Darf ich dich mal was fragen, Kingfish?«

»Ist die einzige Möglichkeit, was zu lernen, mein Sohn.«

»Warum rackerst du dich so ab, wo du den Kampf doch schon vor dem Startschuß gewonnen hast?«

»Mein Sohn«, sagte er lachend, »ich bin noch nicht mal an der Startlinie.« Er blieb stehen und legte eine Hand auf meine Schulter. Der Blick seiner vorstehenden braunen Augen bohrte sich wie Nadeln in die meinen. »Warum ich mir den Arsch so aufreiße? Ich sag's dir, und du solltest es nicht vergessen. – Schreib nie auf, was du am Telefon durchgeben kannst; sag nie was übers Telefon, was du unter vier Augen bereden kannst; sprich nie was aus, was du mit 'nem Nicken sagen kannst, und sag nie was mit 'nem Nicken, was du mit 'nem Zwinkern sagen kannst.«

Er zwinkerte mir zu und zischte ab wie ein Rennwagen.

Huey hatte die Hälfte des Korridors gerade hinter sich gebracht, als ein Mann in Weiß hinter einer Säule hervortrat, vor ihm stehenblieb und seinen Weg blockierte.

»Ich möchte keinen Ärger mit dir haben, Tom«, sagte Huey gerade, als wir schnell zu ihm aufschlossen.

»Diesmal bist du *zu weit* gegangen, Huey«, sagte der Mann. Er war älter und wirkte ziemlich gebrechlich. Er klang fest und zittrig zugleich. Er trug keinen Hut. Sein weißes Haar war ordentlich gekämmt. Auf seiner Nase thronte eine Nickelbrille. Sein Gesicht war ansehnlich und würdevoll, aber die eingefallenen Wangen enthüllten einen zerbrechlichen Schädel unter zerknitterter Haut.

»Geh mir aus dem Weg, Tom.«

»Das Gesetz ist verfassungswidrig … Wir haben einen großartigen Präsidenten, und es beschämt jeden Bürger dieses wunderbaren Staates, wenn du …«

Inzwischen hatten wir einen Halbkreis um die beiden gebildet. Huey gab keinen Hinweis, daß wir uns einmischen sollten.

Er klopfte auf seinen Brustkorb. »*Mann,* dann halt doch 'ne Rede, du armer alter Narr! Schieb ab, sonst hau ich dir in die Fresse!«

Der alte Mann trat vor und hob die rechte Hand. »Was fällt dir ein, du machtbesessener Schweinehund …«

Huey ging einige Schritte zurück. Sein Gesicht war weiß. Die Vorstellung, der alte Mann könne ihn schlagen, hatte den großen Diktator vor Angst erbleichen lassen!

Ein lautes *Klatsch* ertönte, als Big George vortrat, dem Alten eine Ohrfeige versetzte und ihm die Beine wie Anmachholz unter dem Hintern wegtrat.

Huey, nun wieder mutig, stand da, fuchtelte mit den Armen und beugte sich brüllend über den gestürzten Alten. »Du bist *besoffen*! Schafft ihn hier raus! Zeigt ihn wegen Trunkenheit und ungehörigen Benehmens an – weil er den verdammten Frieden gestört hat oder so was! Und weil er in diesem hohen Scheißhaus Obszönitäten ausgestoßen hat!«

»Ich nehm ihn mit«, sagte Messina fauchend. Er stürzte sich wie ein Ball auf den Alten, packte ihn am Kragen und riß ihn auf die Beine. Der alte Knabe wirkte verwirrt, seine Brille saß schief.

Ich zog Messina am Arm zurück. Der Blick, den er mir zuwarf, war der einer tollwütigen Bestie. Trotzdem schob ich mich zwischen ihn und den Alten. Meine Rechte lag auf dem Knauf der 9-Millimeter, die im Halfter unter meinem linken Arm steckte.

»Laß *mich* das machen«, sagte ich zu Huey und schenkte ihm

einen festen Blick. »Meine Schicht geht heute abend sowieso zu Ende.«

Als Huey meinen Gesichtsausdruck sah, flackerte so etwas wie Scham in seinen Augen auf. War er also irgendwann, vor langer Zeit, doch ein Mensch gewesen?

Dann bedachte er mich mit seinem preisgekrönten Haifischgrinsen. »Du hast *wirklich* 'ne lange Schicht geschoben, Nate. Weißt du, wo das Polizeipräsidium von Baton Rouge ist?«

»Ich bin Detektiv«, sagte ich. »Ich werd's finden.«

Eine Hand war auf meinem Arm. Sie fühlte sich zwar an wie die eines Riesen, aber es war nur die des geistigen Gartenzwergs Messina. Seine Augen funkelten schon wieder vor Ergriffenheit, doch diesmal war es eine andere.

»Faß mich bloß nich noch mal an«, sagte er leise und schob sich dicht an mich heran.

»Mancher«, sagte ich, »kommt zu großem Unglück durch sein eigenes Maul.«

Ich schleifte den alten Knaben aus dem Haus und war gerade so grob zu ihm, daß die anderen Leibwächter mich nicht schräg anguckten. Wir gingen auf den Treppenabsatz des Parlamentsgebäudes hinaus, wo sich die 49 Granitstufen vor uns ausstreckten. Die militärische Garde war zwar noch da, aber nur noch halb so stark wie anfangs. Das parkähnliche Grundstück gähnte vor uns im blassen Licht des Halbmondes wie ein diesiges Paradies, aber das Wetter machte aus der Nacht eine schwüle, schmorende Hölle.

»Danke, junger Mann«, sagte der alte Herr. »Ich habe Sie übrigens noch *nie* gesehen.«

»Ich bin nur auf der Durchreise.«

»Sie kommen aus Chicago.«

»Woher wissen Sie das?«

Er richtete lächelnd seine Brille. Seine Selbstsicherheit war wieder da. »Ich habe ein gutes Ohr für Sprache. Sie haben ein deutlich flaches Näseln.«

»Weiß ich. Hab ich in langen Nächten geübt.«

Er runzelte nachdenklich die Stirn. »Sie sind kein Kosak. Sind Sie *wirklich* Detektiv?«

»Ja.«

»Ermitteln Sie wegen der Morddrohungen?«

Ich runzelte nachdenklich die Stirn. »Sind Sie Journalist?«

»Früher mal. Ich arbeite jetzt für die Regierung.«

»Für welche?«

»Natürlich für Roosevelt. Ich bin Leiter der Öffentlichkeitsarbeit des Bundesbildungsprogramms. Huey möchte ein Gesetz verabschieden, mit Hilfe dessen er Menschen wie mich ins Gefängnis stecken kann.«

»Sie kommen mir nicht gerade wie'n gefährlicher Typ vor.«

Er lächelte wie ein Kobold. »Wenn Sie wollen ... Ich kann Ihnen den Weg zum Präsidium zeigen ...«

»Warum? Wollen Sie *wirklich* ins Gefängnis?«

»Wenn Sie mich nicht hinbringen, wirft er Sie raus.«

Scheiß auf die 250 pro Tag. Die Liste der Dinge, die ich für Geld zu tun bereit bin, ist zwar nahezu endlos, aber das besagt nichts übers Mitmachen beim Zusammenschlagen alter Herren.

»Macht nichts«, sagte ich. »Ich kündige morgen sowieso. Haben Sie irgendwo ein Automobil?«

»Zufällig ja.«

»Können Sie mich irgendwo absetzen?«

»Aber natürlich!«

Das zehnstöckige Heidelberg Hotel lag auf der Lafayette Street. Der Mississippi war seinem Hintergarten verdammt nahe, und nebenan stand eine viktorianische Residenz mit Wäscheleine. Auf dem Grundstück grasten Kühe und Pferde. Baton Rouge war die verfluchteste Hauptstadt, die ich je gesehen hatte.

Der Hunt Room war ein Restaurant im obersten Stock. Es war mit Fuchsjagd-Bildern dekoriert und zeigte Beispiele der Präparatorenkunst. Alice Jean und ich suchten uns einen Platz unter einem Baldachin im offenen Teil des Lokals. Wir konnten den Mississippi und die elfenbeinfarbene Reflektion der Mondsichel auf seiner schwarzen Oberfläche sehen. Wir schauten uns die Kühe an, die der Familie in dem viktorianischen Haus gehörten. Sie mümmelten auf einer kleinen Wiese vor sich hin, die durch einige Bäume vom Fluß getrennt war. Das klagende Pfeifen eines Schaufelraddampfers klang vom Fluß herüber.

Ich hatte Alice Jean, die in ihrem weißen Organdykleid mit den roten Tupfern und dem dazu passenden roten Barett wunderbar aussah, gerade von dem alten Journalisten erzählt, der sich die Ohrfeige eingefangen hatte.

»Wäre ich nicht dazwischengegangen«, sagte ich, »hätte Messina ihn zu Klump gehauen, und Huey hätte ihn wegen Hausfriedensbruch oder so was ins Gefängnis gesteckt.«

Sie nippte an einem Ramos Gin Fizz, einer Spezialität des Hauses. Huey hatte sie aus dem Roosevelt Hotel in New Orleans importiert. »*Tom,* hast du gesagt? Es war möglicherweise Tom Harris … Huey und Tom sind alte Feinde.«

Ich stellte mein Rumglas ab. »Und es stört dich nicht? Es überrascht dich nicht, daß…«

»Nichts von dem, was Huey im Moment macht, würde mich

überraschen.« Sie lächelte zwar, aber ihr Blick war unendlich traurig.

»Nichts?« Ich hatte ihr noch nichts erzählt. »Angenommen, ich würde dir erzählen, daß Huey weiß, daß wir miteinander schlafen?«

Sie hätte sich beinahe am letzten Schluck ihres Cocktails verschluckt. Ich wartete, daß sie wieder Haltung gewann. Aber es gelang ihr nicht ganz. »Können wir darüber sprechen«, sagte sie, »wenn wir unter uns sind?«

Wir saßen in ihrem Zimmer. Die Zimmer im Heidelberg sind bestenfalls bescheidene, kleine, farblose Kämmerchen aus billigem Furnierholz und Teppichen aus dem Sonderangebot. Das Hotel war zwar das höchste in der Stadt, aber man darf die Kühe nebenan natürlich nicht vergessen.

Ich saß auf einem Stuhl mit gerader Rückenlehne. Sie saß auf der Kante des Doppelbettes und zerknitterte die cremefarbene Tagesdecke.

»Huey weiß es?«

Ich nickte. »Ich glaube sogar, er hat es von Anfang an so geplant.«

Ihr Stirnrunzeln war verwirrt. Ihre Blicke flogen. »Er hat es geplant?«

»Huey und ich haben in Chicago auf die Pauke gehauen, vergiß das nicht. Es war 1932. Er kennt meinen Stil.«

Sie spitzte angewidert die Lippen. »Deinen … Stil?«

»Yeah … Er weiß nämlich, daß ich 'n geiler Hecht bin. Wir waren noch keine Woche zusammen, da hab ich dich schon betrogen.«

Damit überraschte ich sie zum zweitenmal.

Jungejunge, ihre Augen wurden wirklich groß. »Du hast mich *betrogen*? Du elender Schweinehund!«

»Geiler Hecht«, sagte ich. »Falls es dich tröstet: Ich kann mich an nichts erinnern. Es war möglicherweise 'ne Rothaarige. Murphy Roden und ich haben offenbar vor ein paar Tagen im Französischen Viertel zwei Studentinnen aufgetan.«

»Offenbar?«

Ich zuckte die Achseln. »Zuviel Tequila. Herrgott, Alice Jean, ich bin kein Engel. Aber du bist auch keiner. Verstehst du denn nicht? Huey hat damit gerechnet. Er hat uns zusammengebracht, damit wir eventuell was zusammen machen. In dem Fall hätte ich dich für 'ne Weile aus seinem Dunstkreis entfernt. Du weißt doch, du bist schlecht für sein Ansehen. Und es hat geklappt.«

»Dieser schleimige ...« Doch aus irgendeinem Grund lächelte sie sogar.

Ich lächelte ebenfalls. »So 'ne Manipulationsarbeit muß man doch bewundern.«

Sie nickte. »Und du mußt zugeben, daß wir wunderbar zusammen passen, Heller.«

»Danke.«

»Und während der ganzen Zeit hat er dir ... *wieviel* gezahlt?«

»Zweihundertfünfzig am Tag.«

Sie schüttelte den Kopf. »So was«, sagte sie. »So was.« Sie kniff abschätzend die Augen zusammen. »Warum hast du es mir erzählt? Seit wann weißt du es?«

»Erst seit gestern.« Ich stand auf. »Hör mal ... Du bist 'ne tolle Frau und hast mehr drauf als 'n Faß voller Ballettratten ... Du wirst mir verdammt fehlen ... Aber ich muß *raus* aus diesem Irrenhaus, Baby.«

Nun war nicht nur ihr Blick traurig, sondern auch ihr Lächeln. »Fährste nach Hause, Heller?«

Ich nickte.

»Gefällt dir wohl nicht, wie Huey Geschäfte macht, hm?«

Ich ging zu ihr und setzte mich neben sie aufs Bett. Meine Stimme war leise und fast zärtlich. »Ich hab nichts gegen 'n ehrlichen kleinen Fischzug«, sagte ich. »Verdammt, ohne Patronage wäre ich nicht mal bei der Chicagoer Polizei reingekommen. Aber dieses Gestapozeug ... Scheiße. Das bringt doch alles nichts.«

Sie nickte. »Tja, kann ich also annehmen, daß du das Geld spendest?«

»Welches Geld?«

Sie setzte eine Unschuldsmiene auf. »Nun, das Geld, das Huey dir gezahlt hat. Du wirst es natürlich für wohltätige Zwecke spenden.«

Ich grinste sie boshaft an. »Willste wissen, was ich mache?«

»Klar will ich wissen, was du machst.«

Ich legte meine Hand auf eine ihrer runden, hohen, festen Brüste und übte gerade so viel Druck aus, daß sie sich zurücklehnte und listig lächelte, als ich mich auf sie schwang.

»Ich mach jetzt das gleiche mit dir«, sagte ich und schnallte meinen Gürtel auf, »was Huey P. Long mit Louisiana macht ...«

12

Am nächsten Morgen – Sonntag –, kurz nach 9 Uhr, versammelte sich der Parlamentsausschuß in einem öffentlichen Raum oben im Parlament. Die vierzehn Angehörigen des Komitees saßen auf einem erhöhten Podium an einem Tisch vor der Wand. Ihnen gegenüber stand ein Tischchen, an dem Bürger Aussagen machen oder Vorstellungen äußern durften. Dahinter erstreckten sich eine Menge Bänke, auf denen man den heiligen Prozeß der Gesetzgebung verfolgen konnte.

Murphy Roden, Joe Messina, Squinch McGee, Big George McCracken und ich hatten uns wie eine Ganoven-Ehrengarde an der Wand entlang verteilt.

Der Kingfish – in gelbbraunem Leinen, rot-grüner Krawatte und schwarzweißen Schuhen prächtig anzusehen – saß am Anhörungstisch. Seine Anwesenheit war zweifellos für das gerammelt volle Haus verantwortlich. Erregt murmelnd, weil es sich mit diesem großen Mann in einem Raum befand, hatte das die Galerie füllende gottesfürchtige Volk entweder den Kirchgang ausfallen lassen oder war zur Frühmesse gegangen: Männer mit Strohhut, weißem Hemd und schwarzen Hosenträgern, Frauen im Sonntagsgewand oder Blümchenkleid. Die Bauern und das Salz der Erde (in Gestalt der Arbeiterklasse) waren gekommen, um ihren volkstümlichen Retter anzubeten. Einige wenige Vertreter der »Lügenpresse« hatten sich ebenfalls auf der Galerie verteilt.

Vor den offenen Fenstern war der Morgen leicht bewölkt, aber windlos, trocken und heiß. Es gab kein Anzeichen dafür, daß Gott erkannt hatte, daß der August vorbei und der September angeblich eingetroffen war. Die Deckenventilatoren summten, die Zuschauer auf der Galerie setzten Ventilatoren aus Pappkarton ein. Auf einigen stand »Ich bin ein Long-Fan«. Fliegen summten und stießen herab. Wenn man sie erwischte, krepierten sie auch.

Ich hatte Huey am Morgen als erstes gebeten, jemand möge mir für den nächsten Tag einen Flug oder eine Zugfahrt nach Chicago reservieren, denn dies sei mein letzter Tag. Er hatte mir für meine Dienste gedankt. Wir waren noch immer Kumpels.

Ich mußte also für die beträchtliche Gebühr von 250 $ noch einen Tag *Luhsiana*-Irrsinn ertragen. Obwohl ich mir fast sicher war, gelegentlich Entsetzen zu empfinden, war ich mir andererseits ebenso gewiß, daß ich mich auch gut unterhalten würde.

Im Moment leitete Huey beispielsweise den Ausschuß vom Anhörungstisch aus.

»Natürlich wissen Sie«, sagte er und schenkte sich aus einem mit Tröpfchen bedeckten Krug eigenhändig ein Glas Eiswasser ein, »daß ich nicht in irgendeiner offiziellen Eigenschaft hier bin. Ich bin nur hier, um die Maßnahmen zu besprechen, und das ist ein Vorrecht, das jeder Bürger *Luhsianas* genießt. Wollen wir jetzt mit der Besprechung anfangen?«

Alle Ausschußmitglieder nickten – bis auf einen. Der junge, dunkelhaarige Bursche schaute den Senator finster an.

»Das ist Jack Williamson«, raunte Murphy mir zu. »Aus Lake Charles. Er ist der einzige Anti-Long-Mann im Ausschuß.«

»Das erste Gesetz, Senator«, sagte Williamson, »betrifft die Neuordnung der Wahlkreise dreizehn und fünfzehn … Ihnen ist natürlich klar, daß sie dazu führen wird, Richter Pavy aus seinem Amt zu verdrängen.«

»Quatsch«, sagte Huey. »Der Richter bleibt bis zum 1. Januar 1937 im Amt … Bei der nächsten Wahl muß er nur in einem anderen Wahlkreis antreten, mehr nicht.«

Williamson runzelte skeptisch die Stirn. »Haben die Bewohner des Wahlkreises um diese Änderung gebeten?«

Huey schaute den jungen Abgeordneten lange an, doch Williamson zuckte mit keiner Wimper. Er wiederholte seine Frage sogar.

Schließlich sagte Huey mit einem Lächeln, das so falsch war wie ein Versandhausgebiß: »Ja, die Bürger der Gemeinde Evangeline standen ausnahmslos dahinter, und die Abgeordneten der Gemeinde St. Landry sind alle dafür. Darf ich nun um die Abstimmung bitten?«

Das Gesetz wurde mit 13 gegen eine Stimme verabschiedet.

Immerhin wurden Williamsons Einwände zu den verschiedenen Gesetzen, die Huey durchpeitschte, ins Protokoll aufgenommen. Die meisten betrafen Wahlkreisverschiebungen oder waren Angriffe auf seine größten Feinde in New Orleans. Doch am Anti-FDR-Gesetz entzündete sich die heftigste Diskussion, die sogar die auf der Galerie schlafenden Pressevertreter weckte.

»Was genau ist der Sinn dieses Gesetzes, Senator?« fragte Williamson.

Huey erwiderte großspurig: »Also wirklich ... Es soll uns in die Lage versetzen, die großartigen Prinzipien der Verfassung der Vereinigten Staaten zu verwirklichen.«

»Ach so. Dann ist es nicht aus dem Grund entstanden, die Ausgabe von Bundesmitteln in Louisiana zu verhindern?«

Zum ersten Mal war Huey durcheinander. Seine Antwort war ein vages Gemurmel. »Es beabsichtigt, eine Verletzung der Verfassung der Vereinigten Staaten zu verhindern.«

»An was denken Sie dabei, Senator? Was ist das Ziel dieses Gesetzes?«

Hueys Gemüt erhitzte sich. Seine Stimme war ein Brüllen. »Daß bestimmte heilige Rechte den Bundesstaaten und dem Volk vorbehalten bleiben! Daß jeder, der die Verfassung der Vereinigten Staaten im großartigen Staat Louisiana verletzt, einem Verfahren entgegensieht, das mit einer Geld- und Gefängnisstrafe endet!«

»Sie wollen also ein Gesetz aus diesem rachsüchtigen und offenkundig verfassungswidrigen Geschwafel machen«, sagte Williamson und schwenkte angewidert die Seiten der Gesetzesvorlage durch die Luft, »obwohl seine Hauptwirkung darin bestünde, riesige Summen von Bundesmitteln aus Ihrem eigenen Staat *heraus*zuhalten?«

Huey schlug mit der Faust auf den Anhörungstisch. Das Wasserglas und der Krug hüpften und verspritzten Feuchtigkeit.

»Junger Mann«, sagte der Kingfish empört, »ich werde die Verfassung der Vereinigten Staaten um *jeden* Preis schützen! Wir in *Luhsiana* sind noch immer Jeffersonsche Demokraten!«

Beifall und Hochrufe von der Galerie ließen den Raum erbeben. Unterstützungsgeschrei wurde laut. »Pfeifenkopf!« – »Zeig's Ihnen, Huey!« Und so weiter. Ich fühlte mich wieder mal an den Rummelplatz in Oklahoma erinnert.

Die Menge war offenbar von der Vorstellung verlockt, jeglicher Bundesmittel beraubt zu werden.

Ich schüttelte den Kopf.

»Was ist denn?« fragte Murphy leise.

»Ich muß zurück nach Chicago«, sagte ich, »wo die Leute den Wert des Dollars noch kennen.«

Am frühen Nachmittag hatte Huey einunddreißig Gesetze durch den Ausschuß gepeitscht.

Beim Essen, das aus der Cafeteria im Keller in die Suite im 24. Stock hochgebracht wurde, prahlte er damit. »Damit sind die Pläne dieses Krüppels blockiert! Der blöde Arsch glaubt wohl, er kann in *meinen* Staat reinregieren!«

Er saß an einem weiß gedeckten Tisch in der Kochnische der Suite und speiste mit den Jungs. Ich erspare Ihnen die brutalen Einzelheiten, aber es war ein Appetitkiller, Messina beim Verdrücken von Bratenscheiben und Kartoffelbrei zuzuschauen. Ich brauche wohl nicht zu erwähnen, daß nicht mal *Huey* etwas von seinem Teller aß.

Wir Leibwächter spielten wieder Karten, den ganzen Nachmittag. Derweil unterhielt sich Huey mit einem Strom von Abgeordneten, Lobbyisten und dergleichen, die sich bei ihm einschleimen wollten oder ihm Botschaften überbrachten. Der einzige, den ich schon von den vorherigen Sitzungen her kannte, war Reverend Smith, der mit einem Stapel Reichtumsumverteilungsbroschüren für Huey hereinplatzte.

Das wichtigste Thema schien die Aufstellung der Kandidaten für die im Januar stattfindenden Vorwahlen zu sein, und in Louisiana zählten nur die Vorwahlen der Demokraten. Ein Besucher schien über dieses Thema besonders besorgt zu sein, und zwar noch mehr als Huey.

Man mußte schon genau hinsehen, um zu erkennen, daß die beiden Brüder waren. Ihre Kinnspalte war fast das einzige, was es verriet. Earl Longs Augen waren zwar dunkel, hart und scharf, aber sonst war alles an seinem Gesicht weich. Sein Lächeln war nervös, unsicher und schief, seine Stimme eine Schotterstraße, über die seine Worte zu reisen gezwungen waren.

»Ich weiß, daß es mit uns immer rauf- und runtergegangen ist«, sagte Earl. Der jüngere und schlankere Long stand in einem cremefarbenen Nadelstreifenanzug und gelöster rot-schwarzer Krawatte vor seinem Bruder, der in Hemdsärmeln auf dem Sofa saß. Huey hatte die Beine übereinandergeschlagen, an einem Fuß wackelte ein Halbschuh.

»Du meinst, als du geschworen hast, ich hätte zehn Riesen Schmiergeld eingesackt«, sagte Huey freundlich.

»Das hab ich wiedergutgemacht«, fauchte Earl. »Ich hab für deinen alten Freund Fournet aus diesem gottverdammten Staat, der früher 'n Erbsenbeet war, 'ne astreine Plantage gemacht.«

Huey nickte. »Ja, stimmt. Weiß ich sehr zu schätzen.«

»Jedenfalls weiß ich, daß du Kandidaten fürs Amt des Gouverneurs ins Auge faßt ... Und ich weiß noch, was du 1932 gesagt hast, als ich dich gebeten hab, mir den Posten des Vizegouverneurs zu geben ...«

»Stimmt«, sagte Huey. »Ich hab gesagt, ich kann dich nich brauchen, weil ich nich will, daß die Leute von 'ner Long-Dynastie reden. Wir haben schon jetzt genug Gelaber über Huey den Diktator.«

»Dann steh ich also nich auf der Liste.«

»Diesmal nich, Earl, nein.«

Earl zündete sich eine Camel an. »Wer isses also?«

»Ich bin für Dick Leche.«

»Leche? 'n gottverdammter Berufungsrichter?«

»Er war früher O. K. Allens Sekretär. Er weiß, wie man Befehle ausführt.«

»Und ich nich.«

»Nein. Du bist mein Bruder, oder nich? Oder is es doch wahr, daß Mama dich in 'nem Picknickkorb auf der Veranda gefunden hat?«

Earl schüttelte mürrisch den Kopf. Er ging rauchend auf und ab und hielt die Zigarette zwischen Daumen und Zeigefinger.

»Haste sonst noch was auf'm Herzen, Earl?«

Earl blieb stehen, kam rüber und setzte sich neben seinen Bruder. »Ich find's nich gut, daß du Richter Pavy gerade jetzt aus sei'm Wahlkreis vertreibst.«

»Findste nich gut, hm?«

»Nein.« Earl schüttelte den Kopf. »Huey, die Lage is im Moment 'n bißchen zu heiß und zu gespannt. Ich halt's auch nich für 'ne gute Idee, gerade jetzt 'ne Sondersitzung zu machen.«

Huey zuckte die Achseln. »Die Katze is aus'm Sack, Earl. Ich kann sie nich mehr rückgängig machen, selbst wenn ich wollte.«

Earl lächelte. War es Sarkasmus? Oder vielleicht Neid? »Du bringst alles fertig, Huey. Du bist der Kingfish.«

Huey lächelte Earl zu, dann tätschelte er dessen Bein. »Wenn du's nicht aushältst, fahr mal nach Winnfield rauf. Und paß auf: Es passiert schon nichts. So heiß und angespannt is die Lage nun auch nich.«

Earl musterte Huey eine halbe Ewigkeit. Dann seufzte er, nickte, drückte seine Zigarette in einem gläsernen Aschenbecher aus, stand auf, winkte seinem Bruder zum Abschied zu und ging hinaus.

Der nächste, der Zugang zum Kingfish bekam, glich Huey mehr als sein Bruder. Er hatte die gleiche ovale Gesichtsform, die gleichen ernsten Züge, und sogar ein Grübchen am Kinn (das allerdings weniger auffiel). So wie Huey erweckte die imposante Gestalt dieses Besuchers einen Eindruck von Größe und zurückgehaltener Kraft.

Der Kingfish blieb ruhig auf dem Sofa sitzen, und der Besucher – er trug einen makellosen gelbbraunen Anzug mit braunem Schlips und hielt wie ein Bittsteller mit gesenktem Kopf einen Strohhut in der Hand – begrüßte ihn.

»Was führt *Sie* denn heute zu mir, Dr. Vidrine?«

»Ich wollte Ihnen nur danken, Senator, weil das Charity-Krankenhaus die volle Zulassung erhalten hat.«

Huey strahlte. »Das war doch selbstverständlich. Sie arbeiten großartig. Und was noch wichtiger ist: Ich könnte mir nichts mehr wünschen als das, was bei der LSU so läuft.«

Vidrine lächelte schüchtern. »Es gab eine Menge Skeptiker, die geglaubt haben, daß wir nicht wissen, was wir tun.«

»Die aristokratischen Snobs aus dem Vorstand in Tulane – was wissen die denn schon, verdammt? Der Laden war überfüllt, und Louisiana brauchte Ärzte, verflucht noch mal! Rom ist ja vielleicht auch nicht an einem Tag erbaut worden, aber ich hab nur so und so zu sagen brauchen, und – Peng! – hatten wir 'ne neue Ärzteschule! Und was ist jetzt? Gerade mal vier Jahre später? Wie viele haben sich für das Herbstsemester eingeschrieben?«

Huey gab Vidrine mit einer Handbewegung zu verstehen, er solle sich neben ihn setzen, was er auch tat.

»Neunhundert«, sagte Vidrine mit bescheidenem Stolz.

»Neunmal so viel wie vor vier Jahren! Verdammt! Na, das ist ja 'ne Leistung.« Huey klopfte dem Arzt auf die Schulter wie einem Kind, das sich brav verhalten hat. »Als ich Sie zum Leiter des Charity-Krankenhauses in New Orleans ernannt hab, wollte ich der Welt zeigen, daß auch ein Arzt aus dem Hinterland in jeder Hinsicht so gut ist wie 'n Knochenflicker aus der Großstadt. Danke, daß Sie mich nicht zum Lügner gestempelt haben, mein Sohn.«

Vidrine nickte und lächelte verlegen. Er benahm sich wie ein frischgebackener Priester in Gegenwart des Papstes.

»Ham Sie Ihre hübsche Frau mitgebracht?« fragte Huey und stand plötzlich auf – Vidrine ebenfalls, denn er spürte nun, daß die Audienz vorbei war.

»Ja, habe ich …«

Huey brachte ihn zur Tür. »Das Essen, das Sie heute abend im Hunt Room im Heidelberg zu sich nehmen, lassen Sie auf Kingfishs Rechnung setzen, klar?«

»Das ist doch nicht nötig …«

»Beleidigen Sie mich nicht, indem Sie meine Großzügigkeit ablehnen.«

»Aber nein, Sir«, sagte Vidrine lächelnd, nickte und ging hinaus.

Ich mischte die Karten. »Wer war *das* denn?« fragte ich Murphy leise. »Kommt mir irgendwie nicht ganz geheuer vor, daß so'n naiv aussehender Bursche 'ne hohe Position hat.«

»Dr. Arthur Vidrine, 'n ehemaliger praktischer Arzt aus Ville Platte«, sagte Murphy, als sei meine Frage damit beantwortet.

»Was ist Ville Platte?«

»'ne Querrinne auf der Straße nach Opelousas.«

Ich gab die Karten aus. Wir spielten wieder Black Mariah. »Und wieso qualifiziert ihn das für irgendwas?«

»Gibste mir mal bitte 'n Pik? Er hat Longs Wahlkampf in der Gegend geleitet.«

Da waren alle weiteren Erklärungen natürlich überflüssig.

Etwas später traf noch ein naiv aussehender Typ zu einer Audienz beim Kingfish ein. Er war stämmig, ragte sechs Fuß hoch und machte sich kleiner, indem er die Schultern einzog und seinen Strohhut mit beiden Händen vor sich hielt. Unter seinen Augenbrauen, die fortwährend wie hochgezogen wirkten, waren zwei schmale Schlitze zu sehen. Ein nervöses Lächeln formte sich unter einem Zinken, der jeder Beschreibung spottete. Der allgemeine Eindruck, den er ausstrahlte, war der von verwirrter Verlegenheit.

»Sie wollten mich sprechen, Kingfish?«

»Yeah, kommen Sie her und setzen Sie sich!« Der Kingfish saß wieder auf dem Sofa.

»Wer ist *der* Typ?« raunte ich Murphy zu.

»Jim Smith, der Präsident der LSU«, raunte er zurück.

»Was, zum Henker, muß ich da über 'ne *Reitschule* draußen im College hören?«

Smith zuckte die Achseln. Er hielt den Hut noch immer in der Hand. Sein Lächeln wirkte weiterhin verlegen. »Thelma reitet doch so gern. Ich hab ihr ein Vollblut gekauft, und sie trägt auch gern hübsche Reitkleider. Sie dachte, die Studentinnen würden vielleicht auch gern ...«

Huey schüttelte den Kopf. »Als ich Sie angeheuert hab – auf'n Ratschlag eines Menschen, der Briefpapier verkauft, möchte ich hinzufügen –, wollte ich mir die gottverdammten aufgeblasenen Spinner an der Universität vom Hals schaffen und 'n paar Leute da reinbringen, die mit beiden Beinen auf der Erde stehen. Jetzt schmeißt Ihre Gattin schicke Partys und trägt die Nase hoch, und auf ihre Bitte hin geben Sie meine Geldmittel für eine Scheiß*reitschule* aus?«

»Tja ... Wie gesagt, es ist 'ne nette Beschäftigung ...«

»Für die Studenten. Richtig. Tja, aber auf dem Zettel hier steht, in der letzten Woche sind zwei Mädchen vom Pferd gestürzt und auf den Popo gefallen.«

Smiths Lächeln wurde noch nervöser. »Soll ich wirklich zur Lügenpresse Stellung nehmen, Senator?«

»Nein, nicht nötig. Ich sag's Ihnen mit vier Wörtern: Verkaufen Sie die Zossen.«

»Senator?«

»Verkaufen Sie die Zossen! Weg damit! Es ist aus mit der Reitschule. Übrigens meinen meine Leute, Sie sollten vielleicht mal mit Ihrer Gnädigen über den strammen Exsoldaten reden, den sie als Stallknecht eingestellt hat. Ich würde das auch für sehr klug halten.«

Smiths Lächeln verblaßte. Er ließ den Kopf hängen. »Ja, Senator.«

»Jetzt was anderes. Im kommenden Herbst werden die Journalismusstudenten, die ich letztes Jahr rausgeworfen habe ... wieder die *Reveille* redigieren, nehme ich an.«

»Ja, Sir. Außer denen, die graduiert haben.«

»Nun, sagen Sie den Primadonnen, wenn sie noch mehr unschmeichelhafte Briefe oder Leitartikel über mich und meine Verwaltung drucken, werden sie *nicht* graduieren.«

»Ich mache es ihnen klar, Senator. Ich habe ihnen schon gesagt, Sir, daß ich eher den gesamten Lehrkörper und die Studentenschaft rauswerfe, bevor ich zulasse, daß jemand Sie beleidigt.«

Hueys Grinsen ließ sein Gesicht beinahe explodieren. »Sie sind 'n Erzieher nach meinem Geschmack, Jimmy ... Noch was: Wählen Sie den neuen Redakteur höchstpersönlich aus. Sagen Sie ihm, daß die LSU Huey Longs Universität ist und kein Schweinehund Huey Long mit Huey Longs gottverdammtem Geld kritisiert! Ist das klar?«

»Kristallklar, Senator.«

»Unsere kleinen Gespräche erfreuen mich immer wieder, Jimmy. Hauen Sie jetzt ab.«

Smith stand auf. »Jawohl, Senator.«

Dann war er auch schon weg.

Huey schüttelte den Kopf. »Also wirklich«, sagte er vor sich hin, »als Universitätsrektor ist er genau mein Typ. Er hat zwar keinen ehrlichen Knochen im Leib, aber er macht alles, was ich sage.«

An diesem Abend war der Kingfish in Bestform. Er fegte durch die Memorial Hall, jagte durch diesen und jenen Korridor und lief seinem halben Dutzend Wachganoven davon, zu denen ich auf wundersame Weise paßte. Er bahnte sich Gassen durch Lobbyisten, Touristen und Abgeordnete, hielt hin und wieder an, um sich ein paar Minuten oder Sekunden zu unterhalten, und schlenderte schließlich wie ein reicher Onkel, der zum Familientreffen kommt, ins Repräsentantenhaus.

Der menschliche Dynamo fegte unentwegt durch die Gänge und führte angeberisch sein »Ihr könnt mich doch alle mal«-Grinsen vor. Er plusterte sich auf und lachte laut. Er war ein wichtiger Mann, in dessen Gegenwart sich auch seine Jünger wichtig vorkamen. Eben noch hatte er sich flüsternd zum Sitz eines Abgeordneten hinuntergebeugt, und schon sprang er bei einer an ihn gerichteten Frage wie ein Stehaufmännchen hoch. Er beugte sich zu einem anderen Abgeordneten hinüber, bellte vor Lachen mit ihm im Duett und schoß dann urplötzlich zum Podium, um dem Redner etwas zu sagen. Dann kehrte er, das Gesicht verziehend und fluchend an seinen Platz zurück, bis alles wieder von vorn anfing.

Die Galerie war voller Zuschauer, deren Blicke dem hin und her eilenden Kingfish folgten. Schließlich zog er hier die ganze Schau ab. Das parlamentarische Nachbeter-Verfahren flutschte nur so.

Dann ging Huey wieder gemütlich zum Podium hinauf und nahm im Drehstuhl des Sprechers des Repräsentantenhauses Platz. Niemand erhob einen Einwand, und ganz gewiß war niemand überrascht.

Die gewöhnliche Primitivität seines Stils stand im Widerspruch zu diesem prächtigen gelbbraunen Marmorsaal. Ein Fries mit Pflanzen und Tieren des Staates schmiegte sich an die Decke, und auch das sonstige Inventar war mit der landestypischen Flora und

Fauna verziert. Die massive Abstimmungstafel aus Nußbaumholz hinter dem Stuhl des Vorsitzenden wirkte wie ein Altar; der Raum glich nichts so sehr wie dem evangelischen Gotteshaus einer sehr reichen Gemeinde.

Unsere Ganoven-Ehrengarde versammelte sich erneut im Hintergrund. Wir saßen, mit Ausnahme von Big George, hinter einem Geländer. Vielleicht waren George und die Tommy Gun in der braunen Papiertüte in diesem Haus nicht erwünscht. Huey hatte uns angewiesen, darauf zu achten, daß kein Pro-Long-Abgeordneter versehentlich mit »Nein« stimmte, falls ihn eins der neuen Gesetze verwirrte. In diesem Fall sollten wir seine Hand »leiten«.

Ich war zwar kein Schiedsrichter, aber die Pro-forma-Sitzung schien ganz gut zu laufen. Ich blickte geistesabwesend auf meine Uhr. Sie zeigte Punkt 21. Als ich aufschaute, winkte Huey, noch immer auf dem Podium, jemandem am Ende des Raumes zu, um seine Aufmerksamkeit zu erringen.

Ich brauchte eine Weile, aber schließlich verstand ich ihn.

Ich? sagten meine Lippen lautlos in seine Richtung.

Er nickte mir zu. Ja.

Ich schlenderte zum Podium, dachte daran, daß ich mir nie im Leben vorgestellt hatte, daß ich einst durch das Abgeordnetenhauses von Louisiana schreiten würde, und schaute zu Huey auf, der wie ein Lehrer hinter dem Podium saß. Ich kam mir vor wie ein Siebenjähriger.

»Siehste den Typ dahinten?« fragte er.

Ich schaute in die Richtung, in die er deutete. Zwischen dem Geländer und der Wand unterhielten sich einige Leute. Es waren möglicherweise Abgeordnete, aber es lungerten auch Journalisten und verschiedene politische Sympathisanten dort herum. Der einzige, den ich erkannte, war mein alter Freund, der Lobbyist Louis LeSage.

»Meinst du LeSage?« fragte ich.

»Nein! Der Typ, der die dicke Zigarre pafft.«

Ein dunkelhaariger Bursche von etwa vierzig Jahren paffte tatsächlich eine dicke Zigarre. Ich erkannte in ihm einen der zahlreichen politischen Besucher, die Huey heute nachmittag in seiner Suite im 24. Stockwerk empfangen hatte.

»Ich geb dir jetzt den letzten offiziellen Auftrag als Mitarbeiter meines Stabes«, sagte der Kingfish.

»Und zwar?«

Er hob die Brauen und grinste wie das gierige Kind, das er war. »Besorg mir 'n halbes Dutzend Corona-Belvedere-Zigarren.«

»Ich denke, du rauchst nicht mehr.«

Huey runzelte die Stirn. »So'n Pech kann auch nur ich haben – ich heure den einzigen Menschen aus Chicago an, der 'n Gewissen hat. Ich hab Lust zum Feiern, mein Sohn! Besorg mir die Zigarren!«

Ich zuckte die Achseln. »Klar. Und wo?«

»Unten, in der Cafeteria. Am Tabakstand haben sie 'ne Kiste davon. Jetzt mach schon. Schieb ab und mach dich nützlich. *Verdien* dir deine zweihundertfünfzig pro Tag ...«

Also ging ich die Treppe runter und in die Cafeteria. Das aus weißen Fliesen und blitzendem Chrom bestehende Restaurant war bis auf die beiden Mädchen hinter der Theke und ein paar schwarze Typen in der Küche leer. Ich bestellte eine Tasse Kaffee, entschied mich gegen Apfelkuchen mit Käse und nahm mir Zeit, um Hueys Zigarren zu kaufen, damit ich mit der hübschen Blonden an der Tabaktheke schäkern konnte. Ihre Augen waren so blau wie die Eier eines Rotkehlchens, und ihr Südstaatenakzent so dick, daß man ihn auf Pfannkuchen hätte streichen können. Außerdem kaute sie Kaugummi. Aber wer ist schon vollkommen?

»Ich mach um zehn hier Schluß, Schnucki«, sagte sie. »Wie wär's? Haste noch was vor?«

Ham wir geilen Hechte immer, dachte ich, doch bevor ich ihr 'ne Antwort geben konnte, die genug Aufrichtigkeit und das vage Versprechen von Sünde kombinierte, unterbrach mich ein von oben kommendes Geräusch.

Gedämpfter Donner.

»Was war das, verdammt?« fragte die Blonde.

»'n Gewitter jedenfalls nicht«, sagte ich und rannte los. Ich öffnete eine Hälfte der schweren Glastür, als bestünde sie aus Zuckerwatte, und fegte die Treppe hinauf, auf der sich das Donnergrollen fortsetzte. Und verdammt noch mal, ich wußte, was es war: *kein Gewitter,* sondern das Geräusch verspritzten Blutes. Das Feuer eines Schießeisens; brüllend lautes Geballer.

Nicht aus einem Schießeisen, sondern aus vielen. Eine Artilleriesalve aus Handfeuerwaffen, vielleicht auch aus einer Maschinenpistole ...

Ich zog die 9-Millimeter aus dem Halfter unter der linken Schulter hervor, jagte, jeweils zwei Stufen auf einmal nehmend, die Treppe hinauf, und das Echo das pausenlosen Schießens ratterte wie ein Erdbeben durch das Treppenhaus.

Ich stieß praktisch mit ihm zusammen, als er um eine Ecke auf den Treppenabsatz getaumelt kam: der Kingfish!

Sein Mund war blutig, aber sein Anzug makellos. Sein Blick hellte sich auf, als er mich sah, und er streckte eine Hand aus, als wolle er mich umarmen.

Als er sich auf das Geländer stützte, legte ich einen Arm um seine Schulter. »Was ist los, verdammt?«

»Jemand hat mir eine verpaßt«, stieß Huey hervor und spuckte einen Blutschwall über mein Anzugjackett.

Wir schrien beide: der echowerfende Donner des Feuers über uns krachte ohne Unterlaß weiter. Wir waren beide in einem schrecklichen Fiebertraum gefangen, und keiner konnte erwachen. Er wankte die Treppe hinunter. Ich stützte ihn dabei. Ich brachte ihn aus dem Treppenhaus in einen Korridor und zu einer Reihe von Glastüren an einem Seiteneingang. Ich schob sie mit der Schulter auf und brachte ihn, der wie ein Besoffener taumelte, ins Freie.

Als die Glastür sich schloß, hörte das Geballer endlich auf – oder erschien es mir nur so?

Ich hatte keine Ahnung, was da oben passiert war. Ich wußte nur, daß ich so etwas wie die Hölle auf Erden erlebt hatte. Genau wußte ich nur zweierlei: Ich hatte meine Pflicht dem Mann gegenüber verletzt, der sich wankend auf mich stützte, und daß ich jetzt nicht versagen durfte.

Ich lehnte Huey wie eine Baßgeige an die Glastür, lief unter dem Säulenvorbau in die Einfahrt hinaus und blieb mit ausgestreckten Armen vor zwei näher kommenden Scheinwerfern stehen.

13

Der klapprige viertürige Ford hielt kreischend an, aber nicht, weil er so schnell gefahren, sondern, weil er so alt war. Die einige Einlagen Hueys versprechende gesetzgebende Versammlung hatte eine Menge Zuschauer angelockt, die nun, da die Schau zu Ende war, in die schwüle Nacht hinausschlenderten, um ihre Fahrzeuge von den Parkplätzen an beiden Seiten des Hauses zu holen. Die meisten der braven Bürger hatten keine Ahnung, daß sich hinter ihrem Rücken eine andere Schau zur Hauptattraktion gemausert hatte …

Ich stand noch immer wie eine Vogelscheuche vor dem Wagen, als der Fahrer sich hinauslehnte und eher überrascht als wütend rief: »Was soll das werden, Mann?«

Ich jagte auf ihn zu. »Wo ist das nächste Krankenhaus?«

»Biste irre?« Er war um die dreißig Jahre alt und trug einen Strohhut, eine Nickelbrille, Hosenträger und ein weißes T-Shirt. Höchstwahrscheinlich ein Farmer, und zwar einer von den ärmeren. Der typische Huey-Wähler.

»Jemand hat auf den Senator geschossen, du Pfeife! Wo ist das nächste Krankenhaus?«

Er riß die Augen auf und streckte den Arm aus. Durch die Portale des Säulenvorbaus tanzten die Lichter des Parlamentsgebäudes auf dem kleinen, künstlich angelegten Capitol Lake, und genau auf der anderen Seite, keine Viertelmeile entfernt, blinkten die Lichter eines niedrigen Gebäudes auf der schwarzen Wasseroberfläche.

»Unsere Liebe Frau vom See«, sagte er.

»Was soll das bedeuten?«

»So heißt das Krankenhaus, du blöder Stadtfrack!«

Ich riß die Wagentür auf. »Hilf mir mit dem Senator …«

Der Fahrer stieg aus. Er ließ den Motor laufen. Nun sah er Huey, der wie eine Statue, die ihren Sockel verloren hat, an der Glastür lehnte. »Gott im Himmel … Das ist ja Huey Long.«

»Faß mit an!«

Wir schleiften ihn zum Wagen und setzten ihn auf den Rücksitz. Huey schrie nicht. Er stöhnte nicht mal. Er war kaum bei Bewußtsein. Ich nahm neben ihm Platz, und der Wagen fuhr durch den Säulenvorbau, wendete und fegte auf einer Straße nach Norden, die sich an das bewaldete Seeufer schmiegte. Der Farmer des alten Kombiwagens gab zwar Gas, aber die Höchstgeschwindigkeit schien bei 40 zu liegen. Der Wolkenkratzer, den Huey in der Wildnis errichtet hatte, wich hinter uns zurück. Der Motor schnurrte im Gleichklang mit dem abendlichen Zirpen der Grillen. Zwischen dem Parlamentsgebäude und dem Krankenhaus erstreckte sich ein kleines Stück ungezähmtes Louisiana …

Huey hielt sich mit beiden Händen die rechte Seite des Oberbauchs. Er lag quer über dem Rücksitz; sein Kopf ruhte auf meiner Schulter. Ich hatte einen Arm um ihn gelegt, als müßte ich ein ziemlich großes Kind trösten.

»Wir sind gleich da«, sagte ich. »Es ist nicht mehr weit.«

»Ich frage mich …«

Sein Blick wurde wild.

»Was denn, Kingfish?«

»Ich frage mich, warum er mir eine verpaßt hat.«

Er schloß die Augen. Ich tätschelte sanft seine Schulter, und vor uns wurden die Lichter des weitläufigen dreistöckigen Ziegelsteingebäudes des Unsere-liebe-Frau-vom-See-Krankenhauses größer.

Der verbeulte Kombiwagen fuhr unter den First des Noteingangs und hielt ruckend an. Ich stieg an meiner Seite aus, ging um den Wagen herum und öffnete Hueys Tür. Der Fahrer saß noch hinter dem Lenkrad.

»Hilf doch mal, verflucht!« sagte ich.

»Ich hab dir schon geholfen«, sagte er. »Ich hab euch hergefahren.«

Ich zog Huey halb vom Rücksitz – er war gerade so wach, daß er mir ein bißchen dabei helfen konnte – und stand dann mit ihm draußen, wobei er sich mit seinem ganzen Gewicht auf mich stützte. »Ich hab den Hundesohn nich mal gewählt«, sagte der Farmer und fuhr in einer Wolke von Schotterstaub davon.

Scheiße! Offenbar standen doch nicht alle Farmer hinter Huey.

Ich richtete ihn vorsichtig auf und legte ihn auf eine Trage, die an der Tür der Notaufnahme stand. Er ächzte und stöhnte, schrie aber nicht. Er wirkte halb weggetreten und murmelte fortwährend »Warum?«, »Warum hat er mir eine verpaßt?«, »Das versteh ich nich«, und zwar in allen möglichen Kombinationen. Auf seinem Jackett sah ich nur eine schwarze Pulverversengung von der Größe eines Vierteldollars. Sie umgab ein kleines Einschußloch und ein paar Blutflecke. An Hueys Lippen war blutiger Schaum …

Ich fand eine Klingel, mit der man um Hilfe rufen konnte, und betätigte sie. Ich drückte sie fest, aber nichts passierte, also hielt ich den Finger drauf und schlug mit der Faust der anderen Hand so fest auf die Türhälfte, daß sich allmählich die verfluchten Scharniere lösten. Endlich tauchte die geisterhafte Erscheinung einer Nonne in einem fließenden weißen Gewand in meinem Blickfeld auf und stieß die Tür auf.

»Es ist der Senator, Schwester«, sagte ich.

Ihr hübsches blasses Gesicht war besorgt, als sie zu Huey ging, der ausgestreckt auf der Trage lag. »O Gott – was ist das?«

»Jemand hat auf ihn geschossen.«

»Helfen Sie mir, ihn in den Aufzug zu fahren.«

Wir schoben ihn durch die Tür und in eine Aufzugkabine, die die Schwester bediente.

»Was ist passiert?« fragte sie. »Wer hat auf Senator Long geschossen?«

»Ich weiß es nicht. Ich war nicht dabei.«

Ich erzählte ihr, daß er mir im Treppenhaus entgegengewankt war und ich einen Wagen angehalten hatte, um ihn herzubringen.

Sie schüttelte den Kopf. Dann sagte sie etwas, was mich überraschte und was ich nie vergessen werde. »Es mußte ja so kommen.«

Wir stiegen im dritten Stock aus. Die meisten Krankenhauslichter waren aus, denn der normale Dienstbetrieb war längst zu Ende. Doch nun kam Leben in die Bude: Nonnen schwärmten wie Pinguine durch den Korridor. Auch anderes medizinisches Personal – Krankenschwestern, Pfleger – versammelte sich. Es wirkte unwirklich. Die Welt wirbelte, als wir den schweigenden Kingfish durch enge finstere Gänge fuhren und schließlich an eine Doppeltür kamen, auf der NOTOPERATIONSSAAL stand.

Plötzlich war die Welt blendend weiß. Noch mehr Gespenster versammelten sich um den Kingfish und hoben ihn von der Trage auf einen lakenbedeckten Operationstisch. Ein weißgekleideter Pfleger ohne Chirurgenmaske, ein blonder, unglaublich jung wirkender Bursche, näherte sich mit einem Skalpell, zerschnitt aber nur Hueys Kleider.

Huey war zwar bei Sinnen, aber er sagte nichts. Er stierte nur mit leerem Blick an die Decke. Hätte sich sein Brustkorb nicht bewegt, ich hätte ihn für tot gehalten.

Ein anderer Pfleger, ein dunkelhaariger Bursche, wischte ihm den Mund ab. »Kleine Hautabschürfung.« Er drehte sich um und schaute mich kurz an. Ich trat zurück, um ihm Platz zu machen. »Ist er gegen irgend etwas gestoßen?«

»Ich weiß nicht«, sagte ich. »Vielleicht ist er gegen eine Wand gestolpert, als er die Treppe runterkam ...«

Der blonde Pfleger schnitt gerade Hueys Jacke auf, als ein großer, dunkelhaariger Lockenkopf mit Kinnspalte schwitzend und schwer atmend hereinstürmte. Ich erkannte ihn sofort, und es erleichterte mich, ihn zu sehen.

»Dr. Vidrine!« sagte der blonde Pfleger. »Gut, daß Sie da sind, Sir ... Jemand hat auf den Senator geschossen.«

»Ich bin den ganzen Weg vom Parlament gelaufen.« Vidrine zog sein Jackett aus. Eine Schwester nahm es ihm ab. »Meine Frau und ich haben uns die Sitzung angeschaut ... Es hat eine schreckliche Schießerei gegeben.« Er ging auf den ausgestreckt daliegenden Kingfish zu und sprach weiter mit dem Pfleger. »Jemand hat erwähnt, daß Senator Long betroffen wurde, und ich dachte, vielleicht ist jemand so geistesgegenwärtig und bringt ihn hierher ...«

»Der Gentleman dort hat ihn gebracht«, sagte der dunkelhaarige Pfleger und deutete auf mich.

Ich nickte. »Guten Abend, Dr. Vidrine.«

Er schaute mich stirnrunzelnd an. »Kennen wir uns?«

»Ich habe für Huey als Leibwächter gearbeitet. Ich war heute nachmittag in seiner Suite, als Sie ihn besuchten.«

Er beugte sich über den Kingfish, sprach aber weiter mit mir. »Ach so. Waren Sie Zeuge der Tat?«

»Nein«, sagte ich und erzählte ihm rasch das wenige, was ich wußte.

»Ihre schnelle Reaktion hat ihm wahrscheinlich das Leben gerettet«, sagte Vidrine. Er schaute sich Hueys Wunde an, ein kleines, bläuliches Loch unter der rechten Brustwarze. »Huey?« fragte er leise. »Erkennen Sie mich? Ich bin's, Arthur Vidrine.«

Huey nickte.

»Senator, wir müssen jetzt die Wunde säubern.«

»Machen ... Sie nur.«

»Was ist mit Ihrer Lippe passiert, Huey?«

»Er hat mir eine verpaßt. Warum hat er das bloß getan?«

Es schien Huey zu ärgern, aber Vidrine ging nicht weiter auf das Thema ein. Er drehte sich zu der Nonne um, die mir geholfen hatte, Huey reinzubringen. »Schwester Michaela, können Sie ein paar Anrufe für mich machen – jetzt sofort?«

»Gewiß.«

»Zuerst bei Dr. Maes in New Orleans. Er ist der beste Chirurg im Land. Dann rufen Sie Dr. Lorio an, hier, in Baton Rouge ... Er ist der Leibarzt des Senators ...«

Huey hob den Kopf. »Werd ich's überleben, Doc?«

Seine Stimme war so ruhig, als wolle er ein Schinkenbrot bestellen, aber sein Blick war irre.

»Huey, ich bin ganz sicher, daß wir die Sache hinkriegen. Und jetzt, Schwester ...«

»Schwester!«

Es war Huey, der nach ihr schrie. Doch nicht vor Schmerzen. Vor Angst.

»Ja, Senator?«

»Sie würden mich doch nicht belügen, Schwester? Wie schlimm ist es?«

»Eine Schußwunde ist immer ein ernster Fall«, sagte die Schwester leise. »Da muß man mit allem rechnen.«

»Würden Sie für mich beten, Schwester?«

Sie nahm seine Hand. »Beten wir zusammen, Senator.«

»Schwester ... Ich bin Baptist ...«

Die Freundlichkeit ihrer Stimme war herzzerreißend. »Sprechen Sie mir einfach nach, Senator ... Oh, mein Gott, es tut mir von Herzen leid ...«

»Oh, mein Gott, es tut mir von Herzen leid«, murmelte Huey.

Während die Schwester und Huey beteten, trat Vidrine vom Operationstisch zurück. Eine andere Schwester, eine adrett aussehende Brünette, die keine Nonne war, trat auf ihn zu und sagte, sie wolle die anderen Ärzte für ihn anrufen.

»Sobald Sie Maes und Lorio ausfindig gemacht haben«, sagte Vidrine, »rufen Sie Seymour Weiss im Roosevelt Hotel in New Orleans an. Dann nehmen Sie Verbindung mit der Familie Long auf ... Weiss wird ihre Privatnummer haben.«

Die Krankenschwester nickte und eilte hinaus. Vidrine winkte den blonden Pfleger zu sich. Sie steckten die Köpfe zusammen und tuschelten.

»Messen Sie seinen Blutdruck«, sagte Vidrine. »Und stellen Sie seine Blutgruppe fest ... für eine Transfusion. Gott, ich hoffe, es ist nicht nötig.«

»Eine Transfusion?«

Vidrine schüttelte den Kopf. »Das Gebet.«

»Ich bin fest entschlossen, mit Hilfe deiner Gnade«, wiederholte Huey schwach.

»Es ist die Absolution«, sagte Vidrine leise.

»... meine Sünden zu beichten«, sagte die Nonne.

»... meine Sünden zu beichten«, wiederholte Huey.

Selbst ein nichtpraktizierender Jude wie meine Wenigkeit verstand, was es war: das Gebet eines sterbenden Katholiken.

Kurz darauf bat Vidrine mich, den Operationssaal zu verlassen. Mir war nichts lieber als das. Ich lehnte mich auf dem Gang an die Wand, und das Krankenhauspersonal eilte rein und raus. Ich warf einen Blick auf meinen Anzug, um festzustellen, wieviel er von

Hueys Blut abgekriegt hatte. Es war nicht allzu schlimm. Zum Glück bestand er nicht aus weißem Leinen.

Ein schlaksiger Typ mit breitem Kinn in einem braunen Anzug und einer Kreissäge auf dem Kopf kam durch den Korridor. Er bewegte sich wie jemand, der den Bus erwischen will. Er keuchte. Er war gerannt. Als er mich sah, kniff er die Augen zusammen.

Er blieb vor mir stehen. »Sie gehören doch zu Hueys Leibgarde!«

Er hatte eine heisere Stimme und eine freundliche Art, aber ich war momentan für beides nicht zu haben.

»Yeah. Und?«

»Sie sind der *Neue.* Aus Chicago.«

»Und wer sind Sie, verdammt?«

»Chick Frampton«, sagte er und streckte die Hand aus. Ich schaute sie nur an. »Ich schreibe für die *Item-Tribune.*«

Es war eine Zeitung in New Orleans.

Er zog die Hand zurück und hob eine Braue. »Ich stehe auch auf der Lohnliste, wenn es Ihnen hilft. Statistiker im Büro des Justizministers.«

Ich lächelte kurz. »Dann sind Sie also nicht von der ›Lügenpresse‹?«

»Nein. Ich bin der inoffizielle Presseagent der Long-Organisation.« Er deutete auf die Doppeltür des Operationssaals. »Ist der Kingfish da drin?«

Ich nickte.

Er grinste. »Hab ich mir gedacht! Ich hab mich mit Huey unterhalten … 'n paar Minuten bevor … Verdammt, *Sekunden* bevor die Kacke anfing zu dampfen!«

»Was ist passiert?«

Er zuckte frustriert die Achseln und verdrehte die Augen. »Ich hab's nicht gesehen! Der dickste Hund des Jahrhunderts, und ich bin nur ein Zimmer weiter!«

»Wie kam es?«

Er beugte sich vor und gestikulierte mit den Händen. »Ich war gerade im Büro des Gouverneurs. Im Vorzimmer. Ich hab telefoniert, wollte was durchgeben. Ich wollte gerade gehen … Ich hatte schon die Hand auf der Türklinke, als ich den Schuß gehört hab! Ich reiß die Tür auf und seh Senator Long vorbeiwanken; er is durch den Korridor und hat sich die Seite gehalten.«

»Herrgott, Mann, was haben Sie sonst noch gesehen?«

Er riß die Augen auf und versuchte sich zu erinnern, aber auch für einen ausgefuchsten Journalisten kann ein sich plötzlich abspielendes chaotisches Ereignis blendend sein.

»Murphy Roden rang mit 'nem Typen in 'nem weißen Anzug. Er drehte mir den Rücken zu und beugte sich über ihn. 's war 'n kleiner Wichtel. Dann hat Murph geschossen, ging zurück und schoß noch mehrmals. Der Typ hat sich geschüttelt wie 'n Kind, das man an den Schultern rüttelt, bloß hat ihn niemand angefaßt. Und dann, verdammt noch mal, haben plötzlich Hueys sämtliche Leibwächter auf ihn geschossen. Messina – und 'n paar Polizisten auch. Es war 'n wüstes Geballer, wie in 'ner Wildwestschau. Der Typ ist nach vorn gefallen, mit dem Kopf neben 'ne Marmorsäule an der Wand. Mit dem Gesicht nach unten. Sie haben ihn in Fetzen geschossen.«

Und das ganze Vergnügen hatte ich verpaßt. Gott sei Dank.

»Scheiße«, sagte ich. »Wer war der Typ?«

»Der Schütze? Das weiß niemand.«

Ich dachte an den alten Herrn, der sich am Abend zuvor mit

Huey und seinen Leibwächtern gestritten hatte. »Doch nicht Tom Harris?«

»Aber nein! Ich kenne Tom. Aber den armen Hund da hab ich noch nie gesehen. War 'n dürrer kleiner Arsch. Jetzt wiegt er sicher tausend Pfund.«

»Tausend Pfund?«

Seine Lippen zuckten. »Na, bei all dem Blei, das in ihm drin ist.«

Er holte eine Packung Lucky Strike aus der Tasche und steckte sich eine an.

»Außer mir und Huey sind Sie der erste hier«, sagte ich. »Wie haben Sie's geschafft, Frampton?«

Er schüttelte das Streichholz aus. »Meiner Mutter Sohn ist eben Journalist. Ich bin in die gleiche Richtung gegangen wie Huey. Ich bin den Blutspuren gefolgt, die er auf dem Marmorboden hinterlassen hat. Dann bin ich die Treppe runter ...«

»Ich bin ihm da begegnet. Ich hab ihn hergebracht.«

Frampton grinste erneut und schnippte mit den Fingern. »So was hab ich mir schon gedacht! Ich hab mit 'n paar Zuschauern geredet, die an der Hintertür rumhingen. Sie haben gesagt, sie hätten jemanden gesehen, der Huey in 'n Wagen verfrachtet hat und hier rübergefahren ist.« Er atmete nun fast wieder normal. Die Zigarette hatte geholfen, ihn zu beruhigen. »Bin wie 'n Irrer rübergerannt. Wie geht's Huey denn?«

»Tja, das kommt drauf an.«

»Auf was?«

»Ob man die letzte Ölung für 'n gutes Zeichen hält.«

Er dachte darüber nach. Dann zog er ein Notizbuch aus der Innentasche seines Jacketts. »Ich ruf lieber mal 'n paar Leute an«, sagte er und verdünnisierte sich.

Was, zum Henker, sollte ich jetzt machen? Nun, da Frampton die Nachricht verbreitete, würde es in diesem Laden bald von Polypen, Leibwächtern, Politikern, Journalisten, Neugierigen und sonstigem Kroppzeug wimmeln. Der beste Plan, der mir einfiel, bestand darin, hier zu verschwinden, bevor es dazu kam.

Außerdem wußte ich nicht, wem ich hier nützlich sein sollte. Also schlenderte ich nach unten und suchte einen Ausgang. Im Parterrekorridor, gleich neben der Anmeldung, stieß ich auf Murphy Roden, der von einem jungen Mann der Highway Patrol geführt wurde, als wäre er verhaftet worden.

Murphys Gesicht war rings um die Augen versengt.

»Herrgott, Murphy!« sagte ich.

Er konnte mich nicht sehen. Seine Augen tränten, aber er weinte nicht. »Heller?«

Er war blind, ob nur zeitweise oder gänzlich, wußte ich nicht. Aber in diesem Moment war er es jedenfalls …

Ich nahm seinen anderen Arm. »Ich weiß, wo die Notaufnahme ist«, sagte ich zu dem Polizisten und übernahm die Führung.

»Was ist passiert, Murphy, verdammt noch mal?« fragte ich.

»Mündungsblitze«, murmelte er und wurde ohnmächtig.

Wir schleppten ihn zum Aufzug. Ich mimte den Liftboy und brachte uns in den dritten Stock.

»Was war da drüben los, verdammt?« fragte ich den Polizisten.

»Weiß ich auch nicht, verflucht noch mal«, sagte er. »Jemand hat auf den Kingfish geschossen, und dann war die Hölle los.«

Die Rückseite von Murphys Anzugjacke war versengt, und auch sein Hals wies Pulververbrennungen auf. Es hatte ihn allem Anschein nach mitten in einer mörderischen Schießerei erwischt.

Als der Polizist und ich Murphy zum Notoperationsraum

brachten, wo man sich noch immer um den Kingfish kümmerte, kam er gerade so lange zu sich, um ein Stück weit gehen zu können. Der blonde Pfleger trat auf den Gang hinaus und schaute ihn sich an.

»Wir spülen Ihnen lieber die Augen aus«, sagte er zu seinem Patienten. Er und der Polizist halfen Murphy in ein anderes Behandlungszimmer.

Ich ging nicht mit. Ich ging wieder die Treppe runter und zum Haupteingang hinaus, wo ich den Parkplatz des Krankenhauses sah. Er war noch leer, würde es aber nicht mehr lange sein. Ich sah auch den See, auf dessen Oberfläche sich Hueys Parlamentsgebäude spiegelte.

Das Gebäude war nun hell erleuchtet. Sirenen heulten durch die Nacht. Es wurde allenthalben gehupt. Auf der Straße, die am See vorbeiführte, war eine ganze Reihe von Autos auf dem Weg hierher.

Ich ging auf den Wolkenkratzer zu. Der Anzug klebte an meinem Leib; die Hitze war so unerträglich wie die Spannung. Ich ging am See vorbei, übers Gras, vorbei an den Bäumen, und Autos fegten an mir vorbei, die unterwegs waren, um dazu beizutragen, aus einer Tragödie ein vollständiges Pandämonium zu machen.

Das Parlament war schon abgesperrt. Ein menschlicher Ring aus Angehörigen der Highway Patrol hatte das Gebäude umstellt, und an jedem Ausgang standen noch ein paar Leute mehr. Viele hatten Schrotflinten und MPs über den Arm gelegt. Als ich meine BCI-Marke vorzeigte, ließ man mich vorbei, und ich ging den Weg zurück durch den Eingang am Säulenvorbau, durch den ich Huey ins Freie gebracht hatte. Ich behielt die Marke in der Hand, zeigte sie verschiedenen mir begegnenden Uniformierten und nahm den Weg, den ich gekommen war.

Die Blutstropfen, von denen Frampton gesprochen hatte, waren noch da. Noch nicht getrocknet. Es war noch keine Stunde her. Gott, wie konnte die Zeit nur so kriechen? Und wie konnte sie so hektisch vergehen?

Es gab keine Gaffer. Man hatte das Gebäude gesäubert. Selbst Abgeordnete, Lobbyisten und sonstige Politikusse waren des Hauses verwiesen worden. Nur Hueys innerer Kreis, und natürlich seine Sturmtruppen, ob uniformiert oder wie Ganoven gekleidet, waren zugelassen.

Als ich den Mann im Leinenanzug sah, war komischerweise niemand in der Nähe. Man hatte ihn einfach liegenlassen. Vielleicht nur für einen Moment, aber es kam mir eigenartig vor. Da lag er, ein schlanker junger Mann, auf allen vieren ausgestreckt, mit dem Gesicht auf dem Boden, in einer kalten Blutlache neben der Säule auf dem Marmorboden. Eine runde schwarze Brille hing schief auf seiner Nase. Die Fassung war zerbrochen, ebenso das Glas. Sein Rücken sah aus wie eine Wählscheibe mit gezackten Löchern. Es war schwer vorstellbar, wie viele Kugeln ihn durchbohrt hatten. Hueys Jungs mußten in ihrer Wut dagestanden und ihre Magazine in den Rücken eines längst Toten entleert haben. Welch edle Krieger! Selbst jetzt, fast eine Stunde später, hing noch ein dermaßen starker Korditgeruch in der Luft, daß ich mich zusammenreißen mußte, um nicht zu husten. Auch die orangefarbenen Marmorwände hatten sich Kugeln eingefangen. Aber Marmor blutet eben nicht.

Ich stand mit dem Rücken zur Doppeltür des Gouverneursbüros, wo der schmale Korridor etwas breiter wurde. Eine schreckliche Umgebung für eine Schießerei. Kein Wunder, daß Murphy Pulververbrennungen davongetragen hatte. Und kein Wunder, daß das

Echo des Geballers bis ins nahe gelegene Treppenhaus zu hören gewesen war.

Eine übergroße Hand packte meinen Arm, und ich zuckte zusammen.

Ich drehte mich um und schaute in die glitzernden dunklen Augen des schrecklichen runden Gesichts Joe Messinas.

»Wir haben den Schweinehund erwischt! Er hat auf den Boss geschossen, aber wir haben ihn erwischt! Wir haben ihn umgenietet!«

Entweder grinste er, oder er verzog das Gesicht. Man konnte es nicht genau sagen.

»Na, bitte«, sagte ich.

Messina schaute mich bewundernd an. Es war grauenhaft. »Du hast ihn gerettet. Das sagen alle. Du hast ihn gerettet!«

Er umarmte mich.

Jetzt wußte ich, wie einer Tube Zahnpasta an ihrem letzten Lebenstag zumute war.

»Danke, Joe«, sagte ich und entzog mich seinem verschwitzten Griff.

Er packte meinen Arm und zog mich wie ein Kind mit, das seinen Papa dazu bringen will, eine Karussellfahrt mit ihm zu machen. Seine Augen glänzten, sein Blick war feucht und irre.

»Gehen wir rüber und sehen nach Huey«, sagte er.

»Nein, danke, Joe. Da komm ich gerade her.«

»Okay, okay. Haste gut gemacht, Heller! Haste gut gemacht ...«

Ich setzte mich in Bewegung. Als ich zurückblickte, musterte Messina mit finsteren Blicken die von Kugeln durchlöcherte Leiche. Er deutete vorwurfsvoll mit dem Finger auf sie und bewegte ihn auf und ab, als schösse er noch mehr Kugeln in sie hinein.

Ich schüttelte mich und suchte einen Ausgang.

Als ich an den Häuserblocks entlangging, die zum Heidelberg führten, hatte ich das Gefühl, die ganze Stadt käme an mir vorbei. Im Auto und zu Fuß. Zivilisten und Polizisten. Mütter, Väter, Kinder. Alle gingen zuerst zum Parlamentsgebäude und anschließend zum Krankenhaus auf der anderen Seite des Sees.

Als ich an der Tür von Alice Jeans Zimmer vorbeikam, blieb ich stehen. Verharrte. Dachte daran, anzuklopfen. Hatte es ihr schon jemand gesagt? Irgend jemand mußte ihr doch ...

Ich hatte irgendwie das Gefühl, daß ich nicht derjenige sein sollte, der ihr diese schlechte Nachricht überbrachte.

Ich ging weiter durch den Korridor, zu meinem eigenen Zimmer. Wenn sie bei mir Trost suchen wollte, wußte sie, wo ich zu finden war.

14

Der Himmel trug Trauer, Gottes Firmament ein grollendes, rollendes Schwarz, das jeden Moment in himmlische Tränen ausbrechen konnte. Und ich hatte keinen Scheißregenmantel eingepackt.

Ein heißer, krächzender Wind kräuselte die Oberfläche des Capitol Lake, als ich zwischen dem Kriegsgebiet des Parlamentsgebäudes und Unserer lieben Frau vom See an einem bewaldeten Ufer herschlenderte. Es war kurz vor zehn. Wie die meisten Menschen, die jemanden im Krankenhaus besuchen, wäre auch ich am liebsten gar nicht hingegangen.

Die Menschen, die auf dem Grundstück zwischen dem See und dem Krankenhausparkplatz standen, dachten offenbar anders: Es waren hauptsächlich Landbewohner. Mamas, Papas, Kinder und Großeltern, deren verbeulte Lieferwagen und Pkw direkt auf dem

Gras parkten. Sie standen da, hielten Wacht und starrten das nichtssagende hellbraune dreistöckige Ziegelsteingebäude des Krankenhauses wie eine Kultstätte an. Für sie war es vielleicht eine.

Die respektvollen Massen wurden von bajonettschwingenden Nationalgardisten in Schach gehalten, die einen menschlichen Kordon um den Parkplatzrand bildeten. Weitere Soldaten waren an den wenigen Treppen postiert, die zum Vorderabsatz hinaufführten, wo ein Dutzend Polypen in Zivil, schwer bewaffnet, einige mit Schrotflinten, andere mit MPs, Schulter an Schulter standen und die Eingangstür blockierten. Die Soldaten und Polypen schienen mit einer Revolution zu rechnen, obwohl die Menge, die ihnen gegenüberstand, nur Bewunderung im Blick hatte.

Meine BCI-Marke brachte mich ins Krankenhaus rein und am letzten Wächter vorbei in die erstaunlich kleine Empfangshalle, in der es von Polypen, Wachpersonal und Typen in zerknitterten Anzügen nur so wimmelte. In den Korridoren sah es zwar etwas besser aus, aber nicht viel, und sogar die Nonnen wirkten so, als würden sie gleich Flüche ausstoßen. Ich traf Dutzende von schwerbewaffneten Polypen mit und ohne Uniform, die sich oft um die Treppenaufgänge scharten. Man hatte einen großen Raum als Pressezentrum hergerichtet. Ich sah ein halbes Dutzend Tische mit Telefonen. Alles war von wimmelndem Leben erfüllt, und die Luft war blau von Tabaksqualm und Flüchen. Ein riesiger, feister Polyp von der State Police mit einer rotgeäderten Nase redete vor dem Presseraum mit einigen Berichterstattern.

Er drohte ihnen lächelnd mit dem Finger. »Vergeßt es bloß nicht, Jungs – wir haben Befehl, jeden umzulegen, der 'n Versuch macht, sich nach oben zu schleichen, um sich den Kingfish anzusehen.«

Die Nachrichtenjäger schluckten den Rat ohne Einwand. Sie waren hier in Louisiana – und das war kein Ort, an dem man auf die Freiheit der Presse pochte.

Ich zeigte dem großen Polypen meine Marke. »In welchem Zimmer ist der Senator?«

Er runzelte die Stirn. Meine Aussprache hatte ihn wohl mißtrauisch gemacht, aber da meine Marke echt war, deutete er mit dem Daumen nach oben. »Dreihundertvierzehn. Kennen wir uns?«

»Ja, klar«, sagte ich. »Hätten Sie mir sonst etwa seine Zimmernummer gegeben?«

Im dritten Stock hingen überall Politikusse und Leibwächter rum. Sie hingen in Sesseln und auf Sofas, und viele schnarchten. Messina lag in einer Ecke neben einer Topfpflanze. Er hatte sich wie ein Fötus zusammengerollt und schlief auf seiner Jacke.

Murphy Roden saß an einem Fenster. Er schaute sich die dunklen, heraufziehenden Wolken an und rauchte eine Zigarette. Auf einem Lesetisch neben ihm stand ein kleiner Metallaschenbecher mit Dutzenden von ausgedrückten Kippen.

»Tja«, sagte ich, »dann brauch ich also doch keinen weißen Stock und keinen Blindenhund zu finanzieren?«

Murphy drehte sich um, schaute mich an und brachte ein kurzes Lächeln zustande. Die Haut rings um seine Augen war rötlich, sein linkes Handgelenk bandagiert. Das gleiche galt auch für seinen Hals. Ansonsten wirkte er in Ordnung.

»Diesmal noch nicht«, sagte er. »Sie brauchten mir nur die Augen auszuspülen. Aber für den Rest meines Lebens werd ich wohl Marmorsplitter aus meinem Hals pulen müssen.«

Ich prüfte die Ecke des Lesetischchens. Da es sich anfühlte, als könne es mein Gewicht tragen, setzte ich mich hin. »Ich hab nur

Chick Framptons Version gehört«, sagte ich. »Aber als er dazukam, hatte der Film schon angefangen. Erzählst du mir, was los war?«

Er saugte an der Zigarette, dann stieß er eine graue Wolke aus. »Ich will's versuchen, Nate. Aber es ist irgendwie durcheinander.«

»Ich war schon öfter in 'ner Situationen, in der geschossen wurde. Dabei ist das Überleben wichtiger als 'ne detaillierte Zeichnung.«

Er lächelte noch einmal, aber nur schwach, dann legte er los. »Huey kam wie ein durchgehender Zug aus dem Sitzungssaal und fegte durch den Korridor. Wir konnten kaum mit ihm Schritt halten. Dann zischte er ins Büro des Gouverneurs rein …«

»Ins Büro des Gouverneurs?«

»Yeah … Huey wollte O.K. Allens Hilfe für den Zusammentrieb weiterer Stimmen für 'ne Sondersitzung. Aber er hat nur kurz den Kopf ins Büro gestreckt und irgendwas geblökt, dann war er schon wieder draußen im Korridor. Er kam aber nicht weit, denn dann kam Richter Fournet und hat ihn begrüßt.«

»Wer ist Fournet?«

Murphy zuckte die Achseln. »Einer von Hueys politischen Amtsträgern, 'n Freund halt … Im gleichen Augenblick kam 'n hagerer junger Typ mit 'ner schwarzen Hornbrille und 'nem weißen Leinenanzug von der anderen Seite auf Huey zu … von links. Er hatte die ganze Zeit an der Wand gestanden, an 'ner Säule. Er hielt 'n Strohhut vor sich hin und hatte beide Hände dahinter versteckt … Dann sah ich den kleinen Kracher in seiner rechten Hand und hab mich auf ihn *gehechtet*.«

Er riß die Augen auf und starrte nur eins an: seine Erinnerung. »Ich hab seine Hand erwischt, als der Kracher losging …« Jetzt schauten seine Augen mich an. Er hatte etwas auf dem Herzen.

»Hätte ich's nicht getan, hätte er Huey genau durch die Pumpe geballert.«

»Dann wäre er auf der Stelle tot gewesen«, sagte ich, da er meine Bestätigung offenbar brauchte. »Erzähl weiter, Murph …«

»Jedenfalls hab ich versucht, ihm die Kanone abzunehmen. Aber ich hab's nicht geschafft, also hab ich meine Arme um seinen Hals gelegt und mit ihm gerungen, aber dann rutschten mir die Beine auf dem verdammten glatten Boden unterm Hintern weg, und wir gingen beide zu Boden. *Wumm!* Dann hab ich meine Pistole aus dem Schulterhalfter gekriegt und dem Schweinehund in die Kehle geballert. Die Kugel ging rauf bis in seinen Kopf.«

Ich hatte Murphys Schießeisen gesehen – einen achtunddreißiger Colt-Revolver auf einem fünfundvierziger Rahmen. Ein verdammt großer Kracher.

»Ich setz nämlich immer nur Hohlmantelgeschosse ein«, sagte er fast stolz. »Deswegen war der Drecksack von Meuchelmörder auch sofort hinüber.«

Tot, bevor das Feuer der anderen Leibwächter ein Sieb aus ihm gemacht hatte. Immerhin hatte Murphy ihm damit sogar einen Gefallen getan.

»Ich war kaum wieder auf den Beinen, als die Hölle los war. Messina und die anderen haben losgeballert, als wär's der Unabhängigkeitstag. Und dabei haben die Mündungsblitze mich geblendet.«

»In so 'ner engen Umgebung überrascht mich das nicht«, sagte ich. »Ich hab im Hotel jemanden sagen hören, der Typ heißt Weiss … Ich hoffe doch, er ist nicht mit Seymour verwandt.«

»Nee, kaum«, sagte Murphy ironisch. »Dr. Carl Austin Weiss.«

»Ein Akademiker? Etwa ein *Arzt*?«

»Yeah, 'n Arzt.«

»Im Ernst?«

»Wenn ich lüge, will ich tot umfallen.«

Ich dachte an den blutigen Menschenfetzen, den ich am Abend zuvor auf dem Marmorboden gesehen hatte. »Er sah noch so jung aus ... Das, was von ihm übrig war.«

Murphy nickte. »Er war erst neunundzwanzig, hab ich gehört. Der beste Hals-Nasen-Ohren-Arzt im ganzen Staat.«

»Wenn du mich fragst, ist das verdammt komisch.«

»Wieso?«

»Ein Arzt, der einen Mord begehen will.«

Murphys Lächeln war herablassend. Er schüttelte den Kopf. »Es war kein Mord. Es war ein *Attentat.* Es hat mit Politik zu tun, Nate. Dr. Carl Weiss war nur einer von vielen tausend geachteten Bürgern, die Huey hassen. Sein Büro war im Reymond Building ... der Brutstätte der Anti-Long-Beknackten. Stimmt was nicht, Nate? Du bist ja ganz blaß geworden.«

»Nee«, sagte ich. »Alles in Ordnung.«

Aber natürlich *log* ich. Und ging fast daran zugrunde. Bei der Erwähnung des Reymond Building war mir schlecht geworden. Ich glaubte nicht, daß ein Arzt mich kurieren konnte.

»Wie geht's Huey?« fragte ich.

»Er reißt sich am Riemen«, sagte Murphy. »Es war 'n glatter Durchschuß... Aber letzte Nacht war Chaos ... Der Operationssaal war das reinste Varieté. Es waren mehr Ärzte da als beim Ball der Ärztevereinigung. Und Politiker ... Leibwächter ...«

Er schwenkte angewidert die Hand.

Ich stand auf und klopfte ihm auf die Schulter. »Freut mich, daß es dir gutgeht. Was ist schon 'n Polyp ohne seine Glubscher?«

»Hauste bald wieder ab?«

»Sehr wahrscheinlich.«

Er stand auf und hielt mir die Hand hin. »Paß auf dich auf, Nate. Für'n Yankee biste 'n guter Mann.«

»Wir sind beide gut. Aber trotzdem hat irgendein Schweinehund auf den Kingfish geschossen.«

Wir tauschten ein angewidertes Grinsen aus und winkten uns zu. Dann marschierte ich durch den Korridor zum Zimmer 314. Unterwegs begegnete mir Reverend Gerald L.K. Smith. Er trug zwar einen ernsten schwarzen Anzug und einen dunkelblauen Schlips, aber er war glänzender Laune. Er klopfte dem Journalisten Chick Frampton auf den Rücken.

»Es ist *großartig*!« sagte Smith. »Dem Kingfish geht's gut – und wie toll sich die Sache ausschlachten läßt!«

Framptons Lächeln war skeptisch. »Glauben Sie wirklich, Rev?«

Smith gestikulierte weitschweifig. Der Korridor war seine Kanzel. »Seit wie vielen Jahren sage ich nun schon, daß die Konzerne Huey umbringen wollen? *Jetzt* können wir sagen *Wir haben's schon immer gewußt*!«

Ich blieb nicht stehen, um daran teilzunehmen. Aber ich blieb stehen, als ich Alice Jean Crosley erblickte, die allein in einer Nische mit drei leeren Sesseln in einem Haus saß, in dem man momentan nur stand.

Sie trug Schwarz – ein schwarzes Käppchen und ein dazu passendes Kleid. Sie hatte die Hände auf dem Schoß gefaltet wie ein Sträußchen und gab ihr Bestes, um nicht zu weinen. Aber ihre Augen waren rot umrandet.

»Willste 'n bißchen Gesellschaft?« fragte ich.

Sie lächelte mir kurz zu und deutete auf den Sessel neben sich.

»Ich komm mir wie 'n Feigling vor«, sagte ich.

Diese Bemerkung verwunderte sie. »Warum?«

»Ich hatte gestern abend nicht den Mumm, bei dir anzuklopfen und es dir zu sagen. Ich wollte nicht der Überbringer schlechter Nachrichten sein.«

Sie neigte den Kopf, aber dann lächelte sie wieder ein bißchen. »Ich glaube, ich kann es verstehen.«

»Wir beide ... haben eine tolle Zeit erlebt, Alice Jean, aber wir sind durch diesen Mann verbunden. Ob er nun ein Heiliger oder der größte Sünder ist, den der Süden je erlebt hat – er ist wichtig für uns. Du haßt und liebst ihn. Was mich angeht, so kenne ich ihn, ehrlich gesagt, nicht so gut. Wie lernt man eine Naturkraft kennen? Ich weiß nicht, ob ich je jemanden verstehen werde, der von der Macht angetrieben wird. Gier – das verstehe ich. Sex verstehe ich noch besser. Aber Macht? Das ist mir über.«

»Was willst du damit sagen, Nate?«

»Nur, daß ich auch nicht will, daß er stirbt, Alice Jean. Und wenn auch nur aus dem Grund, weil ich nicht möchte, daß sein Tod einen Fluch auf unsere Freundschaft werfen könnte.«

Sie griff nach meiner Hand und drückte sie. »Tust du mir einen Gefallen ... mein Freund?«

»Raus damit.«

»Niemand will mit mir reden. Ich bin hier nur reingekommen, weil ich einen Parlamentsausweis habe – aber jetzt haben sie Angst, mit mir zu reden, weil sie glauben, ich könnte den Journalisten unten alles brühwarm weitererzählen.«

»Was also kann ich für dich tun?«

»Krieg raus, wie es ihm *wirklich* geht. Besuch ihn, wenn du kannst.«

»Darauf kannst du dich verlassen.«

Und ich drückte ihre Hand.

In ihren rotumrandeten Augen glitzerten Tränen, aber wenigstens hatte ich sie zum Lächeln gebracht.

Am anderen Ende des Ganges, vor der Tür des Zimmers 314, sah ich Seymour Weiss. Er stand mit einem stämmigen Weißhaarigen zusammen, der ganz offensichtlich Gouverneur O.K. Allen war. Als gerissener Detektiv, der ich nun mal bin, kam ich drauf, als ich Seymour ihn »Gouverneur« nennen hörte.

Seymour bemerkte mich, als ich ein Stück von ihm entfernt im Gang stand. Ich wollte ihn und den Gouverneur schließlich nicht unterbrechen. Er kam schnell zu mir rüber.

»Heller!« sagte er mit einem ernsten Lächeln. Er streckte die Hand aus, und ich schüttelte sie. Wieso freute er sich so, mich zu sehen, verdammt? »Ich möchte Ihnen ein paar Leute vorstellen«, sagte er, legte den Arm um meine Schulter und führte mich in den Raum, der Zimmer 314 gegenüberlag. Urplötzlich war ich der Ehrengast ...

»Rose«, sagte Seymour und deutete auf mich. »Ich möchte dir den jungen Mann vorstellen, der deinen Mann gestern abend ins Krankenhaus gebracht hat.«

Man hatte Stühle aufgestellt und das Krankenhausbett rausgebracht. Jetzt sah es hier aus wie in einem Wartezimmer. Ein Salon für die Familienangehörigen. Mrs. Long stand da und unterhielt sich mit einem jungen Mann von etwa zwanzig Jahren. Er trug ein weißes Hemd mit dunklem Schlips und sah so aus, wie Huey in seinem Alter ausgesehen haben mußte.

Sie drehte sich zu mir um, und ihr Lächeln war würdevoll und tapfer. Rose Long war ein hübsches irisches Mädel mit blaßblauen Augen, das in den mittleren Jahren eine gewisse Drallheit entwikkelt hatte. Sie trug ein dunkelbraunes Kleid mit einer ihrem Vornamen entsprechenden Blume. Sie war an ihrer Brust befestigt.

»Wir sind Ihnen sehr dankbar, Mr. Heller«, sagte sie. »Dies ist mein Sohn Russell ...«

Ich schüttelte dem jungen Mann die Hand. Er sah aus wie ein Abziehbild seines Vaters. Aber sein Händeschütteln war fester.

Sie stellte mir auch ihren Schwiegervater – einen schmalgesichtigen, seriösen Farmer, der neben Hueys Bruder Earl saß – und ihre beiden anderen Kinder vor: ein hübsches Mädchen, das ebenfalls Rose hieß, und einen weiteren angehenden Huey, den elfjährigen Palmer. Sie wirkten alle eher verwirrt als besorgt. Es ist nicht einfach, Besorgnis zu zeigen, geschweige denn Kummer, wenn man sich mitten im Chaos aufhält. Vor dem Fenster sang die Menge nun »Jedermann ein König«. Der kecke Liedtext kam mir irgendwie unpassend vor.

»Es würde Huey bestimmt gefallen«, sagte Mrs. Long.

»Aber nur, wenn sie ihn dirigieren lassen, Mutter«, sagte Russell, und sie tauschten einen Blick. Rose Longs Augen waren feucht.

Diese Gruppe schien Reverend Smiths Optimismus oder Triumph über den verwundeten Kingfish nicht zu teilen.

Mrs. Long umklammerte meine Hand. »Mein Mann hat erst kürzlich von Ihnen gesprochen, Mr. Heller. Er schätzt Sie sehr hoch ein.«

Ich lächelte kurz. »Leider waren meine Bemühungen nicht sehr nützlich, Mrs. Long.«

»Wenn Sie ihn nicht so schnell hierhergebracht hätten«, erwiderte sie, »wäre er gestern abend gestorben. Er hat mich gebeten, Ihnen zu danken.«

»Ich dachte, ich könnte ihn selbst mal sehen ...«

Seymour nahm meinen Arm. »Das wird nicht möglich sein«, raunte er mir zu. »Kann ich mal mit Ihnen reden?«

Ich nickte Mrs. Long und ihren Angehörigen zu und gestattete es Seymour, mich auf den Korridor zu ziehen.

Dort hob er einen mahnenden Finger. »Der Kingfish möchte, daß Sie nichts von dem weitersagen, was Sie vorhatten.«

»Ist er bei Bewußtsein?«

»Mal ja, mal nein … Manchmal ist er ganz da, dann wieder nicht. Aber er hat mir vorgestern beim Golf erzählt, was Sie für ihn getan haben …«

Ich grinste schief und schüttelte den Kopf. »War 'ne wunderbare Arbeit, was?«

Seymour legte eine Hand auf meine Schulter. »Niemand macht Ihnen einen Vorwurf. Jemand, der nur ein paar Tage hat, um die Feinde eines ganzen Lebens zu sortieren … Der Arzt war offenbar jemand, mit dem niemand rechnen konnte, ein durchgedrehter Einzelgänger.«

»Wie geht's dem Kingfish wirklich?«

»Nicht gut.«

Wie aufs Stichwort ging die Tür von Zimmer 314 auf. Eine Nonne kam heraus, so daß ich einen Blick auf Huey und sein Krankenbett werfen konnte. Er lag unter einem Sauerstoffzelt.

Seymour neigte den Kopf und sprach weiter. »Dr. Maes, der beste Chirurg im ganzen Staat, wurde auf der Fahrt von New Orleans hierher durch einen Unfall aufgehalten, so daß wir nicht mehr warten konnten. Dr. Vidrine hat die Operation selbst durchgeführt.«

Ich zuckte die Achseln. »Ich hab Vidrine in Aktion gesehen. Auf mich hat er mehr als kompetent gewirkt.«

Seymour hob die Brauen. »Mag sein, aber als Dr. Maes etwa eine Stunde nach der Operation eintraf, hat er Huey untersucht – und Vidrine die Leviten gelesen.«

»Warum denn, um Himmels Willen?«

»Ich erzähl's Ihnen, so gut ich es als Laie kann: Dr. Maes hat diagnostiziert, das Huey durch die Niere geschossen wurde … aber Vidrine hat die Kugel nicht hinter den Gedärmen sondiert. Eine neue Operation wurde angesetzt, aber Maes hat sich geweigert, sie auszuführen.«

»Warum?«

Seymour schaute mich an, ohne mit der Wimper zu zucken. »Er hat gesagt … er operiert keine Toten.«

Es sah so aus, als müßte ich Alice Jean nun doch die schlechte Nachricht überbringen.

Seymours Arm legte sich erneut um meine Schulter, und er geleitete mich langsam durch den Korridor.

»Falls Huey stirbt«, sagte ich, »wird es eine Untersuchung geben …«

»Darüber brauchen Sie sich keine Sorgen zu machen«, sagte Seymour. »Sie haben die Schießerei doch nicht gesehen, oder? Sie können durchaus wieder nach Chicago fahren.«

Er blieb kurz stehen, griff in sein Anzugjackett und zog eine dicke Brieftasche hervor. Er entnahm ihr zweihundert Dollar in Zwanzigern.

»Ihre Zugfahrkarte liegt am Empfang im Heidelberg. Sie reisen heute nachmittag ab. Geht das in Ordnung?«

»Ich hab nichts dagegen«, sagte ich und steckte das Geld ein. »Ich bin auch gar nicht wild auf Publizität dieser Art. Ein Detektiv, den man anheuert, um einen Mord zu verhindern, mag zwar auf der ganzen Welt 'ne Schlagzeile wert sein, ist aber schlecht fürs Geschäft.«

»Hier sind noch mal hundert«, sagte Seymour und reichte mir einen weiteren Zwanzigerstapel.

Ich nahm sie und steckte sie ein. »Ich hoffe, Huey kommt trotz der Risiken durch. Sagen Sie ihm das, Seymour. Tschüs...«

Ich hatte gerade ein paar Schritte gemacht, als Seymour nach mir rief.

»Ach, Heller?«

»Yeah?«

Er kam schnell zu mir her und drückte mir noch mehr Zwanziger in die Hand.

»Wofür ist das?«

»In Louisiana nennen wir es 'n Lanjap.«

»'n was?«

Er wiederholte es. Dann buchstabierte er es: L-a-g-n-i-a-p-p-e.

»Es ist 'ne Art Bonus – ohne besonderen Grund. Etwas, was man kriegt, ohne daß man was dafür tun muß.« Er klopfte mir lächelnd auf die Schulter. Dann schien ihm noch eine Idee zu kommen, und er fügte hinzu: »Ach, und würden Sie, wenn Sie rausgehen, Alice Jean mitnehmen? Ihre Anwesenheit verärgert Mrs. Long.«

15

Erst Montag abend fing es an zu regnen. Ich war längst auf dem Heimweg, knochentrocken, und dank Seymour Weiss' Großzügigkeit in einem Privatabteil. Doch einen Tag später, als ich mich per Ferngespräch von Chicago aus mit Alice Jean unterhielt, sagte sie, es habe Montag abend angefangen und gieße noch immer. Es war zwar kein Wolkenbruch, aber beständiger, rhythmischer Regen.

Nicht mal eine Sintflut hätte die Wache von Hueys Jüngern entmutigen können, doch als er Dienstag morgen vor Sonnenaufgang starb, war sie gerade im Begriff, sich aufzubauen. Sie hatten ausgeharrt und ihre Tränen dem Regen bereitwillig hinzugefügt.

Die Beerdigung war sonnig, wenn man von einem kleinen, schnell verdampfenden Schauer absah. Es war sogar so heiß, daß viele Trauernde unterm Regenschirm standen, um sich und ihre Kinder vor den Sonnenstrahlen zu schützen. Sogar in Chicago entging man den Einzelheiten des Spektakels nicht. Sämtliche Rundfunksender übertrugen es direkt; alle Zeitungen reservierten ihm die Titelseite. Eine Woche später waren auch die Wochenschauen voll davon.

Wie sich zeigte, war Hueys Wolkenkratzer-Parlament der einzige zu ihm passende Grabstein. Es war sein Wunsch gewesen, auf dem Parlamentsgelände beerdigt zu werden. Man begrub ihm in dem tiefer liegenden Park, der seinem modernen Tempel gegenüberlag. Doch zuerst gingen 22.000 Trauernde an dem Aufgebahrten vorbei, der merkwürdigerweise in einem schicken Smoking dalag; ein Plebejer unter Glas, in einem offenen Sarg in der bombastischen Memorial Hall. Es wurden so viele Blumen geschickt, daß sie die Halle gesprengt hätten, hätte man alle zur Schau gestellt. So stellte man sie lieber auf dem Grundstück aus. Sie nahmen mehrere Hektar Gelände ein.

Am Donnerstag, bei Tagesanbruch, dem Tag der Beerdigung, strömten Trauergäste aus dem ganzen Staat per Eisenbahn, Bus, Limousine und Kleinlaster nach Baton Rouge: Schwarz und Weiß, Reich und Arm, Mann/Frau/Kind, Hillbillies und Rednecks, Kreolen und Cajuns, in Maßanzügen und staubigen Latzhosen, und manche Schätzungen gingen bis zu 150.000 Menschen. Sie versammelten sich überall, auf Eichen und Dächern, sie hockten auf Statuen und lugten aus den Fenstern des Parlamentsgebäudes, aber die meisten schwärmten über das dazugehörige Grundstück.

Während die Marschkapelle der LSU eine Trauerfassung von »Jedermann ein König« in Moll spielte, wurde Huey Longs Bronzesarg von Seymour Weiss, Richter Fournet, Gouverneur Allen und anderen Schlüsselfiguren der Long-Bande getragen: 49 Stufen hinab durch die trauernde Menge, zu seiner Ruhestätte im Park.

Am Grab hielt Dr. Gerald L.K. Smith die Trauerrede und bewarb sich um die Stelle als Hueys Nachfolger. (Am nächsten Tag bezeichnete sich der Reverend auf einer Pressekonferenz im Roosevelt während einer antisemitischen Haßtirade als offiziellen Erben von Hueys Thron.)

Als der letzte Trauergast gegangen war, wurde eine letzte Vorsichtsmaßnahme durchgeführt, um Huey Long zu bewachen: Man vergrub ihn unter sieben Fuß Stahl und Beton. Laut Alice Jean hatte Seymour Weiss die Idee gehabt. Dillingers Papa hatte für seinen Sohn das gleiche getan. So hält man die Touristen fern.

Eine kleinere Beerdigung hatte man drei Tage zuvor bei strömendem Regen abgehalten: die von Dr. Carl Weiss. Da der Monsignore von St. Joseph der Meinung war, es sei nicht in letzter Instanz bewiesen, daß Dr. Weiss Huey erschossen habe, gab er ihm ein Kirchenbegräbnis. Auf der Beerdigung waren Geschäftsleute, städtische und gesellschaftliche Führer aus Baton Rouge und sämtliche Ärzte der Stadt anwesend, dazu mehrere Kongreßabgeordnete und ein ehemaliger Gouverneur.

Die Kiwanis und der Club junger Unternehmer schickten Kränze.

In den folgenden Monaten fiel mir abends manchmal ein, daß ich im Reymond Building gewesen war, um in Erfahrung zu bringen, wer hinter dem Mordkomplott gegen Huey Long steckte. Dann fragte ich mich, wie viele Bürotüren ich von seinem Mörder entfernt gewesen war.

Bei anderer Gelegenheit dachte ich wieder an Alice Jean, die mir gelegentlich ein paar Zeilen schrieb und mich manchmal sogar anrief und drängte, sie doch mal zu besuchen. Doch so gut ich sie auch leiden konnte, ich hatte es nicht vor.

Hätte ich in eine Bananenrepublik reisen wollen, wäre ich an Bord eines Trampdampfers nach Südamerika gegangen.

Zweites Buch
Ein Lanjap für Elmer

28. Oktober bis 10. November 1936

16

Das im südländischen Stil gehaltene zweigeschossige weiße Haus mit den roten Dachziegeln lag nicht weit von der Tulane University im Garden-Distrikt von New Orleans. Es war eigentlich kein Landhaus, was aber nicht bedeutet, daß es mit seinen Geländern, Verzierungen und zahlreichen Fenstern nicht beeindruckend gewesen wäre. Von dem gepflegten Rasen und den exotischen Büschen ganz zu schweigen: Kleine Zedern schmiegten sich an den ersten Stock, und moosbewachsene Eichen schützten das Grundstück. Hier und da gab es andere, noch tropischere Bäume, und sogar einige breitblättrige Bananenstauden.

Als ich den schwarzen Ford-Mietwagen in die betonierte Einfahrt bugsierte, schüttelte ich den Kopf. Nun war ich doch wieder in der Bananenrepublik Louisiana gelandet. Und nur eins hatte mich zur Rückkehr bewegen können. Alice Jean Crosley, glauben Sie? Die Liebe einer Frau? Wie romantisch!

Aber so war's nicht. Ich war wegen eines 1000-Dollar-Vorschusses der Mutual-Lebensversicherung hier. Eine Frau, die Witwe, die das Fast-Landhaus am Audubon Boulevard 14 bewohnte, hatte den Unfalltod ihres Gatten gemeldet. Man hatte mich als neutrale Stelle ausgewählt. Die Versicherung und die Witwe (sowie ihr Rechtsanwalt) waren einverstanden, daß ich bestimmte, ob der Tod des Mannes ein Unfall gewesen war oder nicht.

Eigentlich tat es mir überhaupt nicht leid, wieder in Louisiana zu sein. Hinter mir lag ein Kälteeinbruch, denn Chicago hatte etwas getan, was hin und wieder vorkam: Die Stadt hatte Herbst ausgelassen und war direkt in den Winter übergegangen. Es war ein schönes Gefühl, wieder mal einen leichten weißen Leinenanzug zu tragen und sich bei 28 Grad im Freien aufzuhalten, auch wenn die Luftfeuchtigkeit nicht zu unterschätzen war.

Die Hausherrin schien eine Perfektionistin zu sein; zumindest schwang sie den Rechen wie ein Gärtner. Obwohl die Eichen und Zedern ihre Blätter verloren hatten, war der Rasen frei und noch so grün und vollkommen wie der nicht weit entfernte Audubon-Golfplatz. Ich schüttelte den Kopf. Ich war erst vor einem knappen Jahr (oder war es ein Jahrhundert her?) dort gewesen und hatte mit einer 9-Millimeter unter der Achselhöhle Caddy gespielt.

Ich ging die Treppe zur kunstvoll gearbeiteten Tür hinauf. Zwei weiße Gipsartischocken umrahmten die schwere Holztür. Ich klingelte und rechnete damit, daß mir irgendein Butler oder eine Zofe die Tür aufmachte.

Aber sie kam selbst.

Sie hatte sich nicht verändert. Von der Tragödie war in ihrem attraktiven ovalen Gesicht nichts mehr zu sehen. Ihre blaßblauen Augen und ihr Lächeln waren zwar schüchtern, aber nicht unsicher. Sie war angenehm drall und trug ein einfaches schokoladenfarbenes Kleid mit Spitzenbesatz und einer silbernen Brosche am Hals.

»Hallo, Mrs. Long«, sagte ich. »Nathan Heller aus Chicago ...«

Ihr Lächeln wurde breiter, als sie mir eine schlanke Hand reichte. Ich schüttelte sie. »Ich erinnere mich an Sie, Mr. Heller. Deswegen sind Sie hier.«

»Wie bitte?«

»Ich habe Sie angefordert.«

Ich nahm verwirrt meinen Panamahut ab. Sie führte mich ins Haus und schloß die Tür mit einem festen Rums. Wir kamen durch einen schmalen Korridor in ein größeres Vestibül, wo eine dunkle Holztreppe zu einem Absatz hinaufführte. Rechts und links führten Durchgänge in ein traditionelles Wohnzimmer und ein makelloses Eßzimmer. Das Mobiliar war dunkel, die Wände beige gestrichen, die Möbel südländisch und teuer. Schön. Aber es sah nicht unbedingt so aus, als würde hier jemand wohnen.

Sie blieb stehen. »Möchten Sie etwas trinken, Mr. Heller? Vielleicht einen Minzjulep? Falls Ihnen etwas Weicheres lieber ist ... Ich habe gerade einen Krug Eistee gemacht.«

»Tee wäre schön, Mrs. Long ... Entschuldigen Sie, ist Ihnen ›Senatorin‹ lieber?«

Man hatte sie dazu ausersehen, den Rest der Legislaturperiode ihres Gatten zu beenden.

Nun wurde ihr Lächeln verlegen. »Eigentlich nicht. Ich fürchte, im Moment schwänze ich. Ich bin wirklich nicht so oft in Washington, wie ich sollte ... Bürgerthemen und Politik erscheinen mir nicht sehr interessant.«

»Darf ich dann fragen, warum Sie den Posten überhaupt angenommen haben?«

»Um mal etwas anderes zu sehen ... Aber hauptsächlich wegen der zehntausend Dollar pro Jahr. Soll ich uns einen Eistee holen? Ich nehme an, Sie wollen ihn ungesüßt, wie die meisten aus dem Norden ...«

Kurz darauf eskortierte sie mich durch einen Gang in einen weiträumigen Wintergarten mit dunklen Korbmöbeln, weißen Wänden und rotgefliestem Boden. Wir näherten uns einem Kartentisch, einem Sofa und einem Sessel, und sie deutete auf den Sessel und nahm auf dem Sofa Platz, wo sie mit auf dem Schoß gefalteten Händen sitzen blieb, den Eistee auf dem Korbglastisch neben ihr. Prüde, förmlich, aber keinesfalls großspurig.

»Der Raum gefällt mir«, sagte sie und warf einen kurzen Blick durch die hölzernen Lamellenläden auf ihren tropischen Hintergarten. Eine milde Brise wehte durch die Läden herein. »Im Gouverneurslandhaus hatten wir auch so einen.«

»Auch wenn's vielleicht unhöflich klingt«, sagte ich und nippte an meinem Tee. »Warum nimmt eine Frau mit Ihren Mitteln eine Stellung an, die ihr nur zehntausend im Jahr einbringt?«

»Dann hat mein Anwalt Sie also nicht in Kenntnis gesetzt?«

»Nein. Und Mr. Gallagher, der Leiter der Mutual-Ermittlungsabteilung, hat nur gesagt, Sie hätten zusammen ein Arrangement ausgearbeitet, daß ein Ermittler von außerhalb – eine Art Schiedsrichter – sich um die Sache kümmern soll.«

»Dann wußten Sie gar nicht, daß ich speziell Sie angefordert habe?«

»Nein. Ehrlich gesagt, es überrascht mich. Mr. Gallagher hat nur gesagt: ›Soweit ich weiß, haben Sie in Louisiana irgendwann für Huey Long gearbeitet.‹ Ich sagte ja, und er hat wohl angenommen, daß ich mich hier unten auskenne … Soweit man so was als Nordstaatler überhaupt von sich behaupten kann.«

Sie schaute sich im Raum um. Ihr Blick fiel auf ein auf einem Tisch stehendes gerahmtes Familienfoto: Huey, Rose und ihre drei Kinder. Es war vielleicht ein, zwei Jahre vor seinem Tod aufgenommen worden. »Am letzten Abend, den wir zusammen in diesem Haus verbrachten, hat mein Mann über Sie gesprochen.«

Das überraschte mich nun wirklich. »Tatsächlich?«

»Ja. Soweit ich weiß, hat er sich am nächsten Morgen auf dem Golfplatz mit Ihnen getroffen.«

Ich nickte.

Sie schaute weg, in die Vergangenheit. »Er hat gesagt, es sei schön, jemanden von draußen hier zu haben. Jemanden, dem man vertrauen kann. Beim ganzen Ämterzank zwischen seinen Anhängern, angefangen bei Seymour Weiss und Dr. Smith bis zum Rest der Meute, kann ich mir gut vorstellen, daß er das Gefühl hatte … von Geiern umgeben zu sein. Sie schlagen großes politisches Kapital aus dem Attentat – sie geifern über nichts anderes. Es ist äußerst widerwärtig.«

Ich wurde zunehmend verlegener. »Ich muß Ihnen wohl sagen, daß die Arbeit, die ich für Ihren Mann erledigen sollte, nichts erbracht hat, Mrs. Long. Irgend jemand hat ihn vor einem Attentat gewarnt, das während der Sondersitzung stattfinden sollte, und da hat er sich an mich gewandt, damit ich …«

»Ich weiß«, sagte sie leise. Ihr Lächeln war madonnenhaft. »Er hat mich ins Vertrauen gezogen. An unserem letzten Abend. Am nächsten Morgen habe ich ihn gebeten, angesichts der Morddrohung nicht nach Baton Rouge zu fahren. Aber er hat nur gelacht und gesagt: ›Vielleicht komme ich nicht zurück, Schatz, aber jedenfalls werde ich im Kampf sterben.‹«

Sie nahm ein Taschentuch aus einer Tasche und weinte eine Weile hinein. Ich saß schweigend da und lauschte dem Wind, der die Wedel der Bananenstauden rascheln ließ.

Dann fing sie sich wieder, aber sie war noch immer nicht in der Stimmung, sich zu erinnern. »Huey und ich … Es gab Zeiten, in denen wir uns sehr nahe waren. Er hat so viele Seminare besucht und in allen möglichen Berufen gearbeitet. Ich habe immer neue Methoden gefunden, das Geld zu strecken. Ich bin eine ziemlich gute Hausfrau, Mr. Heller – Huey hat mich als Jurorin bei einem Wettbewerb im Kuchenbacken kennengelernt … Er hat damals Gemüsefond verkauft.«

Ich lächelte. »Und Sie haben gewonnen.«

Sie erwiderte mein Lächeln. »Ich habe gewonnen ... für eine Weile. Aber der schnelle Erfolg hat ihn mir abgeworben. Er hat nicht viel Zeit bei uns verbracht, hier, in seinem Haus. Ich glaube, er wußte, daß ihm nur wenig Zeit blieb. Und jetzt ... Jetzt bin ich selbst Senatorin der Vereinigten Staaten! Können Sie sich das vorstellen?«

»Ich wette, Sie leisten gute Arbeit.«

»Eigentlich nicht. Wenn ich Russell nicht hätte, wäre ich verloren. Ohne meinen zwanzigjährigen Sohn, der mich anleitet, wäre ich nichts. Das Komische ist ... Schon als wir uns kennenlernten, schrieb Huey unter allen möglichen Vorwänden ständig Briefe an irgendwelche Senatoren. Ich habe es nicht verstanden und ihn gefragt, was das soll. Er hat immer gesagt: ›Ich will, daß sie wissen, daß es mich gibt.‹ Und wenn ich fragte: ›Warum?‹, erwiderte er: ›Weil ich eines Tages selbst Senator sein werde.‹ Können Sie sich das vorstellen? Er war damals noch keine zwanzig Jahre alt.«

»Er hatte also schon ein Gespür für das, was er irgendwann machen wollte.«

Sie nickte und verdrehte ihre blaßblauen Augen. »Wir waren kaum verheiratet, als er mir schon seinen sogenannten Meisterplan vorlegte ... Er hatte schon alles geplant. Er wollte zuerst für irgendein kleines Amt kandidieren und später Gouverneur, Senator und schließlich Präsident der USA werden. Er hatte sich alles genau zurechtgelegt. Es ist mir kalt den Rücken runtergelaufen, als ich es hörte und dabei den Blick in seinen Augen sah.«

Ich beugte mich vor. »Bei allem gebührenden Respekt, Mrs. Long, Sie haben mir noch nicht erzählt, warum eine Frau Ihres

Standes den Posten Ihres Gatten im Senat für eine für Sie schäbige Summe einnimmt.«

Nun war ihr Lächeln kokett. »Halten Sie zehntausend Dollar für eine schäbige Summe, Mr. Heller?«

»Natürlich nicht ...«

Damit war die Sache erledigt. »Kennen Sie den Grund für die Ermittlungen, die Sie anstellen sollen?«

Ich zuckte die Achseln. »Tja ... Soweit ich weiß, soll ich klären, ob die doppelte Versicherungssumme auf die Police Ihres Gatten ausgezahlt werden kann.«

»Stimmt«, sagte sie nickend. »Wenn mein Mann von Dr. Carl Weiss ermordet wurde, zahlt die Versicherung zehntausend Dollar. Aber ... wenn er aus Versehen erschossen wurde ... beispielsweise durch einen Querschläger aus den Waffen seiner Leibwächter ... werden *zwanzigtausend* fällig, denn dann war es ein Unfall.«

Schon wieder Geld. Noch mal zehn Riesen.

»Tatsache ist, Mr. Heller«, sagte sie, und ich sah ihr am Gesicht an, daß das Thema ihr unangenehm war, »daß das Erbe meines Mannes nur knapp hunderttausend Dollar betrug. Darin eingeschlossen ist der Wert des Hauses.«

Ich war platt. Hundert Riesen waren zwar für einen Wicht wie mich mehr Geld, als ich mir wünschen konnte, aber für einen Politiker wie den Kingfish – der, soweit ich wußte, höchstwahrscheinlich auch korrupt gewesen war – waren sie so gut wie nichts.

Ich sagte es ihr, ließ die Sache mit der Korruption jedoch aus.

»Louisiana ist ein Staat, dem es an Absurdität nicht mangelt, Mr. Heller. Daran erinnern Sie sich gewiß noch von Ihrem letzten Besuch her.«

Ich schüttelte den Kopf. »Ich weiß genau, daß Ihr Mann

Schwarzgeld hatte. Geld, von dem das Finanzamt nichts wußte. Geld, das vielleicht kein Teil seiner Hinterlassenschaft ist, aber irgendwie in Ihre Hände gelangt sein müßte.«

»Wenn es stimmt, habe ich es nie erhalten.«

»Mrs. Long, an dem Tag, an dem ich mit Ihrem Mann auf dem Golfplatz war, habe ich ihn und Mr. Weiss über eine sogenannte Abzugkiste reden hören.«

Sie blinzelte. »Sie wissen davon?«

»Ich weiß davon. Und aus dem, was die beiden geredet haben, wurde offensichtlich, daß sie mindestens 'ne Million gebunkert hatten – die ›Kriegskasse‹ Ihres Mannes für den Präsidentschaftswahlkampf.«

»Dann haben es jetzt die Geier«, sagte sie knapp und hob das Kinn. »Ich jedenfalls nicht. Können Sie mir helfen, an die zweiten zehntausend heranzukommen?«

Nun blinzelte *ich.*

»Tja, Mrs. Long«, sagte ich mit eingeübt schüchternem Grinsen, »man hat mich sozusagen als Unparteiischen angeheuert. Ich habe im Laufe der Jahre oft für die Mutual-Versicherung gearbeitet und möchte nicht riskieren ...«

»Es wären tausend Dollar für Sie drin, von denen niemand etwas erfährt.«

Ich rutschte auf dem Korbstuhl herum. »Tja, nun ... Mal sehen, was sich machen läßt.«

»Verstehen Sie mich richtig. Ich verlange nicht, daß Sie irgendwelche Dokumente oder Beweise fälschen. Aber ich fürchte, man wird Sie während Ihrer Tätigkeit nicht nur beuteln, sondern auch verlocken ...«

»Meinen Sie die ›Geier‹?«

»Genau. Die Untersuchung über den Tod meines Gatten und den von Dr. Carl Weiss war eine oberflächliche Angelegenheit. Weder die Feinde noch die Anhänger meines Mannes waren wild darauf, die alleinige Täterschaft des Arztes in Frage zu stellen.«

»Klar«, sagte ich. »Ist auch viel einfacher, alles einem irren Wissenschaftler in die Schuhe zu schieben. Wenn die Leibwächter den Senator getötet haben, wäre es ein Skandal. Sollte eine umfassende Untersuchung eine Verschwörung ans Licht bringen, findet sich eventuell die halbe Handelskammer von Baton Rouge vor Gericht wieder.«

Der Weg, den meine Gedanken nahmen, schien ihr zu gefallen. »Genau. Deswegen sind Sie der perfekte Mann für diesen Auftrag.«

»Und wieso?«

Sie hob den Zeigefinger. »Nur Sie können es schaffen – ein Fremder, der schon in den Höhlen beider Lager war ... bei den Feinden, die Huey tot sehen wollten, und bei seinen sogenannten Freunden ...«

Ich hob eine Braue. »Bei den ›Geiern‹, meinen Sie.«

»Genau.«

Ich kratzte mich am Hals. »Ich muß Ihnen sagen, Mrs. Long, daß meinem Gefühl nach echte Zuneigung zwischen Seymour Weiss und Ihrem Gatten existierte. Einige seiner Leibwächter, etwa Joe Messina und Murphy Roden, haben ihn fast angebetet.«

»Ich möchte Ihre Untersuchung nicht beeinflussen«, sagte sie geheimnisvoll.

Ich war mehr oder weniger der Meinung, daß sie mich mit den tausend Dollar Schmiergeld schon beeinflußt hatte.

»Ihnen ist doch klar«, sagte ich, »daß ich kein Zeuge war ...«

»Ich weiß. Ich bin mir der Rolle völlig bewußt, die Sie gespielt haben, als Sie ihn ins Krankenhaus brachten. Aber Sie haben sich doch anschließend am … wie sagt man noch …«

»Tatort«, sagte ich.

»… am Tatort umgesehen, oder nicht?«

»Ja, ich habe die Leiche des jungen Arztes gesehen.«

»Soweit ich weiß, wurde der arme Kerl mehrmals getroffen.«

Es war interessant, daß Mrs. Long auf so mitfühlende Weise über den mutmaßlichen Mörder ihres Mannes sprechen konnte. War sie etwa schon überzeugt, daß er nicht der Täter gewesen war?

»Offen gesagt, Ma'am, ich habe noch nie eine so brutal zugerichtete Leiche gesehen. Und der Tatort war für eine solche Schießerei ziemlich eng.«

Sie nickte. Wie ihr Ehemann wußte auch sie einen guten Jasager zu schätzen. »Dann halten Sie es also auch für *möglich*, daß mein Mann vielleicht nicht von Dr. Weiss getötet wurde, sondern von einer verirrten Kugel aus einer Leibwächterwaffe.«

»Natürlich. Die Kugeln müssen vom Marmor abgeprallt und in alle möglichen Richtungen geflogen sein. Aber das bedeutet nicht unbedingt, daß jemand bei seiner Aussage gelogen hat.«

Sie runzelte die Stirn. »Wie ist das möglich?«

»Bei solchen Gewaltausbrüchen, die zudem in kürzester Zeit auf beengtem Raum stattfinden, kann man fast keiner Zeugenaussage trauen. Ich habe zwei Versionen gehört. Eine von Chick Frampton …«

»Der Journalist.«

»Ja. Und die andere von Murphy Roden. Die Geschichten glichen sich zwar, aber es gab Unterschiede.«

Ihr Blick verengte sich. »Zum Beispiel?«

Ich zuckte die Achseln. »Typische Nichtübereinstimmungen bei Zeugenaussagen. Murphy sagte, er hätte den Attentäter zu Boden gerungen. Frampton sagte nur, Murphy hätte sich ›über den Arzt gebeugt‹. Ein kleiner Unterschied – aber eben ein Unterschied. Ich bin sicher, daß es Dutzende, wenn nicht gar Hunderte solcher Unterschiede gibt.«

Sie runzelte nachdenklich die Stirn. »Ich kenne auch schon einen.«

»Und zwar?«

»Richter Fournet behauptet, er und Mr. Roden hätten *gleichzeitig* mit Dr. Weiss gerungen.«

»Tja, offen gesagt ... Es kann auch so sein, daß der Richter nur versucht, seinen Ruhm zu mehren. Als ich in den Zeitungen las, ihr Mann sei ins Krankenhaus gefahren worden, stieß ich auf ein halbes Dutzend Namen, einschließlich derer einiger Leibwächter. Alle haben behauptet, sie hätten den verbeulten Ford gefahren, den ich organisiert habe.«

»Sie hatten eine Menge Übung darin«, sagten sie, »sich im Spiegel des Ruhms meines Mannes zu sonnen. Bei seinem Tod war es nicht anders.«

Ich hob eine Hand. »Ich muß Ihnen sagen, Ma'am, daß Dr. Weiss nach meinem Verständnis *tatsächlich* ein Motiv hatte.«

Es hatte sich herausgestellt, daß der junge Hals-Nasen-Ohren-Arzt der Schwiegersohn von Richter Pavy gewesen war. Huey hatte eins seiner Sondergesetze extra gestrickt, um den Richter aus seinem angestammten Wahlkreis zu entfernen. Seymour Weiss und Earl Long hatten Huey überreden wollen, das Gesetz nicht zu verabschieden.

»Halten Sie das für ein Mordmotiv, Mr. Heller?«

»Man hat zwar schon Menschen für weniger umgebracht ... aber ehrlich gesagt, ich halte es für wahrscheinlicher, daß der Arzt Ihrem Mann auf dem Gang begegnet ist und mit ihm gestritten hat. Vielleicht ist er sogar handgreiflich geworden ... und die Leibwächter waren zu eifrig. Dabei hat sich Ihr Mann einen Querschläger eingefangen.«

Sie nickte nun wieder. »Genau so sehe ich es auch. Aber wie sind Sie zu diesem Schluß gekommen?«

»Tja ... Mir ist aufgefallen, daß die Zeitungen nicht sonderlich darüber berichtet haben ... Ihr Mann hat am Mund geblutet. Als er mir auf der Treppe entgegenkam, hat er Blut auf meine Anzugjacke gespuckt ... Geht es Ihnen zu nahe, Ma'am?«

»Nein«, sagte sie. Ihr Blick war hart, aufmerksam, und sie beugte sich mit gefalteten Händen vor.

»Im Operationssaal hat der Pfleger im Mund Ihres Mannes als erstes eine Abschürfung abgewaschen«, sagte ich. »Dies paßt zu etwas, was Huey gesagt hat ... Er hat zwar nicht viel gesagt, weil er ziemlich benommen war ... Aber er hat gefragt: ›Warum hat er mir eine verpaßt?‹«

»Sie glauben, daß Dr. Weiss meinen Mann geschlagen hat? Daß er nicht auf ihn geschossen, sondern ihm einen Kinnhaken versetzt hat?«

»Es paßt jedenfalls zusammen. Eine plötzliche Bewegung – und die schwachsinnigen, schießwütigen Leibwächter sind einfach explodiert. Ich sage es wirklich ungern, aber die Möglichkeit ist nicht von der Hand zu weisen.«

»Tja«, sagte sie. »Und wo fangen Sie nun an?«

»Ich glaube, das Logischste wäre, bei dem Toten anzufangen«, sagte ich.

»Bei meinem Mann?«

»Nein«, sagte ich und stand auf. »Bei dem anderen Toten.«

17

Der Bungalow am Lakeland Drive war nicht mal ansatzweise ein Landhaus. Es handelte sich um ein weißes Zweifamilienhaus, das die Einheimischen eine »doppelläufige Schrotflinte« nannten. Es verfügte unter einem hinausragenden Stockwerk über getrennte Eingänge und einen normalen, von ungeschnittenen Sträuchern umsäumten Weg, der durch einen flachen Hof führte. Ein Hund, dem Klang nach ein großer, bellte auf dem Hinterhof. Hueys Parlamentsturm ragte zwei lumpige Häuserblocks entfernt in den Himmel.

Wie die meisten Viertel Baton Rouges war auch dieses wunderbar schattig. Moosbewachsene, die Blätter abwerfende Eichen standen zwischen Immergrün und Pappeln. Aber das an den Verandapfosten hochrankende Efeu wirkte eher parasitär als dekorativ, und die Häuser dieses Blocks standen fast klaustrophobisch eng zusammen. Hätte ich nicht gewußt, daß eine Tragödie das zugewachsene Häuschen heimgesucht hatte, wäre mir vielleicht alles gemütlich vorgekommen.

Ich hatte den Montagnachmittag mit Mrs. Long in New Orleans verbracht. Jetzt war Dienstag morgen. Als ich am vergangenen Abend angerufen hatte, war das Objekt meiner nächsten Befragung zu Hause gewesen. Ich hatte mich über meine Ziele ausgelassen, und es war sofort bereit gewesen, mich zu empfangen. »Klopfen Sie an die rechte Tür«, hatte die Frau mit sanfter, melodiöser Stimme gesagt. »Unsere Mieter wohnen links.«

Zuerst war sie nur ein Schatten hinter dem Fliegengitter. »Ja?«

Ich nannte meinen Namen. »Haben wir miteinander telefoniert?«

»Haben Sie irgendeinen Ausweis?«

Was war aus ihrer Bereitwilligkeit geworden? »Nur meine Privatdetektivlizenz aus Illinois«, sagte ich.

»Sie haben gesagt, Sie arbeiten für die Mutual-Versicherung.«

Ich zückte meine Brieftasche und fand eine Geschäftskarte der A-1-Agentur. »Im Moment ist es so. Aber ich bin Privatermittler.«

Sie machte die Tür einen Spaltbreit auf, um mich anzusehen: eine schlanke, dunkelhaarige Frau. Ende Zwanzig. Ihr makelloser Teint ließ sie jünger wirken, aber in den Winkeln ihrer großen, schönen Augen hatten sich schmerzliche Linien eingegraben. Selbst in einem Hauskleid (nicht, daß das blaue Blümchenkleid ohne jeden Schick war) war Mrs. Carl Weiss, geborene Yvonne Pavy, eine unglaublich schöne Frau.

Sie kam auf die Veranda heraus. Sie hielt die Arme vor der Brust verschränkt, als wolle sie sich vor einem Luftzug schützen, den es nicht gab. »Tut mir leid, Mr. Heller. Nach Ihrem Anruf habe ich noch mal … darüber nachgedacht. Mir ist eingefallen, Sie könnten …«

»… nur wieder ein Journalist sein?«

Sie nickte. »Oder jemand, der wieder mal etwas erfahren will. Ich habe mich bemüht, der Öffentlichkeit so gut wie möglich fernzubleiben.«

»Das kann ich verstehen.«

»Kommen Sie rein … Aber ich muß Sie bitten, leise zu sein, weil Carl Junior schläft.«

»Ach so. Wie alt ist Ihr Sohn?«

»Eineinhalb. Er ist ein aktiver Junge und braucht seine Ruhe.«

Ich riskierte ein Lächeln. »Und Sie die Ihre.«

Sie erwiderte mein Lächeln kurz und nickte. Ich folgte ihr ins Haus. Sie führte mich in ein pastellfarben tapeziertes Wohnzimmer, das von einem rotbraunen, dick gepolsterten Mohair-Nußbaumsofa und zwei dazu passenden Sesseln beherrscht wurde. Sie hatten gerundete Arm- und Rückenlehnen und waren mit bunten Blumenkissen versehen.

»'ne hübsche Wohnung«, sagte ich.

»Mein Mann und ich haben die Garnitur wenige Tage vor seinem Tod bei Kornmeyer ausgesucht. Ich mußte die Lieferung wegen der Beerdigung sogar verschieben. Kann ich Ihnen etwas anbieten? Vielleicht Eistee?«

Eistee war offenbar das, was die Einheimischen mochten. Ich sagte danke, ja, und nahm auf einem Sessel Platz, weil sie mich dorthin führte.

Ich konnte ins Speisezimmer blicken, in dem ein Tisch, Stühle und ein Porzellanschrank standen. Die Möbel wirkten etwas hübscher als das Haus, das insgesamt untermöbliert war. Als wäre man mit der Einrichtung noch nicht fertig; als sei man mit der Planung noch nicht soweit.

Die Wohnung war aufgeräumt, wenn man von ein paar Spielsachen absah, die der Kleine auf dem Wohnzimmerboden hinterlassen hatte: einen roten Gummiball, ein paar Bauklötze mit Buchstaben drauf, Ede Wolf als Gummifigur, und ein Amos-'n'-Andy-Aufziehauto, ein Nachbau des im Rundfunk gefeierten »Frischlufttaxis«, das Amos und Andy fuhren. Der Kingfish fiel durch seine Abwesenheit geradezu auf.

»Ich fürchte, ich verziehe ihn«, sagte sie und reichte mir ein hohes, schmales Glas mit Eistee. Es war mit einem Minzeblatt verziert.

Ich hatte sie gar nicht wieder eintreten hören. Ich hatte mir das Spielzeug angeschaut.

»Wozu sind Kinder sonst da?« fragte ich. Ich nippte an meinem Tee. Er war kotzsüß. Ich hatte vergessen, ihr zu sagen, daß ich aus dem Norden kam.

»Darf ich?« fragte ich und zückte Notizbuch und Bleistift.

»Aber sicher«, sagte sie und setzte sich aufs Sofa. Unsere Konfiguration erinnerte mich an Mrs. Long und mich – am Tag zuvor.

»Darf ich davon ausgehen«, sagte sie, als lese sie meine Gedanken, »daß ich in Mrs. Long eine Verbündete habe, auch wenn es unwahrscheinlich klingt?«

»So könnte man es sagen.«

»Könnte man es auch so sagen: daß es ihr zum finanziellen Vorteil gereicht, wenn sich die Unschuld meines Mannes erweist?«

»So könnte man es auch sagen. Aber spielt ihre Motivation eine Rolle?«

»Motivation ist das *einzige*, was eine Rolle spielt, Mr. Heller.« Sie trank ein Schlückchen Tee. »Das ist mein Ehemann …«

Sie nahm ein gerahmtes Foto vom Tisch. Ich hatte es nur von hinten gesehen, aber jetzt stellte sie es vor mich hin: Dr. Carl Weiss. Ein Studioporträt. Seine ernster Blick suchte über das Grab hinaus den meinen.

Wenn es Ihnen zu melodramatisch klingt: schade. Die Witwe des angeblichen Huey-Long-Mörders hielt mir das Bild ihres toten Mannes vor die Nase, und mir wurde unheimlich zumute.

Und zwar aufgrund seiner äußerlichen Bescheidenheit, der eine gewisse Heftigkeit unterlag. Die Augen hinter der Nickelbrille schwelten. Die weichen Gesichtszüge, die lange, gerade Nase, die vollen Lippen, das fast weiche Kinn – all das war typisch für einen

Bücherwurm. Er gehörte zu der Art von Jugendlichen, die man aufgrund ihrer Intelligenz ständig aufzog. Zu der Art von Jugendlichen, die unter den richtigen Umständen explodieren können.

Sie zog das Bild zurück und biß die Zähne aufeinander. »Ist das etwa das Gesicht eines Mörders?« sagte sie zitternd.

»Nein«, sagte ich. Aber ich log. Falls ich in meinem Leben je etwas gelernt habe, dann das: daß Mörder viele Gesichter haben können.

»Die Presse hat Carl einen ›verschrobenen Einzelgänger‹ genannt«, sagte sie und lachte leise und verbittert. »Ich habe so etwas Lächerliches noch nie gehört. Er war ein ausgeglichener, intelligenter Mensch ... Er hat nämlich schon mit fünfzehn Jahren das Abitur gemacht.«

»Das ist bemerkenswert.«

»Er hat das College mit neunzehn abgeschlossen und mit einundzwanzig seinen Doktor gemacht ...«

»Mrs. Weiss, manchmal sind intelligente Schüler und Wunderkinder *wirklich* Einzelgänger. Wenn man mehrere Klassen überspringt und ständig mit Älteren zusammen ist, kann es ...«

»Bei Carl war es aber nicht so. Er hat zwar gern gelesen, aber er war kein Intellektueller. Ja, er war still, sogar schüchtern, aber er hatte viel Sinn für Humor und liebte Musik ...« Sie warf einen Blick auf das Spinett an der Wand. »Er ist nicht nur ins Theater gegangen, sondern auch zum Boxkampf ...«

Ein Renaissancemensch, der als politischer Attentäter gestorben war.

Ich suchte nach Worten. »Und an seiner Einstellung ... war nichts Krankhaftes?«

Ihre dunklen Augen flammten auf. »Sie meinen, ob er irgendwelche Anzeichen von selbstmörderischen Neigungen ausgestrahlt hat? Nein, keine. Carl liebte seine Arbeit. Er hat gern mit seinem Vater zusammengearbeitet. Die beiden waren die besten Hals-Nasen-Ohren-Ärzte in Louisiana. Und er war ein *abgöttisch* liebender Vater ... Er hat zahllose Schnappschüsse von unserem Kleinen gemacht. Er hat ihm um zwei Uhr nachts das Fläschchen gegeben und den Kinderwagen geschoben. Ich habe nur selten Windeln gewechselt.«

Ich kniff die Augen zusammen und stellte die Frage, die sie hören wollte. »Begibt sich ein Mensch, der dermaßen in seinen drei Monate alten Sohn vernarrt ist, in eine selbstmörderische Situation?«

»Natürlich nicht! Jetzt verstehen Sie sicher auch, wie lächerlich ...«

Als sie abbrach, nutzte ich meine Chance. »Aber das Schießeisen, das man gefunden hat ... Es war die Waffe Ihres *Mannes.*«

»Ja.« Sie neigte den Kopf zur Seite. Ihre Haltung, so schien mir, war plötzlich abwehrend. »Viele Mediziner haben ein Schießeisen in der Arzttasche. Schließlich lauern die Drogensüchtigen an allen Ecken.«

Die von Baton Rouge?

»Nun, gewiß«, sagte ich freundlich lächelnd, »aber es ist doch nicht so, daß Waffen zu den zahlreichen Interessen Ihres Mannes gehört haben.«

Ich hatte es nur gesagt, um einen harmlosen Übergang zu schaffen, aber ich hatte wohl einen Nerv getroffen. Sie blinzelte und fummelte plötzlich nervös am Schonbezug der Sofalehne herum.

»Eigentlich«, sagte sie, »hat er sich *doch* für Waffen interessiert. Aber das ist doch nichts Schlimmes und Ungewöhnliches.«

»Natürlich nicht. Hat er gejagt?«

»Eigentlich nicht. Es entsprach nicht seinem Charakter, Lebewesen zu töten. Schließlich war er *Arzt.* Aber er ist gern mit einem befreundeten Mediziner zum Scheibenschießen gegangen. Sie hatten Gewehre, Schrotflinten und Pistolen. Sie haben immer Tontauben mitgenommen. Manchmal haben sie auch nur ins Wasser geschossen. Tja … Jungs sind eben Jungs.«

Ich wußte nicht genau, ob sie es sich selbst abkaufte.

»Wo hat er auf Scheiben geschossen?« fragte ich.

Sie runzelte die Stirn. »Was hat das damit zu tun, Carls Unschuld zu beweisen?«

»Mrs. Weiss … es ist meine Aufgabe, festzustellen, was an diesem schrecklichen Abend im Parlament wirklich passiert ist. Ich will Ihnen ganz offen sagen, daß ich dazu neige, die Unschuld Ihres Gatten anzunehmen.«

Ihre schönen Augen wurden größer. »Wirklich?«

»Ich habe es Ihnen schon am Telefon gesagt. Ich habe weder gelogen, noch war es eine List, um mich bei Ihnen einzuschmeicheln.«

»Wieso glauben Sie an Carls Unschuld?«

Ich erzählte ihr von Hueys blutendem Mund und seiner Äußerung, jemand hätte ihm »eine verpaßt«.

Sie hob in gerechtem Zorn die Faust. »*Das* habe ich auch gehört! Ich habe *gewußt*, daß sie diesen Beweis unterschlagen würden! Das Gerücht war überall im Krankenhaus zu hören.«

Nun runzelte ich die Stirn. »Hatte Ihr Mann Freunde unter dem Krankenhauspersonal?«

»Im Krankenhaus? Natürlich. Er hat oft dort operiert. Es gibt nur zwei Krankenhäuser in Baton Rouge, Mr. Heller.«

Ich nippte an meinem zuckersüßen Tee. »Und wo«, sagte ich noch mal, »hat Carl auf die Scheiben geschossen?«

»An der Hütte seines Vaters. Am Amite River, drüben in Livingston. In der Gegend verbringen viele Menschen ihre Freizeit.«

Eine recht harmlose Antwort, wenn man bedenkt, wie sie sich bemüht hatte, dieser Frage auszuweichen.

»Sie waren an diesem Sonntagnachmittag wohl nicht zufällig dort, wie?«

Sie zupfte am Kragen ihres blauen Kleides. »Doch, wir waren da. Wir haben stille Sonntagnachmittage regelmäßig in der Hütte verbracht.«

Stille Nachmittage, schießend.

»Hat Ihr Mann auch an diesem Tag auf Scheiben geschossen?«

»Nein! Ganz sicher nicht.«

Zehn Punkte.

Tja, dies schien mir das erste Mal zu sein, daß sie mich belog, aber es war verständlich: Selbst wenn er in den drei Jahren davor jeden Sonntag beim Scheibenschießen gewesen war – hätte er es auch an diesem Tag getan, hätte man der Sache eine scheinbar schreckliche Bedeutung beigemessen.

Also machte ich weiter. »Gab es an diesem Sonntag irgendwelche Anzeichen, daß ihn etwas störte? Die Morgenzeitungen haben doch bestimmt über die Gesetze berichtet, die Huey verabschieden wollte. Hat die Wahlkreisänderung Ihres Vaters Ihnen nicht den Sonntag vergällt?«

Sie seufzte. »Zuerst mal müssen Sie wissen, daß Carl nicht sonderlich politisch interessiert war. Er hatte mit Kommunalpolitik nichts zu tun. Sie war auch kein Thema, über das er, im Gegensatz zu seinem Vater, oft gesprochen hat.«

»Sein Vater war politisch interessiert?«

»Er interessierte sich besonders für Huey Long. Er konnte ihn nicht ausstehen.«

»Und Carl?«

Ihr Achselzucken wirkte beiläufig. »Er hat ihn bestimmt nicht angebetet. Wie viele Menschen in dieser Gegend hatte er das Gefühl, daß die Dinge … schlecht verwaltet wurden. Es gab in unserer Familie einige Verbitterung gegenüber der Verwaltung … Meine Schwester Marie hat ihre Stellung als Lehrerin verloren; mein Onkel Paul verlor seinen Arbeitsplatz als Rektor der Opelousas High School.«

»Warum haben sie ihre Stellen verloren?«

»Weil sie Pavys sind. Mein Vater gehörte nämlich zu den wenigen Anti-Long-Richtern, die noch im Amt waren.«

Ich beugte mich vor. »Damit sind wir wieder bei der Wahlkreisänderung … An diesem Sonntagmorgen hatte Ihre Familie gerade erst davon gehört, nicht wahr?«

Sie nickte zögernd. »Aber es war keine Überraschung für uns. Meine Mutter hat sich eigentlich darüber gefreut.«

»Gefreut?«

»Papa hat als Richter viel weniger verdient, als er in einer eigenen Anwaltspraxis hätte verdienen können. Mama war erleichtert, weil er abtreten mußte. Papa war persönlich nicht der Meinung, ihm sei große Ungerechtigkeit widerfahren. Es war doch nur Politik. Schmutzige Politik, aber eben Politik.«

»Dann war die Wahlkreisänderung also kein Motiv für Carl?«

»Quatsch. Wir wußten doch längst alle, daß Papa sich aus der Politik zurückziehen wollte.«

Ich hatte mir bislang noch nicht viele Notizen gemacht. Aber ich brauchte Carl Weiss' Tagesverlauf. »Erzählen Sie mir von diesem Tag. Von diesem Sonntag.«

»Na schön.« Sie zuckte die Achseln. »Es war ein typischer Sonntag. Wir gingen in die Messe und dann nach Hause, um uns umzuziehen. Dann gingen wir zum Haus von Carls Eltern – sonntags haben wir um ein Uhr immer bei ihnen gegessen: Brathähnchen, Reis, Soße, Salat und so weiter. Carls Eltern haben eine wunderbare schwarze Köchin.«

»Und dabei haben Sie über das neue Wahlkreisgesetz gesprochen?«

»Ich ... nehme es an. Ich weiß noch, daß jemand sagte, Huey hätte dem Richter damit eine Art verklausuliertes Kompliment gemacht.«

»Wieso?«

Ihr Lächeln war kurz und selbstgefällig. »Papa muß ein ziemlich guter Richter gewesen sein, wenn sie ihn nicht per Wahl aus dem Amt entfernen konnten.«

»Hat Carl eigentlich ... hektisch gewirkt?«

»Nein. Er war ja ziemlich zappelig; wir haben ihn damit aufgezogen. Ich weiß noch, daß er gut gegessen hat und aus sich herausging, um Martha ein Kompliment über das Essen zu machen ... Martha ist die Köchin ... Tom Ed hat sich dann entschuldigt ...«

»Wer?«

»Tom Ed. Er ist Carls Bruder. Übrigens sollten Sie auch mit ihm reden ... Tom Ed ist jedenfalls mit einigen Freunden vom College losgezogen, um eine Kapelle für eine Tanzveranstaltung ihrer Verbindung anzuheuern. Wir zogen uns in ein Schlafzimmer zurück, wo Carl Junior gerade von seinem Schläfchen erwacht war. Ich hab ihn an die Brust gelegt. Carl lag auf dem Bett. Wir haben uns unterhalten. Wir haben uns ganz normal unterhalten, wie es bei Eheleuten halt so üblich ist. Nichts Besonderes, wirklich. Es war so unwichtig, daß ich mich nicht mal daran erinnere ...«

Dann fing sie an zu weinen.

Ich zückte ein Taschentuch, gab es ihr, und sie nahm es und entschuldigte sich.

»Sie brauchen sich nicht zu entschuldigen«, sagte ich. »Ich muß mich entschuldigen, weil ich Sie gebeten habe, mir all das zu erzählen.«

»Es geht gleich wieder. Wirklich.«

Sie hatte recht.

»Nach einer Weile sind wir dann alle zur Hütte rausgefahren ... Es ist eine kleine Hütte, sie hat nur drei Räume. Man kann dort nicht kochen, aber sie liegt am Fluß, und man kann schwimmen, picknicken und sich erholen. Carl und ich sind geschwommen. Dabei haben wir ... wie soll ich es ausdrücken ... rumgeblödelt. Wie Kinder. Ist es nicht albern?«

»Nein«, sagte ich.

»Später saßen wir alle auf der Veranda und haben dem vorbeiströmenden Fluß zugeschaut. Es war fast ... hypnotisch. Carl und sein Vater haben sich über Medizin unterhalten. Mama und ich haben mit dem Kleinen gespielt. Und die Wolken warfen hübsche Schatten auf den Fluß und die Ufer.«

»Wann sind Sie in die Stadt zurückgefahren?«

»Gegen halb acht. Ich habe Carl ein paar Brote gemacht, die er aufaß. Er hat auch zwei Gläser Milch getrunken. Ich habe ihn aufgezogen, daß er nun endlich ein bißchen Speck auf die Rippen kriegte. Carl Junior schlief neben dem Tisch im Kinderwagen. Unser Hund – er heißt Pete und ist 'n großer alter Polizeihund – kam herein und hat das Gesicht des Kleinen abgeleckt, so daß er wach wurde.«

Sie lächelte bei der Erinnerung.

»Carl sagte, ich sollte den Kleinen lieber waschen, was ich auch getan habe. Er hat Pete rausgebracht und gefüttert. Dann hat er mir beim Abwasch geholfen.«

Wann hatte diese kleine häusliche Szene stattgefunden? Eineinhalb Stunden vor der Schießerei?

»Kurz nach acht«, fuhr sie fort, »rief Carl Dr. McGehee an, einen Anästhesisten. Es ging um eine für Montag morgen geplante Mandeloperation. Dann habe ich mich aufs Bett gelegt und die Sonntagscomics gelesen. Der Kleine schlief, Carl stand unter der Dusche. Es war wirklich ein vollkommener Sonntag.«

Fast.

»Als Carl ins Schlafzimmer kam, trug er nicht die üblichen Kleider vom Ausflug, sondern einen weißen Leinenanzug und einen Panamahut … wie Ihrer, Mr. Heller. Nur waren seine Schuhe schwarz, nicht braun. Sein Haar war zerzaust. Ich habe gesagt, er soll sich kämmen. Als er mir einen Abschiedskuß gab, las ich noch die Comics. Er sagte, er wolle noch ein paar Vorbereitungen für die Operation am nächsten Morgen treffen. Ich dachte, er geht zum Krankenhaus am See. Ich habe ihn aber weder danach gefragt noch eine Staatsaffäre daraus gemacht. Er ist doch alle naselang ins Krankenhaus gegangen, auch abends.«

»Und dann ist er gegangen?«

»Nein … Wissen Sie, wir haben den Kleinen jeden Abend nach dem 10-Uhr-Fläschchen in den Schlaf gewiegt, und als Carl gehen wollte, sagte ich: ›Wenn wir den Kleinen nicht wiegen, muß er sich wohl heute in den Schlaf weinen.‹ Da hat Carl gesagt: ›Tja, ich beeile mich, so gut ich kann, dann können wir's zusammen machen.‹ Dann ist er gegangen. Da habe ich ihn zum letzten Mal gesehen. Lebend.«

Sie fing wieder an zu weinen. Wer konnte es ihr verübeln? Sie hatte noch immer mein Taschentuch.

Als mir der Zeitpunkt passend erschien, sagte ich: »Mrs. Weiss, das Verhalten Ihres Mannes ist eindeutig nicht das eines Attentäters, der vorhat, eine selbstmörderische Tat zu begehen.«

»Das weiß ich. Die ganze Familie weiß es.«

»Mein Problem ist, daß ich es beweisen muß. Ich kann Ihnen nicht versprechen, daß es mir gelingt.«

Der Ansatz ihres Lächelns war schöner als jedes echte. »Sie schulden mir nichts, Mr. Heller.«

»Ich glaube doch. Für Ihre Freundlichkeit. Und Geduld.«

»Kann ich irgend etwas tun, um Ihnen zu helfen?«

»Ich möchte mich gern mit Ihrem und Carls Vater unterhalten. Sie meinen, ich sollte auch mit Tom Ed reden?«

»Aber ja! Er weiß *viele* Dinge.«

Ihr Tonfall gefiel mir.

»Können Sie sie für mich anrufen? Können Sie mir den Weg zu ihnen frei machen?«

Aus dem Nebenzimmer kam das Greinen eines erwachenden Kindes – wie eine Polizeisirene.

»Aber gern. Gedulden Sie sich bitte eine Minute.« Sie stand auf und ging schnell zu dem Jungen hinüber. Dann blieb sie urplötzlich stehen und sagte: »Wissen Sie, ich habe Verständnis für Mrs. Long.«

»Wirklich?«

»Carls Versicherung hätte bei Unfalltod auch die doppelte

Summe ausbezahlt. Aber sie hat nicht mal bei Tod durch einen Mord bezahlt.«

Dann ging sie hinaus.

18

Auf der Milchglasscheibe stand DR. MED. C. A. WEISS – AUGEN-, OHREN-, HALS- UND NASENSPEZIALIST. Darunter stand der Name eines anderen Arztes. Das untere Drittel der Scheibe war freilich leer. Zweifellos hatte dort vor einem Jahr noch der Name von Dr. Weiss junior gestanden – bevor es zur mörderischen Schießerei im Marmorgang des Parlaments gekommen war.

Die Büroflucht befand sich im siebenten Stock des Reymond Building (im sechsten war ich einst gewesen), und die Stühle des geräumigen Wartezimmers waren von Patienten besetzt, die in alten Illustrierten blätterten. Vielleicht hatten sie nichts an den Augen.

Trotz der wartenden Menge kam die schlaksige brünette Sprechstundenhilfe hinter dem Empfangstisch hervor und führte mich gleich hinein. Weiss senior hatte eine beeindruckende Praxis. Ich wurde durch einen Gang geführt, von dem zwei Behandlungszimmer mit Testbildern abwichen, und kam an Türen mit der Aufschrift AUFWACHRAUM und RÖNTGENRAUM vorbei. Das Sprechzimmer am Gangende war jedoch klein und spartanisch eingerichtet; es enthielt nur die üblichen Diplome, einige Aktenschränke und einen großen, offenen Rollschreibtisch. Ich nahm auf einem ungepolsterten Holzstuhl neben dem Polsterdrehstuhl am Schreibtisch Platz und wartete. Nicht lange.

Dr. Weiss trug einen makellosen dunklen Westenanzug und einen blauen Schlips mit silberner Nadel. Er war mittelgroß, etwa sechzig Jahre alt, sah aber älter aus. Er hatte ein ernstes Gesicht, doch die grauen Augen hinter der randlosen Brille waren sanft und, was mich nicht überraschte, traurig. Er war kahl wie ein Ei.

Ich stand auf und streckte die Hand aus. Er schüttelte sie.

»Meine Schwiegertochter sagt, Sie wollen helfen, Carl zu rehabilitieren«, sagte er.

»Ich möchte keinen falschen Eindruck erwecken, Doktor. Ich bin als neutraler Ermittler tätig und möchte bloß die Wahrheit über diese unglückliche Situation erfahren.«

Er gab mir zu verstehen, ich solle mich setzen. Dann nahm er auf dem Drehstuhl Platz und stützte sich mit dem Ellbogen auf der aufgeräumten Schreibtischplatte ab. »Das ist mehr, als man über alle bisherigen Ermittlungen sagen kann.«

»Soweit ich weiß, war der Staatsanwalt, der die Untersuchung im Todesfall Ihres Sohnes leitete, kein Anhänger Huey Longs.«

Er nickte langsam. »Stimmt. Er hatte sogar an der berüchtigten Konferenz im Hotel DeSoto teilgenommen ... Aber als es herauskam und die Presse darüber berichtete, hat unser ruhmreicher Staatsanwalt einen Rückzieher gemacht. Und Longs Bureau of Criminal Investigations ... in dem meiner Ansicht nach *Kriminelle* zur Aufklärung von Verbrechen zuständig sind ... hat die ganze traurige Geschichte nur nachgebetet.«

»Sie waren auch kein Anhänger Huey Longs.«

Sein Lächeln fiel dünn und verbittert aus. »Nein. Als sich die Nachricht verbreitete, jemand habe auf Long geschossen, haben einige meiner Familienangehörigen darum gebetet, daß ich es nicht war. Aber in Baton Rouge gab es Tausende und Abertausende von Menschen, die das gleiche hofften.«

»Und niemand ist auf die Idee gekommen, es könne Ihr Sohn gewesen sein?«

Er schüttelte todernst den Kopf. »Falls Carl überhaupt etwas getan hat … Er hat höchstens beruhigend auf *mich* eingewirkt, wenn ich mich über diesen Nachttopf-Napoleon aufregte. Nein, er gehörte nicht zu Longs Verehrern. Hin und wieder hat er ein allgemeines Unbehagen über sein Marionettenregime geäußert. Aber wie viele Menschen, die nicht am politischen Leben teilnehmen, hat er ihn als unausweichlich hingenommen.«

»Im Gegensatz zu Ihnen?«

Dr. Weiss' freundliche Augen flammten zwar auf, aber er blieb weiterhin ruhig. »Huey Long war für mich alles, was an der Menschheit falsch, unehrenhaft und schräg ist. Er war nicht integer. Er glaubte, jeder Mensch hätte seinen Preis. Wenn er die Gelegenheit dazu gehabt hätte, hätte er das ganze Land mit Tyrannei überzogen.«

»Einige Arme in diesem Staat«, sagte ich, um herauszukriegen, wie wütend er wirklich war, »glauben, Huey hatte das Herz auf dem rechten Fleck.«

Weiss hob das Kinn und schaute mich über die Nase hinweg an. »Vielleicht *war* es mal so. Am Anfang hat er ja mit seiner Der-Zweck-heiligt-die-Mittel-Einstellung edle Ziele verfolgt. Aber vergessen Sie nicht, Mr. Heller – bei solchen Menschen werden die Mittel irgendwann zum Selbstzweck.«

»Haben Sie etwas dagegen, wenn ich mir einige Notizen mache? Und könnten Sie mir erzählen, wie Sie den letzten Sonntag mit Ihrem Sohn verbracht haben?«

Er hatte keine Einwände. Er erzählte mir in allen Einzelheiten die Geschichte, die ich schon von der jungen Witwe gehört hatte:

der Besuch der Messe, das Essen mit der Familie, der Nachmittag in der Hütte. Um halb acht war er wieder zu Hause gewesen.

»Haben Sie danach noch mal mit Carl gesprochen?« fragte ich.

»Nein«, sagte er. Er schüttelte den Kopf und rückte die randlose Brille zurecht. »Wissen Sie, als ich die Rundfunkmeldung hörte, jemand habe auf Long geschossen und ein Dr. Weiss sei ums Leben gekommen ... Es ist mir nicht in den Sinn gekommen, es könnte Carl gewesen sein. Aber als ich ihn anrufen wollte, nahm niemand ab. Mein Sohn Tom Ed kam nach Hause. Er hatte die Gerüchte über Long und einen Dr. Weiss zwar auch gehört, wußte aber nicht mehr als ich. Ich habe ihn zu Carl hinübergeschickt, um mal nachzuschauen. Ich habe meine Frau nicht geweckt. Nach einer Weile bin ich einfach ... die zwei Blocks zu seinem Haus hinübergegangen, um zu sehen, ob die alptraumhafte Ungeheuerlichkeit eventuell stimmte ... Vor dem Haus wimmelte es von Menschen: Nachbarn, Journalisten, Polizisten. Und Yvonne stand auf der Veranda und schrie.«

Er stierte ins Nichts.

»Dr. Weiss«, sagte ich, »hat Ihr Sohn eine Pistole mitgenommen, wenn er abends hinausging?«

»Gelegentlich ja.«

»Warum?«

Er zuckte zusammen. »Nun ... in unserem Viertel haben sich üble Elemente herumgetrieben. Und Mediziner haben schließlich Narkotika in der Arzttasche.«

Ich nickte. »Besteht die Möglichkeit, daß Ihr Sohn Long die gleichen Gefühle entgegenbrachte wie Sie, sie aber für sich behalten hat? Nach allem, was ich über ihn gehört habe, war er still und in sich gekehrt ...«

»Aber nicht in der Familie und bei engen Freunden«, sagte Weiss. »Er hatte einen herrlichen Sinn für Humor – seine Freunde auf dem College haben ihn ›Naseweis‹ genannt und das Wort am Ende mit zwei ›s‹ geschrieben! Mr. Heller, ich weiche bei diesem Thema keinesfalls aus: Ich bin ohne jeden Zweifel davon überzeugt, daß mein Carl *nicht* mit der Absicht ins Parlament gegangen ist, Long zu töten.«

Ich tippte mit dem Bleistift auf meine Notizen. »Nach allem, was ich erfahren habe, Doktor, neige ich dazu, Ihnen zuzustimmen. Aber die Sache hat einen Haken: Er *ist* ins Parlament gegangen – und er hat sich Long auf irgendeine Weise entgegengestellt.«

Weiss kniff die Augen zusammen. Dies war ein Rätsel, das zu lösen ihm in all den Monaten nicht gelungen war. Wie viele schlaflose Nächte hatte er damit zugebracht?

»Ich weiß nur eins, Mr. Heller: daß mein Sohn zu beschäftigt war, um auch nur an das zu *denken,* dessen man ihn beschuldigt. Er war auch zu intelligent dazu, zu … *gut.* Er war mit seiner Frau und seinem Kind überglücklich. Er hat sie viel zu sehr geliebt, um sein Leben mit einem solchen Mord wegzuwerfen.«

»Vielleicht hat er geglaubt, er könnte entwischen. – Zuschlagen und dann fliehen …«

»Ihre Worte sind Ihnen doch selbst peinlich, Mr. Heller. Sie kriegen sie kaum über die Lippen, nicht wahr? Carl hätte gewußt, daß es Selbstmord war. Er hätte niemals eine kalte, bewußte Selbstvernichtung durch die Schießeisen dieser bösartigen ›Leibwächter‹ in Kauf genommen.«

»Sie haben recht«, gestand ich. »Aber es mußte gesagt werden.« Ich klappte das Notizbuch zu. »Danke für Ihre Zeit. Vielleicht melde ich mich bald wieder.«

»Sie können jederzeit zu mir kommen – egal ob hier oder bei mir daheim.«

Er gab mir eine Geschäftskarte mit seiner Privatadresse und einer handgeschriebenen Nummer. Ich bedankte mich, schüttelte ihm noch mal die Hand und war schon halb im Korridor, als er sagte: »Er war übrigens mal hier.«

»Wie bitte? Wer?«

Der alte Arzt setzte den Anflug eines wütenden Lächelns auf. »Huey Long. Der legendäre Kingfish. Hatte ein Staubkörnchen im Auge. Er stürmte ins Wartezimmer, verlangte, daß man sich sofort um ihn kümmert, und fluchte wie ein Rohrspatz.«

»Haben Sie ihm geholfen?«

»Er wollte keine Betäubung, aber ich habe ihm trotzdem eine verpaßt. Ich habe Kokain in sein Auge getan und den Fremdkörper entfernt. Aber gegen sein anderes Problem konnte ich nichts machen.«

»Verzeihung?«

Er spitzte angewidert die Lippen. »Seine große Klappe.«

Als ich den Empfangsraum des Anwaltsbüros im sechsten Stock betrat, saß die gleiche gouvernantenhafte Sekretärin tippend an ihrem Schreibtisch. Ich erkundigte mich, ob Mr. Hamilton da sei, und sie schaute mich stirnrunzelnd an und fragte, ob ich einen Termin hätte.

»Ich brauche keinen«, sagte ich und ließ die eingeschnappte Tante sitzen. Ich ging an ihr vorbei, öffnete die Tür und betrat das kleine Büro, an dessen Wänden das signierte FDR-Foto, die Flußbootbilder und diverse Diplome hingen. Der weißhaarige Anwalt, der mit seinem grauen Westenanzug und der grauweißen Krawatte wie die Würde in Person wirkte, schaute von einem Schreibtisch auf, der von Juristenkram wimmelte. Seine dunklen Brauen furchten sich bei der Unterbrechung, und sein Schnauzbart zuckte irritiert.

»Was soll das …« Doch dann erkannte er mich, und seine Brauen fuhren hoch.

Die Gouvernante drückte sich an mir vorbei. Sie war hochgradig empört. »Es tut mir wirklich leid, Mr. Hamilton, aber dieser *freundliche* Herr …«

»Ist schon gut, Lucille«, sagte Hamilton und winkte mit nervösem Blick ab. »Ich habe Zeit für ihn.«

Sie ging schnaufend hinaus und knallte die Tür zu. Ich zog mir einen Stuhl heran und nahm ruhig vor dem recht besorgten Advokaten Platz.

»Was wollen Sie, Mr. Heller?« fragte er.

»Wie schmeichelhaft, daß Sie meinen Namen noch kennen.«

»Eigentlich haben Sie mir zwei Namen genannt – aber ich habe nur den einen behalten.«

Ich verschränkte die Hände an meinem Hinterkopf und breitete die Ellbogen aus. »Liegt's vielleicht daran, daß Sie ihn aufgeschrieben und an ein paar Freunde weitergegeben haben?«

Seine Finger trommelten auf der Schreibtischplatte. »Warum hätte ich das tun sollen?«

»Weil ich Ihnen angeboten habe, mitzuhelfen, Huey Long umzubringen. Haben Sie's vergessen?«

Er rang sich ein Lächeln ab. »Falls Sie eine Erpressung vorhaben, sind Sie an den Falschen …«

»Es geht nicht um Erpressung. Es geht um die Wahrheit.«

»Die Wahrheit?«

Es gibt eine Menge Anwälte, die sich darunter nichts Rechtes vorstellen können.

»Die Wahrheit«, sagte ich. »Es ist zum Beispiel wahr, daß ein paar Tage nach meinem Angebot jemand aus dem nächsten Stock« – ich deutete nach oben – auf Huey Long geschossen und ihn getötet hat.«

Er stand auf. Ich nahm an, er werde mir die Tür zeigen und verlangen, daß ich gehe, doch statt dessen schob er die Hände in die Taschen und schaute durch die Lamellen der Fensterläden auf Baton Rouge hinunter.

»Erstens«, sagte er so leise, als führe er ein Selbstgespräch, »bestehen ernsthafte Zweifel daran, daß Dr. Carl Weiss Huey Long getötet hat, und zweitens hat die Arbeit gewisser Ärzte, zum Beispiel die des politischen Wirrkopfes Vidrine, zu Huey Longs Tod geführt.«

»Wissen Sie, für wen ich *wirklich* tätig war, als ich Sie letztes Jahr besuchte, Mr. Hamilton?«

Er schaute mich neugierig über die Schulter hinweg an.

»Für den Kingfish«, sagte ich.

Sein Gesicht wurde weiß. Er drehte sich zu mir um. Stützte sich mit den Händen auf der Stuhllehne ab. »Und für wen arbeiten Sie jetzt? Für Seymour Weiss? Für Gouverneur Leche?«

»Eigentlich für die Mutual-Versicherung.«

»Was?«

»Ich versuche zu klären, wer Huey Long *wirklich* erschossen hat.«

Er schaute mich an, als hätte ich ihm eine Makrele um die Ohren gehauen. »Für eine Versicherung?«

»Genau. Wie gut kannten Sie Carl Weiss?«

Er schüttelte abwehrend den Kopf. »Kaum. Wir haben uns gerade mal guten Tag gesagt.«

»Aber er hat Ihrer Organisation angehört, den Square Dealers, nicht wahr?«

»Falsch. Er war kein Mitglied.«

Ich beugte mich vor. »Was war mit der Konferenz im Hotel De-Soto? Das Attentatsgeschrei der Long-Leute bei der letzten Wahl begründete sich auf den Beweis, daß Weiss daran teilgenommen hat.«

»Quatsch. Ich war dabei. Carl Austin Weiss nicht.«

»Wollen Sie mir erzählen, daß Carl Austin Weiss in der Brutstätte der Anti-Long-Bewegung nicht zu den Häuptlingen gehört hat?«

Hamilton hob eine Braue und griente. »Mr. Heller – er hat nicht mal zu den Indianern gehört.«

Ich nahm die Fähre über den Mississippi nach Port Allen und dann eine andere über den Atchafalya, um nach Opelousas zu kommen. Der Highway 90 wimmelte von Rasthäusern und Touristenlagern. Die landschaftlich schöne Fahrt brachte mich nach zweieinhalb Stunden zu dem Marktflecken, der etwa 6.000 Einwohner hatte. Schilder und Gedenktafeln wiesen marktschreierisch darauf hin, daß Opelousas der Geburtsort Jim Bowies war. Sein Jagdmesser und Alamo hatten ihn bekannt gemacht. Darüber hinaus wirkte der Ort, wenn man davon absah, daß er seit mehreren hundert Jahren existierte, nichtssagend. Hinter dem üblichen Marktplatz, den die viktorianische Monstrosität eines Gerichtsgebäudes beherrschte, lenkte ich den Ford-Mietwagen durch Wohngebiete mit Alleen und unauffälligen Holzhäusern, die auf großzügig abgemessenen Rasenflächen hockten.

Das Haus der Pavys war keine Ausnahme. Auch hier gab es eine große Rasenfläche. Ich schlenderte über ein luxuriöses Grundstück mit einem langen Spazierweg und kam an zwei uralten bemoosten Eichen vorbei. Das Haus war ein bemerkenswert gut erhaltenes Exemplar einer Residenz aus der Zeit vor dem Bürgerkrieg. Der Nachmittag neigte sich dem Ende zu. Richter Benjamin Pavy saß auf der geländerlosen Veranda auf dem Schaukelstuhl und schaute über die weißen Säulen seines Herrenhauses auf die länger werdenden Schatten.

Als ich ihn erreichte, stand er auf. Er war ein hochgewachsener, stämmiger alter Herr mit einem grauen Schnauzbart und einem vollen, silbernen Haarschopf, der ihm ein Äußeres von strotzender Gesundheit hätte verleihen können, wäre sein Teint nicht so blaß gewesen. Sein rundes Kinn wurde von einer hohen Stirn ausgeglichen; seine spitze Nase war wie gemeißelt. Seine Augen waren dunkel und freundlich unter gekrümmten, angegrauten Brauen.

Da sein Haus wie ein Museumsstück wirkte, wäre er in der blauen Alpakajacke, dem weißen Hemd, dem blau-weiß gestreiften Schlips und der weißen Leinenhose im Kolonialstil der Südstaaten auch als Fremdenführer durchgegangen.

»Danke, daß Sie mich empfangen«, sagte ich und schüttelte fest seine Hand.

»Es ist mir eine Freude, Sir«, sagte er. Ich vernahm unter seiner melodiösen Sprechweise einen französischen Singsang. Er deutete auf einen zweiten Schaukelstuhl, der neben dem seinen stand.

Ich setzte mich hin und schaukelte.

»Ich hoffe, Sie verzeihen mir meinen Mangel an Gastfreundschaft«, sagte er. »Aber ich unterhalte mich lieber im Freien. Gespräche über diese Tragödie regen meine Frau nur auf.«

»Das verstehe ich. Hat Ihre Tochter Ihnen erklärt, was ich vorhabe?«

»Ja. Ja, sicher. Ich will Ihnen zwar gern alle Fragen beantworten, aber ich fürchte, daß ich Ihnen nicht sonderlich helfen kann.«

Die Sonne ging allmählich unter und verwandelte das spanische Moos in gesponnenes Gold.

»Carl war ein anständiger junger Mann«, sagte der Richter. »Vonnie ... meine Tochter ... hat ihn mir an einem Sonntag vorgestellt. Sie wollten meinen Segen, aber ich hab ihn ihnen schon gegeben, bevor sie mich darum bitten konnten. Sie haben hier in Opelousas geheiratet, in der Kirche der St.-Landry-Gemeinde.«

»Warum hat Huey Long alles getan, um Sie aus dem Feld zu schlagen, Mr. Pavy? Wenn er doch alle anderen Richter in der Hand hatte, wieso haben Sie ihn gestört?«

Der dünne Strich unter seinem Schnauzbart bildete ein schwaches, doch stolzes Lächeln. »Weil ich ihn übel hab dastehen lassen. Ich hab ihm nämlich die Stirn geboten. Ich hatte keine Angst, seine Wahlhelfer wegen ihrer Winkelzüge ins Gefängnis zu stecken. O.K. Allen, seine Marionette, hat sie zwar ein paar Stunden später begnadigt, aber ich habe mich trotzdem gefreut, Long Sand ins Getriebe werfen zu können.«

»Man geht allgemein davon aus, Carl Weiss hätte durchgedreht, weil Long Sie aus Ihrem Wahlkreis vertreiben wollte.«

Bevor Pavy antwortete, schaukelte er eine Weile vor sich hin. Sein Gesichtsausdruck war völlig leer. »Ich fürchte, auch ich habe mich seit diesem schrecklichen Abend wegen dieser Möglichkeit gequält«, gab er zu. »Die Vorstellung, ich könnte die Sache, wenn auch ahnungslos, provoziert oder gar indirekt zu Carls Tod beigetragen haben, nagt seit langem an mir. Ich frage mich fortwährend

… Wäre Carl an diesem Abend überhaupt ins Parlament gegangen, wenn ich nicht so stark politisch engagiert gewesen wäre?«

»Glauben Sie, daß er Long erschossen hat?«

Seine Antwort klang müde, aber nicht ungeduldig. »Wissen Sie junger Mann, Carl und ich haben uns nie über Politik unterhalten …«

»Er hat Huey Long in Ihrer Gegenwart nie erwähnt?«

Pavy nahm sich Zeit, bevor er antwortete. »Mir fällt nur ein einziges Mal ein …«

»Ja?«

»Carl hat in Wien studiert … Er war nämlich ein begabter Junge. Aber er hatte in Europa schon eine Diktatur erlebt. Ich erinnere mich daran, daß er Long mit Mussolini, Hitler und Dollfuß verglichen hat.«

»Dollfuß?« sagte ich. »War das der österreichische Diktator?«

»Ja, genau …«

»Fiel er nicht auch einem Attentat zum Opfer?«

Der alte Richter schwieg. Er schaute nur auf die Schatten hinaus, die nun länger wurden, ineinander übergingen und sich in Finsternis verwandelten.

19

Tom Ed Weiss wirkte mit seinem weißen Hemd, dem hellgrünen Pulli, den dunklen Gabardinehosen und den vor der Brust verschränkten Armen sehr studentisch. Er lehnte sich an meinen Ford, der vor dem Sigma-Pi-Studentenverbindungsheim stand. Es war nicht weit zum Campus der LSU. Die Straße war, wie viele andere in Baton Rouge, stark beschattet. Das Licht des fast vollen Mondes fiel durch Geäst und Blätter und malte die Welt in vollkommenes Elfenbein. Es war 21 Uhr durch und ziemlich still, doch im zweistöckigen Holzhaus der Verbindung waren die meisten Lichter an. Hin und wieder huschte Arm in Arm ein kichernd aneinanderschmiegtes Pärchen vorbei. Der dazugehörige Junge trug stets ein doppeltes Bücherpaket unter den Arm geklemmt. Die Bibliothek hatte vermutlich gerade geschlossen. Hin und wieder ratterte eine alte Karre mit jungen Studenten vorbei. Wir befanden uns im Nirgendwoland der akademischen Welt; im gesteuerten Klima der Studien, Studentinnen, des studentischen Ulks, der Lagerfeuer und Frischlinge.

Tom Ed jedoch, ein recht gut aussehender Knabe, der seinem Bruder glich, ohne Brillenträger zu sein, setzte eine finstere Miene auf.

»Die Schweine haben ihn reingelegt«, sagte er.

»Glauben Sie das wirklich?« sagte ich. Ich lehnte mich an den Wagen. Wir sahen zwar aus wie zwei Kumpels, die sich was erzählten, aber wir hatten uns erst ein paar Minuten zuvor kennengelernt.

»Die Schweinebande vom BCI hat sich meine Geschichte nicht mal anhören wollen«, sagte er. »Wissen Sie eigentlich, daß die Polypen nie bei uns waren? Ein paar haben zwar vor unserem Haus auf dem Rasen herumgelungert, aber wir haben nur von anderen Leuten und aus dem Radio von der Sache erfahren ... Meine Mutter *mußte* einen Journalisten an die Tür bitten, damit *er* es ihr erzählt!«

»*Ich* möchte Ihre Geschichte hören«, sagte ich.

Er drehte den Kopf zur Seite und musterte mich abschätzend. Yvonne Weiss hatte mir erzählt, daß Tom Ed seinen Bruder zwar vergöttert, doch daß die Kluft des sie trennenden Jahrzehnts sie gehindert hatte, einander nahezukommen. Der Junge studierte das gleiche wie sein Bruder. Er folgte also nicht den Fußstapfen seines Vaters, der zudem noch Augenarzt war.

»Vonnie sagt, Sie wollen uns helfen«, sagte er.

»Ich bin ein neutraler Ermittler«, sagte ich.

»Verglichen mit dem, was bisher gelaufen ist, qualifiziert Sie das als Helfer.« Er schaute zur Straße hin und musterte das Pflaster, als erblicke er auf ihm die Vergangenheit. »Jedenfalls hatten wir in dieser Woche Hochbetrieb. Ein paar Jungs aus unserer Verbindung und ich fuhren mit ein paar alten Herren umher, denen wir was bieten wollten.«

»Am Abend der Schießerei?«

»Ja. Wir umkreisten das Parlamentsgebäude und suchten einen Parkplatz. Wir hielten es für witzig, mal reinzugehen und uns Longs große Schau anzusehen. Wir hielten es wirklich alle für einen tollen Witz. Also, hinter seinem Rücken haben doch alle über ihn gelacht, wenn er die Marschkapelle angeführt hat, wenn er bei Paraden neben den Vorjublerinnen herfuhr und im Stadion rumwetzte, um die Trainer zu belehren. Manchmal war er auch weniger komisch, etwa als er die Redaktion der Studentenzeitung exmatrikuliert hat, weil sie eine für ihn negative Leserzuschrift abdruckte.«

Mir fiel die Begegnung zwischen Huey und LSU-Rektor Smith wieder ein, der dem Kingfish jeden Wunsch erfüllt und kein besonderes Interesse an den Studenten gezeigt hatte.

»Aber wir haben an diesem Abend keinen Parkplatz gefunden«, fuhr Tom Ed fort. Er schob die Hände in die Taschen seiner weiten Hose und klimperte nervös mit Kleingeld. »Er war rammelvoll. Alle Farmer, alle Geschäftsleute und Hinz und Kunz hatten sich im Gebäude versammelt, um sich die Vorstellung dieses Clowns anzusehen.«

»Dann haben Sie also nicht angehalten?«

»Wir erkannten, daß wir mehrere Blocks entfernt hätten parken müssen, da haben wir gesagt, wir geben's auf.« Er schüttelte den Kopf. »Mist. Wenn wir dageblieben wären, wäre Carl mir vielleicht über den Weg gelaufen. Dann wäre vielleicht nichts von diesem Scheiß passiert.«

»Vergeuden Sie keine Zeit damit, jetzt darüber nachzudenken. Ihre Schwägerin hat gesagt, Sie wüßten etwas. Was wissen Sie, Tom Ed?«

Das fröhliche Lachen eines Mädchens drang durch die Dunkelheit. Ein paar Blocks weiter hupte jemand.

»Ich fuhr mit meinen Freunden umher. Wir waren auf der Third Street, als uns eine Menschenmenge auffiel, die sich um das Haus der *State-Times* scharte. Ich fuhr rüber und stieg aus, und jemand aus der Menge sagte, Huey Long sei erschossen worden. Ein anderer sagte, ein Dr. Weiss hätte es getan. Da wurde mir kalt.«

»Haben Sie an Carl gedacht?«

»Carl? Nie im Leben! Ich habe an meinen Vater gedacht! Bei seinem politischen Engagement wäre es nur typisch für ihn gewesen, sich mit Long in irgendwelche Schwulitäten einzulassen. Jedenfalls habe ich die Jungs gebeten, mich nach Hause zu fahren und dort abzusetzen. Das Licht auf der Veranda war an, mein Vater stand auf der Treppe. Er wirkte irgendwie … benommen. ›Irgendwas ist nicht in Ordnung‹, sagte er. ›Deine Mutter schläft, sie weiß nichts davon.‹ Und ich sagte: ›Was weiß sie nicht?‹ Und er sagte: ›Ich weiß nicht genau, aber ich fürchte Carl ist irgend etwas passiert.‹«

Er schluckte, führte eine Hand an sein Gesicht und zwickte sich in die Nase. Dann schluckte er erneut. Ich klopfte ihm leicht auf die Schulter.

»Und dann, Tom Ed?«

»Dann habe ich meinem Vater wohl erzählt, was ich am Zeitungsgebäude gehört hatte. Und er sagte, er hätte so was im Radio gehört. Er hat mich zu Carls Haus rübergeschickt, damit ich mal nachsehe, was los ist. Vor dem Haus, auf dem Rasen und der Straße, wimmelte es von allen möglichen Leuten. Ich habe mir einen Weg gebahnt und geklingelt. Vonnie kam auf die Veranda. Sie war vollkommen fertig und sagte: ›Carls Schießeisen ist nicht im Haus!‹«

»Warum, glauben Sie, hat sie danach gesucht?«

»Sie hatte die Rundfunkmeldung gehört. Ich weiß nicht – vielleicht hat sie gedacht, mein Vater hätte die Waffe mitgenommen. Vielleicht wußte sie nicht, daß Carl sie in letzter Zeit öfters mitgenommen hatte. Jedenfalls ... habe ich gesagt, daß ich glaubte, Carl sei umgekommen, und als sie dann die ganzen Menschen vor ihrem Haus sah ... fing sie laut an zu schreien.«

Ich wußte nicht, was ich sagen sollte. Die einzigen Geräusche waren das Klimpern seines Kleingeldes und ein Wagen in der Ferne. Im Haus der Studentenverbindung gingen allmählich die Lichter aus.

»Ungefähr um diese Zeit tauchte dann mein Vater auf«, sagte Tom Ed, »und nahm Vonnie mit ins Haus. Ich war so ... so verdammt frustriert! Wir hatten kein Wort von amtlicher Seite gehört. Da das Parlament nur zwei Blocks entfernt war, beschloß ich, rüberzugehen und selbst nachzuschauen. Mein Vetter Jim wohnt auch in dieser Straße. Er ist mit mir rübergegangen.«

»Wann war das?«

»Ach ... Es muß so gegen elf gewesen sein, vielleicht auch halb zwölf. Die Parlamentstüren waren verschlossen, und die Polizei hielt die Menschen vom Gebäude fern. Aber wir haben Carls Wagen gefunden.«

»Wo?«

»Er stand genau davor. Ein Stückchen links von der komischen Eingangstreppe, auf deren Stufen die Namen der Bundesstaaten stehen. Nicht mal Huey Long hatte einen besseren Parkplatz.«

Wie war Carl Weiss dies gelungen?

»Der Wagen war abgeschlossen«, fuhr Tom Ed fort, »aber wir konnten durch die Scheibe Carls Arzttasche auf dem Rücksitz sehen. Ich dachte, wir fahren den Wagen lieber weg, also rannten wir wieder nach Hause, um die Ersatzschlüssel zu holen. Doch als wir zurückkamen, war er weg.«

»Weg? Haben Sie ihn gefunden?«

Der Junge nickte. »Jemand hatte ihn auf die Ostseite des Gebäudes gefahren. Als ich ihn aufschloß, lag die Arzttasche auf dem Boden, auf der Beifahrerseite. Sie war offen.«

»Offen?«

»Jemand hatte sie geplündert. Die Instrumente ragten überall raus, der ganze Inhalt war durchwühlt. Auch der Handschuhkasten war offen – den hat man *auch* gefilzt –, und auf dem Boden lag eine weiße Flanellsocke. Da kriegte ich ein komisches Gefühl.«

»Warum?«

»Weil Carl sein Schießeisen immer in der Socke transportiert hat. Weil er sie eben immer einölte und nicht wollte, daß sie die anderen Sachen verschmutzt.«

»Hat er das Schießeisen in der Arzttasche transportiert?«

»Manchmal, aber meist im Handschuhkasten. Er hat mal einen Säufer erwischt, der in seinem Wagen seinen Rausch ausschlief und ihm Schwierigkeiten machte.« Tom Ed zuckte die Achseln. »Er hatte das Schießeisen schon lange. Es war eine kleine zweiunddreißiger Browning. Er hat sie aus Frankreich mitgebracht.«

»Er stand auf Waffen.«

Tom Ed musterte mich mit einem festen Blick. »Das macht ihn doch nicht zum Mörder. Er stand auch auf Musik – und trotzdem war er kein Opernsänger.«

»Was hat Carl Ihrer Meinung nach im Parlamentsgebäude gemacht?«

»Tja, jedenfalls war er nie und nimmer da, um Huey Long zu erschießen. Mein Bruder war zu moralisch, hatte zuviel Achtung vor dem Leben und liebte seine Familie, ganz zu schweigen davon, daß er nicht das geringste Interesse an kleinkarierter Lokalpolitik hatte ...«

Das behaupteten beide Familien: Weiss und Pavy.

Ich spielte den Advokaten des Teufels. »Aber *da* war er. Er *ist* Huey Long in den Weg getreten. Warum?«

Tom Ed zuckte die Achseln und klimperte mit seinem Kleingeld.

»Sie verschweigen mir etwas, Tom Ed. Irgend etwas, wovon Ihre Familie mir bisher nichts erzählt hat.«

Er musterte mich scharf. »Was haben Sie gehört?«

»Nichts, verdammt! Ich versuche nur rauszukriegen, was Ihr Bruder dort gemacht hat! Kein Angehöriger Ihrer Familie glaubt, die Sache mit der Wahlkreisänderung könnte diese Tragödie ausgelöst haben. Was aber *dann*?«

»Nun ...«

»Nun, was, Tom Ed?«

Er schaute weg. Seine Stimme war kaum hörbar. »Falls jemand die Familie Pavy hätte verunglimpfen wollen, könnte ich ... könnte ich mir vorstellen, daß Carl etwas dagegen unternommen hätte.« Er schaute mich nun wieder an, und seine Stimme war nicht mehr leise. »Aber doch keinen *Mord*! Nie im Leben! Sich Long in den Weg stellen? Sich mit ihm streiten, dem Schweinehund vielleicht sogar eine aufs Maul hauen? Das könnte ich mir schon vorstellen.«

»An welche Art Verunglimpfungen denken Sie, Tom Ed?«

Er zuckte erneut die Achseln. »Mehr kriegen Sie nicht aus mir raus. Ich habe Ihnen schon genug erzählt.«

Ich klopfte ihm auf die Schulter. »Stimmt.«

Er setzte zu einem Lächeln an. »Hatte nicht die Absicht, frech zu werden.«

»Ist schon gut. Die Familienehre zählt hier unten wohl 'ne Menge, was?«

»Unheimlich viel«, sagte er. »Aber komisch ist es doch.«

»Wieso?«

»Es würde Sie überraschen, wie viele Menschen in Louisiana Carl für einen Helden halten. Einen Märtyrer. Wir kriegen fast jeden Tag Briefe von Leuten, die für ein Denkmal sammeln wollen.«

»Halten Sie Ihren Bruder auch für einen Märtyrer?«

»Aber nein!« sagte er aufgebracht. »Er war ein *Mordopfer.* Entschuldigen Sie mich jetzt, Mr. Heller, aber ich muß noch lernen ...«

Er drückte mir die Hand und ging den Weg zum Haus der Studentenverbindung hoch. Doch nicht mal diese behütete Welt würde als Schutz für den Bruder des Mannes reichen, der den Kingfish erschossen hatte.

Beauregard Town war ein Wohngebiet in der Nähe der Innenstadt von Baton Rouge und nur einen Steinwurf von Hueys ans

Weiße Haus erinnernder Gouverneursresidenz entfernt. Es war 22 Uhr durch. Der Mondschein mischte sich mit dem weichen Licht der Straßenlaternen und verlieh dem putzigen, aus dem späten 19. Jahrhundert stammenden Viertel voller Knusperhäuschen und gepflegten Gärtchen einen stillen Charme.

Ich stellte den Ford vor einem etwas größeren und neueren Bungalow ab, einem eineinhalbstöckigen Holzhaus mit offener, breiter Veranda und spitz zulaufenden Pfeilern. In der Dachmitte war ein dreigeteiltes Mansardenfenster. Unten waren die Fenster zur Straße hin erleuchtet.

Ich ging den Weg hinauf, trat auf die galerieartige Veranda und klopfte an die Tür.

Sie brauchte nicht lange, um zu öffnen. Sie trug einen blauen Seidenbademantel mit einem engen Taillengürtel und dunkelblaue, hochhackige Schuhe, aus denen ihre Zehen hervorlugten. Sie sah aus, als wolle sie ins Bett gehen, aber noch hatte sie das Make-up nicht aus ihrem hübschen herzförmigen Gesicht entfernt. Ihr Kußmündchen war freilich absolut von gestern. Es paßte allerdings zu ihren ebenso altmodischen Backfischlöckchen.

Alice Jean Crosleys Anblick konnte Kranke heilen.

»Deine Nachricht besagte, du wärst bis elf auf«, sagte ich. »Ich hab mich darauf verlassen.«

Sie spitzte die Lippen. »Du siehst müde aus«, sagte sie durchs Fliegengitter.

»Hinter mir liegt 'n harter Tag. Ich bin einer von den Arbeitern, über die so viel geredet wird.«

Sie öffnete die Fliegengittertür und gab mir mit einer elegant-spöttischen Geste zu verstehen, ich möge eintreten. Ich tat es.

Der schmale Korridor mündete gleich ins modern möblierte

Wohnzimmer – ohne Chrom, aber mit Massen glatter Nußbaummöbel, einem rostfarben gestreiften Mohairsofa, dazu passenden Sesseln und einer Ottomane. Als Wohnzimmer einer Junggesellin wirkte es überraschend männlich.

Aber es gab auch Anflüge von Weiblichkeit – Blümchenvorhänge, einen verträumten Maxfield-Parrish-Druck über dem Sofa, ein Porzellanpüppchen auf einer gerundeten Radiokonsole, weiße Seidenlampenschirme mit Keramikfundamenten und Schonbezüge auf Sofa- und Sessellehnen.

»Komm rein, alter Knabe«, sagte sie.

Es gefällt mir, wenn Frauen so reden.

Sie schlang die Arme um mich und gab mir einen langen, festen Kuß. Er war eigentlich nicht leidenschaftlich, aber eine tolle Begrüßung.

Dann führte sie mich an der Hand zum Sofa. Wir nahmen Platz, und sie schlug die Beine übereinander und zeigte mir einen wohlgeformten Unter- und das Versprechen eines weißen Oberschenkels.

»Woher weißt du, daß ich in der Stadt bin?« fragte ich.

»Ich habe noch immer Spione in Hueys Organisation.«

»Woher wissen *die*, daß ich in der Stadt bin?«

»Meinst du das im Ernst? Du bist doch im Heidelberg abgestiegen, oder?«

Ich zuckte die Achseln. »Es ist das einzige anständige Hotel in Baton Rouge.«

Sie grinste. »Tja, Roy Heidelberg gehört zu Seymours besten Kumpanen. Alle wissen, daß du in der Stadt bist. Sie wissen nur nicht, warum.«

Sie griff nach einer geöffneten Chesterfield-Packung, die vor uns auf dem runden Tisch lag. Auch ein paar Illustrierte waren ausgelegt: *Vogue, Cosmopolitan, True Romance, Photoplay* und *Breezy.* Alice Jean hatte wohl neuerdings eine Menge Freizeit.

»Hast du deshalb im Hotel eine Nachricht für mich hinterlassen?« fragte ich. »Weil du wissen willst, was ich hier mache?«

Sie schüttelte das Streichholz, bis es aus war, und sog an ihrer Zigarette. »Ich will nur wissen, wieso du dir die Frechheit rausnimmst, nach Baton Rouge zu kommen, ohne mich zu besuchen.«

»Ich bin erst einen Tag hier«, sagte ich grinsend. »Und schon bin ich da.«

Sie tat so, als wolle sie eine Schnute ziehen. »Und ich mußte betteln gehen. All die Briefe, die ich geschrieben habe … die ganzen Anrufe …«

»Ich empfinde zwar große Zuneigung für dich, Alice Jean, aber ich brauchte Geld, um in diesen Staat zurückzukehren.«

»Dann bist du *beruflich* hier?«

»So ist es.«

»Erzähl mir mehr.«

Ich drohte ihr scherzhaft mit dem Finger. »Hast du schon mal was von Schweigepflicht gehört?«

»Ist warm hier drin. Ich sollte mir wohl einen hübschen großen elektrischen Ventilator kaufen.« Sie öffnete den Gürtel ihres Seidengewandes, dann das Gewand selbst, damit die Globen ihrer Brüste Gelegenheit bekamen, sich abzukühlen. Sie hatte recht: Auch mir war es plötzlich warm geworden.

»Ich arbeite für die Mutual-Versicherung«, sagte ich.

Sie inhalierte. »Erzähl mir mehr.«

»Lieber nicht. Nicht mal, wenn du so weitermachst.«

Darüber mußte sie lächeln. »Weißt du, was ich an dir mag? Du bist zwar schräg, aber du hast auch Grundsätze.«

»Du könntest auch 'ne Probe aufs Exempel machen und mich zwingen, Farbe zu bekennen. Vielleicht ist es einen Versuch wert.«

»Nate«, sagte sie, und ihre Hand fand den Weg zu meinem Nacken, wo sie mit meinem Haar spielte, »ich bin nicht im Feindeslager. Ich bin nur neugierig.«

»Seit wann ist Alice Jean Crosley kein Bestandteil der Huey-Long-Organisation mehr?«

»Seit der holzköpfige Gouverneur Leche mich rausgeworfen hat.«

Ich blinzelte. »Was? Er hat *dich* rausgeworfen? Obwohl du genau weißt, in welchen Sümpfen sie ihre Leichen versenkt haben?«

Sie zuckte die Achseln. »Hat offenbar keine Rolle gespielt. Ich war nett zu Jimmy Noe. Das hat ihnen schon gereicht.«

»Wer ist Jimmy Noe?«

»Er war nach O. K. Allen kurz Gouverneur. Allen ist gestorben. Er war einer der vielen Jünger Hueys, die sich um Pöstchen zanken. Aber Jimmy ist mir sympathischer als der fette Gauner Leche. Jimmy hat jede Menge Unterstützung im ganzen Staat. Wir haben uns gut verstanden, deswegen haben sie mich gefeuert. Und all meine Verwandten auch.«

»Was für ein Ding!« Ich schaute mich in ihrem Bungalow um, der voller neuer Möbel war. »Sieht so aus, als hätte die oberste Steuereinnehmerin im Lauf der Jahre auch so einiges eingenommen.«

»Moralische Entrüstung der Delegation aus Chicago?«

»Nur eine Beobachtung, die nichts bringt. Weißt du, ich hätte eher angenommen, daß Seymour und die Bande sich inzwischen längst verzogen haben. Als ich voriges Jahr hier war, war ihnen nämlich die Steuerfahndung auf den Fersen.«

Sie lachte heiser. »Soll das ein Witz sein? Niemand kriegt Seymour Weiss an den Hammelbeinen. Kurz nach Hueys Tod haben Elmer Irey und seine Jungs ihre Sachen gepackt.«

»Was?«

»Aber ja! Sämtliche Anklagen gegen Seymour Weiss und die anderen Longsters wurden fallengelassen.«

»Klingt so, als hätte jemand dran gedreht.«

Sie stieß einen perfekten Rauchkringel aus. »Natürlich. Eine Nachricht aus Washington D.C. Hueys Erben werden mit FDRs Verwaltung zusammenarbeiten. Alle Sünden sind vergeben. So ging jedenfalls das Gerücht im Parlament.«

»Bloß war es nicht nur ein Gerücht ...«

Sie hob eine Braue und gestikulierte großspurig mit ihrer Chesterfield. »Sagen wir's mal so: Im letzten Juni war Seymour Weiss als Delegierter Louisianas beim Parteitag der Demokraten.«

Und ich hatte Chicago für eine große Sache gehalten.

»So, Nate«, sagte sie, zog das Gewand bis an ihre Taille herunter und verschränkte wie ein Flaschengeist die Arme vor ihrem tollen Oberkörper, »und was führt dich nun nach Louisiana?«

»Glaubst du wirklich, ein billiger, vulgärer Zug wie dieser würde bei mir funktionieren?«

Sie ließ die Hände auf ihre Hüften sinken.

Ich erzählte ihr alles.

Als ich fertig war, zog sie das Gewand wieder hoch, schnürte den Gürtel fest und stand auf. Sie ging rauchend auf und ab.

»Das ist unfair«, sagte ich.

»Unfair?« sagte sie. »Quatsch.« Sie schüttelte den Kopf. »Du bist verrückt. Völlig durchgedreht.«

»Wieso?«

Sie schaute mich direkt an. Ihr Gesicht war weiß. »Dies ist ein Fall, in den du dich nicht einmischen *darfst.* Verstehst du? Diese Leute legen dich um.«

»Das glaube ich nicht.«

»Du glaubst es nicht, was? Weißt du eigentlich, daß es wie ein Hagelschauer klang, als sie Carl Weiss' Leiche vom Boden aufgehoben haben – weil so viele Kugeln aus ihm rausgefallen sind? Du *weißt* doch, mit was für Menschen du es zu tun hast: Messina, McCracken, auch mit deinem Freund Roden. Sie sind Totschläger! Man hat sie übrigens mit feinen Posten belohnt. Und die wollen sie nicht bedroht sehen.«

Ich winkte ab. »Wenn sie mich umlegen, ist es ein Schuldeingeständnis. Dann übernimmt ein anderer die Ermittlungen. Und dann wieder ein anderer. Irgendwann wird man sie auch in diesem Sumpf von einem Staat erwischen.«

»Bis dahin, Heller, biste aber tot.«

Es war nicht von der Hand zu weisen.

Sie kam um den Tisch herum, setzte sich sehr dicht neben mich und legte eine Hand auf mein Bein. »Warum steckst du deine Nase da rein? Es bringt doch nichts. Jeder in diesem Staat weiß, daß es möglich, wenn nicht gar wahrscheinlich ist, daß Huey bei der Schießerei in dem engen Gang von einer verirrten Kugel getroffen wurde. Aber alle wissen auch, daß Dr. Carl Weiss immerhin *versucht* hat, Huey umzubringen.«

»Ich glaube, er wollte Huey möglicherweise nur eins aufs Maul hauen. Und dafür ist er erschossen worden. Das Gespräch mit Tom Ed Weiss hat mich darauf gebracht. Jemand hat sein Schießeisen erst *nach* der Schießerei aus seinem Wagen geholt. Und hat es dann zweifellos gegen das andere ausgetauscht, das am Boden lag.«

Sie schüttelte den Kopf. »Das glaube ich nicht.«

Sie wirkte sicher.

»Warum, Alice Jean?«

»Die Familie Weiss weiß es. Die Pavys wissen es auch. Aber sie haben es dir nicht erzählt. Und wenn du sie fragst, werden sie es abstreiten ...«

»*Was* werden sie abstreiten?«

Ihr Lächeln war nicht im geringsten heiter. »Huey hatte eine schmutzige Art, seinen Gegnern was am Zeug zu flicken ... Manchmal hat er Gerüchte über in irgendwelchen Familien vorkommende Geisteskrankheiten verbreitet. Doch meist hat er es auf die rassistische Tour gemacht.«

»Auf die rassistische Tour?«

»Ah, ich weiß, oben im Norden seid ihr ja viel zu intellektuell und fortschrittlich, um noch irgendwelche rassischen Vorurteile oder rassische Schwierigkeiten zu haben. Aber wir Hinterwäldler aus dem Süden sind davon eben noch nicht ganz frei.«

»Alice Jean – was willst du damit sagen, verdammt?«

»Ich will damit sagen, daß Huey die Opposition durch die Wahlkreisänderung bekämpfen mußte. Oh, natürlich hätte er es gesetzlich durchdrücken können, aber es hätte einen Aufschrei gegeben. Richter Pavy war nämlich sehr beliebt und sogar bei seinen Gegnern angesehen. Außer bei Huey ... Aber wen hat Huey schon respektiert, hm?«

»Du hast ihn besser gekannt als ich.«

»Ja ... aber keiner von uns kannte ihn wirklich. Wie habe ich ihn lieben können, Nate? Wie konnte ich jemanden lieben, der fähig war, einen guten Menschen wie Richter Pavy mit Vorwürfen der allermiesesten Sorte fertigzumachen? Huey ... war drauf und dran, die Meldung zu verbreiten, in der Familie Pavy gäbe es ›Niggerblut‹.«

Ich runzelte die Stirn. »Hatte er so was schon mal gemacht?«

»Aber ja.«

»Und hier im Süden … ist das etwas, wofür man einen Mord begeht?«

»Und ob. Wenn du Vater wärst und einen kleinen Jungen hättest, den du sehr liebst, und deiner Familie stünde eine so niederträchtige Verleumdung bevor … würdest du wahrscheinlich sogar bereitwillig dafür sterben.«

Also das war die »Verunglimpfung«, die Huey geplant und auf die Tom Ed sich bezogen hatte.

»Ich freue mich, daß du wieder hier bist, Nate«, sagte sie und schlang die Arme um mich. Ihr Chanel Nr. 5 kitzelte meine Nase. »Aber ich will nicht mehr in diesen Morast der Unerfreulichkeiten schauen. Ich möchte nicht, daß noch ein Mann, den ich liebe, in einem Geschoßhagel stirbt.«

Sie stand auf und zog das Gewand aus, dann drehte sie mir ihren perfekten Grübchenhintern zu und ging langsam aus dem Raum.

Was sie mir hatte sagen müssen, war zwar problematisch, und in meinem Kopf drehte sich alles, aber wissen Sie, was?

Ich ging hinter ihr her.

20

Reverend Gerald L.K. Smith, dessen falkenartige Nase seine Jungenhaftigkeit nicht ausgleichen konnte, lümmelte sich rosig, haarlos und feist wie ein großer Säugling in einer riesigen, mit weißem Schaum gefüllten Badewanne.

»Wir sind beide erwachsen«, sagte das Riesenkind mit einem

Lächeln, das den Leuten so manchen Dollar aus der Nase gezogen hatte, »deswegen nehme ich an, es macht Ihnen nichts aus, sich auf diese Weise mit mir zu treffen … auch wenn andere es möglicherweise für würdelos halten.«

Ich saß auf dem Klo. Das heißt, auf dem Klodeckel. Der strahlend weiß geflieste Raum gehörte zu einer der schönsten Suiten im St. Charles Hotel in New Orleans und war größer als manches Hotelzimmer, in dem ich gewohnt hatte.

»Ich bin dankbar, daß mir jemand zuhört«, sagte ich. »Zumal ich kaum Zeit hatte, mich anzumelden.«

Er seifte einen rosigen Arm mit rosafarbener Seife ein – an seine feine Haut ließ er keinen Waschlappen heran. »Miss Crosley sagt, Sie führen eine Untersuchung durch, die sich möglicherweise für die Schweinehunde als peinlich erweist, die mich und diese wunderbare junge Dame von der Macht verdrängt haben.«

Es war schön, zu wissen, daß der Gottesmann eine so hohe Meinung von der Geliebten des verstorbenen Kingfish hatte. Denn sie hatte mir zufälligerweise geholfen, ein paar Schlüsselinterviews wie dieses hier zu kriegen.

»Ja, Sir, mit einer solchen Untersuchung bin ich beschäftigt«, sagte ich mit lachhafter Förmlichkeit, da die einzige Möglichkeit, mit großspurigen Leuten zurechtzukommen, manchmal darin besteht, ihnen mit der gleichen Großspurigkeit zu begegnen. »Soweit ich weiß, kann ich mich glücklich schätzen, Sie heutzutage überhaupt in Louisiana zu erwischen.«

Er zwinkerte mir zu. Ein Schaumgebilde verlieh ihm eine besonders schaumige Augenbraue. »Ich habe mein Hauptquartier im Moment nach Kalifornien verlegt. Ich habe mich mit Dr. Townsend zusammengetan.«

Dr. Francis E. Townsend aus Kalifornien – eine sanftmütigere und weitaus gütigere Version Hueys – war wegen seiner utopischen Ideale und Vorstellungen von höheren Steuern und großzügigen Renten wohlbekannt. Seine sanfte Taktik stand zwar im Widerspruch zum hetzenden Stil Reverend Smiths, aber ich konnte gut verstehen, daß er die Vorstellung reizvoll fand, die zig Millionen Mitglieder von Hueys »Teilt den Reichtum«-Clubs zu erben.

Die Augen des Gottesmannes verengten sich argwöhnisch. »Bevor wir weitersprechen, Mr. Heller, muß ich Ihnen eine … zwar peinliche, aber notwendige Frage stellen. Ich habe Miss Crosley auch schon gefragt, und sie hat mir gewisse Zusicherungen gegeben. Aber ich muß auch Sie fragen, Sir.«

»Fahren Sie ruhig fort, Reverend. Legen Sie sich keinen Zwang an.«

»Sind Sie Hebräer? Ich frage nur wegen Ihres Nachnamens.«

»Ja, aber er ist sauber«, sagte ich. »Die meisten Hellers sind zwar Juden, aber die Vorfahren meines Vaters waren deutsche und die meiner Mutter irische Katholiken.«

Meine Antwort war natürlich gelogen, d. h. bis auf die Religion meiner Mutter.

»Ein Protestant wäre mir, ehrlich gesagt, lieber«, sagte Smith seufzend. »Aber der Katholizismus ist eindeutig das geringere zweier Übel. Ich bin allgemein der Ansicht, daß man Juden nicht trauen kann. Es gibt Leute, die dies für antisemitisch halten.«

»Ach, *wirklich*?«

Smith nickte. Sein Seifenbart ließ ihn wie einen Ziegenbock erscheinen. »Offen gesagt, es ist ein politischer Standpunkt. Ein *praktischer* Standpunkt. Schauen Sie sich die Long-Organisation doch mal an – sie ist völlig verjudet! Wie aaswitternde Schakale haben sie den wahren Unterstützern eines großen Mannes das Fleisch von den Knochen gerissen.«

»Was sehr traurig ist, Sir.«

»Außerdem ist es natürlich keine Überraschung, da sein Mörder, dieser Carl Weiss, ebenfalls Jude war.«

»Er war eigentlich keiner.«

Er richtete sich plätschernd in der Wanne auf. Ein paar Schaumblasen flogen auf den gefliesten Boden. »Was sagen Sie da, Mann?«

Ich zuckte die Achseln. »Weiss ist, wie Heller, ein deutscher Name. Es gibt Menschen, die Weiss heißen und keine Juden sind. Dr. Weiss und seine Familie waren zufälligerweise Katholiken.«

Diese Neuigkeit machte ihn völlig fertig. »Ich kann's kaum glauben.«

»Es stimmt aber trotzdem. Und außerdem besteht die Möglichkeit, daß er gar nicht der Mörder war.«

Schaumblasen bedeckten den rosigen Brustkorb des Geistlichen, und er runzelte verwirrt die Stirn. Trotz all seiner Begabungen – in der Öffentlichkeit Reden zu halten und hinter den Kulissen Intrigen zu spinnen – war Dr. Gerald L. K. Smith nicht sonderlich intelligent.

»Was sagen Sie da, Mann? Der Kingfish, unser Führer, ist zum Märtyrer geworden!«

»Das habe ich auch nicht bestritten.«

Aber er war schon in Rage. Gestikulierend und plätschernd verwandelte er sein Schaumbad in ein stürmisches Meer und ließ eine Kurzpredigt ab: »Man hat ihn einen Diktator genannt, aber seine Diktatur war die des chirurgischen Theaters. Huey Long war ein politischer Chirurg, der für das Wohlergehen des Patienten gearbeitet hat!«

»Richtig ...«

»Es gibt Leute, die ihn als korrupt bezeichnen! Ich sage, er hat bloß geringere Prinzipien aufgegeben, um einem höheren zu dienen. Teilt den Reichtum! Jedermann ein König, doch keiner soll die Krone tragen!«

Mag sein, aber ich saß auf dem Thron.

»Es geht darum, Reverend«, sagte ich in der Hoffnung, wieder zum Thema zurückzukommen, »daß ich glaube, daß Leute aus Hueys Umgebung für seinen Tod verantwortlich waren.«

In seinen blaßblauen Augen blitzte Feuer auf. »Ja ... Ich sehe es vor mir. Eine Verschwörung. Er war von widerlichen Hebräern umgeben ... Damit sagen Sie, daß die Juden Huey ebenso umgebracht haben, wie unseren Herrn!«

»Tja ... nein. Ich glaube, daß es möglicherweise ein Unfall war.«

»Es war kein Unfall, daß die Juden Jesus umgebracht haben!«

»Ich meine jetzt Hueys Tod. Es sieht allmählich so aus, als hätte sich Dr. Carl Weiss Huey in den Weg gestellt, weil dieser eine rassistische Verleumdung gegen die Familie Pavy plante. Ich glaube, Huey hat ihm die kalte Schulter gezeigt, und Weiss ist deswegen handgreiflich geworden. Dann haben die Leibwächter angefangen zu schießen, und ...«

Smith setzte ein triumphierendes Grinsen auf. »Ja, verstehen Sie denn nicht? Seymour und die anderen haben bestimmt mit Roosevelt unter einer Decke gesteckt!« Er schwang eine Faust aus dem schaumigen Meer. »Ja! FDR und die Juden!«

»Nun ...«

»Kapieren Sie denn nicht, Mann? Seymour und Longs Truppe sind das ganze Jahr über gegen Roosevelt angetreten! Und im nächsten Monat wird er mit überwältigender Mehrheit wiedergewählt!

Wäre das auch passiert, wenn Huey noch leben und gegen ihn antreten würde? Hätte Huey Long *seine* Truppe hinter die Wiederwahl dieses widerwärtigen verkrüppelten Betrügers gestellt?«

»Natürlich nicht.«

»Diese bösartigen Unholde. Die sind zu allem fähig. Wissen Sie, was sie mir angetan haben?«

»Was denn?«

Die Streckbank? Die eiserne Jungfrau? Die Kreuzigung?

»Sie haben mir meine Mitgliederliste weggenommen«, sagte er und schob sein eingeseiftes Kinn vor.

»Gütiger Himmel!«

»Acht Millionen Mitglieder – und ich bin von ihnen abgeschnitten. Wie ein Kopf, den man vom Körper amputiert hat.« Aus schaumigen Wassern erhob sich ein anklagender Zeigefinger und warf wütend Flocken in die Luft. »Aber wenn Huey Chirurg war, bin ich Dentist!«

»Dentist?«

»Ein Gesellschaftsdentist. Ich ziehe die verfaulten Zähne der gesellschaftlichen Krankheiten. Kein intelligenter Mensch zieht seinen Zahnarzt in Zweifel, oder?«

»Natürlich nicht.«

»Der Patient muß die Klappe halten und den Zahnzieher seine Arbeit tun lassen!«

»Wenn der Patient die Klappe hält«, sagte ich, »wie genau zieht der Zahnarzt dann eigentlich den Zahn?«

»Ist doch nur ’ne Redensart, Mann! Seit Huey Longs Tod wird Louisiana von gesellschaftlichem Verfall geschüttelt. Die Gelddämonen der Wall Street und die räuberischen Konzerne haben in Leuten wie Seymour und seiner Marionette Gouverneur Leche willige Komplizen gefunden. Man muß es sich mal vorstellen: Nachdem Huey sein Blut auf den Korridoren des Parlamentsgebäudes vergossen hat, machen sie Geschäfte mit Standard Oil!«

Ich runzelte die Stirn. »Was sind das für Geschäfte?«

»Hat doch alles in der Zeitung gestanden, Mann!«

»Nicht in Chicago. Erzählen Sie's mir.«

»Nun, Gouverneur Leche hat mit diesen Höllenhunden ein Abkommen getroffen. Hueys Steuer sollte fünf Cent pro Barrel betragen, jetzt zahlen sie einen Cent pro Barrel. Aber das ist keine Überraschung, oder?«

»Für mich schon«, sagte ich. »Ich habe nämlich gedacht, Hueys Nachfolger würden es nicht wagen, etwas zu entschärfen, wofür Huey einen öffentlichen Kreuzzug angefangen hat.«

Smith lachte verächtlich. »Kennen Sie den Lobbyisten von Standard Oil? Louis LeSage?«

»Ja.«

»Tja, er und der Jude Seymour sind gute alte Freunde.«

»Seymour und LeSage sind Freunde?«

Smith hob einen Arm aus der Wanne und gestikulierte. »Wenn das Parlament nicht tagt, wohnt LeSage in einer palastartigen Suite im Roosevelt Hotel, das natürlich auch Weiss gehört. Und er zahlt keinen Cent dafür.«

Für kurze Zeit drehte sich alles in meinem Kopf. Einer der potentiellen Mordverschwörer, zu denen Huey mich geschickt hatte, war Seymours Busenfreund? Steckte eine Bösartigkeit dahinter? Oder war es nur gute schäbige Politik, um einen Lobbyisten bei der Stange zu halten?

»Tja, wenn das alles war, Mr. Heller, muß unser Gespräch nun leider enden«, sagte Smith. »Ich habe noch einen Termin ...«

»Danke, Reverend. Ach, eins fällt mir noch ein.«

»Ja? Ich bin bereit, Ihnen zu helfen.«

Ich stand auf und schob seinen Kopf unters Wasser. Ich drückte meine Hand auf seinen Schädel. Er trat um sich und blubberte, und mein Anzug wurde ein bißchen feucht, aber es war die Sache wert.

Nach etwa dreißig Sekunden ließ ich ihn los. Er hustete, und Schaumwolken trieben wie Zuckerwatte durch das strahlende Badezimmer.

»Was … was … was soll denn das …«

»Ich dachte, es wird Sie bestimmt interessieren«, sagte ich und trocknete meine Hände an einem Handtuch ab, »daß Heller *doch* ein jüdischer Name ist.«

Dann ging ich raus.

Der zum Mars unterwegs befindliche irre Heuchler hatte mehrere interessante Bemerkungen gemacht. So ausgerastet mir seine abgespulte »FDR und die Juden«-Verschwörungstheorie auch erschien, einiges von dem, was aus dem Mund Smiths gekommen war, hatte etwas bestätigt, was ich am Morgen bei einem Gespräch mit Elmer Irey erfahren hatte.

Ich hatte Irey von meinem Hotelzimmer aus in seinem Büro im Washingtoner Schatzamt angerufen.

»Stimmt es, daß ihr euch mit eingezogenem Pürzel aus Louisiana verzogen habt?« fragte ich.

»Ich weiß nicht, ob ich es so ausdrücken würde«, sagte Irey trokken. »Wir hatten knallharte Beweise gegen Seymour Weiss und viele andere Longsters, aber im letzten Juni wurden wir zurückgepfiffen.«

»Auf Anweisung des Präsidenten?«

»Na ja, auf die des Justizministers.«

»Hattet ihr auch bestimmt genug knallharte Beweise?«

Sein Seufzer kam als Zischen durch die Leitung. »Heller – wir haben sorgfältige Ermittlungen durchgeführt und eine Menge Beweise angehäuft, von denen wir glaubten – und noch glauben –, sie seien die Grundlagen für eine erfolgreiche Verurteilung. Mein Büro war nicht dafür, die Sache abzuwürgen.«

»Und jetzt liegt Longs Truppe mit FDR in der Heia?«

»Kann ich nicht genau sagen.« Eine bedeutungsschwangere Pause folgte. Dann: »Aber ich kann sagen, daß ein Journalist, der die Geschichte verbraten hat, die Sache als ›Neuerwerb Louisianas‹ bezeichnet hat.«

Richter John Fournet wies auf etwas Ähnliches hin, als er sich am frühen Nachmittag mit mir zu einem Cocktail in der chromglänzenden Bar des Roosevelt Hotel traf.

»Es überrascht mich nicht, daß Hueys Versicherung Ermittlungen anstellt«, sagte der gut angezogene schlaksige Richter offen und in schleppendem Tonfall.

Auch als wir in einer Nische im Hintergrund saßen, wirkte Fournet – er war um die Vierzig – klein. Sein dunkles, schütter werdendes Haar war glatt nach hinten gekämmt. Die dunkelblauen Augen standen weit auseinander und waren durchdringend, die Nase etwas lang, der Mund eine dünne, abgemessene Linie. Sein kleines Kinn stand selbstsicher vor. Der dunkelgraue Anzug war aus Seide, und seine blau-grau gestreifte Krawatte mit einer dreieckigen diamantenbesetzten Nadel verziert, für die man einen neuen Packard hätte kaufen können. An der linken Hand war ein silberner Ring mit einem Diamanten, der aber kleiner war als ein Golfball. Er hätte ein wohlhabender Buchmacher sein können, aber er war Richter am Obersten Landesgericht Louisianas.

»Ich habe Dick Leche erzählt«, fuhr er in seinem kultivierten Sirupbariton fort, »daß es ein Fehler war, keine gründliche Untersuchung des Attentats vorzunehmen.«

»Warum hat er keine machen lassen?« fragte ich. »Er hat doch seinen Wahlkampf darauf aufgebaut, oder?«

»Das kann man wohl sagen. Aber er hat jedes Gesetz torpediert, das das Parlament beschlossen hat, um Ausschüsse ins Leben zu rufen, die sich die Sache ansehen sollten. Das Problem ist, daß ein paar Irre in diesem Staat glauben, der Präsident der Vereinigten Staaten stünde selbst hinter dem Mord ...«

»Einen davon habe ich heute morgen getroffen: Dr. Gerald L. K. Smith.«

»Ich dachte, er schiebt es den *Juden* in die Schuhe«, sagte Fournet, ohne eine Miene zu verziehen.

»Denen auch. Sie haben es mit FDR *zusammen* getan.«

Fournet lächelte kopfschüttelnd und nippte an seinem Getränk, einem Ramos Gin Fizz. Wir hatten zu Hueys Ehren die Spezialität des Hauses bestellt, denn er hatte dazu beigetragen, das Getränk bekannt zu machen, hier und im Blue Room des Hotels.

»Das Problem bestand darin«, sagte Fournet, »daß eine gründliche Untersuchung irrsinnige Theorien dieser Art vor der Öffentlichkeit ausgebreitet hätte. So albern die Vorwürfe auch sind – hätte man den Namen des Präsidenten in derlei Ermittlungen einbezogen, wäre es einerseits peinlich und andererseits ... politisch unklug gewesen.«

»Nicht gerade eine kluge Art, um Bundesgelder in den Staat zu holen.«

»Genau. Tja ... als Sie mein Büro anriefen, sagten Sie, Sie wollten zu beweisen versuchen, daß Carl Weiss tatsächlich der Attentäter war.«

Ich hatte ihm dies aufgrund von Alice Jeans Vorschlag erzählt. Hätte ich irgend etwas anderes gesagt, hätte der Richter nie in Betracht gezogen, sich mit mir zu treffen.

»Stimmt«, sagte ich. »Wissen Sie, Mrs. Long geht es finanziell nicht sonderlich gut, deswegen beansprucht sie von der Lebensversicherung die doppelte Entschädigung aufgrund eines Unfalltodes. Wenn Huey bei einem Unfall ums Leben kam, ist die Versicherungssumme höher.«

»Also, wenn er von einer fehlgeleiteten Kugel Messinas oder Murphy Rodens getroffen worden wäre?« Fournet schüttelte traurig den Kopf und malte Striche in die Feuchtigkeit seines Cocktailglases. Sogar in der schummrig beleuchteten Hotelbar tanzte der große Diamant in reflektiertem Licht. »Es ist wirklich eine traurige Sache. Ich kann's der armen Frau nicht verübeln. Huey hat nämlich nicht viel Bares auf die Seite gelegt. Er hat alles in seine politische Existenz gesteckt.«

»Sie scheinen dieser Theorie skeptisch gegenüberzustehen – daß sein Tod ein Unfall gewesen sein könnte.«

Fournets dunkelblaue Augen verengten sich. »Ich war mittendrin, junger Mann.« Er schaute in sein Glas, als wäre es eine Kristallkugel. Aber er suchte in der Vergangenheit, nicht in der Zukunft.

»Ich hatte Huey gerade begrüßt«, sagte er düster, »als sich urplötzlich ein Mann von kleiner Gestalt in einem weißen Anzug zwischen uns schob. Er hatte eine kleine schwarze Automatik in der rechten Hand. Er stand genau neben mir. Ich legte meine Hand auf seinen Arm, um die Kugel abzulenken, da schoß er auch schon. Dann griff auch einer von Hueys Jungs – ich habe später erfahren, daß es Murphy Roden war – nach ihm, und ich schubste den Mann, von dem ich später erfuhr, daß er Dr. Carl Weiss war, weg. Murphy ging mit ihm zu Boden, aber nicht ganz.«

»Was meinen Sie damit?«

»Dr. Weiss ... bückte sich irgendwie. Er wollte noch mal schießen.«

»Sind Sie sicher, daß Huey von Weiss getroffen wurde – und nicht von einem Leibwächter?«

»Ich glaube schon. Huey schrie auf, als er getroffen wurde. Er fuhr herum und lief wie ein angeschossener Hirsch durch den Korridor. Dann ging die Schießerei erst richtig los.« Fournet schüttelte den Kopf. Sein durchdringender Blick wurde für einen Moment glasig. »Ich war im Weltkrieg dabei – als MG-Schütze –, aber so was hatte ich zuvor noch nie gehört. Ein MG kann pro Minute zwischen dreihundert und sechshundert Schuß abgeben. Als die Schießerei anfing, hörte es sich genauso an, und noch schlimmer.«

»Sie können von Glück reden, daß nicht auch Sie getroffen wurden.«

»Ich bin irgendwie zurückgetreten. Dann ging es vor meinen Augen los. Der Pulverdampf und der Marmorstaub haben richtigen Nebel erzeugt.« Er seufzte. »Dann habe ich Huey gesucht. Sie haben ihn doch ins Krankenhaus gebracht, nicht wahr?«

»Ja.«

»Sonst hätte ich mich wahrscheinlich auch nicht mit Ihnen unterhalten. Wir haben's beide versucht, oder?«

»Was?«

»Na, ihn zu retten. Er war ein großer Mann. Ein Mann des Volkes.«

Und er nippte an seinem Cocktail.

Sein Diamant blinzelte mich an.

21

Welcher Besucher New Orleans' wurde nicht verzaubert vom alltäglichen Drama und dem Pomp der vierzehn Meilen langen Docks an diesem eine halbe Meile breiten Streifen des Mississippi, wo Flaggen aller Nationen von Masten wehten, Fähren von hier nach da übersetzten, Schaufelraddampfer das Wasser aufwühlten und längst vergangene Zeiten von Zockern in Rüschenhemden beschworen und wo Seemöwen vom nahen Golf von Mexiko klagend kreischten, wenn sie den Schiffen auf der Suche nach Nahrung hinterherflogen. Die Kaffeedocks, Baumwolldocks und Melasseschuppen wimmelten vor Aktivität. Hunderte schweißfleckiger Schauerleute schleppten grüne Bananenstauden aus den Schiffsladeräumen zu den wartenden Frachtwaggons auf den Eisenbahngleisen am Fluß, und dicke schwarze Mädchen mit schneeweißen Turbanen bahnten sich einen Weg zu den Arbeitern, um ihnen Sandwiches und Kuchen zu verkaufen.

Die Verwaltungsbehörde des Hafens von New Orleans hatte eine gewaltige Aufgabe, denn diese Behörde regulierte den Kommerz und den Verkehr, ganz zu schweigen von den Kais und öffentlichen Gebäuden, dem Bau neuer Kais und Lagerschuppen. Schließlich mußte auch jemand die Gebühren jener Schiffe eintreiben, die die Einrichtungen der dreiundvierzig Hafendocks benutzten.

Diese Verantwortung oblag dem Vorstand des Hafenausschusses von New Orleans, fünf am Gemeinsinn interessierten Bürgern, die vom Gouverneur ernannt wurden. Ich war im Begriff, einen dieser edlen öffentlichen Diener zu besuchen, die ihre sechs Jahre dauernde Dienstzeit ohne Bezahlung ableisteten.

Sein Name war Joe Messina.

Die Hafenmeisterei befand sich am Ende der Canal Street, zwischen den Eisenbahngleisen und dem Fluß. Der Dampfer *President* hatte ganz in der Nähe angelegt. Das aus Billigzement (mit eingerührten Muscheln), den man auch für die nahe gelegenen Kais verwendete, bestehende Gebäude hatte zwei Etagen und zahlreiche Fenster. Seine klotzige Häßlichkeit wurde durch einen riesigen, schönen, bunten Blumengarten kompensiert, der als Vorgarten diente.

Im Parterre gab es hauptsächlich eine von einem Tresen abgetrennte Zone voller Sekretärinnen und Angestellter an Schreibtischen. Die Vorstandsmitglieder hatten ihre Büros oben. Als ich durch eine unverschlossene Tür ging, die seinen Namen trug, stieß ich hinter einer Wand aus Milchglas und Holz auf Joe Messina. Er schlief in einem kleinen Holz- und Verputzbüro, in dem es zwar einen Schreibtisch, aber keine Aktenschränke gab, auf einem braunen Ledersofa. Das einzige Papier auf dem Schreibtisch waren ein paar zerknüllte Servietten und ein zerknüllter Pappkaffeebecher.

Die Fenster schauten auf den schlammigen Fluß, gelbe Ufer und den Verkehr hinaus, der mit allem protzte: von Treibholz bis zu Ozeandampfern. Rechts schnitt ein hohes Viadukt mir den Blick ab. Der Morgen war bewölkt. Schatten glitten über die gekräuselte Oberfläche des Flusses, als schwömmen knapp unter dem Wasserspiegel riesige, amorphe Meereslebewesen.

Das riesige amorphe Geschöpf auf dem Sofa schnarchte. Es trug ein weißes Hemd, das an seinem dicken, haarigen Hals aufgeknöpft war und sich über seinem großzügig bemessenen Bauch spannte, und dunkle Anzughosen kleideten seine Stummelbeine. Seine riesigen Plattfüße steckten in Socken mit Uhrenmuster. Ein paar schwarze, gut geputzte Florsheim-Schuhe standen daneben auf dem Boden. Anzugjackett und Schlips hingen an einem Kleiderbügel.

Ich zog mir einen Stuhl heran und setzte mich. Dann versetzte ich dem Sofa mit dem Fuß einen leichten Stoß. Da ihn dies nicht weckte, trat ich fester zu.

Er zuckte zusammen und wachte auf. Sein Schnarchen wurde zu einem Schnauben, das sich anhörte, als wolle er seine Nase verschlucken.

»Was'n los?« fragte er und machte einen Versuch, sich wie ein auf dem Rücken liegender Alligator aufzurichten. »Was'n los?«

»He, Joe.«

Es gelang ihm, sich hinzusetzen. Er rieb sein Gesicht mit einer Catcherpranke und kratzte sich mit der anderen am Bauch. Sein leicht schütter werdendes Haar war verfilzt. Seine kleinen dunklen Augen nahmen mich ins Visier.

»Ich kenn dich doch! Wie heißt du noch mal?«

»Nate Heller«, sagte ich.

»Ja, richtig!« Das leere, runde Gesicht zerlegte sich in die abscheuliche Parodie eines Grinsens. »Du bist mein Kumpel!«

»Wirklich?«

Er stand auf, kam rüber und klopfte mir auf den Rücken. Ich kriegte kaum noch Luft. »Du bist doch der Typ, der den Kingfish ins Krankenhaus gebracht hat! Du bist in Ordnung!«

»Danke, Joe.«

»Willste 'n Kaffee? Wir ham Kaffee.«

Ich zuckte die Achseln. »Hätt nix dagegen.«

Er watschelte auf Socken in den Korridor hinaus und brüllte: »Wie wär's mal mit 'nem Täßchen Kaffee, he? *Zwei* Kaffee!«

Er kam wieder rein, setzte sich aufs Sofa und zog sich die Schuhe an. Nachdem er sie verschnürt hatte – wozu er sich stark konzentrieren mußte –, deutete er auf sein fast leeres Büro. Die einzige Wandzierde waren ein Kalenderblatt mit einem kleinen Mädchen und einem Hündchen und ein gerahmtes Foto von Huey Long, der einen Arm um den bemüht lächelnden Messina legte.

»Sieht wie überall aus, hm?«

»Sieht wie überall aus. Was machste hier, Joe?«

»Ich gehör zur Hafenmeisterei.«

»Yeah, hab ich mir gedacht. Aber was ...«

»Wir sind für die Docks verantwortlich.«

»Ach.«

Er stand auf, ging hinter den Schreibtisch und setzte sich hin. Ich drehte meinen Stuhl, um ihn anzusehen. Durch die Fenster hinter ihm wirkte der Mississippi bewegt. Der Wind wurde heftiger.

»Du kommst aus Chicago«, sagte er.

»Stimmt.«

»Ich kenn dich schon seit 1932.«

»Auch richtig.«

Sein Stirnrunzeln war nachdenklich, nicht feindselig. »Was machste in der Stadt?«

»Ich untersuch Hueys Tod.«

Nun wurde es feindselig. »Was soll das heißen – untersuchen?«

»Ich arbeite für 'ne Versicherung, die feststellen will, ob Dr. Carl Weiss dafür verantwortlich war.«

Er blinzelte. »Wer sollte es denn sonst sein? Er hat ihn erschossen!«

»Es gibt auch andere Meinungen.«

Joe schüttelte heftig seinen großen runden Kopf. »Über andere Meinungen weiß ich nix. Senator Long ist auf feige Art erschossen worden. Das ist die ganze Geschichte.«

Ein nervöser, brillentragender Angestellter um die Dreißig, der Anzughosen und eine Weste trug, kam mit zwei Pappkaffeebechern herein. Einen reichte er Joe, den anderen mir. Ich dankte ihm. Joe, 'ne große Nummer bei der Dockverwaltung, sagte kein Wort. Den Angestellten schien es zu erleichtern, und er verzog sich.

Ich nippte an meinem Kaffee, der stark, schwarz und nicht sehr heiß war. »Es wäre ganz hilfreich, Joe«, sagte ich, »wenn du mir deine Version der Schießerei erzählen würdest.«

Er trank mehrere Schlucke Kaffee und spülte sich den Mund damit aus, wahrscheinlich, um den Geschmack des Schlafes auszuradieren.

»Ich weiß nur, daß es losging, als die Schüsse knallten«, sagte er. »Als der Doc den Schuß abfeuerte, hab ich den Senator zurückspringen sehen, und da wußte ich, daß er geliefert war.«

»Was hast du dann gemacht, Joe?«

»Ich bin sofort hingelaufen, hab meine Wumme gezogen und den Schweinehund alle gemacht.«

»Murphy Roden hat mit ihm gerungen, stimmt's?«

»Ich hab erst geschossen, als der Typ sich von Murphy losriß.«

Laut Murphys Geschichte war Carl Weiss an dieser Stelle in den Hals geschossen worden. Ich bezweifelte, daß er sich danach noch von jemandem losgerissen hatte.

»Er hat sich von Murphy losgerissen?« fragte ich.

»Nehm ich an. Ich weiß nur, daß ich auf den Mann geschossen hab, der auf Senator Long geschossen hat. Ich hab auch die Pistole in seiner Hand gesehen.«

»Einige Leute sagen, er hätte keine Kanone gehabt.«

Joe hatte den Pappbecher in der Hand, als er mit der Hand auf den Tisch haute. Der Tisch machte *Wumms*, und der Kaffee spritzte auf Messina und die Tischplatte. »Das sind gottverdammte Lügner! Er hatte 'ne Pistole in der Hand und hätte auch alle anderen umgelegt!«

Messina leckte mit finsterem Blick den Kaffee von seiner Hand ab.

Trotzdem wagte ich noch einen Vorstoß. »Einige Leute sagen, der Doktor hätte dem Kingfish eine reingehauen.«

»Er hat ihm keine reingehauen, er hat auf ihn geschossen.« Joes Neandertalerbrauen furchten sich. »Ich hab gedacht, du bist Hueys Freund!«

»War ich auch.« Ich lächelte und zog die Schultern hoch. »Du weißt doch, wie es ist, Joe. Du hast doch *selbst* für das BCI gearbeitet. Du weißt doch, wie man bei Ermittlungen vorgeht ...«

Er schlug sich mit seiner feisten Hand auf die Brust. Sein Blick wirkte gequält. »Mich konnte er am besten leiden! Manche ziehen mich auf, weil ich manchmal vor seinem Bett geschlafen hab. Aber er mußte doch beschützt werden! Jetzt sehen es alle ein – jetzt, wo's zu spät ist!«

»Nun mach mal halblang, Joe.«

Seine Faust bebte in der Luft. »Ich konnte den Mann gut leiden. Er war gut zu mir. Bevor er mich entdeckt hat, hab ich in 'nem Friseurladen die Haare vom Boden gefegt.«

»Joe, du hast doch bestimmt auch schon mal über die Möglichkeit nachgedacht, daß bei all den rumfliegenden blauen Bohnen …«

Er stand auf und ließ seinen Stuhl so über den Boden schrammen, daß es mich an Fingernägel erinnerte, die über eine Schiefertafel ratschen. »Machste mir irgendwelche Vorwürfe?«

»Nein, ich …«

Er kam um den Tisch herum und blieb vor mir stehen. Seine Stimme zitterte. In seinen Augen waren Tränen. »Das trauste mir zu? Daß ich den besten Freund erschieß, den ich je hatte?«

»Das hab ich nicht gesagt. Es gibt aber Leute, die sagen, ein Querschläger könnte vielleicht …«

Ich beendete den Satz nicht, weil eine riesige Faust auf mein Gesicht zuschoß. Ich duckte mich, um ihr zu entgehen, was mir auch gelang, aber mit der anderen Hand versetzte er mir einen Stoß, und ich flog Hals über Kopf mit dem Stuhl nach hinten. Der Rest meines Kaffees klatschte an die Wand.

Ich landete mit einem mörderischen Ruck auf dem Kreuz, dann schaute ich zu ihm auf, und der grimassierende kleine Mann wirkte riesig, als er sich über mir auftürmte, besonders sein Florsheim-Fuß, der erhoben war, um mich zu zerstampfen. Ich packte ihn und zog daran, und er fiel fest auf den Arsch. Der ganze Raum erbebte, ebenso die Milchglasscheibe in der Tür und die Wand daneben.

Ich sprang auf die Beine, aber er auch, und er duckte sich wie ein Ringer, um mich anzugehen. Ich hob den Stuhl auf und versetzte ihm damit einen festen Schlag.

Im Film zerbrechen Stühle bei so was immer in tausend Stücke. Aber der Stuhl bestand aus festem Holz und ging nicht kaputt. Er knallte nur gegen ihn und tat ihm weh. Doch so zäh der stämmige kleine Hund war, fiel er nur auf ein Knie und umschlang sich mit den Armen.

Er heulte. Ob über seinen toten Boss oder wegen der Schmerzen – darüber wollte ich nicht mal spekulieren.

»Joe«, sagte ich. »Ehrlich, ich wollte dich nicht beleidigen. Ich mußte diese Fragen stellen. Aber Joe, 'ne freundliche Warnung: Wenn du mich noch mal anfaßt, mach ich dich kalt.«

Dann trat ich den Stuhl gegen die Wand, wo er ziemlich viel Getöse machte – wie ich hoffte, zu meinen Gunsten.

Messina sagte kein Wort. Er hing noch immer auf dem Knie und heulte. Den Versuch zu machen, ihn zu ängstigen, war offenbar ebenso sinnvoll, wie einer Topfpflanze Gottesfurcht einzureden.

Der bebrillte Angestellte tauchte im Türrahmen auf und wirkte ziemlich von den Socken.

»Nein, danke, keinen Kaffee mehr«, sagte ich. Dann machte ich schleunigst eine Mücke.

Diamond Jim Moran trug einen dollargrünen Zweireiher, ein blaßgelbes Hemd mit hellgrünem Schlips und eine diamantene Nadel, die ein DJM bildete. Die getönten Gläser seiner in Gold gefaßten Brille paßten zu seinem Anzug.

»Wie viele getönte Brillen hast du eigentlich, Jim?« fragte ich. Wir waren allein und saßen im ersten Stock des Roosevelt Hotels in einer Nische im Blue Room.

»Neunzehn«, sagte er und studierte die Speisekarte. Er hatte mich zum Abendessen eingeladen. Ich hatte angenommen. »Sind alle anders gefärbt. Jede paßt zu 'nem anderen Zweireiher.«

Morans blaugetönte Brille biß sich mit der aus Glas und Chrom bestehenden Cocktail-Lounge, der kreisförmigen Theke und deren üppigem Zierat. Phil Harris wollte heute abend auf der überraschend kleinen Bühne im Blue Room auftreten. Es war früh, kurz nach sechs. Die Getränke hatten wir schon. Ich hatte einen Planter's Punch bestellt (Ramos Gin Fizz hing mir zum Halse raus, ob es nun die Spezialität des Hauses war oder nicht). Moran saß vor etwas, was sich Roffignac nannte.

»Wie läuft das Spielautomatengeschäft?« fragte ich.

»'s blüht«, sagte er, während er die Karte las. »'s blüht.«

»Kommste gut mit Dandy Phil Kastel zurecht?«

»Spitzenmäßig. Spitzenmäßig.« Er senkte die Karte und schaute mich über den Rand hinweg an. Seine zerknautschte Visage wirkte leicht besorgt. »Aber ich fürchte – das bleibt aber unter uns –, wir waren 'n bißchen zu ehrgeizig.«

»Wie das?«

Er strich mit dem Daumennagel über seinen Schnauzer. »Tja, wenn man die kleinen Teufel in Restaurants, Cafés, Gemüse- und Tabakläden aufstellt – Unternehmen, die noch nie Spielautomaten gesehen haben –, kann man Schwierigkeiten kriegen. 'n paar Frauenvereine und Pfaffen wollen Bob deswegen an die Gurgel.«

»Bob?«

»Bürgermeister Maestri.«

Alice Jean hatte Seine Ehren, den Bürgermeister, erwähnt – einen kurzen, dunkelhäutigen, nicht sonderlich artikulationsfähigen Sizilianer, zu dessen Unternehmen Puffs und Spielhöllen gehörten. Er gehörte zu denen, die Huey als Bürgermeister eingesetzt hatte: ohne Gegenkandidaten und Wahlverfahren.

Ich hatte meine Speisekarte noch nicht gesehen. »Zieht Kastel weg, wenn die Automaten rausmüssen?«

»Ach was. Dann drehen wir eben 'n anderes Ding.«

»Und welches?«

»Flipperautomaten.« Er schnalzte mit der Zunge. »Wart mal ab, bis du die neuesten Modelle gesehen hast. Die haben elektrische Lichter, Schnickschnack, Glocken und so was. Die werden der nächste Schlager, wart's nur ab.«

Auch sie wurden in Chicago hergestellt.

»Deine Einladung war 'ne nette Überraschung«, sagte ich.

»Als ich gehört hab, daß du in der Stadt bist«, sagte Moran und legte die Speisekarte weg, »wollte ich dich mal wiedersehen.«

»Woher hast du's erfahren, Jim?«

Sein Lächeln war spöttisch. Ich konnte in seinen Augen nichts lesen, denn die getönten Gläser schmetterten meinen Blick ab. »Vergiß nicht, daß mein Büro hier im Hotel ist. Vielleicht hat's mir der Empfangschef erzählt.«

»Warum sollte er?«

»Vielleicht war's auch 'n Vögelchen. Man erzählt sich, daß du Fragen über den Mord an Huey stellst. Bloß scheint niemand zu wissen, auf welcher Seite du in der Sache stehst.«

Ich zuckte die Achseln. »Ich arbeite für die Mutual-Versicherung, weil Mrs. Long 'n höheren Anspruch erhoben hat – wegen Unfalltod.«

»Manche Leute glauben, du weckst schlafende Hunde.«

»Was meinst du damit?«

»Daß es Ärger geben kann. Manche Leute meinen, du willst Dr. Carl Weiss rehabilitieren.«

»Welche Leute?«

Er nahm die Speisekarte erneut an sich, schlug sie auf und blätterte sie durch. »Du solltest wirklich mit 'ner Bouillabaisse anfangen. 'ne bessere als die aus New Orleans gibt es nirgendwo. Aber natürlich haben wir auch Austern à la Rockefeller – auch wenn wir hier nicht bei Antoine sind.«

»Hat Kastel dich gebeten, mir 'ne Warnung zuzustecken?«

Sein Gesichtsausdruck war freundlich. »Niemand hat mich gebeten, jemanden zu warnen. Ich hab nur 'n alten Kumpel zum Abendessen eingeladen.«

»Jim, wir sind keine alten Freunde. Wir haben uns vor 'nem Jahr nur kurz getroffen. Es überrascht mich, daß du dich überhaupt an mich erinnerst ...«

Sein Gesichtsausdruck wurde düster. »Natürlich erinnere ich mich an dich. Und zwar deswegen, weil ich weiß, daß du alles getan hast, um dem Kingfish zu helfen. Ich konnte ihn gut leiden.«

Nicht schon wieder.

»Du warst heute morgen in der Hafenmeisterei, nich?«

»Yeah. Und?«

»Wie kannste nur so doof sein und glauben, von Joe Messina kannste was erfahren?«

»Ich hab erfahren, daß Joe Messina 'ne Scheißangst vor der Vorstellung hat, er könnte seinen ›besten Freund‹ erschossen haben.«

Morans buschige Brauen runzelten sich. »Da haste vermutlich recht. Na, das Jambalaya is für so'n schickes Hotel wie das hier zwar ziemlich beachtlich ... aber wir müßten wohl wieder ins Vieux Carré gehen, wenn du 'n echt Kreolisches haben willst.«

»Was hast du mit mir vor, Moran?«

»Jim gefällt mir besser. Du siehst wohl 'ne Bedrohung in dem, was ich sag, Nate. Is aber keine. Ich bin *wirklich* dein Freund. Und's gefällt mir, daß du dich um den Mord kümmerst.«

»Wirklich?«

Er lehnte sich zurück und schaute mich wohlgefällig an. »Was wollteste überhaupt in der Hafenmeisterei? Drei von denen aus'm Vorstand waren Hueys Leibwächter, und Seymour Weiss is der Vorsitzende. Was für 'ne Tarnung fürs Drogengeschäft, für Schmuggelschmiergeld und ganz allgemeine schräge Züge, die man in 'nem Hafen so machen kann. Den Typen muß es gutgehen, und reich werdense auch … sogar so'n Blödmann wie Messina.«

»Ich hab gehört, *alle* Leibwächter haben ruhige Jobs gekriegt.«

»Stimmt. Big George McCracken ist jetzt Bauüberwacher an der LSU. Er saugt die Bundeskohle ab, die jetzt wieder fließt. Murphy Roden haben sie zum Assistenten des Superintendenten der Staatspolypen ernannt.«

»Und keiner von ihnen läßt mich in diesem Fall rumstochern. Nicht, wenn sie ihren Boss versehentlich umgelegt haben.«

Moran musterte mich über die getönten Brillengläser hinweg. »*Falls* es 'n Unfall war.«

»Was willst du damit sagen?«

Er zuckte die Achseln. Seine Stimme war so leise, daß man sie kaum hören konnte. »Gar nichts. Aber irgendwas stört mich schon verdammt lange … Und du bist der erste, dem ich's vielleicht sagen kann.«

»Was kannst du mir sagen?«

Er beugte sich vor und sprach leise weiter. »Im letzten Jahr, ungefähr zu der Zeit, als du hier warst, haben 'n paar Typen, die die Häuptling-Spielautomaten aus Chicago gebracht haben, Dandy Phil 'n bißchen was darüber verklickert, wie Cermak in die Grube gefahren ist.«

In meinem Nacken fing es an zu kitzeln.

»Sie haben Dandy Phil erzählt: ›Wenn Huey Long dir Geldschwierigkeiten macht, mach das, was Frank Nitti gemacht hat.‹ Da hat Dandy Phil gefragt, was er gemacht hat, und sie haben gesagt: ›Nitti hat ihn kaltgemacht.‹ Da hat Dandy Phil gesagt: ›Ihr wollt mich verarschen.‹ Und sie haben gesagt: ›Nie im Leben! Er hat den verfluchten Bürgermeister von Chicago kaltgemacht!‹«

Es stimmte. Die meisten hatten angenommen, ein durchgedrehter Attentäter namens Zangara hätte gefehlt, als er Bürgermeister Cermak erschossen hatte, denn dieser hatte bei einer Kundgebung während der Präsidentschaftswahlen von 1932 neben FDR gestanden. Andere – wie ich – wußten, daß Roosevelt gar nicht Zangaras Ziel gewesen war. Wir wußten, daß Zangara ein 1-Mann-Selbstmordkommando aus Sizilien gewesen war, der den schiefgegangenen Versuch des korrupten Cermak rächen wollte, Capones Nachfolger Frank Nitti umlegen zu lassen.

»Hörste mir überhaupt zu, Nate?«

Ich nickte benommen.

»Jedenfalls haben sie zu Dandy Phil gesagt: ›Mach's richtig, dreh das Ding von innen – und was das Wichtigste ist: Such dir 'n Blödmann. Wenn du den hast, wird die Sache für'n politisches Attentat gehalten.«

»Wann … wann war das?«

»Als sie die erste Automatenladung gebracht haben. Vielleicht 'n paar Wochen bevor du im letzten Jahr bei uns warst. Natürlich haben die Typen nur die Schnauze aufgerissen … Du kennst doch die Sache mit Cermak, du kommst doch aus Chicago, nich?«

»Ich bin damit vertraut«, sagte ich. »Zu vertraut.«

»Und warum?«

Ich kriegte die Worte kaum raus. »Ich war dabei – in Miami. Ich gehörte zu Cermaks Leibwächtern.«

»Autsch! Erinner mich dran, falls ich dich je als Leibwächter anheuern will«, sagte Diamond Jim mit großen Augen. »Ah, da ist der Kellner! Hoffentlich haste jetzt noch Hunger, Nate ...«

22

Das Hauptquartier der State Police lag am Stadtrand von Baton Rouge, auf dem Florida Boulevard, in einem flachen, grün bewaldeten Gebiet. Das Gebäude war neu – ein V-förmiges, frischgekalktes zweistöckiges Ziegelhaus, dessen stumpfer Hintern zum Foster Drive rausschaute. Ich stellte den Ford-Mietwagen in einer geteilten Einfahrt ab, in deren Mitte ein Gärtchen lag. Wie das Gebäude der Hafenmeisterei war es ein nichtssagendes Haus mit aufgepepptem Äußeren: Leuchtende Blumenbeete umgaben es an allen Seiten, und hier und da standen Eichen, die ihm etwas Louisiana-Typisches verliehen.

Über dem Eingang im stumpfen Hintern des V standen in erhabenen Buchstaben die Worte LOUISIANA STATE POLICE. Als ich hineinging, traten zwei Trooper in todschicken grün-schwarzen Uniformen ins Freie. Am Empfang, hinter dem Eingang, schickte mich eine grau uniformierte Polizistin in den linken Flügel des V, wo zu beiden Seiten Reihen von Büros mit Milchglasscheiben und Namen lagen.

Auf einer Scheibe stand MURPHY RODEN, ASSISTANT SUPERINTENDENT.

Ich klopfte an.

»Herein«, sagte Murphys Stimme.

Ich trat ein. Roden, blond, robust, in weißem Hemd mit blauem Schlips, saß fit und schnieke wie immer am Telefon, fläzte sich in einen Schreibtischsessel und schaute durchs Fenster in den Blumengarten der Einfahrt.

Sein Büro war das genaue Gegenteil von dem Messinas: ein halbes Dutzend Aktenschränke, ein von Papierkram und Akten überquellender Schreibtisch und zahlreiche Fotos, auf denen er mit Figuren wie dem verstorbenen Gouverneur O.K. Allen, dem momentanen Gouverneur Leche und natürlich dem Kingfish zu sehen war. Es hingen auch Aquarelldrucke von Flugzeugen aus dem Weltkrieg an der Wand. Ein Fokker-Modell hockte auf einem Aktenschrank.

»Ich krieg 'n Rohr!« rief Murphy, als er herumfuhr und mich sah. Seine braunen Augen leuchteten auf. »Ich ruf später wieder an, Ted«, sagte er in den Telefonhörer hinein. »Grad ist 'n alter Kumpan von mir reingekommen.«

Er legte auf, erhob sich hinter dem Schreibtisch und hielt mir grinsend die Hand hin. »Ich hab mich schon gefragt, wann du bei mir aufkreuzt!«

Ich schüttelte seine Hand und zog mir einen Stuhl heran. »Haste gehört, daß ich in der Stadt bin?«

»Wer hat's nicht gehört?« Er setzte sich hin. »Willste 'n Kaffee?«

»Nein, danke. Was also hast du gehört? Wird mich jemand umlegen, weil ich hier rumschnüffle?«

Er wiegte sich sanft in seinem Stuhl. Sein Lächeln war boshaft. »Ich glaub, es ist noch nicht entschieden – außer vielleicht für Joe Messina.«

»Ich hatte ihm kaum 'ne Frage gestellt«, sagte ich, »da ist er schon explodiert.«

Murphy zuckte die Achseln. »Er ist 'n trauriger Fall. Die Möglichkeit, daß er Huey erschossen haben könnte, macht ihn fertig. Er war vor 'ner Weile sogar mal für 'n paar Wochen in der Klapsmühle.«

»Wirklich?«

»Wenn ich lüg, will ich tot umfallen. Er hat 'n Jäckchen getragen, das man hinten zuschnürt, falls du verstehst, was ich meine. Er hat den ganzen Tag und die ganze Nacht rumgebellt, er hätte seinen besten Freund erledigt. Es war schrecklich anzusehen.«

»Hat er?«

»Ob er was hat, Nate?«

»Seinen besten Freund erledigt?«

Murphy wippte mit seinem Sessel. Sein Mund lächelte, aber seine Augen nicht. »Wie stehst du zu der Sache, alter Knabe?«

»Kommt drauf an, mit wem ich gerade rede, Murph.«

Er lachte prustend. »So kenn ich dich. Aber wenn du die Wahrheit an mir ausprobierst, probier ich sie an dir aus.«

»Klingt nicht übel. Ich bin als neutraler Ermittler tätig – sowohl die Versicherung als auch Mrs. Long waren mit mir einverstanden.«

»Es geht um die doppelte Versicherungssumme bei Unfalltod, nicht wahr?«

»Richtig.«

Sein Blick verengte sich. »Und wie neutral bist du?«

»Offen gesagt, ich neige Mrs. Long zu. Ihr geht's finanziell nicht besonders gut – und ich hab den Eindruck, daß sämtliche Kumpane ihres Mannes flüssiger sind als sie.«

»Mich eingeschlossen?«

»Das hab ich nicht gesagt.«

Nun wurde sein Lächeln listig. »Es ist unheimlich edel von dir, Nate, daß du in dieser Sache zu Mrs. Long stehst. Wieviel schiebt sie dir unter der Hand zu?«

Ich grinste. »Na, hör mal, ist so was in Louisiana nicht üblich?«

Er erwiderte mein Grinsen. »Aber nein. So was machen nur Typen aus dem Norden – aus Chicago, zum Beispiel.«

»Du bist dran.«

»Bitte?«

»Mit der Wahrheit.«

Er wippte mit seinem Sessel. »Sag mir zuerst eins: Könnte die Sache an die Öffentlichkeit gelangen?«

»Falls ich was beweisen kann, was den amtlichen Unterlagen widerspricht? Schwer zu sagen. Es dürfte eigentlich nicht passieren, weil es 'ne Privatsache zwischen Mrs. Long und der Versicherung ist. Aber ich nehme an, es gibt wohl keine Garantie, daß die Sache unter uns bleibt ... Im Endeffekt hängt alles von Mrs. Long ab.«

»Ich glaube nicht, daß sie es an die große Glocke hängen würde«, sagte er. »Ich glaube nicht, daß sie ihren Märtyrer-Gatten gegen einen verdammten Narren eintauschen will, den seine übereifrigen Männer erschossen haben.«

Ich sagte nichts. Ich wartete darauf, daß er sich selbst überredete. Er wollte mit mir reden. Ich brauchte bloß dazusitzen und abzuwarten.

Schließlich stellte er das Gewippe ein, beugte sich vor und faltete wie bei einem Gebet die Hände. »Es ist die Wahrheit, daß Carl Weiss den Kingfish erschossen hat. Ich hab die Kanone in seiner Hand gesehen. Ich hab gesehen, daß er das Ding aus nächster Nähe abgefeuert hat.«

»Ist es wirklich so einfach?«

Er schaute weg. »Ich hab nicht gesagt, daß es ... einfach war«, sagte er nach einer ziemlichen Weile.

»Was also war es?«

Er musterte mich mit einem Blick, der zwar hundertmal intelligenter war als der Joe Messinas, aber nicht weniger gequält.

»Der Doc hat wirklich auf ihn geschossen. Aber es ist möglich

… aber nur möglich … daß eine unserer Kugeln Huey in den Rükken getroffen hat, als er weggelaufen ist.«

Ich beugte mich vor. »Es war aber nie die Rede von zwei Schußwunden – nur von einem Einschuß und einem Ausschuß.«

Er zuckte die Achseln. »Ich kann nur eins sagen … Ich hab's keinem Menschen je erzählt, Nate, wirklich … Ich habe Huey noch mal aufschreien hören. Zwar weniger laut, aber als er weglief, hat er noch mal geschrien.«

»Bei all den Kugeln, die geflogen sind, wäre es keine Überraschung, wenn …«

»Nate, wie es auch gewesen sein mag – Schuld allein hatte nur dieser Hundesohn Carl Weiss. Daran gibt's keinen Zweifel.« Er haute mit der Faust auf die Schreibtischplatte, und die Akten erbebten. »Aber ich muß mich einfach fragen, ob eine unserer Kugeln ihm nicht den Rest gegeben hat.«

»Es ist von deiner Seite aus … nur ein Gefühl. Ein Verdacht.«

»Eine Befürchtung«, sagte er. »Und nur einer kann die Antwort wirklich wissen.«

Ich wußte, wen er meinte.

»Dr. Vidrine«, sagte ich.

»Vidrine«, sagte Murphy zustimmend. »Der Mann, der Huey operiert hat. Vielleicht solltest du ihm mal auf den Zahn fühlen …«

Ich schüttelte den Kopf. »Aber ob *er* mit mir redet? Er hat öffentlich verkündet, Huey sei von einer Kugel getötet worden – Einschuß vorn, Ausschuß hinten. Von *zwei* Einschüssen hat er nichts gesagt. Warum, verdammt, sollte er heute was anderes sagen?«

Murphy blinzelte. »Soll das heißen, du weißt es nicht?«

»Was soll ich wissen?«

Sein Lachen war ohne jede Heiterkeit. »Vidrine ist *längst* in

Ungnade gefallen. Gouverneur Leche hat ihn von seinem Posten als Leiter des Charity-Krankenhauses entbunden, und die LSU hat ihn vom Dekan zum Assistenten degradiert. Wer weiß? Vielleicht packt er aus, wenn du mit ihm redest. Und jetzt schieb ab – ich muß Räuber fangen.«

Ich stand auf. »Danke für den Tip.«

»Gern geschehen«, sagte er. »Sag mir Bescheid, wenn du mit der Arbeit fertig bist, dann gehen wir noch mal ins Französische Viertel und reißen 'n paar Studentinnen auf.«

Die Stände des Französischen Marktes im Vieux Carré liefen an der Decatur und der North Peters Street von Barracks nach St. Ann. Obwohl schon später Abend war – es ging auf 21 Uhr zu –, wimmelte es unter dem dunklen Schrägdach des gelbbraunen Schuppens mit den dekorativen Ventilationstürmen und endlosen Säulenreihen von Käufern und Verkäufern. Es war Donnerstag abend – Zeit, um Fisch zu kaufen.

Ich kaufte und verkaufte nichts. Ich suchte etwas, was es umsonst gab. Im Inneren meines Herzens war ich wohl noch immer ein Polyp aus Chicago.

An einem Ende des Marktes lag das Café Du Monde. Dazu bestimmt, müden Lkw-Fahrern einen Rastplatz zu bieten, zog es, wie das am anderen Ende gelegene Morning Call, sämtliche Arten an. Karren und Lastern entstiegene Farmer mischten sich in gutgelaunter Anonymität mit schicken Pärchen in Abendkleidung, Teenagerpärchen in Pullover, Hose und Hemd und mit den unausweichlichen Touristen.

Dr. Arthur Vidrine saß in einer Ecke und wandte der Welt den Rücken zu. Doch in dem auf der oberen Hälfte der weißen Holzwand beginnenden Spiegel sah ich sein dunkles Haar, sein ovales Gesicht, sein gespaltenes Kinn – und seinen verdrossenen Gesichtsausdruck. Er trug einen weißen Leinenanzug, wie damals Dr. Carl Weiss, an jenem Sonntagabend vor einem Jahr.

Ich zog einen Stuhl an den kleinen schwarzen Tisch und setzte mich hin. »Danke, daß Sie gekommen sind«, sagte ich.

»Ich freue mich über die Gelegenheit«, sagte er leise. Er deutete auf ein Täßchen, das eine dunkle, dampfende Brühe enthielt. »Probieren Sie mal Café au Lait. Aber wenn Sie Kaffee gern stark mögen, würde ich Café Noir vorschlagen.«

»Sie sind der Arzt«, sagte ich.

Ein junger Kellner mit weißem Hemd, schwarzer Fliege und schwarzer Hose nahm meine Bestellung entgegen. Ich wollte etwas von dem Puderzuckergebäck probieren, das alle aßen. Der Kellner nannte es Beignet und sagte, es wäre ein Doughnut, aber er konnte mich nicht foppen: Sie waren quadratisch, aufgeblasen und hatten kein Loch.

»Freut mich, daß Sie mich heute nachmittag im College angetroffen haben«, sagte Vidrine zwischen kleinen Schlucken.

Ich hatte ihn im Büro angerufen.

»Ich freue mich, daß Sie mitarbeiten wollen. Offen gesagt, ich habe daran gezweifelt.«

Er beugte sich vor. Seine dunklen Augen brannten. »Sie wissen sicher, daß man mich runtergestuft hat.«

»Ja ...«

Er schaute sich verstohlen um. Der Laden war etwa halb voll. »Ist Ihnen niemand gefolgt?«

»Ich hab dafür gesorgt, daß es nicht so ist.«

»Aber Sie können sich auch irren ...«

»Nein, so was ist mein Beruf. In diesem Sumpf hat niemand das detektivische Geschick eines gescheiterten G-man-Kandidaten.«

Ich brachte ihn tatsächlich kurz zum Lächeln.

»Gut«, sagte er. »Ich kann nämlich den ganzen verfluchten Staat hochgehen lassen ...«

»Haben Sie was dagegen, wenn ich mir Notizen mache? Oder wäre es indiskret?«

»Machen Sie nur. Hauptsache, Ihnen ist niemand gefolgt.« Er beugte sich etwas weiter vor, und ich zückte mein Notizbüchlein. »An der LSU herrscht absolute Korruption. James Monroe Smith, der lächerliche Rektor, bereichert sich an Staatsgeldern.«

Ich erinnerte mich an Rektor Smith. Er war der Arschkriecher, den ich in Hueys Suite im 24. Stock des Parlaments gesehen hatte.

»Wirklich?« fragte ich. »Woher wissen Sie das?«

Er schnaubte höhnisch. »Ich habe noch *immer* ein paar Freunde. Smith spekuliert mit Whiskey-Coupons ...«

»Der Präsident der LSU investiert in Whiskey?«

»Das ist nur der Anfang. Er ist auch an der Börse aktiv. Er hat mehrere hunderttausend Dollar in Weizen gesteckt ...«

»Das ist zwar faszinierend, Doktor, aber ...«

»Und Smiths Kreatur, dieser ›Big George‹ McCracken, ein ehemaliger Leibwächter Longs, wie Sie vielleicht wissen, steckt bis zum Hals in Schmiergeld von Auftragnehmern und Lieferanten. Außerdem hat McCracken nicht nur WPA-Arbeiter und WPA-Material auf *seinem* schicken Landsitz mißbraucht, sondern *auch* auf denen seiner Kumpane, zu denen auch Gouverneur Leche gehört!«

Ich hoffte, mein Lächeln fiel verständnisvoll aus. »Das ist zwar sehr beeindruckend, Dr. Vidrine, und diese Dinge sind zweifellos kriminell. Da ich aus Chicago komme, verstehe ich sehr gut, was Zügellosigkeit und Betrug sind. Aber hinter *diesen* Informationen bin ich nicht her.«

Der Kellner brachte meinen Café Noir und die »Doughnuts«. Ich probierte einen; er war warm, süß und lecker.

»Greifen Sie zu, Doc«, sagte ich.

Aber er war nicht in Stimmung.

»Ihnen ist nicht klar, um was Sie mich bitten«, sagte er.

»Sie wollen sich an Longs politischen Erben rächen«, sagte ich achselzuckend. »Toll. Aber Korruption in Louisiana ist nicht gerade was Neues. Sie wollen etwas tun, um es ihnen heimzuzahlen? Dann müssen Sie mir erzählen, was Sie über Longs Ableben wissen.«

Vidrine stierte in sein Kaffeetäßchen. Sein Gesicht war weiß, sein Blick gequält.

»Ich habe eine Kugel gefunden«, sagte er leise.

Ich beugte mich vor. »Was?«

»In Senator Long.« Er seufzte. Schüttelte den Kopf. »Ich habe eine Kugel gefunden.«

»Gütiger Gott.«

Ich konnte ihn wegen der uns umgebenden Stimmen und des Geklappers gerade abgeräumter Tische kaum hören.

Er schaute mich beim Reden nicht an. »Ich … brauche Ihnen wohl nichts über die chaotische Atmosphäre an diesem Abend im Krankenhaus zu erzählen. Sie waren ja dabei. Aber Sie wissen vielleicht nicht, daß bei der Operation Männer um uns herumstanden: Hueys Leute, Leibwächter und politische Mietlinge. Männer, die wie Gangster aussahen und nicht gehen wollten. Der Druck, die Umstände – es war entsetzlich.«

Er seufzte erneut, schloß die Augen und drückte Daumen und Zeigefinger auf seinen Nasenrücken. Dann öffnete er die Augen, nippte an seinem Kaffee und fuhr fort.

»Jedenfalls wurden zwei Wunden registriert. Wir begannen die Operation in der Annahme, die frontale Wunde sei der Einschuß und die rückwärtige der Austrittskanal der Kugel.«

»Aber nachdem Sie die Kugel gefunden hatten«, sagte ich, »konnte man nicht mehr von einer Eintritts- und Austrittsverletzung reden. Es waren also *zwei* Einschüsse …«

»So hätte man es sehen können«, gab Vidrine zu. Nur ein winziger defensiver Ton schlich sich in seine Rede ein. »Aber die Rükkenverletzung mußte nicht unbedingt ein Einschußloch gewesen sein. Sie sah eher aus wie eine Schramme, oder wie ein kleines Trauma …«

»Nachdem Sie Huey aufgemacht hatten, konnten Sie ihn schwerlich umdrehen, um sie sich genauer anzusehen.«

Vidrine nickte finster. Er nippte an seinem Café au Lait. Die Tasse wirkte in seiner großen Hand, die, ehrlich gesagt, nicht wie die eines Chirurgen aussah, wie ein Fingerhut.

»Trotzdem«, sagte er, »wurde mir während der Operation klar, daß ich möglicherweise eine falsche Diagnose gestellt, eine tragische Entscheidung getroffen hatte. Wenn ich es mit zwei Einschüssen zu tun hatte, hatte ich« – er schüttelte den Kopf – » den Senator zum Tode verurteilt.«

»Was haben Sie getan?«

Sein Blick bat um Verständnis. »Was *hätte* ich denn tun sollen? Ich … habe die Kugel eingesteckt.«

Er streckte die andere Hand aus. Sie enthielt zwei abgefeuerte Kugeln.

Eine kam mir vor wie die aus einer Achtunddreißiger, die andere stammte aus einer Fünfundvierziger.

In meinem Kopf drehte sich alles. »Dr. Carl Weiss' Waffe war eine zweiunddreißiger Browning«, sagte ich.

»Und welche Waffen hatten die Leibwächter?« fragte Vidrine mit leicht sarkastischem Unterton.

»Sie hatten beide Kaliber«, sagte ich wie betäubt. »Sie haben gesagt, Sie hätten *eine* Kugel gefunden. Ich kann aber zählen: Das da sind zwei.«

Er ließ die grauen Kugeln neben den kleinen Teller mit den quadratischen Doughnuts auf den Tisch fallen.

»Die zweite Kugel stammt aus dem Leichenschauhaus«, sagte er.

»Aus dem Leichenschauhaus?«

Er nickte. »Man hatte die Leiche zum Bestatter Rabenhorst gebracht. Kurz vor Morgengrauen riß ich mich zusammen und bin hingegangen. Ich habe dem Bestatter erzählt, ich müßte mir die Leiche des Senators noch mal kurz ansehen. Ich habe die Nähte geöffnet, Gummihandschuhe angezogen und ein kurze ... Stegreifautopsie vorgenommen. Ohne großen Aufwand. Ich habe nur den hinter dem Bauchfell gelegenen Raum sondiert, hatte Glück und fand sie.«

»Warum erzählen Sie mir das und zeigen mir ...?«

Er nahm die Kugeln in die Hand, machte eine Faust, schüttelte sie und sprach weiter.

»Ich werde an der LSU kündigen, Mr. Heller«, sagte er. »Ich werde versuchen, mein Leben wieder auf die Reihe zu kriegen – und zwar weit entfernt von untreuen, unehrlichen Menschen. Doch bis dahin würde mich nichts mehr freuen als jemand wie Sie, der gewissen Menschen das Leben schwermacht.« Sein Lächeln war voller Ironie. »Außerdem – was können sie mir schon tun?«

Ich zuckte die Achseln. »Sie umbringen?«

Nun wurde sein Lächeln geheimnisvoll. Er ließ die Kugeln in eine Tasche seiner weißen Leinenjacke gleiten. »Nicht, solange ich diese Trumpfkarten habe.«

»Aber Sie können sich nicht an die Öffentlichkeit wenden ...«

»Nein«, sagte er zustimmend und seufzte. »Dann hätte ich einen Kunstfehler und die Verschwörer am Hals. Aber es ist so was wie eine ... Wie nennt man es noch?«

»Sackgasse«, sagte ich.

»Ja«, sagte er. »Ja.«

»Diese Männer sind zwar nicht alle intelligent«, sagte ich mahnend, »aber brutal. Sie schrecken nicht vor vielen Dingen zurück ...«

Er hob eine Schulter. »Sollte ich auf ungewöhnliche Weise ums Leben kommen, sorgt meine Familie dafür, daß die Kugeln in die richtigen Hände gelangen.«

Ich tippte mit einem Finger auf den Tisch. »Ich könnte sie jetzt schon gebrauchen ...«

»Tut mir leid«, sagte er und stand auf. Seine Laune war nun besser, als hätte er sich von einer schweren Last befreit. »Ich habe Ihnen die Informationen gegeben, Mr. Heller. Und das ist doch auch schon Munition, die etwas bringt, oder?«

Er nahm einen Doughnut vom Teller, biß hinein und ging mampfend von dannen. Kurz darauf verschluckte ihn die Nacht des Französischen Viertels.

23

Das Tor zum Privatgrundstück war eine rustikale Angelegenheit aus zusammengebauten Planwagenrädern. Es gähnte offen, denn ich wurde erwartet. Ich lenkte den Ford über den Kiesweg durch einen Korridor aus hoch aufragenden Pinien, durch die die nachmittägliche Sonne schien. Etwa einen Tag später öffnete sich das Grundstück des Landsitzes vor mir. Es war so wellig und sorgfältig geschnitten wie ein Golfplatz. Ein verzweigtes, modernes Haus aus Ziegeln und braunen Schindeln – ein Jagdhaus, aus dem noch etwas werden sollte – schaute auf die sanft gewellte, spiegelartige Oberfläche des Tchefuncte River hinab, wo sich ein Bootssteg befand, an dem ein Kabinenmotorboot vertäut lag.

In der Nähe des Haupthauses befanden sich Hundezwinger, Zuchtstätten, Pferche, Hundeübungsplätze, Schafe, Hereford-Rinder und Vollblutpferde, die hier gezüchtet wurden. Scheunen und Ställe breiteten sich hinter dem Landhaus aus, sie waren durch Kieswege und Pfade miteinander verbunden. Und überall standen riesige Pinien.

Tja, ich war beeindruckt. Gouverneur Dick Leche, ein bescheiden erfolgreicher Anwalt, früher O.K. Allens Sekretär, hatte es gut getroffen. Im Herzen der Goldküste der Gemeinde St. Tammany, wo nur Finanziers im Ruhestand, Firmenpräsidenten und andere reiche Typen wohnten, hatte er sich nicht nur einen idyllischen Unterschlupf aufgebaut, sondern auch ein weiteres Unternehmen, mit dem sich Geld verdienen ließ.

Ich stellte den Ford neben mehreren anderen Fahrzeugen vor einer dreitürigen Garage ab, doch mein Mietwagen spielte nicht in der gleichen Liga wie der Lincoln und die beiden Cadillacs, zu denen ich ihn gesellte. Ich war kaum ausgestiegen, als Seymour

Weiss auch schon neben mir stand, als sei er aus dem Nichts aufgetaucht.

In seinem Westenanzug mit dem schwarzweißen Schlips war er zwar so perfekt wie eine Schaufensterpuppe aus der Männerabteilung von Marshall Field gekleidet, nur verfügte kein Warenhaus über Schaufensterpuppen, die so bodenständig wirkten wie der leguanartige Seymour Weiss. Andererseits war Seymour aber auch keine Schaufensterpuppe.

»Der Gouverneur ist drin«, sagte er. »Machen Sie's kurz.«

»Ich bin enttäuscht«, sagte ich. »Freuen Sie sich etwa nicht, mich zu sehen, Seymour?«

Er sagte nichts. Seine pockennarbige Visage blieb leer, aber in seinen toten dunklen Augen war Zorn.

»Als ich Sie zum letzten Mal sah«, sagte ich und folgte ihm zu einer Seitentür, »haben Sie mir das Geld nur so nachgeworfen.«

Er blieb stehen, drehte sich um und sagte trocken: »Das habe ich gemacht, damit Sie gingen.«

»Ich bin auch gegangen«, sagte ich lächelnd. »Aber jetzt bin ich wieder da.«

Seymours Irritation war mir bei unserem Telefongespräch an diesem Morgen weniger aufgefallen. Ich hatte ihn in seinem Büro im Roosevelt Hotel erreicht. Er wußte zwar, daß ich im Fall Long ermittelte, aber er hatte gesagt, er wisse nicht, warum. Ich hatte erwidert, ich würde es ihm erklären, wenn wir uns zu einem Gespräch treffen könnten, und er hatte nur »Gewiß« gesagt.

Aber es hatte ihm nicht gepaßt, daß ich auch mit dem Gouverneur sprechen wollte.

»Ich kann heute nachmittag nach Baton Rouge rüberfahren«,

hatte ich gesagt, »um mit Gouverneur Leche zu reden, entweder im Parlament oder in seinem Landhaus ...«

»Er ist nur selten dort«, hatte Seymour gesagt. »Er führt die meisten Staatsgeschäfte aus der Ferne, aus St. Tammany.«

»Wo ist das?«

Er hatte eine lange Pause eingelegt, bevor seine Antwort schließlich kam – und zwar ziemlich zögerlich. »Auf der anderen Seeseite, New Orleans gegenüber.«

»Tja, dann organisieren Sie doch dort eine Begegnung. Ich schlage vor, so schnell wie möglich.«

»Höre ich da eine Drohung in Ihrer Stimme, Mr. Heller?«

»Ich weiß nicht. Sie etwa?«

Und jetzt – nur wenige Stunden später – befand ich mich im riesigen Jagdhaus des Gouverneurs und folgte Seymour Weiss durch einen Gang, dessen Tapeten Pelikane und gerahmte Fotos des Gouverneurs mit verschiedenen Würdenträgern und Prominenten zierten. Wir kamen in eine gemütliche ahorngetäfelte Höhle mit einem großen geflochtenen Teppich und einem gewaltigen, grollenden Läufer aus Bärenfell vor einem gemauerten Kamin, dessen Sims nur so von ausgestopften Enten, Bibern und Gänsen wimmelte. Obwohl die Wände im Hintergrund über Einbaubücherregale verfügten, glotzten mich aus allen anderen Winkeln so viele aufgehängte Hirschköpfe an, daß sie ausreichten, um ein Quorum des Louisiana-Parlaments zu bilden. An den Wänden schwammen auch einige längst tote Fische. Der Gouverneur stopfte seine Präparationen offenbar mit Bargeld aus.

Schmucke bullige braune Ledersessel mit Ottomanen lagen schräg zu beiden Seiten des Kamins. Dazwischen stand ein kleines, dazu passendes Sofa. Hier und da sorgten Stehlampen mit beigen

Seidenschirmen für eine weibliche Aura, die in einem typischen Männerraum wie diesem leicht daneben wirkten. Aber anscheinend gab es auch eine Mrs. Leche.

Big George McCracken saß an einem Spieltisch und legte eine Patience. Er hatte noch immer die Visage eines Mopses und kaufte seine ausgebeulten Klamotten wohl auch jetzt noch bei der Gangsterausstattungs-GmbH. Sein Anzugjackett lag über der Rückenlehne seines Stuhls. Er saß in Hemdsärmeln und Hosenträgern da. Seine blutrote Krawatte war gelöst, in einer Ecke seines Mundes klemmte ein Zigarrenstummel.

Aber wenigstens hatte er es aufgegeben, die Tommy Gun in der Papiertüte mit sich rumzuschleppen. Es sei denn, sie stand unter dem Tisch.

Huey Longs Nachfolger erhob sich rechts von ihm endlos aus dem ledernen Salonsessel und marschierte wie Paul Bunyan auf uns zu. Er war ein gewaltiger, großer, stämmiger Mann und trug ein rot-schwarz kariertes Jagdhemd, Khakihosen und Socken. Sein schwarzes Haar hatte er, wie George Raft, glatt nach hinten geklatscht, aber seine Gesichtszüge waren freundlich und von geradezu jungenhaft gutem Aussehen – wenn auch etwas zart für seine immense Birne.

»Ich wollte Sie schon lange kennenlernen, Mr. Heller«, sagte er fast überschäumend und streckte die Hand aus. Dann fügte er aus Gründen, die mir nicht ganz klar waren, hinzu: »Dick Leche.«

»Und warum, Exzellenz?« sagte ich und drückte seine Hand.

»Ihre Bemühungen, den Kingfish ins Krankenhaus zu bringen, sind hier eine Legende. Setzen Sie sich doch hin.«

Er führte mich am Arm zum Sofa hinüber. So groß, wie er war, hätte er mich auch rüberwerfen können. Ich nahm Platz, und er setzte sich wieder in den Sessel und stellte seine weißbesockten Füße auf die Ottomane. Seymour nahm im Sessel rechts von mir Platz. Er schlug die Beine übereinander, faltete die Hände und ließ langsam die Daumen umeinander kreisen. Er wirkte finster.

»Auch wenn meine Anstrengungen vielleicht legendär sind, Exzellenz«, sagte ich, »sie haben Huey nicht viel genützt.«

»Aber Sie haben sich bemüht, Mann! Sie haben sich bemüht. Aber bitte, nennen Sie mich Dick.«

»Aber gern, Dick. Und nennen Sie mich Nate, wenn Sie wollen.«

Er nahm eine Pfeife vom Tisch neben sich und steckte sie mit einem gewöhnlichen Küchenstreichholz an. »Aber gern«, sagte er. »Wie ich höre, untersuchen Sie den Attentatsfall.«

»Stimmt.«

Er paffte, bis der Tabak glühte. »Ich weiß eigentlich nichts … über den Grund Ihrer Untersuchung«, sagte er. »Wir haben doch in diesem Staat das Bureau of Criminal Investigation.«

»Bei allem Respekt, Dick … aber ermittelt haben Sie nicht.«

Er zuckte die Achseln und machte eine beiläufige Geste mit der Pfeife. »War wohl irgendwie … nicht unser Fall.«

»Ich bin verwirrt. Entschuldigen Sie … aber ich bin ja auch nicht von hier.«

Leches Lächeln war blendend; seine Zähne sahen aus wie sauber geschrubbte Badezimmerfliesen. »Gewiß.«

»Ich habe gehört, daß Sie den Mord weidlich auf Ihre Fahnen geschrieben haben. Daß Sie den Wählern versprochen haben, die Verschwörung im Hotel DeSoto rückhaltlos aufzudecken …«

Das Lächeln rings um den Pfeifenstiel verblaßte.

»Es waren gefühlsmäßig aufgeputschte Zeiten«, sagte Leche düster. »Bei kühlem Tageslicht besehen und durchdacht, wurde offensichtlich, daß der Mann, der Senator Long erschossen hatte, *schon* tot war … Warum sollten wir also das hart erarbeitete Geld der Steuerzahler verschwenden?«

»Außerdem«, sagte Seymour, »hätte Mrs. Long um eine Untersuchung gebeten, wenn ihre Familie eine gewollt hätte.«

»Irgendwie«, sagte ich, »bin ich deswegen hier.«

»Wirklich?« fragte Leche überrascht.

»Ich dachte, Sie arbeiten für die Mutual-Versicherung«, sagte Seymour.

»Na, so was, Seymour«, sagte ich und schenkte ihm ein Lächeln, das ebenso freundlich war wie das Leches, wenn auch weniger strahlend. »Und *ich* dachte, Sie und Dick wüßten eigentlich nichts über den Grund meines Hierseins.«

»Wollen Sie nun die doppelte Versicherungssumme auszahlen«, sagte Seymour knapp, »oder Ihren Chefs einen Haufen Kröten sparen?«

»Ich bin eine Art Mischung aus Ermittler und Schiedsrichter«, sagte ich und lehnte mich in das weiche Sofa zurück. »Beide Parteien haben zugestimmt, die Ergebnisse meiner Untersuchung anzuerkennen.«

»Dann gibt es also«, sagte Seymour und lächelte zum ersten Mal, »vielleicht … Verhandlungsspielraum.«

»Klar«, sagte ich. »Schließlich komme ich doch aus Chicago. Manche Leute sehen vielleicht einen Konflikt darin, daß man für zwei Klienten arbeitet, die gegensätzliche Interessen verfolgen …«

»Aber für Nate Heller«, sagte Seymour mit glatter, lächelnder Geringschätzung, »ist es eine Gelegenheit.«

Leche rutschte unbehaglich in seinem bequemen Sessel umher. Wie die meisten Politikerganoven zog er es vor, hinter einer Fassade der Respektabilität zu bleiben.

Seymour, dessen Laune nun besser war, wandte sich an Big George. »Holst du uns mal was zu trinken, George? Was hätten Sie denn gern, Mr. Heller?«

»Haben Sie Bacardi da?«

Big George nahm unsere Bestellungen entgegen und schlenderte verdrießlich zu einem Fuselschrank, aus dem er mir Rum, Leche Whiskey mit Flußwasser und Seymour einen Scotch ohne Eis holte.

Während McCracken Kellner spielte, sagte Leche: »Unser George hat neuerdings ein gutes Auskommen an der LSU.«

»Yeah«, sagte ich. »Ich hab gehört, du bist dort jetzt für sämtliche Bauprojekte zuständig.«

»Was haste sonst noch gehört?« fragte McCracken. In seinem Tonfall schwang etwas Unheimliches mit.

Daß du dank der WPA und der Steuerzahler von Louisiana dein Scheißprivatnest schön weich polsterst.

»Nichts«, sagte ich freundlich.

Ich hatte irgendwie das Gefühl, daß McCrackens Anwesenheit an diesem Nachmittag mit seiner gegenwärtigen Position an der Universität wenig zu tun hatte: Er war hier, um die alte Leibwache zu vertreten. Schließlich war er einer der tapferen Burschen gewesen, die Dutzende von Kugeln auf den umgefallenen Dr. Carl Weiss abgefeuert hatten.

Leche legte seine Pfeife in einen Aschenbecher auf dem Beistelltischchen und nippte an seinem Getränk. »Haben Sie während Ihrer Ermittlungen irgendwelche … neuen Beweise ausgegraben, Nate?«

»Kann schon sein.«

»Was soll das heißen?« fauchte Seymour. Seine gute Laune hatte nicht lange angehalten.

»Mal angenommen«, erwiderte ich und musterte mein Rumglas, »ich wäre im Besitz von ein, zwei Kugeln, die man aus der Leiche Senator Longs geholt hat.«

Im Raum war es nun totenstill. Man hätte eine Bombenhülse fallen hören können.

»Jeder weiß, daß die Kugel Senator Long durchschlagen hat«, sagte Leche leise.

»Ach, wirklich?« Ich beugte mich vor. »Mal angenommen, ich hätte zwei Kugeln, die aus der Leiche des Senators stammen, die aber *nicht* aus Dr. Weiss' Schießeisen stammen?«

Ein Stuhl schob sich knirschend über den Boden. Ich hörte, daß McCracken sich näherte.

»Kugeln eines Kalibers«, sagte ich, »die zu denen passen, die Hueys Leibwächter eingesetzt haben.«

McCracken ragte hinter mir auf. »Laß mich das machen«, sagte er.

Seine Worte waren nicht an mich gerichtet.

»Setz dich hin«, sagte Seymour spitz, »und halt dich da raus.«

»*Ich* werde mit diesem Arschloch fertig«, sagte McCracken.

Die 9-Millimeter steckte zufällig unter meinem linken Arm. Ich hatte zwar keine Lizenz für Louisiana, aber blöd war ich auch nicht.

»Hinsetzen!« sagte Seymour. »Maul halten! Halt dich raus!«

McCrackens Seufzer hätte ein kleines Feuer löschen können. Aber er ging zurück, zog seinen Stuhl vom Spieltisch ab und ließ sich schwer darauf fallen.

»Zwei Bleiklümpchen«, sagte Leche. Er zuckte die Achseln. »Wer will sagen, wo sie hergekommen sind?«

»Dr. Vidrine würde es bestimmt nicht beeiden«, sagte Seymour. »Dann hätte er ein Berufsverbot am Hals.«

»Oder *sonstwas*«, sagte ich fröhlich.

Ich war gekommen, um zu bluffen. Ich hatte mir die Sache gut überlegt, und so gefährlich es auch war, etwas Besseres war mir unter den gegebenen Umständen in dieser Situation nicht eingefallen.

»Angenommen, ich habe Zeugen«, sagte ich. »Zeugen, von denen beeidete Aussagen vorliegen. Unwichtige offene Fragen, die sich durch Krankenhausgänge, Bestattungsunternehmen, Parlamentsetagen und so weiter ziehen. Sie hatten in der einstigen Long-Organisation eine Menge inneren Aufruhr. Viele Freunde sind nun Ihre Gegner. So was kommt vor, wenn man sich um die Beute rauft. Wenn manche was abkriegen, und andere nicht.«

»Falls Sie glauben, in Louisiana würde auch nur ein Gericht …«, setzte Seymour an.

Aber ich wandte mich Leche zu, dessen Miene nun gar nicht mehr jovial wirkte. »Gouverneur – mir ist völlig klar, daß ich auf Ihrem Baseballfeld spiele. Die Polypen gehören Ihnen. Die Gerichte. Das Parlament. Aber Sie vergessen eins: Sie sind eventuell nicht so ein Nationalheld wie Huey. Das Attentat auf Huey Long ist von nationaler Wichtigkeit und von nationalem Interesse. Verdammt noch mal, es ist sogar von *internationalem* Interesse.«

Leche schob die Zunge zwischen seine Lippen. Er hatte wohl einen schalen Geschmack im Mund.

»Die Presse wird diesen neuen Beweis veröffentlichen«, fuhr ich fort, »und sehr bald werden Sie eine Untersuchung durchführen *müssen* ... ballistische Versuche, Zeugenaussagen. Wahrscheinlich müssen Sie sogar mit Preßlufthämmern anrücken und sich durch die sieben Fuß Stahlbeton bohren, unter denen der Kingfish begraben ist, weil man ihn nämlich exhumieren wird. Er ist ein Beweisstück.«

Leche schaute Seymour gequält an. Seymour schüttelte den Kopf, als wolle er sagen, er solle sich keine Sorgen machen.

»Selbst wenn Huey versehentlich von der verirrten Kugel eines Leibwächters getötet wurde«, sagte Seymour leise, »was würde es konkret an Gutem bewirken?«

»Nun«, sagte ich, »in Baton Rouge lebt eine Familie, der das Stigma anhaftet, ihr Sohn, Bruder, Ehemann und Vater sei ein Mörder. Es wird ihr so lange anhaften, wie sich jemand an den Kingfish erinnert ... Auch wenn es nur so lange ist, wie Louisiana existiert.«

»Aber alle sagen übereinstimmend, daß Dr. Weiss Huey *tatsächlich* angegriffen hat«, sagte Seymour.

Komisch: Jetzt hätte der Augenzeuge McCracken die beste Gelegenheit gehabt, mir zu widersprechen, aber zu diesem Thema schwieg er.

»Er hat Huey möglicherweise nur eine reingehauen«, sagte ich. »Vergessen Sie nicht, daß keine der Kugeln, von denen ich rede, aus einer Zweiunddreißiger stammt.«

Jetzt meldete McCracken sich zu Wort, aber nicht mit einer Zurückweisung dessen, was ich gerade gesagt hatte. Er rief aus dem anderen Teil des Raumes: »Laßt *mich* das erledigen!«

»Still!« sagte Seymour. Er beugte sich vor, seine dunklen Augen nahmen mich ins Visier, seine Hände tätschelten sanft und diplomatisch die Luft.

»Wenn es eine Geldfrage ist«, sagte er, »kann ich Ihnen sofort einen Scheck über zehntausend Dollar ausstellen. Oder hätte Mrs. Long es lieber bar?«

Hundert Punkte.

Auf ein Angebot dieser Art war ich nämlich ausgewesen. Gibt es eine bessere Methode, meine Klienten fröhlich zu stimmen und selbst eine Prämie einzusacken?

»Dazu muß ich erst mit Mrs. Long sprechen«, sagte ich. »Aber vielleicht überlegen Sie sich noch mal, ob Sie die Summe nicht erhöhen wollen.«

»Wozu?« fauchte Seymour. »Mehr würde die Versicherung ihr doch auch nicht zahlen!«

»Aber das ist nicht das einzige Kriterium, das man nun bewerten muß«, sagte ich und drohte ihm oberlehrerhaft mit dem Finger. »Denken Sie an die nächsten Wahlen. Wenn Huey versehentlich von einer Bande hohlköpfiger Leibwächter getötet wurde ...«

»Laßt mich es machen, verdammt noch mal!«

»Schnauze!« sagte Seymour.

»... haben Sie ein sehr wichtiges Thema für künftige Wahlkämpfe verloren. Welchen Nutzen kann man schließlich aus dem politischen Wert von Hueys Märtyrertod ziehen?«

»Über welche Summen reden wir denn überhaupt?« fragte Seymour mit einem verschleierten Blick.

»Ich rede überhaupt nicht über Geld«, sagte ich. »Damit habe ich nichts zu tun. Das müssen Dick und Sie entscheiden. Aber bevor ich mich schlagen lasse, würde ich den Vorschlag machen, daß Sie die Summe – verzehnfachen. Oder vielleicht verzwanzigfachen.«

Seymour zuckte zurück, als hätte ich ihm eine Ohrfeige versetzt. »Sind Sie *verrückt*, Mensch?«

»Lenken Sie bitte nicht vom Thema ab«, sagte ich. »Mir ist nur gerade eingefallen, was wohl passiert, wenn jemand zufällig etwas über die sogenannte Abzugkiste erfährt. Dann will Mrs. Long vielleicht etwas … großzügiger entschädigt werden.«

Leche krallte sich in die Sessellehnen, als säße er auf dem elektrischen Stuhl. »Seymour …«, sagte er. Das einzelne Wort sagte eine Menge aus: Es war Vorwurf, Bitte um Hilfe und das Verlangen, daß etwas geschehen mußte.

Seymours tote Augen fixierten mich wie zwei Revolverläufe. Dann schaute er weg und sagte kalt und leise: »Ich nehme an, Sie reden mit Mrs. Long. Reden Sie mit ihr, und kommen Sie dann mit einer Zahl zurück.«

Ich stand auf. »Mach ich. War mir eine Freude, Sie kennenzulernen, Gouverneur.«

Leche setzte die Miene eines schmollenden Kindes auf. Seine Freundlichkeit war nur noch Erinnerung. Und als er so tief in seinem Sessel hockte, kam er mir plötzlich ziemlich klein vor.

»Ich finde schon allein raus«, sagte ich. Und so war es auch. Ich kam mir zwar verdammt überheblich vor, aber ich freute mich nicht über den wilden Ausdruck auf Big George McCrackens zerknautschtem Gesicht, als sein Blick hinter mir herschlich.

24

Wir saßen wieder mal auf dunklen Korbmöbeln im Wintergarten und tranken Eistee. Es war Spätnachmittag, und Mrs. Longs tropischer Hintergarten war in Schatten gehüllt, die nach und nach zur Abenddämmerung wurden.

»Mr. Heller«, sagte sie, und mir war, als bereite ihr jedes ausgesprochene Wort Schmerzen, »ich weiß Ihre Bemühungen zwar durchaus zu schätzen …« Die blaßblauen Augen ihres attraktiven

Gesichts blickten besorgt. Sie saß auf dem Korbsofa und umklammerte ein Taschentuch. Ihr blaues Kleid wies ein Rosenmuster auf, an einer Schulter war ein rosafarbener Träger aufgenäht.

Ich zuckte zusammen. »Ich verstehe Ihr Zögern nicht, Mrs. Long. Ich wette, wir könnten von Seymour, Leche und deren Handlangern eine beträchtliche Summe kriegen ...«

»Es wäre erpreßtes Geld, Mr. Heller.«

»Ach was! Sehen Sie es so: Sie kriegen endlich ein paar Kröten aus der Abzugkiste.«

Sie schüttelte den Kopf. »Dem Namen nach vielleicht, Mr. Heller. Ich bin *Senatorin* der Vereinigten Staaten. Es wäre nicht recht.«

Mir wurde schwindlig. »Sind Sie die gleiche Mrs. Long, die mir tausend Kröten Prämie angeboten hat, um ihre Position bei dieser Untersuchung zu favorisieren?«

Ihr Lächeln war kaum wahrnehmbar und verlegen. Sie blickte zu Boden. »Ja, bin ich. Vielleicht kommt es Ihnen albern vor, daß ich ein so ... flexibles Gefühl für Ethik habe.«

Ich setzte mich seufzend zurück. »Eigentlich nicht. Bei mir ist es auch immer so.«

Sie schaute mich mit schmerzhaft ernster Miene an. »Ich würde gern wissen, ob Sie überzeugt sind, daß mein Mann versehentlich getötet wurde.«

»Ich habe die Kugeln gesehen«, sagte ich. »Ich bin zwar kein Ballistikexperte, aber ich glaube, daß sie zum Kaliber der Schießeisen passen, die die Leibwächter bei sich hatten. Auch wenn Dr. Vidrine sie mir nicht geben wollte: Ich kann mit Sicherheit sagen, daß Senator Long nicht von Carl Weiss erschossen wurde.«

»Wird die Versicherung Ihre Meinung akzeptieren?«

Ich zuckte die Achseln. »Ich kenne keinen Grund, wieso sie es nicht tun sollte. Die Versicherung und Sie haben zugestimmt, meine Schlußfolgerungen anzuerkennen. Wir stehen nicht vor Gericht. Ich brauche keine Beweisstücke vorzulegen. Ich muß nur einen begründeten, schlüssigen Bericht schreiben und aus den verschiedenen Gesprächen zitieren, die ich geführt habe und die mich glauben lassen, daß Carl Weiss sich Ihrem Mann genähert hat, daß sie sich gestritten haben, daß Weiss Ihren Mann geschlagen hat und daraufhin die Schießerei begann.«

Sie kniff nachdenklich die Augen zusammen. »Und dann zahlt die Mutual die zwanzigtausend für den Unfalltod aus?«

»Das glaube ich, ja.«

Ihr Ausdruck entspannte sich. Sie schaute auf. »Dann möchte ich, daß wir es so machen.«

»Ist es *das*?« fragte ich, noch immer in dem Bemühen, zu verstehen, worum es hier eigentlich ging. »Wollen Sie, daß die Wahrheit herauskommt?«

Sie setzte sich seufzend zurück. »Eigentlich … habe ich mich noch nicht entschieden. Die Versicherung wird das Ergebnis Ihrer Ermittlungen doch nicht veröffentlichen, oder?«

»Nein. Es ist eine vertrauliche Sache zwischen Ihnen und ihr.« Ich beugte mich kopfschüttelnd vor. »Entschuldigen Sie, Ma'am. Mir liegt zwar nicht daran, aus der Reihe zu tanzen, aber … Ich verstehe einfach nicht. Also, wenn Sie geplant hätten, Seymour und die schießwütigen Kosaken bloßzustellen, könnte ich es verstehen. Aber wenn Sie es nicht vorhaben, dient mein Bemühen ausschließlich dazu, daß die Versicherung die zwanzig Riesen auszahlt. Aber wir können das *Zwanzigfache* aus diesen Lumpen rausquetschen! Verzeihen Sie meine offenen Worte.«

Sie lächelte sanft, beugte sich vor und berührte meine Hand. »Es sind noch andere Faktoren zu berücksichtigen, Mr. Heller. Ich muß in diesem Staat leben. Mein Sohn Russell interessiert sich inzwischen sehr stark für die Welt der Politik ... Er hat sich in Washington verliebt, und ... Nun ja, ich glaube, er würde irgendwann gern das beenden, was sein Vater angefangen hat. Ich glaube ... und es ist keine Mißachtung des Andenkens an meinen verstorbenen Mann ... ich glaube, daß mein Sohn ein völlig anderer Mensch ist als er. Russell ist ehrlich und denkt ethisch ... Er sieht in der Politik eine Möglichkeit zur Veränderung.«

»Er ist noch jung.«

Sie nickte. »Ja, ist er. Bevor Huey die Macht mehr lieben lernte als das, woran er glaubte, war er ein Idealist. Aber Russell ist ganz anders. Irgendwann wird er sich zur Wahl stellen, und zwar als Huey Longs Sohn. Er wird Freunde brauchen, denn als Hueys Sohn hat er automatisch Feinde, nicht wahr? Und diese Männer – Seymour Weiss, Richard Leche und all die anderen – sind an der politischen Macht, jedenfalls im Moment. Um Russells willen möchte ich sie nicht gegen ihn aufbringen.«

Rose Long war eine herrliche Frau. Huey hatte Glück gehabt, sie bei seinem Aufstieg an seiner Seite zu haben. Aber irgendwie, glaubte ich, würde ihr Sohn sie mehr zu schätzen wissen. Jedenfalls, wenn er klug war.

»Dann schreiben Sie also Ihren Bericht?« fragte sie.

»Ja.«

Nun wirkte sie verlegen. »Leider habe ich die tausend Dollar gerade nicht im Haus. Und ich komme auch erst Montag morgen zur Bank ...«

Der nächste Tag war ein Sonntag.

»Ich fahre ins Hotel zurück, schreibe den Bericht und bringe ihn Montag nachmittag vorbei, wenn es Ihnen recht ist.«

»Bis Dienstag morgen ist mir jede Zeit recht. Dann fahren Russell und ich nämlich nach Washington zurück.«

Ich stand mit dem Hut in der Hand auf. »War mir ein Vergnügen, Geschäfte mit Ihnen zu machen, Ma'am«, sagte ich. »Und bildend war es auch.«

Sie brachte mich zur Tür und legte eine Hand auf meinen Arm. »Sie sind wirklich ein bemerkenswerter junger Mann.«

Das war mir neu.

»Wie kommen Sie denn darauf?« fragte ich.

»Sie sind ein hohes Risiko eingegangen, als Sie heute nachmittag in der Höhle des Löwen waren. Diesen Leuten ist nämlich alles zuzutrauen.«

»Es sind Politiker. Sie kaufen Menschen; sie legen sie nicht um.«

»Vielleicht. Aber Ihr Plan, nicht nur für meine Interessen, sondern auch für die der Versicherung tätig zu werden, war genial.«

Wir standen an der Eingangstür. Sie schüttelte lachend den Kopf und drückte meinen Arm. »Mr. Heller, Sie sind schrecklich.«

»Das ist schon eher typisch für mich«, sagte ich grinsend und ging hinaus.

Sie schenkte mir ein Lächeln und winkte mir vom verzierten Eingang des südländisch wirkenden Landhauses zu. Ich winkte zurück und spazierte ins kühle Zwielicht hinaus, vorbei an breitblätterigen Bananenstauden, zur betonierten Einfahrt. Ich stieg in den Ford und dachte gerade darüber nach, wieso der Wagen eigentlich nach Krankenhaus roch, als sich etwas Kaltes und Kreisförmiges an meinen Nacken drückte.

Die Mündung einer Automatik.

»Hallo, Yankee-Arschloch«, raunte Big George McCracken mir ins Ohr. »Gleich wirste erfahren, wie sich 'ne Wanze fühlt, wenn man auf sie drauftritt.«

Meine 9-Millimeter lag im Handschuhfach. Ich hatte nicht geglaubt, daß ich die bei Mrs. Long brauchen würde, und ich hatte sie auch nicht erschrecken wollen, falls diese sie kurz gesehen hätte.

»Was willst du, George?«

»Die beiden Kugeln, die sie aus Huey rausgeholt haben«, sagte er.

»George … Ich habe sie gar nicht …«

»Klar, hast du sie«, sagte er.

»Hab ich nicht.«

»Tja, dann müssen wir mal drüber reden.«

Eine Hand legte sich auf mein Gesicht und drückte einen chloroformierten Lappen auf meinen Mund und meine Nase. *Das war also der Krankenhausgeruch,* dachte ich. Und dann war ich weg.

Als ich aufwachte, fand ich mich in absoluter Schwärze wieder. Ich lag auf der Seite, wie ein Fötus, und zwar im engen Mutterschoß eines Kofferraums. Der Wagen ruckelte über einen Kiesweg. Ich hörte, daß Steinchen gegen die Unterseite und die Kotflügel des Autos klackten.

Ich hatte diese Schlußfolgerung kaum gezogen, als der Wagen anhielt. Ich tastete um mich, versuchte irgend etwas zu fassen zu kriegen, vielleicht ein Montiereisen, aber da ging der Kofferraumdeckel auch schon auf, und das Mondlicht war so hell, daß ich die Augen zusammenkneifen mußte. Big George McCracken musterte mich mit einem höhnischen Lächeln. Neben ihm stand ein dunkelhaariger, hakennasiger, stiernackiger Ganove mit dunklem Anzug und Krawatte. Er kam mir zwar bekannt vor, aber in meinem umnebelten Zustand wußte ich nicht, wo ich ihn hinstecken sollte.

»Hol'n mal da raus, Carlos, ja?«

Carlos.

Letztes Jahr in Dandy Phils Lagerhaus hatte der untersetzte, muskulöse Rabauke Spielautomaten ausgepackt und in Kastels Namen irgendwelche Lastwagenfahrer bezahlt.

Carlos' große Hände packten meine Jacke, dann hievte er mich wie einen Sack Getreide ins Freie. Meine Füße bemühten sich, meinen Körper aufrecht zu halten, aber meine Knie waren aus Gummi. Carlos hielt mich an der Taille fest und schleifte mich mit.

Der Wagen, fiel mir nebenbei auf, war ein schwarzes Studebaker-Coupé mit zwei Türen. Er stand zusammen mit etwa einem Dutzend anderer Fahrzeuge auf einer Wiese. Die anderen Wagen, neue Kombis und verbeulte Kleinlaster, parkten vor einem riesigen heruntergekommenen Gebäudeschuppen, in dem Licht, Gelächter und ein Kaschemmenpiano für Leben sorgten. Ein primitives Holzschild auf zwei Beinen auf einer ungemähten Wiese kündete: WILLSWOOD-TAVERNE. Hinter dem ungestrichenen grauen Schindelbau ragte der gespenstische, unheilverkündende Umriß einer Sumpflandschaft auf.

Sie schleiften mich hinter das Gebäude. Durch offene Fenster sah ich einen stämmigen Barkeeper ohne Schürze, der feuchte Bierflaschen austeilte; betrunkene Kerle, die mit irgendwelchen Schlampen tanzten, und lange Picknicktische, an denen Spaghetti, Austern und Schwertfisch gemampft wurden. Die Gäste waren eine heruntergekommene Bande. An kleineren Tischen saßen Männer und spielten Karten. Vor ihnen lagen Geldhaufen.

Hinter dem Haus – es ging über einen kleinen Hof mit hohem

Gras – lockte mich die Finsternis des Sumpfgebiets, in ihre Richtung zu verschwinden. Welche Gefahren dort auch lauerten, sie waren mir allemal lieber als das, was mich in Gesellschaft von George und Carlos erwartete.

Aber meine Muskeln funktionierten noch nicht. Ich war froh, daß mein Verstand halbwegs klar war.

McCracken öffnete eine Tür, und Carlos schob mich hinein. Ich stolperte in einen finsteren Raum, fiel auf harten Erdboden und gegen einen Holzstuhl. Eine Tür knallte. Von der Decke kam Licht aus einer baumelnden Lampe. Ich saß mitten im Scheinwerferlicht.

»Setz ihn auf'n Stuhl, Carlos.«

Die großen Hände griffen erneut zu, und ich wurde vom Boden gehoben und auf den Holzstuhl geworfen. Carlos stand hinter mir, zog mir die Arme auf den Rücken und band meine Gelenke mit einem Seil an den Streben fest. Ich spürte, daß er es verknotete und mich zusätzlich an den Stuhl fesselte. Wenigstens war ich nicht so fest verschnürt, daß es mir das Blut abschnitt. Ich dankte Gott für diesen kleinen Gefallen.

Es war ein kleiner Lagerraum. Ich sah Regale mit Konserven und Bierdosen-Kartonstapel. Eine große graue metallene Zinkwanne stand an den Latten einer Wand.

»Den Rest mach ich allein«, sagte McCracken zu Carlos.

»Danke«, sagte Carlos. »Is nich gut, wenn der Boss am Samstagabend nich da is.«

Der stiernackige Rabauke – allem Anschein nach der Besitzer der Willswood-Taverne – öffnete eine Tür, die wohl in die Küche führte, da der würzige Geruch von Tomatensoße den Raum erfüllte. Ich hörte das Klappern von Tellern und Pfannen.

»Wenn du müd wirst, George, mein Freund«, sagte Carlos, »sag nur Bescheid. Dann schick ich Bucky Boy vorbei.«

Dann war ich mit McCracken allein.

Er zog sein Anzugjackett aus und legte es auf einen Stapel Bierkartons. Unter seinem linken Arm steckte eine Achtunddreißiger in einem Schulterhalfter. Er knöpfte seine Manschetten auf und krempelte die Ärmel hoch. Dann nahm er irgend etwas aus einem Regal – da er sich außerhalb des Lichtkegels befand, konnte ich es nicht erkennen – und trat ins Licht, genau vor mich hin, die Hand mit dem verhüllten Gegenstand hinter dem Rücken.

Seine zerknautschte Schlägerfresse rang sich ein Lächeln ab. »Wir ham schon dein Hotelzimmer auseinandergenommen, aber da warnse nich. Auch nich in deim Wagen ...«

Kneipengejohle drang durch die Holzwände.

»Ich hab die Scheißkugeln nicht«, sagte ich.

»Klar, haste sie. Haste doch gesagt. Hab doch gehört, wie du's Seymour und Dickie erzählt hast.«

»Ich hab nur geblufft.«

Er runzelte die Stirn. Das Denken fiel ihm sichtlich schwer. »Geblufft?«

»Es *gibt* überhaupt keine Kugeln. Ich hab doch nur versucht, für Mrs. Long 'n bißchen Kohle aus Seymour rauszuholen.«

»Erzähl keinen Scheiß.«

»Es stimmt, verdammt! Hör mal, George – ich hab gewußt, daß diese Schweinebande Mrs. Long um das Abzuggeld beschissen hat. Ich hab rumgefragt und rausgekriegt, daß Carl Weiss Huey nur eine gescheuert und ihr sofort geballert habt!«

»Ich frag dich noch mal«, sagte er und zog die Hand hinter dem Rücken hervor.

Ein Gummischlauch.

»Tu das nicht«, sagte ich. In Chicago nannte man so was ›Goldfischfütterung‹. Es war eine Mahlzeit, die man mir schon mal serviert hatte.

Sie hatte mir nicht geschmeckt.

»Gottverdammt, George, ich sag die Wahrheit ...«

Der Schlauch zischte durch die Luft und knallte auf meinen linken Unterarm. Dem Stechen folgte ein dumpfer Schmerz.

»Ich will die Kugeln haben, Heller. *Wo* sind sie?«

Es zischte noch mal und noch mal, und jedes Mal schrie ich auf. Aber keiner von denen, die sich nebenan vergnügten, konnte mich hören. Dem Stechen folgte jedes Mal ein neuer Schmerz. Er fragte mich fortwährend, und ich erwiderte, ich hätte die Scheißkugeln nicht, und dann nahm er sich meinen rechten Arm vor, dann meine Ober- und Unterschenkel und Schienbeine. Inzwischen hatte ich aufgehört zu schreien und wimmerte nur noch, dann hörte ich auf zu wimmern und schrie wie am Spieß, und wurde, Gott sei Dank, ohnmächtig.

Irgend jemand schüttete mir Wasser ins Gesicht, und ich kam hustend, würgend und spuckend wieder zu mir, ohne zu wissen, ob ich eine Minute, eine Stunde oder eine Woche weg gewesen war. Doch der Schmerz war lebende Agonie, und ich fing an zu schreien, so daß McCracken mir den Mund zuhielt und ich in seine Hand hineinbrüllte.

Aus dem Nebenraum drang noch immer das Gegröle der Besoffenen an meine Ohren.

McCracken nahm die Hand von meinem Mund. »Wenn du nicht leise bist, Heller, kriegste beim nächsten Mal eins in die Eier.«

Und er drosch mir auf den Oberschenkel, und zwar genau neben die Eier. Der Schmerz durchbohrte mich wie ein Pfeil, aber ich biß die Zähne zusammen. Ohne zu schreien. Ich stöhnte nur.

Eine Hinterwäldler-Vogelscheuche mit Latzhose ohne Hemd und haarlosem, eingefallenem Brustkorb trat in den Lichtkreis. Der Kerl hatte ein abscheulich schräges Raffzahngrinsen aufgesetzt, das schwarz, gelb und grün war – eigentlich alles, außer weiß. Seine Augen waren groß und gelb, seine Nase gerade und spitz, wie der Stachel einer Biene. Seine eingefallenen Wangen waren stoppelig, aber sein Kinn war nirgendwo zu erblicken. Sein Adamsapfel stand vor und hüpfte, wenn er lachte, was er genau in dem Moment tat, als er mich auf dem Stuhl leiden sah.

»Das is Bucky Boy«, sagte McCracken. »Bucky Boy will mir helfen.«

»Ich bin der Typ, der 'n Yankee-Eintopf macht!« sagte Bucky Boy aufgekratzt und versetzte der großen grauen Wanne einen Tritt. »Hier drin setz ich ihn an, ey.«

McCracken verschränkte die Arme vor der Brust. Der Gummischlauch hing schlaff, aber bedrohlich, in seiner rechten Hand. »Warum fragste Bucky Boy nich mal, was'n Yankee-Eintopf is?«

Aber das brauchte ich nicht.

»Ich steck 'n Yankee in die Wanne hier«, sagte Bucky Boy, trat erneut dagegen und lachte kehlig und idiotisch, wobei sein Adamsapfel erneut auf und nieder hüpfte. »Und dann schütt ich *'n Haufen* Lauge rein. Dann laß ich *ihn* 'ne Weile *einweichen*!«

Bis dann eine teils zersetzte, teils verflüssigte Leiche übrigblieb …

McCracken nahm den Faden wieder auf. »Dann dauert's nich

mehr lange, und wir können den blöden Yankee in den Sumpf kippen.«

Eine geniale Art, sich einer Leiche zu entledigen; man läßt sie in eine Wasserstraße fließen.

»Ich … hab die Scheißkugeln nicht. Ich hab's dir doch gesagt. Ich hab nur geblufft.«

McCracken drosch eine Weile auf mich ein. Jeder Schlag ließ Schmerzen durch meinen Kreislauf jagen, bis ich fast besoffen war. Ich fing an zu lachen; gesellte mich zu den Vergnügten, die in der Kneipe nebenan ihr Späßchen hatten.

»Dem macht dat Spaß«, sagte Bucky Boy, und sein Stirnrunzeln deutete an, daß er zu einem gewissen Grad doch denkfähig war.

McCracken rieb mit der linken Hand seinen rechten Arm. »Ich kann bald nich mehr. Willste ihm auch mal 'n paar reinhauen, Bucky Boy?«

»Ja, klar!«

»Aber mach ihn noch nich alle.«

»Tu mein Bestes!«

Bucky Boys Arme waren zwar kaum dicker als Pfeifenreiniger, aber irgendwoher holte er sich Kraft. Der drahtige Hinterwäldler war so gerissen, sich hinter mich zu stellen und noch unbeackertes Gebiet zu finden. Er haute den Schlauch auf meine Schultern, traf mich sogar durch die Streben des Stuhls. Ich lachte nun nicht mehr – im Gegensatz zu ihm, denn er schien sich geradezu königlich zu amüsieren.

Als mein Leib nur noch ein gewaltiger See von Verärgerung war, tat ich mir einen Gefallen und verlor die Besinnung.

Als ich zu mir kam, war ich allein. Mein Körper pulsierte vor Schmerzen und war von Geschwüren übersät, die kurz vor dem Platzen standen. Obwohl sie mir nicht ins Gesicht oder auf den Kopf geschlagen hatten, hatte ich den Eindruck, mein Schädel müsse gleich platzen.

Ich wollte mich hinstellen. Vielleicht schaffte ich es bis zur Tür, wenn ich meine Beine zum Funktionieren bringen konnte. Ich brauchte alle noch in mir verbliebene Kraft, aber ich stand auf. Meine Beine waren nicht sehr stabil – wie ein schief stehender Spieltisch, aber ich schleppte mich geduckt zur Tür, schleifte den Stuhl mit, wie ein Sklave sein Baumwollbündel, wandte ihr den Rücken zu und drehte den Türknauf mit mehr Mühe, als man braucht, um eine Nadel mit den Zehen aufzuheben.

Die Tür war abgeschlossen.

Was nun?

Ich konnte versuchen, den Stuhl gegen die Wand zu schlagen – er war so spindeldürr, daß er vielleicht zerbrach –, aber würde das Krachen irgend jemanden dort draußen alarmieren? Die Geräusche des betrunkenen Gelächters und das Pianogehämmer waren noch immer hörbar. Es hatte meine Schreie übertönt. Würde es auch den Krach übertönen, den ich veranstalten mußte?

Die Wände, an denen keine Regale standen, wurden entweder von Bierkartons oder der Yankee-Eintopf-Wanne blockiert, deswegen bot die Tür, ein fest aussehendes Stück Holz, die beste Möglichkeit. Ich warf mich dagegen, aber der Stuhl ging nicht kaputt, obwohl sämtliche Knochen und Muskeln meines Körpers den Abschied einzureichen schienen. Aber ich versuchte es wieder und wieder. Tränen liefen mir übers Gesicht und mischten sich mit Schweiß, als McCracken wie der Blitz durch die Küchentür gefegt kam und mich zurück in die Mitte des kleinen Raumes zerrte, wo er mir zweimal fest ins Gesicht schlug. Mein Mund blutete, ich wurde allmählich überall taub.

Als er wieder anfing, mich mit dem Gummischlauch zu bearbeiten, spürte ich kaum noch etwas. Ich war nur noch ein großer, toter Fleischklumpen, der Mühe hatte, bei Besinnung zu bleiben.

»Ich will die Scheißkugeln! Ich will die Scheißkugeln!«

Ich hätte ihm von Vidrine erzählen können. Hätte sich der Schmerz nicht in Taubheit verwandelt, hätte ich es vielleicht getan. Aber so fertig ich inzwischen war – ich wußte, es hätte nur zum Tod des Docs geführt. Mir hätte es nicht geholfen. Na schön, vielleicht hätte McCracken aufgehört, mich zu verprügeln. Aber umgebracht hätte er mich trotzdem. Es war mir klar.

Und ihm auch.

Weil man nämlich einen Mann umbringen muß, nachdem man ihn dermaßen zusammengeschlagen hat.

Weil er einen nämlich sonst selbst umbringt.

Mein Kinn lag auf meinem Brustkorb. McCracken stand da und unterhielt sich mit Carlos. Bucky Boy, die Bohnenstange, schaute ihnen zu.

Er hatte die Zinkbadewanne von der Wand gezogen. Sie war fast bis zum Rand mit einer trüben Flüssigkeit gefüllt. Ätzender Geruch zog mir in die Nase.

»Ist mir gleich, ob du's machst oder nich«, sagte Carlos. »Aber 's wird gleich hell … und Sonntag ist *mein* großer Tag, Mann. Da kommen die Polypen, Ganoven und Schmiergeldzahler vorbei, um Carlos den Wochenschnitt zu blechen. Deswegen muß er hier raus. Ob lebendig oder tot, is mir scheißegal. Feierahmd.«

McCracken seufzte und schüttelte den Kopf. »Der redet einfach nich, verdammt«, sagte er dann.

»Mach, was du für richtig hältst. Aber ich hab nix damit zu tun.«

Carlos kehrte in die Küche zurück. Diesmal drangen keine Geräusche und Gerüche an mein Ohr. Die Kneipe war ruhig. Feierabend.

Dem Laugengeruch war in dem kleinen Raum nicht mehr zu entgehen. McCracken fing an zu husten. Dann langte er in die Hosentasche, entnahm ihr einen Schlüssel, schloß die ins Freie führende Tür auf und ließ sie offen, um den Raum ein wenig auszulüften.

Bucky Boy stand vor mir. »Ich glaub, ich mach 'n lieber alle, bevor wir 'n in 'n Sumpf schmeißen, Boss. Sonst macht er noch Krach, und dann ham wir wieder irgendwas am Hals.«

In diesem Moment stand ich auf, mitsamt dem Stuhl, nahm all meine Kräfte zusammen und gab Bucky Boy einen Kopfstoß in die Magengrube, so daß er nach hinten flog. Sein Kopf knallte gegen die konisch zulaufende Lampe und versetzte sie ins Schwingen. Sie warf ihr Licht wild durch den Lagerraum, und er fiel schwerfällig nach hinten, wobei seine Arme wie die Flügel einer Windmühle oder Huey bei einer Hetzrede rotierten. Der Instinkt ließ ihn über die Schulter nach hinten blicken, um nachzusehen, wohin er fiel, und er klatschte geradewegs in die mit Lauge gefüllte Wanne. Das Zeug spritzte auf seine nackten Arme, seinen Brustkorb, sein Gesicht und mehr. Er hatte das Gleichgewicht verloren, lag in der Wanne, schlug und trat um sich und kreischte sich weg, als würde er bei lebendigem Leib gehäutet, was auf gewisse Weise auch stimmte.

Aber es gelang ihm nicht, mich mit dem Zeug vollzuspritzen, denn ich war schon unterwegs, um rückwärts gegen McCracken zu knallen, der nach der Kanone in seinem Schulterhalfter griff, die er aber nicht zu fassen kriegte, als mein Stuhl an ihm zersplitterte und ihn gegen eine Mauer aus Konserven krachen ließ. Die Regale kippten um, die Dosen regneten auf ihn herab, und er lag benommen auf dem Arsch am Boden, während die Konserven auf ihn herunterprasselten.

Ich ging durch die offene Tür ins Freie, schüttelte die Überreste des Stuhls von mir ab und war frei; frei wie ein Mensch nur sein kann, dem man die Hände auf den Rücken gefesselt hat. Ich lief ins frühe Licht des Morgens, dem Sumpfgebiet entgegen. McCracken würde mir bald mit seiner Kanone folgen, und so gefährlich die unbekannte sumpfige Wildnis auch sein mochte, sie war eine Gegend, in der ich vielleicht Deckung fand, in der ich vielleicht sogar eine Chance hatte.

Sobald ich das hüfthohe Wiesengras überquert hatte und zwischen den Bäumen herwankte, wurde der Boden weich und schwammig. Würde er unter mir nachgeben und mich bis zum Hals versinken lassen? Wörter wie *Schlangen* und *Treibsand* blitzten durch mein Großstadtjungenhirn. Was machte ich überhaupt in dieser grotesken Welt aus spitzen, dornigen Palmetten und Schilfrohr? In diesem makabren Dschungel aus Farn und Ranken, von denen manche (fiel mir plötzlich auf) grün und andere grau waren, während um mich herum Tausende von Vögeln ihr Morgengezwitscher anstimmten?

Ich wußte, daß ich nicht zu weit gehen durfte, sonst kam ich hier nie wieder raus. Im Moment bestand mein einziges Ziel darin, mich zu verstecken; dem Mann mit der Kanone fernzubleiben, der mich umbringen wollte. Falls ich etwas Scharfes fand, an dem ich die Seile an meinen Handgelenken reiben konnte, brauchte ich nicht mehr defensiv zu denken. Dann konnte ich mich wehren … Aber im Moment galt für mich nur Verstecken, Überleben …

Der feste Boden endete urplötzlich am Wasser. Ein Zypressenhain ragte wie eine Armee von Riesen vor mir auf, aber es waren Tote, so grau wie das Moos, mit dem sie im Überfluß bewachsen waren. Die Bäume des Geisterwaldes waren tot nicht weniger furchterregend als lebendig; ihre geschwollenen, ins Freie greifenden Stämme teilten sich in Zwillingsarme, die zum Himmel aufragten und ihn verdeckten. Ihre Wurzeln lagen über dem Wasser – knorrig, skeletthaft, grauenhaft, wunderschön.

Schritt für Schritt prüfte ich das Wasser, um darunter Land zu finden. Ich sah etwas, was etwa drei Meter entfernt unter dem Wasserspiegel dahinglitt und erstarrte. Wartete. Dann war die Schlange, ob sie nun harmlos oder giftig war, vorbei, und das teuflische Paradies gehörte wieder mir allein. Noch ein Schritt, noch einer, dann stand ich auf den Wurzeln der größten Zypresse in Louisiana.

Da ich wußte, aus welcher Richtung ich gekommen war, trat ich hinter den Baum. Ich wollte um ihn herumlugen und nach McCracken Ausschau halten. Bis dahin wollte ich meine Fesseln an der Borke der Zypresse reiben. Ich hatte schon mit den Fingern getastet, um den Knoten zu prüfen. Er war hoffnungslos fest. Es dauerte bestimmt eine Weile, aber irgendwann konnte ich den Strick bestimmt durchscheuern.

Als ich ihn an der groben Borke scheuerte, hörte ich das Rascheln der Wedeln, durch die McCracken sich bewegte. Ich hatte gehofft, der schwammige Boden würde meine Fußspuren verschlucken, aber vielleicht hatte er mich auch anhand umgeknickter Zweige und zertrampelter Blätter verfolgt. Ich war nicht allzu vorsichtig gewesen; ich war nur in Bewegung geblieben.

Ich schaute mich um. Er stand am Rand, wo das Land ans Wasser grenzte und der Geisterzypressenhain begann. Er war keine sieben Meter von mir entfernt.

»Heller!« rief er, und seine Stimme warf über dem Wasser Echos. »Gib auf. Du wirst da draußen *sterben*!«

Ein Vogel stieß einen spöttischen Schrei aus, als wolle er ihm antworten.

»Hör mal … Ich glaub dir … Du hast *wirklich* geblufft. Es gibt gar keine Kugeln. Also, ich hab wirklich 'n Fehler gemacht. Wenn du dich meldest, werf ich meine Kanone weg. Ich schwör's, beim Grab meiner Mama!«

Diesmal antwortete ihm nicht mal ein Vogel.

»Heller! Bucky Boy ist schon unterwegs ins Krankenhaus! Ihm is nix passiert. Er kommt schon wieder auf die Beine. Wir nehmen's dir nich übel. Wir ham in der Sache alle Prügel gekriegt. Na, komm schon, Junge!«

Er würde nicht ins Wasser steigen. Er wußte nicht genau, ob ich hier war. Ich brauchte nur zu warten, bis er aufgab. Nach dem, was Carlos und McCracken gesagt hatten, hatte er auf eigene Faust gehandelt. Er würde keine Verstärkung kriegen. *Ich brauch nur zu warten, bis er abzieht.* Irgend etwas stupste mich an, und ich drehte mich schnell um. Die Schnauze eines blaßgrauen Alligators, eines Viehs, das locker zweieinhalb Meter lang war, befand sich genau neben mir.

Ich verlor das Gleichgewicht und fiel klatschend ins Wasser. Ich saß auf dem Arsch, die Knie nach oben, und was ich durch sie erblickte, war der Alligator, der mich mit seinen runden Augen ansah und sich wohl fragte, ob ich die Mühe wert war.

»Heller!« rief McCracken irgendwie gackernd. »Jetzt hab ich dich!«

Er fegte heran und trat in ein tiefes Loch, so daß er den Halt verlor. Er fiel – *Klatsch!* – mit dem Gesicht ins Wasser. Seine Kanone machte sich selbständig. Sie klatschte, nur ein paar Schritte entfernt, in den Sumpf und war für immer verloren. Das Theater war zuviel für den Alligator, er glitt von dannen, aber ich mußte das Beste daraus machen.

Auch wenn ich die Hände auf dem Rücken hatte – McCracken war nun unbewaffnet. Ich fegte durch das Wasser, rannte auf ihn zu, spielte Stier und rammte meinen Kopf in seinen Bauch, so daß er erneut hinfiel und eine Menge Wasser verspritzte. Doch als ich ihm vor den Kopf treten wollte, griff er nach oben, packte meinen Fuß und warf mich mit beträchtlicher Kraft zurück, so daß ich gegen eine Zypresse knallte und nach Luft schnappte.

Ich sackte an ihr zusammen, rang nach Atem, spürte keine Schmerzen mehr. Der klatschnasse McCracken, der seine zerbeulte Visage zu einem Lächeln verzog, mit dem man Eier abschrecken konnte, torkelte auf mich zu und ließ mit jedem Schritt Wasser auffliegen. Er griff in die Tasche, um irgendwas hervorzuziehen.

Als seine Hand wieder hervorkam, schnippte sie ein Rasiermesser auf, dessen Klinge die durch die hängenden Äste scheinende Sonne einfing.

»Vielleicht haste die Kugeln ja verschluckt«, sagte er. »Schaun wir doch mal nach ...«

Ich wollte aufstehen, fand aber keinen Halt auf den knorrigen Zypressenwurzeln, und die Hände waren mir noch immer auf den Rücken gefesselt.

Dann explodierte seine Kehle wie eine sich öffnende rote Blüte, und über mir rummste irgend etwas in den Baumstamm. George ließ das Rasiermesser fallen. Es klatschte ins Wasser. Er griff sich mit beiden Händen an die Kehle, aber das Blut spritzte zwischen seinen Fingern hindurch. Er taumelte ein paar Schritte weiter und fiel mir, mit dem Gesicht nach unten, vor die Füße. Das ihn umgebende brackige Wasser färbte sich rot.

Am Rand des Sumpfgebiets, wo das Wasser anfing, stand Murphy Roden mit ausdrucksloser Miene. Er hielt einen schweren rauchenden Revolver in der Hand.

»Nate! Lebste noch, Junge?«

»Bin gerade neu geboren worden«, sagte ich, aber vielleicht habe ich es auch nur gedacht.

Egal. Jedenfalls schwanden mir die Sinne.

25

Die Vorhänge waren zu, aber die morgendliche Sonne lugte an den Rändern vorbei und warf Lichtstrahlen auf mein Gesicht, so daß ich die Augen aufmachen mußte.

Ich lag in Unterwäsche in einem Bett. Einem bequemen Bett. Es war so bequem, wie ein Bett nur sein kann, wenn man am ganzen Körper voller Beulen und Schrammen ist. Wenigstens hatte ich keine Kopfschmerzen. Meine Armbanduhr lag auf dem Nachtschränkchen. 8 Uhr 10. Gut zu wissen. Aber an welchem *Tag*?

Ich erkannte das Schlafzimmer wieder. Es gehörte Alice Jean und befand sich in ihrem Bungalow in Beauregard Town. Rosafarbene Stuckwände und ein fünfteiliges Art-Moderne-Schlafzimmer mit kontrastierend gemasertem Nußbaumfurnier riefen so winklige Formen hervor wie die zuckenden Schmerzen in meinen Armen und Beinen, als ich mich bewegen wollte.

Ich konnte nicht wieder einschlafen. Die Sonne schien mir ins Gesicht. Hätte ich mich umgedreht, hätte es noch mehr geschmerzt.

Also blieb ich einfach liegen und regte mich nur so weit, bis die Lichtstrahlen wenigstens zwischen meine Augen fielen. Ich lag da und tat mir leid.

Und ich dachte nach.

Ich fügte die Stücke so zusammen wie das kontrastierende Holzfurnier, aus dem Alice Jeans Schlafzimmer bestand.

Etwa eine Stunde später frühstückte ich im Bett. Alice Jean schaute rein, bemerkte, daß ich wach war, erklärte mir, daß Montag war, und fragte, ob ich der Meinung sei, etwas essen zu können. Ich sagte ja, und die Rühreier, der Toast und der Orangensaft bekamen mir erstaunlich gut. Natürlich mußte sie mich füttern. Sie war eine engelhafte vollbusige Krankenschwester in einem dazu passenden weißen, blau abgesetzten Kleid.

Nach der Mahlzeit räumte sie ab und kam mit einem anderen Tablett zurück, auf dem eine Tasse Kaffee sowie Milch- und Zukkerbehälter standen. Ich trank ihn schwarz. Meine Schrammen dankten es mir.

»Wie bin ich hergekommen?« fragte ich.

Sie saß auf der Bettkante. »Murphy Roden hat dich gebracht. Er meinte, jemand sollte sich um dich kümmern, und glaubte, ich sei vielleicht dazu bereit.«

»Wäre nicht gut für mich, in 'nem Krankenhaus aufzukreuzen.«

Sie runzelte die Stirn. »Wieso? Was ist überhaupt passiert, verdammt?« Dann schien es ihr peinlich zu sein, daß sie mit ihrer Frage so herausgeplatzt war. »Du brauchst nicht drüber zu reden. Du brauchst überhaupt nicht zu reden. Werd einfach nur gesund.«

»Ich fühle mich bestens. Ich komme mir vor wie Fred Astaire. Mir fehlen nur ein Zylinderhut und ein Frack.«

»Nun mal langsam ...«

Ich machte einen Versuch, mich hinzusetzen. »Ich muß jemanden anrufen. Nicht sofort, aber noch vor morgen.«

»Ich kann's für dich tun.«

»Kannst du nicht. Es geht um Mrs. Long.«

Sie senkte den Blick. »Du solltest lieber noch etwas schlafen.«

»Okay. Kannst du die Sonne von meinem Gesicht ablenken?«

»Klar«, sagte sie, stand auf und korrigierte den Vorhang.

Ich machte die Augen zu.

Ich machte die Augen auf.

Sie beugte sich über mich, um zu sehen, ob ich schlief. Ich hatte zwar geschlafen, aber ich hatte sie auch gespürt und war aufgewacht. Nun war ihr liebliches, herzförmiges, von dunklen Backfischlocken umrahmtes Gesicht vor mir. Ein Abbild der Besorgnis.

»Du hast Besuch«, sagte sie.

»Murphy?«

»Ja.«

Hatte ich mir gedacht.

»Kannst du mir noch ein Kissen unters Kreuz schieben?« fragte ich.

»Weißt du genau ...?«

»Yeah.«

Ich erlaubte ihr, mich so weit hochzuschieben, daß noch ein Kissen hinter mich paßte. Es tat nicht mehr weh, als wenn man eine Treppe runterfällt. Aber ich wollte eine sitzende Stellung einnehmen.

»Schick ihn jetzt rauf.«

Sie nickte und verschwand, und kurz darauf kam Murphy in

einem weißen Leinenanzug rein. Er nahm seinen Panamahut ab und lächelte kurz.

»Brauchste jemanden, der dein Händchen hält, Alter?«

»Alice Jean ist mir lieber. Aber komm doch rein. Hol dir 'n Stuhl, Murph.«

Er holte sich einen – den zierlichen von der Frisierkommode. Er setze sich auf das winzige Ding und ließ den Hut wie ein Rad zwischen den Händen kreisen. »Wenigstens haben sie dir das Gesicht nicht zermatscht. Dein Mund ist 'n bißchen geschwollen, aber sonst biste noch immer der Typ, hinter dem alle Weiber her sind.«

Ich lächelte kurz und setzte dazu jene Hälfte meines Gesichts ein, die weniger geschwollen war. »Wieso kamst du da vorbei, Murph? Oder strolchst du regelmäßig am Sonntagmorgen durch die Sümpfe?«

Ein Grinsen flackerte auf. »Der typische Schnüffler. Keine Dankbarkeit. Nur Fragen.«

»Danke, daß du mir das Leben gerettet hast. Was hast du da gemacht, verdammt?«

»Carlos hat mich angerufen.«

»*Carlos* hat dich angerufen?«

»Yeah. Er ist nämlich kein Lakai. Er ist in Jefferson 'n moderner Jean Lafitte. Drüben, am Westufer. Da ist alles offen. Die sahnen ab wie die Irren.«

»Und er hat *dich* angerufen.«

Murphy zuckte die Achseln. »Er, Dandy Phil Kastel und Bürgermeister Maestri haben 'ne gute Sache laufen. Sie haben sogar 'ne Menge gute Sachen laufen. Carlos ist nicht blöd – er hat sich gleich gedacht, daß Big George da 'ne persönliche Sache durchzieht. Er wollte sich nur bei den Jungs im Hinterzimmer rückversichern, ob's auch koscher ist, jemandem zu helfen, dich abzuservieren.«

»Und du hattest was dagegen, daß Big George deinen alten Kumpel einfach kaltmacht, was?«

»Na klar.«

»Wenn man einen Versicherungsdetektiv aus dem Norden umlegt, der am Fall Long arbeitet – hätte es 'ne Menge Ärger machen können.«

»Tja, stimmt – aber Freundschaft ...«

»Scheiß auf die Freundschaft. Du hast mich benutzt.«

Er runzelte die Stirn, doch eher verwirrt als irritiert. »Dich benutzt? Und wie hab ich dich *benutzt*, verdammt?«

»Du wolltest rauskriegen, was Dr. Vidrine weiß. Was er *hat*.« Ich schenkte ihm ein freundliches Lächeln. »Gibt's 'ne bessere Methode, als jemanden zu schicken, der schon damit beschäftigt ist, die Longsters fertigzumachen? Jemanden wie mich?«

»Jetzt redest du aber Schwachsinn, Nate.«

»Tja, er hat die Kugeln, Murph. Zwei Stück. Eine aus 'ner Achtunddreißiger, die andere aus 'ner Fünfundvierziger.«

Er erbleichte; sein Gesichtsausdruck war leblos.

»Aber«, sagte ich, »er will sie nicht verwerten.«

Seine Erleichterung war deutlich. »Er will sie nicht verwerten?«

»Wenn ich lüge, sollst du tot umfallen«, sagte ich fröhlich. »Er will nur in Ruhe gelassen werden, sein Leben leben und seinem Beruf nachgehen. Eine bewundernswerte Einstellung. Wenn ihr ihm vom Hals bleibt, geht alles bestens aus. Er hat die Kugeln bei irgendwelchen Verwandten und Anwälten verteilt, und wenn er unter Umständen stirbt, die auch nur im geringsten mysteriös sind, tauchen sie auf. Und irgendwie hab ich den Eindruck, daß sie nicht auf dem Schreibtisch des stellvertretenden Superintendenten der hiesigen Polizei auftauchen werden.«

»Niemand wird Vidrine was tun«, sagte Murphy düster. »Ich geb dir mein Wort.«

»Ich brauch dein Wort gar nicht. Vidrine hat euch nämlich sonst an den Eiern. Und das ist dir klar.«

Er schüttelte mit einem humorlosen Lachen den Kopf. »Du wirkst nicht gerade sehr dankbar ...«

»Was ist mit Big George, Murph? Du bist doch Polizist. Wie drehst du das hin? Was steht im Protokoll? Es war Notwehr, klar, aber einer der höchsten Polypen dieses Staates knallt den Bauleiter der LSU über den Haufen? Das kommt bestimmt nicht gut an.«

Murphy sagte nichts.

»Oder ist Big George in permanenten Urlaub gegangen? Laß mich mal raten. Sag nichts. Machen Carlos und seine Jungs ab und zu auch mal 'n *Südstaatler*-Eintopf? McCracken liegt wohl nicht zufällig in der grauen Zinkwanne und löst sich gerade in seine Bestandteile auf, wie?«

Murphy stand auf. »Du bist wohl für Besuch nicht in Stimmung ...«

»Übrigens«, sagte ich, »könntest du vielleicht mal einen deiner Leute nach meinem Mietwagen schauen lassen?«

»Hab ich schon gemacht«, sagte er leise. »Er steht vor der Tür.«

»Gut. Meine Kanone ist im Handschuhfach. Sie hat 'n sentimentalen Wert für mich.«

»Wir von der State Police sind stets bedacht, der Öffentlichkeit zu dienen«, sagte er trocken. Er winkte mir zum Abschied mit dem Hut zu und war schon halbwegs an der Tür, als ich ihn noch einmal rief.

»He, Murph – bleib mal hier. Ich möchte dich über das Ergebnis meiner Ermittlungen unterrichten. Ich möchte dir erzählen, was *wirklich* im Korridor des Parlaments passiert ist – an einem gewissen Sonntagabend im letzten Jahr.«

»Wirklich?« Er wirkte gekränkt. »Wenn mich meine Erinnerung nicht trügt, war ich sogar dabei …«

»Das kannste vergessen.«

Er kam zurück. »Dann erzähl's mir mal.«

»In Ordnung«, sagte ich. »Nimm Platz. Oder, wie man in dieser Gegend sagt: Hau dich hin.«

Murphy seufzte schwer und nahm wieder auf dem kleinen Frisierkommodenstuhl Platz. Und schon wieder rotierte der Hut in seinen Händen.

»Es fängt mit Seymour Weiss an«, sagte ich. »Seymour, und möglicherweise eine Reihe anderer Leute aus der Long-Organisation, wurde allmählich mit Huey unzufrieden. Besonders mit Hueys unstillbarem – und übertriebenem – Machthunger. Seien wir doch mal ehrlich: Im ganzen Land haben sich die Parteien an den New-Deal-Dollars aus der Bundeskasse gemästet … *Außer* der Long-Truppe. Der Kingfish war zu sehr damit beschäftigt, gegen FDR zu Felde zu ziehen, was dazu führte, daß man Louisiana die Kasse gesperrt hat: Louisiana war von der Kohle abgeschnitten. Nun ist es zwar ganz schön, kurzfristige Profite zu opfern, um langfristig Ziele zu erreichen – aber Hueys Präsidentschaftsträume waren nun mal Schäume.«

»Der Kingfish hatte seine Jünger im ganzen Land«, sagte Murphy. »Seine ›Teilt den Reichtum‹-Clubs …«

»Acht Millionen Mann. 'ne beeindruckende Zahl. Aber nicht genügend Stimmen, um jemanden ins Weiße Haus zu bringen, auch nicht langfristig. Und kurz davor ist Huey bei dem Versuch auf die Nase gefallen, seinen Mann im Nachbarstaat Mississippi ans Ruder zu bringen. Wenn der Kingfish nicht mal seinen nächsten Nachbarn zum Wanken bringen kann, wenn er nicht mal garantieren kann, daß man sich den Süden einsackt, warum, zum Henker, sollte man ihm also dann den Schub geben, den er fürs Präsidentenamt braucht?«

»Manche sagen, er hat nur die Bühne für 1940 vorbereiten wollen«, sagte Murphy.

»War vielleicht auch so. Das Problem war nur, man schrieb 1935, und die Jungs vom Schatzamt waren sämtlichen Longsters auf den Fersen. Nun war Seymour klar, daß er ohne den Kingfish am Hals genug Stimmen für FDR besorgen konnte, um die von der Bundesregierung angestellte Steuerprüfung *und* die anstehende Kongreßuntersuchung bezüglich der Verfassungskonformität von Longs Diktatur abzuwürgen.«

»Du bist urplötzlich Experte für die Politik in Louisiana.«

»Ich komme aus Chicago, Murph. Ich war schon in der Grundschule Experte für korrupte Politiker. Seit dem Attentat ist zwar erst ein Jahr vergangen, aber wo stehen wir heute? Die Long-Truppe stärkt einem Mann den Rücken, den Huey früher nur ›den Krüppelarsch‹ genannt hat. Das Geld aus der Kasse der Bundesregierung strömt in die Kasse des Staates Louisiana, und sämtliche Steuerfahnder und Kongreßuntersuchungen wurden zurückgezogen und abgeblasen.«

Murphy lächelte kurz. »Du weißt doch, es heißt, Politik führt zu seltsamen Paarungen.«

»Und ob ich es weiß. Seymour hatte eine Menge seltsame Bettgefährten. Louis LeSage zum Beispiel, einen Lobbyisten und Vizepräsidenten von Standard Oil. Die Firma, die Hueys Erzfeind war und am Vorabend seiner Ermordung darauf brannte, ein Hinterzimmergeschäft zu machen. Ein Geschäft, das Gouverneur Leche inzwischen längst getätigt hat. Du siehst also, Seymour hatte was auf dem Kasten – er hatte die Zeichen der Zeit erkannt: Die Long-Truppe konnte *ohne* den Kingfish viel besser und profitabler arbeiten. Schließlich war die Truppe dazu bestimmt, auf Bundesstaatenebene zu arbeiten, nicht im ganzen Land. Hueys größenwahnsinniger Ehrgeiz hat diese glatt laufende Maschinerie bedroht.«

Murphy grinste abwehrend. »Aber wo ist die ›Maschinerie‹ ohne Huey geblieben?«

»Tja, momentan läuft sie auf sämtlichen Zylindern. Ich hab Leches kleine Jagdhütte gesehen. Es ist ganz einfach, Murph: Irgendwann im letzten Jahr wurde Seymour klar, daß Huey Long ein besserer Märtyrer als Führer war.«

Murphy schüttelte den Kopf. »Seymour und Huey waren wie Brüder.«

»Kain und Abel waren sogar *echte* Brüder. Seymour war aber auch Hueys Schatzmeister, und nur er wußte, wieviel nicht erfaßtes Bargeld sich in Hueys Abzugkiste befand ... Es war mindestens eine Million. Vielleicht aber viel mehr ... und als Huey ermordet wurde, war das ganze Geld verschwunden.«

»Ermordet«, sagte Murphy, »von Dr. Carl Weiss.«

»Nein. Von einem anderen, Murph.«

»Von *wem* denn? Von übereifrigen Leibwächtern? Selbst wenn es stimmt, wäre es noch lange kein Mord ...«

»Aber natürlich war es Mord.«

Er grinste. »Ach, wirklich? Und wer hat ihn begangen?«

»Du, Murph.«

Er blinzelte. Dann lachte er. »Ich?«

»Natürlich nicht allein.«

Er schüttelte den Kopf und lachte erneut, heiser. »Natürlich nicht! Es war doch eine *Verschwörung*, nicht wahr, Nate? *Alle*, die sich in dem engen Korridor aufgehalten haben, haben dabei mitgemacht!«

»Nicht alle. Nur du und Big George McCracken ... den aus dem Verkehr zu ziehen ich dir günstigerweise geholfen habe ... und möglicherweise Richter Fournet.«

»Richter Fournet? Jetzt hast du völlig den Verstand verloren.«

»Tja, vielleicht findest du für mich eine Gummizelle neben der von Joe Messina – der übrigens nichts davon gewußt hat. Er hat den Kingfish wirklich geliebt. Seymour, der oberste Strippenzieher, hat natürlich dafür gesorgt, daß er im Korridor selbst nicht dabei war. Er war nicht mal in der Stadt. Was Fournet anbetrifft, bin ich mir bei ihm, ehrlich gesagt, nicht sicher. Jedenfalls haben genug Leute mitgemacht, so daß ein Anwalt, mit dem Huey befreundet war, ihn vor einer Mordverschwörung warnen konnte.« Mir gelang sogar ein Achselzucken. »Jedenfalls ist dies ein Fall mit vielen offenen Fragen. Aber ich habe eine Menge beantwortet ...«

»Wirklich? Dann erzähl doch mal, wie wir das Ding geschaukelt haben.«

»Es fing mit ein, zwei Telefonanrufen an. Ein angeblicher Freund aus Hueys innerem Zirkel hat sie getätigt. Er hat Dr. Weiss angerufen. Der erste Schritt bestand darin, dem idealistischen jungen Arzt die Sache mit dem ›Niggerblut‹ zu verklickern. Dann suchte der gleiche angebliche Freund Weiss auf – vielleicht du oder McCracken, möglicherweise gar Fournet oder ein anderer – und hat ihm gesagt, er soll ins Parlamentsgebäude kommen und an einem bestimmten Ort warten. Ihr habt ihm mitgeteilt, der Kingfish sei bereit, sich sein Plädoyer in dieser Sache anzuhören, denn ihr wußtet genau, daß Weiss das peinliche Thema mit seiner Familie bestimmt nicht besprechen würde. Er hätte die Sache allein durchgezogen. Nun mußte Dr. Weiss zwar wissen, daß er die Wahlkreisverschiebung in Sachen Richter Pavy nicht aufhalten konnte ... aber er glaubte, er könne an Huey appellieren, wenigstens so anständig zu sein, seine Familie nicht mit rassistischen Verunglimpfungen zu diffamieren.«

Murphy sagte nichts. Auch sein Hut drehte sich nicht mehr.

»Irgend jemand – wahrscheinlich Big George – hat genau vor der Tür einen Parkplatz für ihn freigehalten ... Wenn Weiss einfach irgendwo geparkt hätte, was wahrscheinlich gewesen wäre, wäre sein Wagen höchstwahrscheinlich sonstwo gelandet. Der Parkplatz war voll, im Haus war schwer was los, und es wimmelte von Menschen.«

»Mutmaßungen«, murmelte Murphy.

»Vielleicht«, sagte ich. »Aber Big George war an diesem Abend nicht mit uns anderen Leibwächtern im Haus ... Er hatte sich verdrückt. Aber später, im Korridor, war er *wieder da.* Nur hatte er sein übliches Spielzeug nicht mit: die Maschinenpistole in der Papiertüte.«

»Na und?«

»Also wußte er wahrscheinlich schon, daß die Schießerei in dem engen Korridor stattfinden sollte. Er wollte seine große Kanone unter diesen Umständen nicht einsetzen.«

Murphy schluckte. Und schwieg.

»Als Huey aus dem Büro des Gouverneurs kam«, sagte ich, »zog Richter Fournet seine Beachtung auf sich und hielt ihn an ... und in diesem Moment trat Dr. Carl Weiss vor, der natürlich davon ausging, er habe einen Termin mit Huey. Huey, der davon nichts wußte, hat ihn wahrscheinlich auf seine rüde Art abgewiesen ... und Weiss hat ausgeholt und ihm eine reingehauen. Das perfekte Stichwort für deinen Auftritt.«

Murphys braune Augen wurden groß. »*Meinen* Auftritt?«

»Du hast dich auf ihn gestürzt, warst neben dem Arzt, hast Huey aus nächster Nähe mit deiner Achtunddreißiger eine verpaßt und dir dann Weiss geschnappt, als hätte er das Attentat begangen.«

Murphys braune Augen zogen sich zusammen. Er sank in den Stuhl.

»Als du ihn zu Boden gerungen hast, hast du ihm in den Hals geschossen und den angeblichen Hundesohn, den ihr als Sündenbock brauchtet, umgebracht.«

Er schaute zu Boden. Drehte langsam den Hut in den Händen.

»Aber du bist ein verflucht hohes Risiko eingegangen, nicht wahr? Bestimmt hast du nicht damit gerechnet, daß deine schießwütigen Kumpane den Korridor in ein Schlachtfeld verwandeln würden. Sie hätten dich fast mit ihren Mündungsblitzen geblendet, weil sie so sehr darauf aus waren, dir zu helfen, den armen Arzt umzulegen. Und einer von euch, wahrscheinlich Messina ... hat Huey versehentlich noch eins in den Rücken verpaßt, als er auf der Flucht war ...«

»Es gab *wirklich* viele Querschläger«, sagte Murphy mit hohler Stimme.

Ich machte einen Versuch, mich bequemer hinzusetzen. Es klappte zwar nicht, aber ich konnte ihn nun besser sehen. »Du hast wohl eine Kanone mitgebracht und sie auf den Boden geworfen, denn der Arzt *mußte* schließlich bewaffnet sein. Aber später ...

nachdem Big George Weiss' Wagen hinter das Gebäude gefahren hatte, um es in eine weniger verdächtige Position zu bringen, hat er seine Waffe in der Arzttasche gefunden. Da die Nachricht aus dem Krankenhaus versehentlich die Vorstellung bestätigte, die Kugel, die Huey getroffen hatte, sei ein glatter Durchschuß gewesen, war die Sache geritzt: Nachdem jemand ein, zwei Schüsse aus ihr abgegeben hatte, konntet ihr sie gegen die Kanone austauschen, die ihr neben Weiss gelegt hattet.«

Die Stille, die über dem Raum hing, war wie die sprichwörtliche Ruhe vor dem Sturm.

»Bist du fertig?« fragte er schließlich.

»Yeah.«

»Ist 'ne tolle Geschichte.« Er stand langsam auf. Seine Augen musterten mich, ohne zu blinzeln. »Aber kannst du sie auch beweisen?«

»Nein.«

Er lachte kurz. »Dachte ich mir.«

»Ganz besonders nicht in diesem Staat. Außerdem stehe ich auf Mrs. Longs Seite. Wenn ich der Versicherung erzähle, daß es *wirklich* Mord war, kostet es sie zehn Riesen.«

Er kniff die Augen zusammen, bemühte sich, mich zu durchschauen. »Kannst du damit *leben*?«

»Klar. Immerhin ... hast du mir das Leben gerettet – du bist mein Kumpel.«

Meine Ironie ließ ihn zusammenzucken. Immerhin war noch soviel Menschliches an ihm.

»Ich frage mich allerdings«, sagte ich, »ob *du* damit leben kannst.«

Er kniff die Augen zusammen.

»Mit dem, was ihr Dr. Carl Weiss angetan habt«, fuhr ich fort. »Und seiner hübschen Witwe und seinem Söhnchen, ihrer ganzen verfluchten Familie, und den Pavys …«

Sein Stirnrunzeln zeigte sowohl Irritation als auch Frustration. »Was soll ich denn machen? Getan ist getan. Herrgott, Nate. Was *erwartest* du von mir?«

Er stand nur da und schaute mich an, und zwar ziemlich lange.

Dann deutete ich auf die Tür. Die Anstrengung tat mir weh, aber sie war es wert. »Am besten schiebst du jetzt ab, Mann.«

Murphy wollte etwas sagen, doch dann überlegte er es sich anders und ging schnell hinaus.

26

Den Rest des Montags habe ich hauptsächlich geschlafen. Das einzige, was mich aus dem Bett trieb, war meine Blase. Oben im Korridor führte ich auch ein Telefongespräch mit Mrs. Long. Da ich nicht wollte, daß sie sich sorgte oder Krach schlug, erzählte ich ihr nichts von der Abreibung, die ich bezogen hatte. Auch nichts von meinen Gedanken über Seymour Weiss, Murphy Roden und das Mordkomplott. Dazu hatte Huey mich schließlich eingestellt. Hatte ich es nicht in letzter Instanz aufgedeckt?

»Ich liege mit Grippe im Bett«, sagte ich am Telefon zu ihr.

»Oje«, sagte sie. »Das tut mir aber leid. Ich hoffe, es ist nicht allzu schlimm.«

»Ich habe nur Muskelschmerzen und steife Knochen. Aber leider kann ich nicht vorbeikommen, um Ihnen meinen Bericht zu zeigen, bevor Sie morgen nach Washington reisen. Soll ich Ihnen einen Durchschlag schicken?«

»Das wäre schön. Ich gebe Ihnen meine Adresse in Washington.

Ach, und ich habe Ihre 1000-Dollar-Prämie hier, in bar. Soll ich sie in Ihr Hotel bringen lassen?«

»Aber gern«, sagte ich und rief das Hotel an, um den Empfangschef zu bitten, Mrs. Longs Umschlag, sobald er angekommen war, in den Safe zu legen.

Damit war der Fall erledigt.

Dienstag war ich wieder auf den Beinen und verbrachte den Morgen damit, an Alice Jeans Eßzimmertisch an einer Schreibmaschine zu sitzen, die sie aus der Ära ihrer Bürotätigkeit in der Hauptstadt mitgenommen hatte. Ich schaute ab und zu in mein Notizbüchlein und erstellte den Bericht für Hugh Gallagher von der Mutual-Lebensversicherung – Police Nr. 3473640.

Alice Jean versorgte mich mit Kaffee und Doughnuts, und zum Mittagessen servierte sie Thunfischsalatbrote und Eistee. Ich gewöhnte mich allmählich daran, ihn süß zu trinken. Heute und gestern hatte sie sich als aufmerksame und mitfühlende Krankenschwester erwiesen. Außerdem war sie ebenso rücksichtsvoll wie attraktiv. Aber sie war untypisch still gewesen, fast brütend.

Irgend etwas machte sie besorgt, und ich glaubte nicht, daß es nur meine Verletzungen waren.

Um zwei Uhr war der Bericht fertig. Er war acht Seiten lang und schloß folgendermaßen: »Es besteht kein Zweifel daran, daß Huey Longs Tod ein Unfall war.«

Ich log zwar, aber wenigstens fiel ich deswegen nicht tot um. Es war für alle Beteiligten das Beste, und irgendwie, glaubte ich, würde ich darüber wegkommen.

Später am Nachmittag saß ich wieder im Schaukelstuhl im Wohnzimmer von Yvonne Weiss' Bungalow auf dem Lakeland Drive im Schatten des Parlamentswolkenkratzers. Sie saß wieder auf dem

Mohairsofa. Ihr pummeliger, dunkelhaariger eineinhalbjähriger Sohn spielte in einem blaßblauen Strampelanzug zu ihren Füßen mit einem Ball. Ball war auch eins der paar Worte, die er triumphierend ausprobierte.

Die Schwellung meines Mundes war zwar abgeklungen, und die restlichen Schrammen waren unsichtbar, aber Yvonne Weiss war mit einem Arzt verheiratet gewesen und erkannte schon an meinen Bewegungen, daß irgend etwas nicht stimmte.

»Sie sind verletzt«, sagte sie, als sie mich an der Tür in Empfang nahm. Ihr besorgter Blick rührte mich. Aus irgendeinem dämlichen Grund stand mir sogar für eine Sekunde das Wasser in den Augen. Vielleicht lag es an den 236 Schrammen und Beulen.

»Ich bin die Treppe runtergefallen«, sagte ich.

»Oje! Haben Sie nicht aufgepaßt?«

Und nun saß sie mir still gegenüber und las den Bericht.

Als das Ende sich näherte, las sie in einem leicht stockenden, würdevollen Tonfall vor: »Es besteht zwar kein Zweifel daran, daß Dr. Carl Weiss Long tätlich angegriffen hat, aber es bestehen beträchtliche Zweifel daran, daß er eine Waffe abgefeuert hat. Laut den Zeugenaussagen haben die Leibwächter blindlings, wiederholt und ungezielt geschossen. Allen Informationen zufolge wurde Long von seinen eigenen Leuten getötet, nicht von Dr. Weiss.«

Während sie es vorlas, schaute ihr Sohn von seinem Ball auf und musterte sie. Er legte den Kopf schief, wie von den Worten seiner Mutter hypnotisiert. Es war, als läse sie ihm alles vor, als verstünde er jedes Wort.

»Mama!« sagte der Junge. Er lächelte, auch wenn er noch keine Zähne hatte.

»Ihnen ist sicher klar«, sagte ich, »daß dieser Bericht vertraulich ist. Die Versicherung wird ihn nicht veröffentlichen, und ich glaube, daß auch Mrs. Long kein Interesse daran hat. Sie hat politische Pläne mit ihrem Sohn, und langfristig ist es für sie besser, mit den politischen Erben ihres Mannes zurechtzukommen ...«

»Es ist besser, wenn ihr Mann als Märtyrer gilt«, sagte sie mit einem leichten Anflug von Verbitterung.

»Mama!« sagte der Junge.

»Aber selbst wenn die Öffentlichkeit nie davon erfährt«, sagte ich, »ich bin der Meinung, daß Sie ... und Ihre Familie ... das Recht haben, die Wahrheit zu erfahren.«

Sie schaute ihren Sohn an, der mit dem »Frischlufttaxi« spielte. »Sie sind äußerst rücksichtsvoll, Mr. Heller ...«

»Aufo«, sagte der Junge. Er meinte wohl »Auto«.

»Danke, Mrs. Weiss.«

Ihr Blick wanderte von ihrem Sohn zu mir. Sie fixierte mich mit dunklen festen Augen, und ihr hübsches Gesicht veränderte sich zu sanfter Gelassenheit. Ihr Lächeln war matt, wie das der Mona Lisa.

»Ohne Ihre Bemühungen und Ihre Freundlichkeit herabwürdigen zu wollen«, sagte sie leise, »daß Carl kein Mörder war, haben wir schon immer gewußt.«

Ach ja, wie dumm von mir!

»Ball!« rief der Junge fröhlich.

Und sie brachte mich raus.

An diesem Abend servierte Alice Jean mir ein köstliches Reisgericht namens Congri. Es war nichts Besonderes dabei, nur ein paar Erbsen, Zwiebeln, etwas Schinken und ein paar Gewürze. Aber es mundete mir.

Wir aßen in der kleinen, weiß gefliesten Küche. Der Eßzimmertisch wurde noch von der Schreibmaschine, meinen Notizen und diversen Fassungen meines Berichts eingenommen. Alice Jean trug über der weißen Bluse und der karierten gelbbraunen Hose eine Schürze.

Ich wischte mir den Mund mit der Serviette ab. »Ich kann mich einfach nicht entscheiden, ob du nun wie ein Filmstar oder wie eine Hausfrau aussiehst.«

Ihre vollen Lippen verzogen sich zu einem Lächeln. »Komisch, daß du das sagst.«

»Ach? Und warum?«

»Ich habe darüber nachgedacht, ob ich nicht für eine Weile nach Kalifornien gehen soll.«

»Alice Jean Crosley und Louisiana verlassen? Klingt unvorstellbar.«

»Tja, ich tu's aber«, sagte sie, ohne ihre Antwort näher zu erläutern.

Sie wollte sich beim Abräumen nicht helfen lassen, da ich »noch immer Invalide« war, also wartete ich im Wohnzimmer auf dem Sofa auf sie. Nur eine Lampe war an. Ihr weiches Licht fiel durch den seidenen Schirm und machte die Umrisse der modernen Möbel weicher. Mir ging es besser. Mir war fast behaglich zumute.

Als sie ins Wohnzimmer schwebte, war die Schürze weg – die männlich wirkende Hose und die Bluse wurden von ihren herrlichen Kurven verweiblicht. Sie nahm neben mir Platz und legte eine Hand auf mein Bein.

»Tut es weh?« fragte sie.

»Wenn es so wäre«, sagte ich, »müßte schon ein Größerer kommen als du, bevor ich es zugebe.«

»Du reist bald ab, nicht wahr?«

»Yeah. Ich habe mir heute nachmittag telefonisch einen Platz in der Eisenbahn reservieren lassen.«

»Wann fährst du ab?«

»Morgen früh.«

Sie schaute weg und stierte fast eine Minute lang ins Nichts. Aus der Küche, wo sie beim Abwasch das Radio eingeschaltet hatte, drang kaum hörbar Bing Crosby mit »Pennies from Heaven« an mein Gehör.

»Bevor du gehst«, sagte sie, »möchte ich dir noch zwei Dinge schenken.«

»Du hast mir 'ne Menge geschenkt, Alice Jean. Schon als du auf meinen Schoß gegöbelt hast.«

Sie lachte leise, dann kuschelte sie ihre Wange an meine Schulter. »Tut das weh?«

»Nein. – Alice Jean?«

»Ja?«

»Sag mal ... weinst du?«

»Ja.«

»Warum denn? Die meisten Mädchen sind erleichtert, wenn ich meinen Zug kriege.«

Sie lachte erneut, aber ihr Lachen erstickte in einem Schluchzer. »Ich ... Ich hab's gehört.«

»Was hast du gehört?«

»Ich stand vor der Tür. Gestern. Ich hab gelauscht. Worüber du mit Murphy gesprochen hast ...«

»Oh. Gütiger Himmel.«

Sie schaute zu mir auf, und in ihren haselnußbraunen Augen glitzerten Tränen. »Sie haben meinen Huey umgebracht. Sie haben ihn ermordet ...«

Ich schlang den Arm um sie, tätschelte und tröstete sie. »Wir können nichts dagegen machen«, sagte ich. »Wirklich nicht …«

Sie weinte ziemlich lange, ich tätschelte sie ziemlich lange, und das Radio spielte eine Instrumentalversion von »There's a Small Hotel«. Dann sprang sie plötzlich auf die Beine und fegte hinaus, als wäre ihr eingefallen, daß noch etwas auf der Herdplatte stand.

Da sie ziemlich lange wegblieb – mindestens eine halbe Stunde –, machte ich mir Sorgen.

Als sie zurückkam, war sie wieder in Ordnung. Ihre Augen waren zwar noch rot, aber sie weinte nicht mehr. Außerdem hatte sie ihr Make-up aufgefrischt. Ihr hübsches Clara-Bow-Gesicht sah so vollkommen aus wie ein Illustriertentitelbild. Sie schleppte einen Aktenkoffer heran – er war alt, abgeschabt, braun, ziemlich groß und sah an ihrem kleinen Händchen aus wie ein richtiger Koffer.

Sie knallte ihn aufs Sofa.

»Kann nichts dagegen machen, hm?« stieß sie durch ihre winzigen weißen Zähne hervor.

Ich runzelte die Stirn. »Was ist das?«

Sie öffnete den Koffer. Er war voller amtlich aussehender Papiere und Aktenmappen. Ich blätterte sie durch. Es waren regierungsamtliche Unterlagen: Fotokopien und Originale.

»Was …?«

»Während Hueys Amtszeit«, sagte sie förmlich, »sind viele öffentliche und weniger öffentliche Dokumente durch meine Hände gegangen.«

»Das sieht man«, sagte ich.

Auch Hauptbücher! Schließlich war sie Ministerin, Steuereinnehmerin und Überwacher der Konten gewesen …

»Ich habe *keine* Lebensversicherung bei der Mutual«, sagte sie. Sie tätschelte die in dem Koffer liegenden Papiere. »Aber *das* hier ist meine Lebensversicherung.«

Als ich eine Seite nach der anderen durchsah, sahen meine Augen kaum etwas, denn in meinem Kopf drehte sich alles. »Und sie ist ziemlich *hoch*, Alice Jean.«

»Ich möchte, daß du sie bekommst, Nate. Nimm sie mit.«

Mir war, als hätte ich eine Ohrfeige gekriegt. »Was?«

Sie schloß den Koffer mit einem *Rums*.

»Ich möchte, daß du die Unterlagen einsetzt«, sagte sie, »um diese Schweinebande fertigzumachen.«

Ich schenkte ihr ein verblüfftes Lächeln. »Ich bin nur ein Privatdetektiv, Alice Jean. Ich bin nicht in der Lage ...«

Sie schob entschlossen das Kinn vor. »Wer im Besitz dieser Unterlagen ist, kann eine *Menge* Schaden anrichten. Sie gehören dir, Nate. Du kannst damit machen, was du willst – du darfst nur niemanden damit erpressen. Ich gebe dir das Material nicht, damit du es in Kohle verwandelst. Versprich's mir.«

Kohle hätte man wirklich daraus machen können. Und zwar eine Menge.

»Versprochen«, sagte ich. Und es war mir Ernst.

Dann lachte ich und schüttelte den Kopf. »Weißt du, was, Baby? Huey hat einen großen Fehler gemacht, ein hübsches junges Ding wie dich in eine so verantwortliche Position zu bringen.«

Sie lächelte tatsächlich. »Meinst du?«

»Yeah. Er hätte sich nur mit Mondkälbern wie O. K. Allen und Dick Leche zusammentun dürfen.«

Sie ließ die Verschlüsse des Koffers klicken und legte ihn auf den Tisch zu den Film- und Modeillustrierten.

Als sie sich wieder neben mich aufs Sofa setzte, schaute ich sie vorsichtig an. »Zwei Dinge«, sagte ich.

»Was?«

»Du hast gesagt, du willst mir *zwei* Dinge schenken, bevor ich gehe. Das da ist nur eins.«

»Es ist allerdings ganz schön wesentlich, findest du nicht auch?«

»Oh, ja. Es ist tatsächlich sehr wesentlich. Aber was ist das andere?«

Ihr Lächeln wurde verdorben. Sie knöpfte ihre Bluse auf und enthüllte die weißen Hügel ihrer Brüste, die fast ihren weißen Spitzen-BH sprengten.

»Hübsch«, sagte ich, »und wesentlich …«

Kann man wohl sagen.

Wir blieben auf dem Sofa, und sie küßte all meine Schrammen. Und ich vergaß – jedenfalls für eine Weile – jeglichen Schmerz.

27

Eine Woche später saß ich in Chicago an meinem Schreibtisch in dem großen Einzelraum, der mein Büro im vierten Stock des vierstöckigen Gebäudes an der Van Buren/Plymouth war. Ich schrieb gerade einen neuen Ermittlungsbericht für die Mutual – über eine Untersuchung, die weit weniger problematisch gewesen war als der Fall Long. Aber auch weniger profitabel.

Das Geschäft lief recht gut. Ich hatte zwei Riesen und die Spesen des Louisiana-Ausflugs kassiert. Ich überlegte mir, ob ich mir eine Bleibe im Morrison Hotel zulegen sollte, denn ich schlief schon zu lange auf der Strohschütte im Büro und spielte Hausnachtwächter, statt Miete zu zahlen. Schließlich hatte ich einen beträchtlichen Karriereschub hinter mir …

Als das Telefon klingelte, dachte ich, es sei die North Side Bank, die sich über die Einzahlungen wunderte, die nun alle naselang von mir kamen. Ich hatte mir schon überlegt, ein oder zwei Mann einzustellen. Was nützt es einem, wenn man Präsident eines Unternehmens ist, doch niemanden hat, den man rumscheuchen kann?

»Detektivagentur A-1«, sagte ich in den Hörer hinein. »Nathan Heller am Apparat.«

»Soll das 'n Witz sein?« Die Stimme war männlich und kurz angebunden.

»Bist du's, Elmer?«

»Ja«, sagte Elmer Irey leise. »Das Paket, das mit der Post gekommen ist ... Sind die Dokumente stichhaltig?«

»Tja, ich weiß zwar nicht, ob man irgend etwas an ihnen ›stichhaltig‹ nennen kann, aber wenn du meinst, ob sie echt sind: sicher. Es sind echte geklaute Akten. Unterlagen. Nenn es, wie du willst. Sie betreffen hauptsächlich Finanzierungen während der Regierungszeit von Huey P. Long und danach.«

»Wo hast du sie her, verdammt?«

»Was glaubst du wohl? Von einem Eingeweihten, der übervorteilt wurde und nun seine Rache haben will.«

»Ich ... Ich weiß nicht, wie ich sie in irgendeinem Prozeß einsetzen kann. Sie sind ... gestohlen. Illegal erworben ...«

»Darüber weiß ich nicht das geringste. Du hast sie jedenfalls nicht illegal erworben. Sie sind ein ...« Ich lachte mir eins. »Zum Henker, Elmer, sie sind 'n Lanjap.«

»Ein *was*?«

»Ein Geschenk. Eine kleine Prämie.«

Eine lange, von Störgeräuschen untermalte Pause folgte.

»Weißt du, Elmer, als Steuerzahler hab ich eigentlich was dagegen, daß du so lässig mit den Fernsprechgebühren umgehst.«

»Mir fehlen die Worte, Heller ... Ich hab gedacht, die Untersuchung ist vorbei, aber nach allem, was ich jetzt sehe, hat nicht mal der Finanzminister eine Möglichkeit, die Sache jetzt abzuwürgen. Aber, verdammt noch mal, ich glaube noch immer nicht, daß das Zeug als Beweismittel zulässig ist ...«

»Vielleicht nicht, aber es sagt dir eindeutig, was gelaufen ist. Wer sich was unter den Nagel gerissen hat. Und es sagt dir, in welchen Richtungen du weitersuchen mußt ...«

»Stimmt. Das ist gewiß wahr ...«

Ich lehnte mich in meinen Drehstuhl zurück. »Ich hab mir nicht alles angeschaut. Ich bin schließlich kein Buchhalter. Aber ich hab noch 'n paar Gerüchte gehört, von denen ich glaube, daß sie gar keine sind.«

»Zum Beispiel?«

Ich erzählte ihm, was Dr. Vidrine mir über Präsident James Monroe Smith von der LSU und die Baugeschäfte berichtet hatte, für die der momentan verschollene George McCracken verantwortlich gewesen war – inklusive des Mißbrauchs WPA-Gelder und Materialien.

»Es wird einige Zeit dauern«, sagte Irey vorsichtig. Und dann war etwas Ungewöhnliches in der Stimme des finsteren Burschen vom Schatzamt: Glückseligkeit. »Ich muß diskret vorgehen. Wir müssen die Unterlagen Blatt für Blatt prüfen ... Aber ich glaube, wir werden einige Ergebnisse zu sehen kriegen.«

»Viel Vergnügen.«

»Eins versteh ich nicht, Heller.«

»Yeah?«

»Was hast du davon?«

»Herrgott, Elmer, ich hab doch gesagt, es ist 'n Lanjap!«

»Ist untypisch für dich.«

»Schick mir bloß die Steuerfahndung nicht auf den Hals, verstanden?«

Er kicherte. »In diesem Jahr nicht«, sagte er und legte auf.

Irey hatte recht: Es dauerte zwar eine Weile, aber 1939 kriegte Seymour Weiss vier Jahre für einen Betrug, der sich auf eine »Provision« bezog, die er 1936 für den Verkauf eines Hotels kassiert hatte, das die LSU als Schwesternheim verwenden wollte. Ein Mitangeklagter in diesem Prozeß, der ebenfalls für schuldig befunden wurde, war Louis LeSage.

Ireys Kollege John Rogge hängte Seymour noch mal vier Jahre wegen Steuerhinterziehung an. Beide Verfahren liefen parallel. Seymour landete im Bundesgefängnis von Atlanta und wurde 1942 auf Bewährung freigelassen – nachdem er sich bereit erklärt hatte, seine Steuerschulden zu begleichen.

Natürlich hatte er eine viel höhere Strafe verdient, aber ich hatte den Eindruck, Alice Jeans Rachedurst sei ganz gut entsprochen worden: 1940 war die Long-Truppe zerbröselt – Skandale, Gefängnisstrafen, nachzuzahlende Steuermillionen, Geldstrafen und eine Reihe von Selbstmorden hatten dafür gesorgt.

Die meisten Longsters landeten im Gefängnis, womit sich Hueys Prophezeiung erfüllte, daß seine Leute ohne ihn alle dort enden würden. Dr. James Monroe Smith von der LSU posierte zwar in gestreifter Gefängnistracht strahlend für die Fotografen, doch dann machte er einen Versuch, sich in seiner Zelle umzubringen. Gouverneur Dick Leche trat in den Nachwehen des LSU-Bauskandals und der Gerüchte um den mit WPA-Materialien erfolgten Schwarzbau seines Landsitzes zurück. Rogge machte ihn im Zeugenstand fertig, wo er zugeben mußte, während seiner Amtszeit eine Million an Bestechungsgeldern kassiert zu haben. Leche bekam zehn Jahre wegen Steuerhinterziehung. Er starb 1965.

Nicht allen aus dem Long-Lager ging es an den Kragen. Richter Fournet blieb, obwohl während der Korruptionsphase Vorstandsmitglied der LSU, ungeschoren. 1949 war er zum Ersten Richter des Obersten Bundesgerichts aufgestiegen. In späteren Jahren ging der einst hochgewachsene Richter, nun vom Alter gebeugt, am Stock, wegen eines (wie er sagte) Bandscheibenschadens, den er sich während der Rauferei mit Dr. Carl Weiss im Korridor des Parlamentsgebäudes zugezogen hatte. Er starb 1988.

Murphy Roden hatte eine lange, erfolgreiche Karriere bei der Polizei von Louisiana und nahm sich im Zweiten Weltkrieg eine Auszeit, um bei der Marine zu dienen. Er hatte sein Leben lang hohe politische Ämter inne und wurde schließlich unter Hueys Bruder Earl Polizeichef des Staates und unter Gouverneur Jimmy Davis Kommissar für Öffentliche Sicherheit. Er trat 1962 aus gesundheitlichen Gründen (einschließlich einer von Schleimbeutelentzündung geplagten Schulter) in den Ruhestand.

Als die alte Long-Truppe den Abschied einreichen mußte, blieb Earl Long, obwohl Leches Vizegouverneur, unbeschadet. Vielleicht war er Huey im nachhinein dankbar, daß er ihn nicht in den inneren Zirkel hatte vordringen lassen. Seine drei Legislaturperioden als Gouverneur waren bunt und blaß zugleich, aber im Gegensatz zu Huey, dessen Schatten er nie entkam, was er stets bedauerte, gab er sich mit Louisiana als Königreich zufrieden.

Alice Jean Crosley kehrte aus Kalifornien zurück, um bei Prozessen vor mehreren Bundesgerichten unter Ausschluß der Öffentlichkeit gegen verschiedene Longsters auszusagen. Sie beteiligte sich aktiv an Earls Wahlkämpfen und heiratete einen Mann, der einen hochbezahlten Beruf bei der Regierung ausübte. Das kinderlose Ehepaar lebt noch heute glücklich in einem stillen, exklusiven Viertel in Baton Rouge.

Dr. Arthur Vidrine kehrte in seine Heimatstadt Ville Platte zurück, wo er ruhig und gut lebte, 1937 ein privates Krankenhaus gründete und es leitete, bis er aus gesundheitlichen Gründen in den Ruhestand ging. Er starb 1955.

Yvonne Weiss zog aus Louisiana fort. Sie ging mit ihrem Söhnchen nach New York, nahm ihr Studium wieder auf und legte ein Examen in Französisch ab. Sie heiratete erneut, wurde Bibliothekarin und sprach stets gut über ihren verstorbenen Ehemann. Wenn Journalisten sie hin und wieder aufspürten, redete sie zwar gern über Carl, aber nicht über die Schießerei. Sie starb 1963.

Im Gegensatz zu ihr scheute Dr. Carl Weiss senior dieses Thema nicht. Wann immer eine überregionale Zeitung seinen Sohn einen »Attentäter« nannte, verlangte er verbittert und wortgewandt die Zurücknahme dieses Wortes. Er starb 1947, ohne den Glauben an die Unschuld seines Sohnes je verloren zu haben.

Carl Weiss junior, der erst drei Monate alt war, als sein Vater starb, ist ein erfolgreicher orthopädischer Chirurg in Long Island, New York, wo auch sein Onkel, Dr. Tom Ed Weiss, praktizierte.

Nachdem Rose Long die Legislaturperiode ihres Gatten beendet hatte, zog sie sich aus dem öffentlichen Leben zurück. Ihre späteren Jahre verliefen ruhig und waren aufgrund der Leistungen ihres Sohnes Russell von Stolz erfüllt. Russell wurde 1948 in den Senat der Vereinigten Staaten gewählt und ging 38 Jahre später als respektierter und mächtiger Senator in den Ruhestand. Er war einerseits bestrebt, das Gute zu loben und zu schützen, das sein Vater getan hatte; andererseits machte er mit guter Arbeit und hoher Ethik das Schlechte wieder gut. Dabei wurde er genau zu einem jener Karrierepolitiker, die sein Vater zutiefst verabscheut hatte.

Reverend Gerald L. K. Smith gewann seine landesweite Prominenz nie zurück, obwohl er sich in Eureka, Arkansas, mit einem Bibelcollege und einem jährlichen Passionsspiel ein kleines Imperium aufbaute, das große Menschenmengen anzog. Er starb 1976, ein Oral Roberts der Unterliga.

Ich weiß nicht, was aus Diamond Jim Moran geworden ist – nur, daß er in New Orleans während der sechsjährigen wahlenfreien Amtszeit unter Bürgermeister Maestris eine oft gesehene Erscheinung war. Dandy Phil Kastel baute zusammen mit seinem Partner Frank Costello das Tropicana in Las Vegas. In den späten fünfziger Jahren wurde Kastel mit sechs Löchern im Leib aufgefunden – man stellte Selbstmord fest.

Carlos, Kastels Assistent, ließ die ländlichen Wurzeln der Willswood-Taverne hinter sich, um uneingeschränkter Herrscher des Mobs von New Orleans zu werden. Er war später in ein politisches Attentat verwickelt. Sein Nachname war übrigens Marcello.

Von den meisten dieser Leute hörte ich gelegentlich durch die Presse und bei Gesprächen mit Eliot Ness, Wilson und Irey, aber auch durch sporadische Korrespondenz und Telefongespräche mit Alice Jean. Der einzige, mit dem ich je wieder persönlichen Kontakt hatte, war ausgerechnet Seymour Weiss.

1955 war ich mit einer Freundin in New York, um ein Wochenende lang am Broadway Theaterstücke anzuschauen, einzukaufen und gepflegt zu speisen. Aus einem nostalgischen Impuls heraus wohnten wir im Hotel New Yorker, und als meine Freundin gerade mal gegangen war, um sich das Näschen zu pudern, tauchte Seymour Weiss im Salon an unserem Tisch auf. Er wirkte mit seinem grünen Seidenanzug und dem schmalen grün-weißen Schlips wie ein fetter Großstadtmolch.

»Nate Heller?« sagte er, und seine schlichte Visage lächelte. Mit seinen ungefähr sechzig Jahren sah er zwar nicht viel älter aus als früher, aber etwas rundlicher. Wohlhabend.

»Tag, Seymour. Nehmen Sie Platz.«

Er setzte sich hin. »Was führt Sie nach New York?«

»Vergnügungsreise. Und Sie hängen nach all den Jahren noch immer in Hueys Hotel rum?«

Sein Lächeln war kurz und selbstzufrieden. »Das Hotel gehört mir, Nate. Mir gehören eine Menge Hotels.«

»Dann haben Sie wohl klug investiert.«

»Hab ich. Ich geb einen aus ...« Er winkte einem Kellner.

»Toll. Solange es kein Ramos Gin Fizz ist.«

Ich bekam einen Rum mit Cola, und er einen Dewar's. »Haben Sie den Unfug, den Sie Murphy Roden damals erzählt haben, eigentlich wirklich geglaubt?« fragte er – für meinen Geschmack ein wenig *zu* beiläufig.

»Wie geht's Murphy?«

»Ist ganz oben. Nun, Nate? Haben Sie's?«

»Was?«

»Den Quatsch geglaubt.«

Ich trank ein Schlückchen. Grinste gemein. »Seymour, ich bin in einem Alter, in dem man nicht mehr vieles glaubt. Erzählen Sie *mir* doch mal was.«

»In Ordnung.«

»Warum haben Sie mich damals aus Chicago geholt, um Huey Ihr verdammtes Geburtstagsgeschenk zu überbringen?«

Er zuckte die Achseln. Seine toten Augen wichen mir aus. »Weil ich mir Sorgen um ihn gemacht habe. Ich dachte, daß er auf die Vernunft hört, wenn Sie sie aussprechen.«

»Ich glaube, es lag daran, daß Huey den Tip bekommen hatte, daß jemand, der ihm nahestand, ihn in die Pfanne hauen wollte. Vielleicht wollten Sie ihn nur *glauben* machen, Sie seien um ihn besorgt.«

In seinem pockennarbigen Gesicht rührte sich nichts. »Ist das vielleicht eine Art, meine Gastfreundschaft zu vergelten?«

»Ich bin nur neugierig. Gewisse Dinge, gewisse offene Fragen längst abgeschlossener Fälle bringen Detektive manchmal um den Schlaf.«

Er prostete mir mit seinem Scotchglas zu. »Ich schlafe gut.«

»Das glaub ich auch.«

Er schaute nun an mir vorbei. »Ist das Ihre Freundin, die dahinten kommt? Sehr ansehnlich.«

»Schöne Frauen sind eine Angewohnheit, die ich mir einfach nicht abgewöhnen kann.«

»Ich sag Ihnen was, Nate«, sagte er freundlich. »Wegen der alten Zeiten. Um zu beweisen, daß ich Ihnen nichts nachtrage ... Kommen Sie doch mit Ihrer Freundin heute abend in unser Restaurant. Auf meine Kosten.«

»Nein, danke, Seymour«, sagte ich. »Leider hab ich für diese Gelegenheit nichts Rechtes zum Anziehen.«

Er blinzelte. »Sie brauchen nichts Formelles. Nur ein Jackett und eine Krawatte.«

»Vielleicht. Aber ich hab meine kugelsichere Weste vergessen.«

Ich stellte ihn Linda vor, und er war sehr verbindlich und charmant. Schließlich verließ er unseren Tisch, um irgendwo stehenzubleiben und sich mit anderen Gästen zu unterhalten.

»Er wirkt ganz nett«, sagte Linda.

»Seymour ist ein spendabler Gastgeber, das stimmt.«

»Aber irgendwie häßlich, findest du nicht auch?«

Ich nippte an meinem Gratis-Rum-mit-Cola. Noch 'n Weiss-Lanjap. »Du weißt nicht mal die Hälfte.«

Seymour, der sich im Alter mit extrem rechten politischen Organisationen einließ und ein enger Freund von J. Edgar Hoover wurde, starb 1969 im Alter von dreiundsiebzig Jahren.

Auch viele andere leben nicht mehr. Murphy Roden, Joe Messina, Louis LeSage, Edward Hamilton, und sogar Frank Wilson und Elmer Irey. Carlos Marcello starb (während ich dies schreibe) vor einem knappen Jahr. Im Gegensatz zu ihnen sind die den Mord an Huey Long betreffenden Fragen noch immer quicklebendig.

1985 zwang der 50. Jahrestag des Attentats die Journalisten zum üblichen Rückblick. Ein Artikel inspirierte den Werbechef der Mutual-Versicherung, sich die Police anzusehen, die seine Firma mit Huey Long abgeschlossen hatte.

Mein längst vergessener Bericht wurde ausgegraben, sein Inhalt der Presse zugänglich gemacht. Angesichts des öffentlichen Interesses hatte ein Nachdenken über Fragen der Intimsphäre keinen Stellenwert mehr. Als man entdeckte, daß die Mutual 1936 auf die Unfalltod-Police einer politischen Figur, aus der die Geschichte das Opfer einer Attentäterkugel gemacht hatte, den doppelten Betrag ausgezahlt hatte, folgte eine Menge Publizität.

Ich hatte mich inzwischen aufs Altenteil zurückgezogen und

wohnte mit meiner zweiten Frau in Carol Springs, Florida. Ich gab der Presse und dem Fernsehen eine Reihe von Interviews und wiederholte die »Unfalltod«-Schlußfolgerungen meines Berichts, da die Leibwächter inzwischen alle tot und begraben waren. Es dauerte etwa fünf Minuten, dann war meine Viertelstunden-Berühmtheit wieder vergessen.

Dann trat Coleman Vidrine junior, Captain a. D. der Louisiana State Police vor. Er gab bekannt, sein inzwischen verstorbener Vater, Dr. Arthur Vidrines Vetter, habe ihm eine abgefeuerte Kugel aus einer Achtunddreißiger vererbt – und eine Geschichte, die damit zu tun hatte: Dr. Vidrine hatte die Kugel offenbar seinem Vetter gegeben, damit dieser sie aufbewahrte. Coleman Vidrine senior hatte seinem Sohn erzählt, Arthur habe um seine Sicherheit gefürchtet und die Kugel für einen Teil seiner »Lebensversicherungspolice« gehalten.

Die Fünfundvierziger-Kugel tauchte nie auf, aber inmitten des wiedererwachten Interesses an dem Fall bestätigte Merle Welsh, der Bestatter, der Huey Long und Dr. Carl Weiss einbalsamiert hatte, die Geschichte der im Morgengrauen vorgenommenen Autopsie durch Dr. Vidrine, wobei dieser der Leiche Huey Longs eine Fünfundvierziger-Kugel entnommen hatte.

Der Bestatter, der mit Schußwunden vertraut war, identifizierte außerdem beide Wunden Huey Longs als Einschußlöcher.

Für die Polizei des Staates Louisiana war dies kein Grund, den Fall wiederaufzunehmen.

1991 entwickelte der großspurige, aber bekannte Gerichtsmediziner Dr. James E. Starrs von der George Washington University in Washington D. C. Interesse an Huey Long und Carl Weiss. Er überredete die Familie Weiss – Carl Junior und Tom Ed –, ihm zu erlauben, Dr. Carl Austin Weiss' Leiche exhumieren zu dürfen. Obwohl viele meinten, man exhumiere den falschen Leichnam (der richtige liege unter Tonnen von Stahlbeton), konnte Starrs eine Anzahl von Fakten vorlegen, die darauf hindeuteten, daß Dr. Carl Weiss unschuldig gewesen war.

Ein achtunddreißiger Hohlmantelgeschoß – zweifellos aus Murphy Rodens Schießeisen, auch wenn es niemand aussprach – wurde in der Hirnschale des Mediziners gefunden. Fasern von Dr. Weiss' weißem Hemd fand man in der Hohlspitze der Kugel eingefügt. Offenbar nach Knochendurchschlägen in das linke Handgelenk und den rechten Arm eingedrungene Geschosse ließen erkennen, daß er die Arme in einer schützenden Geste erhoben hatte, als der tödliche Schuß auf seinen Kopf abgefeuert wurde.

Das Skelett – mehr war von Carl Austin Weiss nicht übrig – enthüllte außerdem durch eine Flugbahnstudie der 24 Kugeln, die Knochenschäden hervorgerufen hatten (jene, die durch oder ins Fleisch gegangen waren, ohne Knochen zu verletzen, sind im Nebel der Geschichte verloren), daß mindestens ein Dutzend Kugeln in den Rücken des Arztes abgefeuert worden waren.

Der Roselawn-Friedhof, auf dem Dr. Weiss beerdigt worden war, war nicht der einzige Ort, an dem der Gerichtsmediziner eine wichtige Entdeckung machte. Starrs fand auch einen lange vermißten Schlüsselbeweis auf dem Landsitz des verstorbenen Louis Guerre, des damaligen BCI-Chefs: die Akten der State Police über die Ermittlungen und die »Mordwaffe«: Dr. Carl Weiss' zweiunddreißiger Browning.

Außerdem wurde unter Guerres Nachlaß eine abgefeuerte Zweiunddreißiger-Kugel gefunden, von der man ursprünglich angenommen hatte, sie sei die »tödliche« gewesen. Aber Ballistikfachleute stellten bald fest, daß sie nicht aus Dr. Weiss' Waffe stammte. Befürworter von Dr. Weiss' Unschuld oder Schuld fanden Möglichkeiten, die Kugel als Munition für ihre Argumente einzusetzen. In Wirklichkeit war es nur eine abgeschossene Kugel aus der Kramkiste eines verstorbenen Polypen, die niemand schlüssig mit der Browning in Verbindung bringen konnte.

Am 21. Februar 1992 stellte Dr. Starrs seine Argumente auf der 44. Jahrestagung der Akademie der forensischen Wissenschaft vor, die in diesem Jahr zufällig in New Orleans stattfand. Er neigte dazu, Carl Austin Weiss für unschuldig zu halten. Vier Monate später hielt die State Police eine Pressekonferenz ab und erklärte Dr. Carl Weiss zum alleinigen Attentäter, der nur einen Schuß abgefeuert hatte. Die Schlußfolgerungen der Polizei basierten hauptsächlich auf Fotografien der Kleidung, die Huey angeblich während seiner Ermordung getragen hatte (wobei über den Werdegang der Fotos niemand etwas Konkretes sagen konnte).

Die Fotos zeigten Hinweise auf Schmauchspuren eines aus nächster Nähe erfolgten Einschusses rechts in den Bauch. Und natürlich behauptete die Polizei, um ihre Brüder aus alter Zeit zu stützen, daß dies bedeute, daß Dr. Carl Weiss der Attentäter gewesen sei. Schließlich sei er Huey Long als einziger nahe genug gekommen, um ihn aus einer Nähe zu erschießen, die Schmauchspuren hinterläßt ...

Murphy Rodens Name wurde nicht mal erwähnt.

Alle Neubetrachtungen des Falles haben nur dazu gedient, die gleichen alten Fragen zu stellen. Die Sache ist heute noch verworrener als damals.

Als ich Carl Weiss junior, einen vornehm aussehenden Mann von Ende Fünfzig, im Fernsehen über seinen Glauben an die

Unschuld seines Vaters sprechen sah, fiel mir der kleine Junge wieder ein, der mit seinem »Frischlufttaxi« gespielt hatte, und ich dachte, nun ist es Zeit, mit dem rauszurücken, was ich weiß.

Heute geht niemand mehr ein Risiko ein. Nicht mal ich. Aber glauben Sie nicht auch, daß es an der Zeit ist, daß die Leute erfahren, daß die Historie es *fast* richtig erfaßt hat?

Daß ein Mann namens Weiss Huey Long umgebracht hat?

Leute, denen ich was schuldig bin

Trotz seiner weitgehend historischen Grundlagen ist dieses Buch ein Roman, und ich habe mir im Umgang mit den Tatsachen einige Freiheiten erlaubt, wenn auch so wenige wie möglich. Alle Verantwortung bezüglich historischer Unrichtigkeiten liegt bei mir und spiegelt, so hoffe ich, die Begrenzungen des sich widersprechenden Quellenmaterials wider.

Die meisten Charaktere dieses Romans haben wirklich gelebt und treten unter ihren eigenen Namen auf. Leser, die mit der Geschichte von Huey Longs Leben und Tod gut vertraut sind, werden erkennen, daß ich mich auf die Schlüsselfiguren beschränkt und andere, die nur von geringer Wichtigkeit sind, weggelassen habe, um die Geschichte zu glätten und den Leser nicht mit überflüssigen Charakteren zu erschlagen. So glänzt zum Beispiel Longs Sekretär Earle Christenberry durch Abwesenheit. Da er oft die gleichen Berater- und »Laufjungen«-Funktionen ausübte wie Seymour Weiss, habe ich seine Aufnahme als Figur für überflüssig gehalten (mehrere Sekretäre und Berater werden hier nur am Rande erwähnt). Dementsprechend habe ich einige von Christenberrys Majordomus-Aufgaben Seymour Weiss übertragen.

Vergleichbare Freiheiten habe ich mir bei der Beschreibung Dr. Arthur Vidrines herausgenommen, als er die Stegreifautopsie an Long im Rabenhorst Funeral Home macht. Der Mann, den der Bestatter Welsh identifiziert hat, war Dr. Clarence Lorio, der Vidrine bei der Operation assistierte. Ebenso war es der (manchmal als Pat O'Rourke identifizierte) Agent Mike Malone, der im Roosevelt Hotel verdeckt arbeitete, während Elmer Irey und Frank Wilson in New Orleans im Fall Long ermittelten. Malone wurde *tatsächlich* in der Lobby von einem Mann aus Chicago mit Mob-Verbindungen identifiziert. Er drängte ihn ebenso aus dem Haus wie Wilson Heller in diesem Roman.

Die Theorie, daß Seymour Weiss das Attentat dirigierte und Murphy Roden als Schützen einsetzte, stammt von mir und ist, soweit ich weiß, neu. Ich will sie zwar nicht als maßgebliche Lösung des Rätsels um Longs Tod präsentieren, aber sie wurzelt – trotz ihrer Präsentation in einem erzählerischen Werk – fest auf den Tatsachen und paßt mindestens ebenso gut zu den Details dieses Falles wie jede andere Theorie.

Edward Hamilton ist zwar eine zusammengesetzte Figur, aber eine begründete Darstellung der Führer der »Square Dealers«. Big George McCracken ist ebenso zusammengesetzt und basiert hauptsächlich auf Longs Leibwächter George McQuiston und »Big« George Caldwell, den Bauplanungsleiter der LSU. McQuiston trug wirklich eine MP in einer Einkaufstüte mit sich herum (obwohl andere Quellen von einer abgesägten Schrotflinte sprechen). Caldwell war tatsächlich in Bauschiebungen und WPA-Straftaten an der Universität verwickelt.

Alice Jean Crosley ist ein fiktiver Charakter, hat aber im wahren Leben eine Entsprechung. Longs Exgeliebte jedoch – enttäuscht, weil Long sie in Washington D.C. durch Earle Christenberry ersetzte – heiratete kurz vor dem Attentat, was die Liebesaffäre zwischen Alice Jean und Heller zur reinen Erfindung macht. Die Annahme, Hueys Exgeliebte (sowie Exministerin, -steuereinnehmerin, etc.) sei über ihre Entlassung durch die Long-Erben verbittert und im Besitz schädigender geklauter Dokumente gewesen, basiert auf Material in *Louisiana Hayride: The American Rehearsal for Dictatorship* (1941), Harnett T. Kanes klassischer, schwarzhumoriger Analyse Huey Longs und seiner politischen Erben.

Die Geschichte, daß Huey eine kugelsichere Weste aus Chicago ablehnte, basiert auf Tatsachen, wie auch die ihm zugeteilten Polizisten, die ihn und seine zu Hilfspolizisten ernannten Pistolero-»Kosaken« zum Parteitag der Demokraten 1932 in Chicago brachten.

Die Mutual-Lebensversicherung hat in der letzten Oktoberwoche des Jahres 1936 *wirklich* einen Ermittler nach Louisiana entsandt, um sich mit Mrs. Longs Unfalltodmeldung zu befassen. Der Ermittler – der perfekt benannte K. P. Ponder – führte seine Untersuchung durch wie Heller in diesem Buch (die Zitate aus Hellers Bericht stammen fast wörtlich aus Ponders siebenseitigem Dokument). Die Mutual hat auch die Unfalltodsumme ausbezahlt.

Einige Autoren behaupten, die Mutual hätte 1936 einen Attentatstod unter dem Mantel eines Unfalltodes in Betracht gezogen (wie wohl auch heute), aber dies deckt sich weder mit der Logik noch mit den Fakten: Wenn eine solche Zahlung automatisch erfolgt ist, warum hätte sich die Mutual die Kosten, Mühen und den Ärger aufhalsen sollen, Ponder nach Louisiana zu schicken, um im gefährlichen Feindesland eine gründliche Untersuchung anzustellen?

Mein langjähriger Rechercheur George Hagenauer hat, wie üblich, ausgezeichnete Arbeit bei der Ausgrabung von Zeitschriften- und Zeitungsartikeln (einschließlich Hueys selbstgeschriebenen, äußerst verschrobenen *American Progress*) geleistet. George hat zudem viele Stunden mit mir verbracht, in denen wir diesen gewundenen, faszinierenden und frustrierenden Fall diskutiert haben. Seine Nase für die exzentrischeren Aspekte der amerikanischen Politikszene war äußerst hilfreich, und eine von ihm angelegte Übersicht des Falles, der die politischen Verzweigungen erforschte, war für die Entwicklung dieses Buches entscheidend. George ist ein wertvoller Mitarbeiter der Heller-»Memoiren«. Ich schätze seine Beiträge, seinen Enthusiasmus und seine Freundschaft weiterhin hoch ein.

Die unermüdliche Lynn Myers grub Schlüsselmaterial aus, einschließlich zweier früher und maßgeblicher Biographien: *The Story of Huey P. Long* (1935) von Charles Beals und *The Kingfish: Huey P. Long, Dictator* (1938) von Thomas O. Harris (als Journalist ist Harris eine Nebenfigur dieses Buches). Diese zeitgenössischen Berichte waren entscheidend bei dem Versuch, ein Gefühl für die damalige Zeit zu erzeugen, was auch für *Huey Long: A Candid Biography* (1935) von Forrest Davis gilt.

Ich war besonders glücklich, die Unterstützung eines der rührigsten Sammler von Huey-Long-Material zu gewinnen: Michael Wynne aus Pineville, Louisiana. Mikes Fachwissen kommt nur noch seiner Freundlichkeit gleich: Meine ständigen aufdringlichen und überraschenden Telefonanrufe mit Listen voller Fragen erhielten stets sofort detaillierte Antwort. Wenn Mike sofort keine Antwort wußte, kam sie immer ein paar Tage später. Er hat mir Fotokopien seltener, in einigen Fällen vertraulicher Dokumente besorgt, über die ich nicht mehr sagen kann. Mein Dank geht auch an den Buchhändler Jim Taylor aus Baton Rouge, da er Mike mit mir in Kontakt gebracht und mir erläutert hat, was Lagniappe bedeutet.

Noch ein Mensch war beim Schreiben dieses Buches dienlich: meine begabte Frau, die Schriftstellerin Barbara Collins, die mich im Mai 1993 auf meiner Rechercheise nach New Orleans begleitete. Mein Sohn Nate war ebenso hilfreich bei der Erforschung von Hueys sagenhaftem Art-Deco-Parlament – auch wenn er sich über die Vorschriften hinwegsetzte und im Parlamentsgebäude ein Foto knipste. (Huey hat's schließlich mit den Vorschriften auch nicht immer genau genommen.)

Besonderer Dank gebührt Georgene Jones aus Baton Rouge, die mir im Frühstadium der Recherchen für diesen Roman Artikel über die Wiedereröffnung des Falles schickte.

Der Kriminalschriftsteller Bob Randisi versorgte mich mit Informationen über New York City, und mein Vater, Max Collins senior, teilte mit mir seine Erinnerungen über das Hotel New Yorker.

Drei Sachbücher beschäftigen sich mit dem Attentat, und alle waren von beträchtlichem Wert: *The Huey Long Murder Case* (1963) von Hermann B. Deutsch, *Requiem for a Kingfish* (1986) von Ed Reed und *The Day Huey Long Was Shot* (1963) von David Zinman. Deutschs Buch profitiert davon, daß sein Autor Augenzeuge vieler dort beschriebener Ereignisse war, und hat nur den Nachteil, daß es zu bereitwillig akzeptiert, daß Dr. Carl Weiss der Mörder war. Reeds im Selbstverlag erschienenes Buch hat wichtiges Neuland betreten, und seine Recherchen und Analysen waren für die Entwicklung meines Romans maßgeblich. Zinmans langes Postskriptum in der erweiterten Ausgabe seines Buches von 1993 liefert einen detaillierten Blick auf James E. Starrs Untersuchungen und die ihnen folgende Kontroverse. Auch ist Zinman der einzige der drei Autoren, der sich ebenso ausführlich mit der Geschichte des Dr. Carl Weiss beschäftigt wie mit der des Kingfish.

Huey Long: A Biography (1970) von T. Harry Williams ist ein mit dem Pulitzerpreis ausgezeichnetes Werk von hoher Reputation; sein Detailreichtum war gewiß hilfreich für mich, doch seine Pro-Long-Voreingenommenheit und seine Neigung, dubiose Quellen wie Seymour Weiss und Longs Leibwächter für bare Münze zu nehmen, hat seine Nützlichkeit begrenzt. Meinen Zwecken dienlicher war die weit ausgeglichenere (und, jedenfalls für mich, besser lesbare) Reportage *The Kingfish and His Realm: The Life and Times of Huey Long* (1991) von William Ivy Hair.

Longs skizzenhafte Autobiographie *Every Man a King* (1933) und sein versponnenes, posthum erschienenes *My First Days in the White House* (1935) waren ebenfalls nützlich. Ich habe Dutzende von Büchern und Broschüren über Long zu Rate gezogen, aber die folgenden waren am nützlichsten: *Hattie and Huey* (1989) von David Malone, *Dynasty: The Longs of Louisiana* (1960) von Thomas Martin, *Favorite Huey Long Stories* (1937) von Hugh Mercer, *The Longs of Louisiana* (1960) von Stan Opotowsky und *Huey Long's Louisiana: State Politics, 1920–1956* (1956) von Allan P. Sindler. Zwei Bücher über amerikanische Möchtegerndiktatoren waren hilfreich: *Huey Long, Father Coughlin and the Great Depression* (1982) von Allan Brinkley und *Forerunners of American Fascism* (1935) von Raymond Graham Swing. Ausgezeichnete Kapitel über Huey Long fanden sich in *Mainstream* (1943) von Hamilton Basso und *The Bosses* (1972) von Alfred Steinberg.

Folgende Bücher sorgten für Hintergrundmaterial über Earl Long: *Peapatch Politics: The Earl Long Era in Louisiana Politics* (1991) von William J. »Bill« Dodd und *Socks on a Rooster: Louisiana's Earl K. Long* (1967) von Richard McCaughan.

Der Geist von Robert Penn Warrens Klassiker, dem mit dem Pulitzerpreis ausgezeichneten Roman *All the King's Men* (1946), schwebt über jedem Buch, das sich mit Huey Long befaßt, speziell jedem Romanwerk. Ich habe den Roman in der High School gelesen und deswegen Interesse an Huey Long entwickelt. Aber ich habe mir bewußt vorgenommen, ihn vor der Niederschrift von *Blut und Donner* nicht noch einmal zu lesen, da ich nicht beeinflußt oder eingeschüchtert werden wollte.

Ich habe mir Robert Rossens 1949 preisgekrönte Filmadaption des Buches angesehen, und auch Raoul Walshs Film von 1953, der auf Adria Locke Langleys anregendem Huey-Long-Roman *A Lion is in the Streets* (1945) basiert. Überraschenderweise fand ich den ersteren Film, auch wenn ich damit fast allein stehe, flach und künstlich, speziell Broderick Crawfords eindimensionale Darstellung. Der neuere, in dem James Cagney den Propagandistencharme des Kingfish einfängt, war lebhafter und zielsicherer.

Andere Filme waren nützlicher: Ken Burns' ausgezeichnete Dokumentation *Huey Long* (1958) und das bestens recherchierte Doku-Drama *The Life and Assassination of the Kingfish* (1977) von dem Autor und Regisseur Robert Collins, der an vielen Originalschauplätzen drehte. Weiterhin hilfreich war eine Folge der Serie »Unsolved Mysteries« (NBC, 1992), die die Standpunkte von Ed Reed und Professor Starr dramatisierte, sowie David L. Wolpers Dokumentarfilm *The Longs: A Louisiana Dynasty*, geschrieben von Bud Weiser und inszeniert von Alan Landsburg.

Huey Longs Verbindungen zum organisierten Verbrechen werden in zahlreichen Quellen dokumentiert, aber ich habe hauptsächlich mit folgenden gearbeitet: *Mafia Kingfish* (1989) von John H. Davis, *Uncle Frank: The Biography of Frank Costello* (1973) von Leonard Katz, *Lansky* (1971) von Hank Messick, *Double Cross* (1992) von Sam und Chuck Giancana, *All American Mafioso* (1991) von Charles Rappleye und Ed Becker, *The Grim Reapers* (1969) von Ed Reid und *Frank Costello: Prime Minister of the Underworld* (1974) von George Wolf und Joseph DiMona.

Elmer Ireys und Frank Wilsons Anstrengungen, Long und die

Longsters zur Strecke zu bringen, werden detailliert in Ireys *The Tax Dodgers* (1948, mit William J. Slocums) und Wilsons Autobiographie *Special Agent: A Quarter Century with the Treasury Department* (1969, mit Beth Day) beschrieben. Auch *Secret File* (1969) von Hank Messick erwies sich als hilfreich. Dank gebührt Jim Doherty, der weiteres Material über Frank Wilson besorgte.

Die WPA-Guides der späten dreißiger und frühen vierziger Jahre bilden das Rückgrat meiner Nachempfindung dieser Epoche, insbesondere der *Louisiana State Guide* (1941), der *New Orleans City Guide* (1938) und *Gumbo Ya Ya* (1945). *The WPA Guide to New York City* und *New York Panorama: A Companion to the WPA Guide to New York City* waren ebenso hilfreich wie *Oklahoma: A Guide to the Sooner State* (1941).

Mein Versuch, das Louisiana der dreißiger Jahre nachzuempfinden, basiert auf folgenden Quellen: *Louisiana's Message 1930–1931* (o. J., anonym), einem Führer, den das Landwirtschafts- und Einwanderungsamt des Staates Louisiana herausgegeben hat; *Do You Know Louisiana* (1938), herausgegeben von Louisiana State Department of Commerce and Industry; *John Law Wasn't So Wrong* (1952) von Hodding Carter, *The Louisiana Capitol* (1980) von Ellen Roy Jolly und James Calhoun, *The Bayous of Louisiana* (1963) von Harnett T. Kane, *All This is Louisiana* (1950) von Frances Parkinson Keyes, *A Self-Guided Tour of Baton Rouge* (1974) von John P. und Lillian C. King, *The Louisiana Capitol: Its Art and Architecture* (1977) und *New Orleans in the Thirties* (1989) von Mary Lou Widmer. Mary Jane Smith führte mich dankenswerterweise durch das Old Governor's Mansion und schenkte mir eine wertvolle illustrierte Broschüre.

Informationen über den Stork Club entnahm ich dem Buch *No Cover Charge: A Backward Look at Night Clubs* (1956) von Robert

Sylvester. Informationen über den Rundfunkstar Phil Baker fand ich in *Tune In Yesterday* (1976) von John Dunning. Wie schon bei früheren Heller-Romanen üblich, stammen die Informationen über Taschendiebe aus *Whiz Mob* (1955) von David W. Maurer.

Zum Schluß möchte ich meiner Lektorin Michaela Hamilton und ihrem Kollegen Joe Pittman für ihre Unterstützung und ihren Glauben an Nate Heller und mich sowie meinem Agenten Dominick Abel für seine fortwährende berufliche und persönliche Unterstützung danken.

Das Multitalent aus dem Mittelwesten

von Martin Compart

Wie die Zeit vergeht … Es kommt mir wie gestern vor, als Max Allan Collins Anfang der 80er Jahre als der Geheimtip und Newcomer genannt wurde. Ein Multitalent, das gleichermaßen erfolgreich und anspruchsvoll in unterschiedlichen Medien arbeitete: Er schrieb Comics (u. a. führte er den langlebigsten Crime-Strip DICK TRACY fort), machte mit seiner Garagenband die fetzigsten Songs in Iowa und schrieb Noir-Romane. Später kamen Film-Novilizations (Collins' Bücher zu den jeweiligen Filmen sind mehr als hingeklatschte Drehbucherweiterungen) und Filmarbeit als Produzent, Autor und Regisseur dazu. Ganz nebenbei gibt er Anthologien heraus und schreibt auch noch Texte zu populärkulturellen Themen (sein umfangreicher und großformatiger Prachtband über den Pin-Up-Künstler Gil Elvgren ist nicht nur eine Augenweide, sondern auch eine brillante Analyse). Collins ist einer der kreativsten und produktivsten Autoren der zeitgenössischen Pop- und Noir-Kultur.

Max Allan Collins wurde am 3. März 1948 in Muscatine (die Welthauptstadt der Perlmuttknöpfe!), Iowa geboren. Diese faszinierende Stadt inmitten großer Getreidefelder, direkt am Mississippi gelegen, hat etwas – sonst würde Max wohl nicht immer noch dort leben. Er war ein Einzelkind und entdeckte früh Comics und andere fiktionale Welten, die ihn schnell zu kreativen Aktivitäten anregten. Seine Eltern Max Allan und Patricia Ann unterstützten die künstlerischen Neigungen von Collins jr. »In den Ferien mußte ich keinen Job annehmen. Sie ermutigten mich stattdessen, mein erstes Buch zu schreiben.« Nach der Schule ging er 1968 auf die

Universität in Iowa City, die er 1972 mit einem Bachelor of Arts und einem Master of Arts abschloß. Von 1968 bis 1970 war er Reporter für das *Muscatine Journal.* Im selben Jahr, als er auf die Universität ging, heiratete er seine Kindergartenliebe Barbara Jane, geborene Mull, mit der er zusammen den Sohn Nate hat. Von 1971 bis 1977 unterrichtete Collins Englisch am Muscatine Community College. Seitdem ist er freier Schriftsteller.

Max ist ein echtes Kind der 50er und 60er Jahre-Subkultur und nach wie vor ein Fan. Sein Interesse an Comics, TV, Film, Good Girl Art und Crime Fiction schlägt sich in einer Reihe von sekundärliterarischen Artikeln und Büchern nieder. Aber auch in seinen Romanen greift er populärkulturelle Themen immer wieder auf: Jon, der Sidekick von Nolan, ist ein Rockmusiker und Comic-Sammler, der sich in jedem Roman mit einem anderen Aspekt oder Genre des Mediums beschäftigt. Noch stärker finden sich Bezüge in seinen Mallory-Romanen: In A SHROUD FOR AQUARIUS setzt er sich mit der Gegenkultur der 60er Jahre auseinander und beschreibt melancholisch den Werteverlust der Hippie-Generation. Mit Joe Lansdales SAVAGE SEASON (bei DuMont Noir in Vorbereitung), Campell Armstrongs CONCERT OF GHOSTS (KONZERT DER SCHATTEN; Bastei 13 553, 1994), David Debins NICE GUYS FINISH DEAD (NETTE TYPEN STERBEN SCHNELLER; Goldmann 5816, 1995), Michael Dibdins DARK SPECTRE (INSEL DER UNSTERBLICHKEIT; Goldmann 1996) und George R. Martins ARMAGEDDON RAG (ARMAGEDDON ROCK; Fantasy Prod.1986; Heyne TB) eine der gelungensten Meditationen über diese erregende Zeit. Die Krimi-Szene mit ihren Fans, Autoren und Cons machte er zum Mittelpunkt des Romans KILL YOUR DARLINGS, und in NICE WEEKEND FOR A MURDER beschäftigt er sich mit Rollenspielen.

Musik

Mitte der 60er Jahre grassierte ein Fieber quer durch die Vereinigten Staaten. Das Fieber hieß Garagenbands. Angeregt durch die Musik der britischen Invasoren – wobei für US-Garagenbands *Rolling Stones*, *Animals* oder *Kinks* immer wichtiger waren als die Beatles – gründeten Jugendliche in jeder kleineren und größeren Stadt Beatbands. Einige dieser Pre-Punk-Bands sind heute Klassiker; etwa die *Electric Prunes*, *We the People*, *Seeds*, *13th Floor Elevators*, *Brogues*, *Standells*, *Bad Seeds* usw. Dabei bildeten sich oft erstaunliche regionale Unterschiede heraus. Aber eine Band aus Texas hatte neben den britischen R&B-Invasoren eben noch andere Einflüsse als eine Band aus Florida oder Iowa. Die meist nur regional, bestenfalls im ganzen Staat, veröffentlichten Singles (wenige dieser Bands durften/konnten ein oder gar mehrere Alben machen) sind heute gesuchte Raritäten und ernähren eine ganze auf Rereleases spezialisierte CD-Firmen-Industrie. Die Plattenindustrie nahm schockiert dieses anarchische Ausleben des Rock'n Roll wahr und betrieb schleunigst die Zerstörung oder den Aufkauf kleiner Labels, mit dem bekannten Erfolg, die Pop-Musik endgültig zu standardisieren und von den großen Companys abhängig zu machen.

Auch Max verfiel 1966 dem Garagenphänomen und gründete seine erste Band, die *Daybreakers*, für die er auch Songs schrieb, oft lead vocals sang und die Keyboards spielte. Der Singleknaller PSYCHEDELIC SIREN von 1967, damals erschienen auf einem Label von Atlantic Records, genießt unter Garagen-Fans Kultstatus (zu finden auf der Vinyl-LP HISTORY OF EASTERN IOWA ROCK Vol.1). Nach dem Ende der *Daybreakers* gründete der bekennende Bobby Darin-Fan *Cruisin*, mit denen er bis 1979 harten Garagenrock und wunderbare Balladen einspielte. Seitdem gab es zu den unterschiedlichsten Gelegenheiten Reunion-Konzerte und 1986 ein echtes Reunion, das 1991 zu dem grandiosen Album BULLETS! führte.

Comics

Von Kindheit an war Collins auch ein großer Comic-Fan. 1954, als Sechsjähriger, fing er sich diesen Virus ein, der ihn bis heute gefangen hält. »Mein Interesse an Comic Strips und fiktionalen Detektiven wurde am selben Tag geweckt. Meine Mutter (sie wußte es nicht besser) legte damals in meine kleinen, heißen Hände ein Heft voller Blut, Gewalt, Verbrechen und Detektion: ein DICK TRACY-Comic Book mit Nachdrucken der Strips.« Collins versuchte sich selbst als kindlicher Zeichner. Seine Mutter schickte ein paar seiner Dick Tracy-Zeichnungen an Chester Gould und bat den Künstler, ihrem Sohn ein paar Zeilen zum Geburtstag zu schreiben. Gould sandte ihm den Gruß zum achten Geburtstag, und Max fiel aus allen Wolken. »Dieser Brief änderte mein Leben. Er gab mir Selbstvertrauen. Heute hängt er gerahmt an einer Wand meines Büros. Chester schrieb mir, daß ich Dick besser zeichne als jeder andere Junge meines Alters.« Deshalb griff er natürlich zu, als er 1977 die Chance erhielt, den großen Strip-Klassiker DICK TRACY als Texter zu übernehmen. Er schrieb den Zeitungsstrip bis 1993 und verstand es, ihm neues Leben einzuhauchen, indem er an Goulds klassische Perioden anschloß. Max säuberte die Serie von dem fantastischen Schrott, der sich in den 60er Jahren eingeschlichen hatte (Abenteuer auf dem Mond, zuviele unwahrscheinliche Gadgets usw.), indem er alte Figuren neu belebte, den Schwerpunkt auf Krimi- und gelegentlich Soap-Elemente legte, und neben neuen, originellen Gegenspielern neuartige Verbrechen (Computerkriminalität, Stalker usw.) einführte. »Das Schwierigste war, sich die Verbrechen auszudenken. DICK TRACY gibt es seit 1931, und der Strip läuft Tag für Tag. Kaum ein Verbrechen, das in dieser Zeit nicht abgehandelt wurde. Zum Glück – oder leider – fallen dem menschlichen Gehirn aber immer neue Abscheulichkeiten ein.«

Zusammen mit dem Muscatiner Zeichner Terry Beatty (der auch das CD-Cover von BULLETS! gestaltete) entwickelte Collins eine Comic Book-Serie über einen weiblichen Privatdetektiv: MS. TREE läuft noch heute und ist somit die langlebigste Crime Comic Book-Serie der amerikanischen Comic-Geschichte. »Die Ausgangsidee war, was wäre passiert, wenn Velda Mike Hammer geheiratet hätte, und Mike am Hochzeitstag umgelegt worden wäre. Hätte Velda nicht die Geschäfte übernommen und Mikes Mörder gejagt?« Auch als BATMAN-Texter trat Collins hervor (beginnend mit den Heften BATMAN No.402 und No.403).

Frühe Serien

Natürlich zählt auch Collins die großen Noir-Autoren von Hammett, Chandler über Cain, Thompson und Goodis zu seinen Einflüssen. Aber den stärksten Eindruck machten Donald Westlake (als Richard Stark) und Mickey Spillane auf ihn: »Westlake ist der beste zeitgenössische Kriminalliterat. Ich liebe Spillane! Niemand jagt den Leser durch die Seiten wie Mickey. Ich meine die frühen Sachen, die ersten sechs oder sieben Romane, die er als junger Mann geschrieben hat. Es gibt in der gesamten Literatur nichts Vergleichbares.« 1999 drehte Max ein Feature über seinen Freund Spillane.

Während der High School schrieb der sechzehnjährige Max sechs Romane, die kein Verleger haben wollte. Aber er gab nicht auf, schrieb weiter. Kurz vor seinem Abschluß verkaufte er einen

Roman, den ersten Nolan-*caper*: BAIT MONEY (im Manuskript noch FIRST AND LAST TIME getitelt), der, wie Max nicht müde wird zu betonen, »viel, fast alles, Donald Westlakes Parker-Romanen verdankt«. In der ersten Fassung des Romans stirbt Nolan, der Dieb, der von der Mafia und der Polizei gehetzt wird, am Ende. Collins hatte endlich einen Agenten gefunden: den legendären Knox Burger, der in den 50er und frühen 60er Jahren bei Dell und Fawcetts Gold Medal Books für die Paperback Originals verantwortlich war. Dort veröffentlichte er u.a. das Werk von David Goodis, Jim Thompson, John D. MacDonald, Kurt Vonnegut und Theodore Sturgeon. »Nach jeder Ablehnung sagte mir Knox, ich solle das Ende ändern und Nolan am Leben lassen. Langsam zeigte das Wirkung. Aber ursprünglich hatte ich die letzte aller *tough guy*-Storys schreiben wollen. *Tough guys last stand.* Dann hatte angeblich der Lektor bei Pyramid Books Kaffee über das Manuskript geschüttet. Knox meinte, da ich ein neues Manuskript tippen müsse, könne ich jetzt auch das Ende neu schreiben.« Collins tat es und ließ Nolan überleben, um ihn zu einem Seriencharakter auszubauen. Neun Jahre hatte er versucht, seine Arbeiten zu verkaufen, bevor er 1971 seinen ersten Deal gelandet hatte. Von BAIT MONEY wurden seitdem weltweit über 250 000 Exemplare verkauft. Die weiteren Nolan-Romane waren ein ganz ordentlicher Erfolg, aber bald gab es ein Problem, von dem sich die Serie nicht mehr erholen sollte: 1981 übernahm der Verlag Harlequin Books von Pinnacle, bei dem Nolan jetzt erschien, das Imprint Gold Eagle, in dem Don Pendletons *Executioner*-Serie über den Mafia-Killer Mack Bolan (diese Serie hatte in den 70er Jahren die Vigilantenwelle in den Paperback Original-Serien ausgelöst) erschien. Harlequin drohte Pinnacle einen Prozeß an. Sie behaupteten, Nolan sei eine juristisch nicht zulässige Kopie von Pendletons *Executioner*, und daß die Namensähnlichkeit von *Bolan* und *Nolan* nicht zufällig sei. Größeren Schwachsinn kann man sich kaum vorstellen. Bolan war ein Söldner, jung, gutaussehend, ein Frauenheld und eiskalter Killer im Dienste seiner eigenen Gerechtigkeit. Nolan ein fünfzigjähriger Dieb, der einen Comic Fan als *sidekick* hatte. Wenn irgendjemand gegen die Nolan-Serie hätte klagen können, wäre es Donald Westlake gewesen, der aber dieses *rip-off* seiner Parker-Serie mochte und dem Autor Erfolg wünschte. Collins hatte ihn nach dem ersten Band sogar gefragt, ob er Nolan als Serie fortsetzen könne, oder Westlake sich plagiiert fühle. Westlake hatte ihm damals geantwortet, daß Nolan anders als Parker sei, und die Beziehung »zwischen Nolan und Jon menschlicher ist als alles, was ich je in den Richard Stark-Büchern geschrieben habe«. Aber das interessierte die Idioten bei Harlequin nicht, die keine Gelegenheit scheuten, ihre ins Schlingern gekommene Mafiakiller-Serie vor gefährlicher Konkurrenz zu schützen. Dabei wandten sich beide Serien an verschiedene Lesergruppen: Pendleton mit seinen primitiven Pulps, die von einer Legion von Autoren geghostet wurden, war eher Fernfahrerlektüre und für Leute, die beim Lesen die Lippen bewegen. Collins war schon damals ein sorgfältiger Autor, der jedem Buch eine individuelle Note verlieh. Jedenfalls knickte Pinnacle ein, obwohl es nicht zu einer rechtlichen Auseinandersetzung kam, die Pinnacle und Collins leicht gewonnen hätten. Der Verlag nahm Nolans Namen bei den Bänden fünf und sechs vom Cover, was zu dramatischen Einbrüchen bei den Verkaufszahlen führte. Es kam zwar nicht zum Prozeß, aber die Serie war erledigt und wurde eingestellt. Erst 1987 veröffentlichte Max einen weiteren Nolan. Seine zweite Noir-Serie hatte den Vietnamveteranen und Kontraktkiller Quarry als Protagonisten. Über die beiden frühen Serien sagte Max: »Ihre Amoralität spiegelt die Zeit wider, in der sie geschrieben wurden.«

Nate Heller

1975 trat Rick Marshall, der Comic-Redakteur des Field Enterprise Syndicate, an Collins heran. Collins war ihm als Autor und Comic-Kenner aufgefallen und sollte nun einen neuen Strip für Field entwickeln. Ein neuer Crime-Strip, der in den 30er Jahren spielen sollte, um so den Anschluß an die klassischen Abenteuerstrips dieser Epoche (TERRY & PIRATES, PRINZ EISENHERZ, DICK TRACY, TARZAN, SECRET AGENT X-9 usw.) zu suggerieren. Collins erfand den Detektiv Nate Heller und siedelte ihn im Chicago der 30er Jahre an; Titel der Serie sollte HEAVEN AND HELLER sein. Aber bevor das Projekt realisiert werden konnte, verließ Marshall das Syndikat. Obwohl er mehrfach versuchte, den Strip unterzubringen, fand er kein Vertriebssyndikat. Es war die Zeit des großen Sterbens der *Adventure-Strips*. Selbst Klassiker wie TARZAN oder STEVE CANYON verloren immer mehr Zeitungen, in denen sie veröffentlicht wurden, und TERRY AND THE PIRATES und andere wundervolle Serien aus dem *Golden Age* wurden völlig eingestellt. Fast nur noch *Funnys*, also komische Strips mit abgeschlossenen Gags, bevölkerten die Comic Strip-Seiten der Tageszeitungen. Max kehrte zurück zum Romanschreiben (zwei Jahre später sollte er dann als Texter DICK TRACY übernehmen und diesen Dinosaurier revitalisieren).

»Ich habe Privatdetektiv-Romane immer geliebt. Aber alle Versuche, solche Geschichten zu schreiben, scheiterten. Für mich war der Privatdetektiv ein Anachronismus, aktuell nur erträglich in einer so wundervollen TV-Serie wie DETEKTIV ROCKFORD. Dann kam ich drauf: Der Privatdetektiv war vielleicht Geschichte, aber er existierte auch in der Geschichte. Hammett hatte den Archetypen Sam Spade 1929 erfunden, als Zeitgenosse von Al Capone. Der Privatdetektiv als literarische Figur ist offenbar alt genug, diese historische Variante zu rechtfertigen. Das war mein Ausgangspunkt. Außerdem wollte ich ein genaues Zeitbild beschreiben, nicht einfach eine weitere nostalgische Privatdetektivserie absondern. Um all das unterzubringen, braucht man schon etwas mehr Platz. Deshalb sind meine Nate Heller-Romane auch doppelt- oder dreifach so lang wie meine sonstigen Romane.« TRUE DETECTIVE hielt lange Zeit den Rekord als längster Privatdetektivroman, der je in der ersten Person geschrieben worden war. Collins stellte diesen Rekord selbst ein mit STOLEN AWAY über die Entführung des Lindbergh-Babys.

Der Noir-Roman entdeckte die historische Perspektive relativ spät über den Umweg des Polit-Thrillers, der historische Ereignisse oder Persönlichkeiten in den Mittelpunkt stellt (etwa Frederick Forsyths DAY OF THE JAKAL oder Ken Folletts EYE OF THE NEEDLE). Drehbuchautor Andrew Bergman schrieb 1974 mit THE BIG KISS-OFF 1944 den ersten von zwei Romanen, die im Hollywood der 40er Jahre spielen. Stuart M. Kaminsky begann ein Jahr später mit seiner Serie um den Hollywood-Privatdetektiv Toby Peters, der es in jedem Fall mit einem anderen Hollywood-Star aus den 40ern zu tun hat. 1975 veröffentlichte Joe Gores seine Hommage an den Urvater: HAMMETT. Ed Mazzaro schrieb in dieser Zeit ebenfalls einige Romane, die in den 30er Jahren spielten.

Der erste Heller-Roman, TRUE DETECTIVE, wurde 1984 mit dem *Shamus-Award* der Private Eye Writers of America ausgezeichnet. Die Heller-Romane sind mehr als unterhaltsame period pieces à la Andrew Bergman oder Stuart Kaminsky; sie sind Rekonstruktionen einer Epoche. Die auftretenden historischen Personen sind keine Staffage, sondern integraler Bestandteil der Plots. »Bergman und Kaminsky schrieben im Grunde Romane, die ich als *Epochenschilderungen* bezeichnen würde; sie bedienen sich zwar geschickt realer Personen und Schauplätze, doch sie gehen nicht von realen Ereignissen jener Zeit aus.«

Bibliographie:

Nate Heller-Serie:

True Detective (Chicago 1933; Bastei 13 015, 1985); St. Martin's Press, 1983.

True Crime (Gangsterbräute 1934; Bastei 13 036, 1986); St. Martin's Press, 1985.

The Million-Dollar Wound (Gangsterkrieg 1942; Bastei 13 104, 1987); St. Martin's Press, 1986.

Neon Mirage (Las Vegas 1946; Bastei 13 261, 1990); St. Martin's Press, 1988.

Stolen Away (Kidnapping; Bastei 13 460, 1993); Bantam, 1991

Dying in the Post-War World (Kurzgeschichten); Foul Play, 1991.

Carnal Hours; (bei DuMont Noir in Vorbereitung) Dutton, 1994.

Blood and Thunder (Blut und Donner; DuMont Noir 17, 1999); Dutton, 1995.

Damned in Paradise; (bei DuMont Noir in Vorbereitung) Dutton, 1996.

Flying Blind; (bei DuMont Noir in Vorbereitung) Dutton, 1998.

Nolan-Serie:

Bait Money (Köder für Nolan; Bastei 19 087, 1990); Curtis, 1973.

Blood Money (Blutgeld für Nolan; Bastei 19 093, 1991); Curtis, 1973.

Fly Paper; Pinnacle, 1981.
Hush Money; Pinnacle, 1981.
Hard Cash; Pinnacle, 1981.
Scratch Fever; Pinnacle, 1982.
Spree; Tor, 1987.

Quarry-Serie:
The Broker (auch: Quarry. Quarry u.d. Makler d. Todes; Bastei 19 061, 1988); Berkley, 1976.
The Broker's Wife (auch: Quarry's List. Quarry u.d. Liste d. Todes; Bastei 19 064, 1988); Berkley, 1976.
The Dealer (auch: Quarry's Deal. Quarry u.d. Killer; Bastei 19 066, 1988); Berkley, 1976.
The Slasher (auch: Quarry's Cut. Quarry gibt nicht auf; Bastei 19 079, 1990); Berkley, 1977.
Primary Target (Quarry u.d. Millionenkontrakt; Bastei 19 071, 1989); Countryman, 1987.

Mallory-Serie:
The Baby Blue Ripp-Off (Ein Veteran kehrt heim; Bastei 19 103, 1987); Walker, 1983.
No Cure for Death (Der Einäugige; Bastei 19 105, 1987); Walker, 1983.
Kill Your Darlings (Mordkongress; Bastei 19 106, 1987); Walker, 1984.
A Shroud For Aquarius (Auch Blumenkinder sterben; Bastei 19 115, 1987); Walker, 1985.
A Nice Weekend for a Murder (Wochenendmorde; Bastei 19 123, 1988); Walker, 1986.

Eliot Ness-Serie:

The Dark City (Die dunkle Stadt; Bastei 19 129, 1989); Bantam, 1987.

Butcher's Dozen (Killer in der dunklen Stadt; Bastei 19 139, 1990); Bantam, 1988.

Bullet Proof; Bantam, 1989

Murder by the Numbers; St. Martin's Press, 1993.

Non-Series:

Midnight Haul; Countryman, 1986.

Dick Tracy (Filmbuch. Dick Tracy; Bastei 13 311, 1990); Bantam, 1990.

Dick Tracy Goes to War; Bantam, 1991.

Dick Tracy Meets His Match; Bantam, 1992.

In the Line of Fire (Filmbuch); Jove, 1993.

NYPD-Blue: Blue Beginning (TV-Buch. Ein Bourbon zuviel; vgs, 1996); Signet, 1995.

Waterworld (Filmbuch); Arrow, 1995.

Mommy; Leisure, 1997.

Mommy's Day; Leisure, 1998.

Private Ryan (Filmbuch. Der Soldat James Ryan; Knaur 61 263, 1998); Signet, 1998.

The Titanic Murders; Berkley, 1999.

Sekundärliteratur:

Jim Thompson: The Killers Inside Him (mit Ed Gorman); Fedora Press, 1983.

One Lonely Knight: Mickey Spillane's Mike Hammer (mit James L. Traylor); Bowling Green State University Popular Press, 1984.

The Best of Crime and Detective Television (mit John Javna); Crown, 1988.
The Mystery Scene Movie Guide: A Personal Filmography of Modern Crime Pictures; Borgo Press, 1995.
Elvgren: His Life & Art (mit Drake Elvgren); Collectors Press, 1998.

NOIR 14 **Armitage Trail**
Scarface

Der Klassiker des Gangsterromans – erstmals in deutscher Sprache. *Scarface* gehört zu den Büchern, die den Gangsterroman mitbegründeten. Ein Meisterwerk, das in der Verfilmung von Howard Hawks zum Klassiker auch der Filmkunst wurde und in Brian De Palmas Remake mit Al Pacino weiterlebt.

Tony Camonte, genannt Scarface, das Narbengesicht, ist achtzehn, als er sein erstes Verbrechen begeht. Es ist die Zeit vor dem ersten Weltkrieg. Skrupel sind diesem Mann fremd und so beginnt der unaufhaltsame Aufstieg von Scarface zum Boß der Unterwelt. Aber ganz oben angekommen, erkennt Tony Camonte nicht, daß es nur einen schlechten Tag braucht, um tausend gute zu zerstören.

NOIR 15 **William McIlvanney**
Laidlaw

Tommy Bryson, ein Zwanzigjähriger, hat ein junges Mädchen, Jennifer, ermordet. Er wollte beweisen, daß er nicht homosexuell ist. Nun wird er gejagt, von vielen, darunter der Vater des Opfers, der Rache will. Für den eigenwilligen Inspektor Laidlaw von der Polizei in Glasgow gibt es keine vorprogrammierten Verbrecher. Gegen den Widerstand der Glasgower Racheengel muß er Tommy schleunigst finden.

Inspektor Laidlaw gehört zu den Polizisten, die im Zusammenhang einer Mörderjagd noch Fragen stellen – nach dem Zustand unserer Gesellschaft.

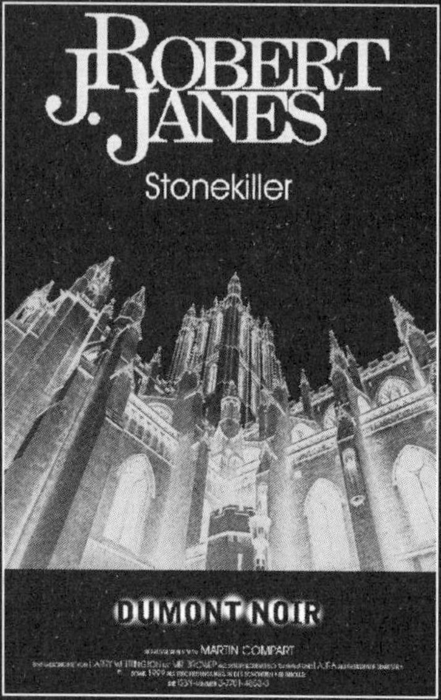

NOIR 18 **J. Robert Janes**
Stonekiller

Stonekiller ist ein aufregender historischer Krimi aus der Nazizeit.

In der Dordogne im Juli 1942: Die Nazis haben Frankreich besetzt und begehen Verbrechen im großen Stil. Um die ›kleineren‹ müssen sich wieder der Franzose St.-Cyr von der Sûreté Nationale und der deutsche Gestapo-Mann Kohler kümmern. Eine tote Archäologin wird aufgefunden. Vor Jahren war sie an der Entdeckung einer prähistorischen Höhle beteiligt. Ein Film über ihre Funde ist geplant, der die berüchtigte Evolutionstheorie der Nazis bestätigen soll. Himmler ist begeistert, Goebbels finanziert und der Führer gibt der Sache äußerste Priorität. Nur St.-Cyr und Kohler wollen den Mörder fangen.

NOIR 19 **Russell James**
Schlachtmusik

Russell James ist der britische Kultautor einer existentialistischen Großstadt- und Kriminalliteratur. Und *Schlachtmusik* ist eine barocke Tragödie, inszeniert als moderner Gangsterroman.

Der junge Tim Hawk ist ein einsamer Wolf und Novize im Killergeschäft. Nach einem Mord weiß er, daß es Ärger geben wird. Aber er ahnt nicht, daß ausgerechnet Irena, die Braut des ukrainischen Gang-Bosses von Südost-London, ihm in die Quere kommt. Tim Hawk gerät in einen Abgrund, in den ihn ein schwarzer schottischer Söldner, ein weiblicher Bodyguard und eine rachsüchtige Witwe zerren ...

DUMONT NOIR

»Harte Zeiten brauchen harte Bücher«

NOIR 1 **Derek Raymond** Die verdeckten Dateien
NOIR 2 **Russell James** Underground
NOIR 3 **Jonathan Gash** Lovejoys Duell
NOIR 4 **Harry Whittington** Im Netz
NOIR 5 **Ulf Miehe** Puma
NOIR 6 **George P. Pelecanos** Das große Umlegen
NOIR 7 **James Sallis** Deine Augen hat der Tod
NOIR 8 **Jonathan Gash** Lovejoys Gold
NOIR 9 **Russell James** Payback
NOIR 10 **J. Robert Janes** Salamander
NOIR 11 **James Sallis** Die langbeinige Fliege
NOIR 12 **Harry Whittington** Du bist als nächster dran!
NOIR 13 **Jonathan Gash** Lovejoys Gral
NOIR 14 **Armitage Trail** Scarface
NOIR 15 **William McIlvanney** Laidlaw
NOIR 17 **Max Allan Collins** Blut und Donner
NOIR 18 **J. Robert Janes** Stonekiller
NOIR 19 **James Sallis** Schlachtmusik